Proyecto Ernetti

ROLAND PORTICHE

Proyecto Ernetti

Traducción de
Teresa Clavel

Grijalbo

Papel certificado por el Forest Stewardship Council®

Penguin
Random House
Grupo Editorial

Título original: *La machine Ernetti*
Primera edición: marzo de 2023

Printed in Spain – Impreso en España

ISBN: 978-84-253-5971-2
Depósito legal: B-822-2023

Compuesto en La Nueva Edimac, S. L.
Impreso en Liberdúplex,
Sant Llorenç d'Hortons (Barcelona)

GR 5 9 7 1 2

Para Sarah

Preámbulo

Por increíble que resulte, esta novela está basada en una historia real que tuvo lugar en Roma, en el Vaticano. Parece ser que un hombre, un sacerdote, construyó entre 1956 y 1965, en plena Guerra Fría, una máquina para ver a través del tiempo. Se llamaba Pellegrino Ernetti. El padre Ernetti habría traído con su «cronovisor» toda clase de imágenes del pasado, reciente o muy lejano. Después, la máquina fue desmontada por orden del papa Pablo VI y escondida en la discreta oscuridad de un sótano del Vaticano. ¿Por qué razón? Lo desconocemos. A partir de ahí, comienza una historia cuyos únicos límites son los de mi imaginación.

R. P.

1

En algún lugar del nordeste de Sicilia, en la región de Mesina, un hombre miraba el mar. Hacía frío y la lluvia caía a rachas. Era el mes de marzo de 1938. La guerra ya impregnaba el aire, como un mal olor imposible de eliminar.

El hombre esperaba el transbordador que debía llevarlo a Regio de Calabria. Se llamaba Ettore Majorana y solo tenía treinta y dos años. ¿Quién iba a sospechar que ese siciliano alto y delgadísimo, pálido a causa de la desesperanza, vestido con un modesto abrigo que apenas lo protegía del frío, era uno de los físicos más importantes del siglo XX?

Dos días antes, había escrito una carta al director del Instituto de Química y Física de Nápoles, donde daba clases, para anunciarle que había tomado una «decisión inevitable» y quería desaparecer. No veía otra manera de cerrar el paso a una idea que lo consumía como un cáncer. Por desgracia, no había tenido el valor necesario para matarse. «El mar —escribió— me ha rechazado». Así pues, huía. Pero ¿cómo era posible huir de uno mismo?

En su mente había germinado la intuición de un invento terrorífico, una máquina producto de esa nueva física, tan extraña, que llamaban «mecánica cuántica». Su poder de destrucción sería infinito, pues llegaba a lo más profundo del alma humana.

Por el momento, no era más que una idea. Pero ¿qué puede haber peor que una idea, cuando la inspira el Diablo?

2

Cuatro monjes capuchinos rodeaban la estrecha camita en la que el padre Pío parecía dormir. Esperaban un milagro. Un estremecimiento recorrió a la multitud que se extendía desde la pequeña habitación del bienaventurado hasta la salida del convento de Pietrelcina.

—¡Mirad! Las manos...

El padre, de setenta y siete años, padecía un mal singular que muchos italianos consideraban un prodigio. Las manos, los pies y el pecho a menudo se le cubrían de estigmas que hacían pensar de manera inevitable en las llagas de Jesucristo en la cruz. Estos estigmas iban acompañados de intensos dolores y, en ocasiones, sangraban.

—¡Mirad! —gritó de nuevo la mujer—. ¡En los pies también!

Se arrodilló y empezó a rezar febrilmente. Manchas rojizas cubrían los pies y las manos del monje. Un murmullo, formado por decenas de avemarías pronunciadas en voz baja, llenó entonces la habitación y el pasillo del convento. Por lo general, los creyentes iban a confesarse; algunos a pedir una curación milagrosa. En determinados periodos, el sacerdote llegaba a recibir hasta ciento veinte visitas al día.

El padre Pellegrino Ernetti, en primera fila, no se perdió ni un detalle del prodigio. Este joven conservaba cierto aire de estudiante, con las pequeñas gafas de montura metálica, el pelo castaño y rizado, y la mirada traviesa. Cuando vio que aparecían los estigmas en las extremidades del padre, percibió ese suave perfume que, según decían, era característico de la sangre del favorecido por un milagro. Se arrodilló y, con lágrimas en los ojos, comenzó también a rezar con intensidad.

En ese momento tomó conciencia de que el padre Leonardo, el enviado del papa, lo observaba. Se le tiñeron las mejillas de rojo. ¿Estaría tomándole por un simplón, tan crédulo como las pobres campesinas que los rodeaban? Era probable. Haciendo un gesto con la mano, el hombre del Vaticano invitó al joven Ernetti a levantarse y salir con él.

El padre Leonardo era un psicólogo reconocido, además de miembro eminente de la Academia Pontificia de las Ciencias. Había destacado en el esfuerzo que hacía entonces el Vaticano para reconciliar la cultura científica con la fe cristiana. Ese creyente sincero era también un temible polemista que combatía enérgicamente las supersticiones y las creencias irracionales. El currículo del padre Ernetti había atraído su atención. Por eso le había propuesto que se reunieran en Pietrelcina. Por desgracia, el joven pensaba que, al ceder con ingenuidad al fervor general, había echado a perder la oportunidad que se le presentaba.

Dieron unos pasos en silencio por el jardín del convento. El padre Ernetti, balbuceando, intentó justificarse.

—Es la primera vez que presencio una escena como esa. Y confieso que... ¡que me ha impresionado!

—Es comprensible. Sin embargo, se trata de un fenómeno psíquico. Un amigo mío, especialista en hipnosis, me ha mencionado un extraño experimento con una medalla de metal. ¿Ha oído hablar de él?

—No, no me suena.

—Durante una sesión, convenció a una paciente de que iba a ponerle una medalla ardiendo en el antebrazo. La temperatura de la medalla era normal, pero la paciente presentó todos los signos de una quemadura e incluso le salió una ampolla.

—¿Autosugestión?

—Exacto. La medicina psicosomática, hijo mío, está aún en mantillas. Pero un día iluminará muchos males que padecen los humanos. Y explicará los estigmas del padre Pío.

El padre Ernetti estaba convencido solo a medias. Lo que había visto treinta minutos antes era tan impresionante que le costaba creer que no se tratara de un milagro.

—Pero yo he visto las llagas en el cuerpo del padre. Sangraban. ¿De verdad cree que era su imaginación?

Leonardo se detuvo y observó, divertido, a su interlocutor.

—¿Quiere que se lo demuestre?

El joven sacerdote se quedó un poco desconcertado ante su seguridad.

—Pues... sí...

—Hace veinte años, un médico anatomista estudió experimentalmente el suplicio de la crucifixión. Demostró que las palmas de las manos del condenado no podrían soportar el peso del cuerpo, que se desgarrarían de inmediato. Esto le llevó a deducir que a Jesús lo clavaron por las muñecas o que simplemente le ataron los brazos a la cruz. Son los pintores los que han imaginado a Jesús clavado en la cruz por las palmas de las manos. ¿Dónde están los estigmas del padre Pío?

—En las palmas de las manos —admitió el joven.

—Por lo tanto, no se inspiran en la realidad de Jesucristo, sino en las imágenes que tienen en la mente, las de los cuadros de Rubens, Rembrandt o Tiepolo.

La demostración era impecable, imposible de refutar.

—A los hombres les gusta contarse historias —prosiguió Leonardo echando de nuevo a andar—, y después se las creen. Usted ha estudiado los rituales del exorcismo, ¿verdad?

—Sí, durante dos años, en el seminario.

—¿Quiere hacerse exorcista, padre Ernetti?

—No a tiempo completo, más bien como complemento de mi trabajo.

—Está bien conocer los rituales, y desarrollar la intuición, todavía mejor. Yo también dediqué tiempo a hacerlo. Percibo cuándo tengo delante a un falso poseso, es decir, en el noventa y ocho por ciento de los casos. Los verdaderos milagros son muy raros, amigo mío. Afortunadamente. Si no, el mundo sería insoportable, ¿no cree?

—Sin duda, padre.

Se produjo otro silencio. Era evidente que el padre Leonardo tenía algo más que decirle.

—Padre Ernetti, no le he hecho venir aquí para sermonearlo. Tengo pendientes numerosas investigaciones científicas en un número considerable de terrenos. Si no estoy mal informado, es usted musicólogo y también ha estudiado mecánica cuántica. ¿Por qué ese interés por la física moderna?

—Porque la ciencia actual coincide con las intuiciones más antiguas de la metafísica. Nos proporciona los medios para desentrañar los grandes secretos del universo, la naturaleza de la materia, del tiempo, del espacio, el inicio del mundo. Eso es lo que me apasiona.

Leonardo, como psicólogo experto que era, advirtió en el joven un entusiasmo que había presentido y que demostraba ser muy real.

—Entonces ¿necesita saber para creer, mi joven amigo? —le dijo con un aire de severidad fingida.

—Al contrario. Creo firmemente que la ciencia actual nos desvela la verdadera grandeza de Dios.

—¿Mejor que la Biblia?

—De un modo distinto. La Biblia habla con imágenes; la física utiliza ecuaciones, pero las dos van en el mismo sentido. —Hablaba deprisa, con la vehemencia de la juventud. Al darse cuenta, añadió—: Perdóneme, padre, estoy algo exaltado.

—A su edad, el entusiasmo es una cualidad. No deje que le ciegue, pero consérvelo mucho tiempo.

—Sí, padre Leonardo.

—Comparto su pasión por la ciencia moderna. Pero, por

desgracia, yo tengo setenta y cuatro años, y estoy enfermo del corazón. De manera que esto es lo que le propongo: necesito un asistente joven, con su doble formación de físico e historiador. ¿Quiere el puesto?

3

—¡Montini!

El obispo acudió corriendo y se arrodilló para alzar delicadamente la cabeza del Santo Padre. Por suerte, no había ninguna señal de herida. Desde hacía varios años, el papa Pío XII padecía una enfermedad neurológica grave que se manifestaba en pérdidas de conciencia y visiones. La mayoría de las veces, recibía la visita de la Virgen María o revivía el milagro de Fátima. El obispo Montini ayudó con cuidado al papa a levantarse.

—Ya está, puedo tenerme en pie.

—Voy a avisar a su médico personal para que venga.

—¡Ni se le ocurra! Quiero conservar el sabor de este instante de gracia. Ese idiota volverá a hablarme de mis nervios. La Virgen ha venido a darme las gracias.

—Claro, claro, Santo Padre.

Tras la muerte de su secretario de Estado, Pío XII no había querido nombrar uno nuevo y el obispo Montini desempeñaba ese papel sin ostentar el cargo. Montini ayudó al papa a volver a su mesa de trabajo. Pero este lo detuvo. Un alboroto que ascendía de la plaza de San Pedro atrajo su atención. El papa se acercó a la ventana.

—¿A qué vienen esos gritos?

Montini dudó antes de responder:

—Creo que es una manifestación.

Pío XII estaba estupefacto.

—¿Una manifestación? ¿Quiénes son esas personas?

Todos eran sacerdotes y todos eran franceses. Discretamente habían formado un pequeño grupo compacto a medida que llegaban a la plaza de San Pedro. Respondían a nombres como Hugues, Hervé o Michel. Los llamaban «sacerdotes obreros». Para luchar contra la descristianización de las masas obreras, habían decidido trabajar en fábricas, compartir el ritmo agotador del trabajo en cadena, abrazar las luchas y las huelgas del proletariado. Pero seguían siendo sacerdotes, decían misa, daban la eucaristía, difundían los valores cristianos. Rechazaban el aislamiento de la Iglesia, sus tropismos insoportables hacia los poderosos de este mundo.

El año anterior, el papa Pío XII había decidido frenar aquella experiencia dictando el decreto del 1 de marzo de 1954. Desde entonces la mayoría habían vuelto al redil. Pero no todos. En respuesta a la señal de un líder, los que se manifestaban en la plaza desplegaron sus pancartas, que eran explícitas: «Sacerdotes obreros», «La Iglesia al lado del pueblo», «Vivamos el Evangelio», pero también «Liberad a la Iglesia» o «Matrimonio para los sacerdotes». Unos entonaban cantos litúrgicos; otros gritaban eslóganes. Los turistas, sorprendidos al principio, tomaban fotos.

Al ver las reivindicaciones, el papa montó en cólera.

—Pero... ¡si se lo he prohibido! No tienen derecho a estar aquí.

—No son más que un puñado de recalcitrantes, Santo Padre.

—Ya no obedecen a su papa. ¡La Iglesia va mal, Montini! Si nos mostramos permisivos, muy pronto nos veremos desbordados por reivindicaciones absurdas.

—¿Quiere que ordene que la Guardia Suiza los disperse?

—No, deje que se desgañiten.

El papa se apartó de la ventana y se dejó caer en un sillón.

—¡«Matrimonio para los sacerdotes»! Y, mañana, ¿por qué no mujeres ayudando a misa? ¿O el derecho a abortar?

Pío XII, que se acercaba a los ochenta años, tenía fama de papa «duro», muy conservador. La enfermedad, que ya no lo abandonaba, le había vuelto irascible. Por suerte, Montini lo inducía a la prudencia.

—Desconfiemos de los efectos negativos de una excesiva firmeza. Nos dirán que la Iglesia vuelve la espalda a la sociedad. En Francia los sacerdotes obreros son muy populares.

—¡Pero estamos en guerra, Montini! Métaselo bien en la cabeza. Estamos en guerra, en el bando del mundo libre contra el de los comunistas. Sus sacerdotes obreros están metiéndose en la boca del lobo, ¡los partidos comunistas europeos los devorarán!

Se desabrochó el cuello. Le costaba respirar.

—No hay más remedio que llamar al médico, Su Santidad.

El papa negó con la cabeza.

—Montini, habrá que responder a esos sacerdotes obreros.

—Cuente conmigo, Santo Padre.

Poco a poco, el papa volvió a ser el papa. Montini, por su parte, no se decidía a marcharse.

—¿Quería decirme algo, amigo mío?

—Solo quería recordarle que debo ausentarme unos diez días.

—Se va a Brasil, ¿no? Le desearía una agradable estancia al sol... si no supiera a quién va a ver.

—¡Al peor de todos! —contestó Montini.

4

—Padre Ernetti, ¿me permite que le llame Pellegrino?

—Por supuesto.

—Tiene usted un nombre muy poco corriente.

Al joven se le ensombreció el semblante.

—Demasiado raro, padre, en el colegio se burlaban mucho de mí.

—Qué idiotas, es un nombre muy bonito. ¡Pellegrino, voy a llevarlo a Casorezzo!

—¿Casorezzo?

—Es un pueblo del campo lombardo, a treinta minutos de Milán. Es donde crecí, un sitio precioso. Y tengo algo que enseñarle.

Desde hacía varias semanas, Pellegrino trabajaba en Milán, en la sección de psicología experimental del padre Leonardo. Se entregaba a su tarea con toda la seriedad de que era capaz. El viejo sabio, por su parte, estaba convencido de que había acertado en su elección. Además de su pasión por la investigación, el joven poseía una agilidad intelectual que valía más que todas las cabezas sesudas del mundo. Ya iba siendo hora, pensó, de informarle de la verdadera razón de su fichaje.

Una hora más tarde, el pequeño Fiat llegó a la puerta de una granja todavía en plena actividad. Un tractor se detuvo junto a ellos. El conductor saludó jovialmente al sacerdote, que durante unos minutos mantuvo una animada charla con él. Allí, Leonardo estaba en su casa.

—Mi padre era agricultor. También hacía vino. Pero su verdadera pasión eran la mecánica y la electricidad, y me la transmitió a mí. Venga a ver.

Condujo a su joven amigo a un taller en el que reinaba un desorden increíble.

—Aquí es donde llevo a cabo mis experimentos personales. Mire esta maravilla, es un Webster de última generación.

Le mostró un magnetófono de alambre.

—¡Es magnífico! Había oído hablar de él, pero no había visto nunca ninguno. —Se inclinó para observar el magnetófono de cerca—. El hilo magnético es finísimo.

—Apenas el diámetro de un cabello —dijo Leonardo—. Yo prefiero los grabadores de alambre a los de cinta, considero que el rendimiento sonoro es mejor. Lo utilizo para captar sonidos que a continuación transformo con una caja electrónica de mezcla. Luego hago con ellos una especie de «música». Fíjese…

Leonardo pulsó la tecla de reproducción del Webster. El alambre emitió una sucesión de sonidos que, desde luego, no tenían nada de melódicos. Sin embargo, al cabo de unos minutos, el oído percibía un paisaje sonoro absolutamente inédito que tenía algo de fascinante.

—Usted, que es musicólogo, ya me dirá otro día qué le parece. Pero hoy quiero que escuche otra cosa. —Leonardo cambió la bobina de alambre y volvió a poner el magnetófono en marcha—. Llegó hace unos meses, el 17 de enero de 1955, para ser exactos. Escuche…

El Webster difundió un canto a capela que Pellegrino identificó en el acto. Se trataba de un canto gregoriano que databa del Renacimiento carolingio.

—Reconozco ese canto, es…

Leonardo lo cortó de inmediato.

—Lo importante no es el canto, sino lo que viene después.

El canto se vio interrumpido de golpe por unas voces que se superponían a un considerable ruido de fondo. No se entendía todo.

—Parece un artesano abroncando a su empleado.

—A un empleado no —dijo Leonardo—, a su hijo.

El hombre que gritaba reprochaba al chico que hubiera trabajado mal una pieza de metal. Acto seguido la grabación se detenía.

—¿Eso es todo?

—Sí. Capté ese sonido por casualidad.

—¿Una especie de sonido parásito?

—No tengo ni idea —respondió Leonardo—. Lo más asombroso es que el hombre al que se oye es mi padre. ¡Y su hijo soy yo de pequeño!

Pellegrino se quedó boquiabierto.

—¿Está seguro? —preguntó, una vez que se hubo recuperado de la sorpresa.

—Absolutamente. Aunque hace mucho, todavía me acuerdo del incidente. Y no cabe duda de que es la voz de mi padre.

Pellegrino no comprendía adónde quería ir a parar el padre Leonardo.

—Es muy sencillo —explicó este último—. Yo nací en 1881, en esta granja. En la época de esa escena, yo tenía diez u once años. O sea, que estábamos en 1891 o 1892. ¡Y en esa fecha no existían los magnetófonos!

El padre Ernetti pasó del estupor a desplegar una sonrisa franca, como si estuviera siendo víctima de una broma.

—Entiendo, está intentando ponerme a prueba. ¡No soy tan ingenuo!

Pero el semblante serio de Leonardo no era el de un bromista.

—No le estoy contando cuentos. Todo lo que le he dicho es verdad.

—Espere... ¿Quiere decir que es posible que grabara por accidente un suceso del pasado?

—Es la única explicación que encuentro.

—Pero eso es imposible, padre. Seguro que hay otras razones.

—¿Cuáles? No paro de pensar en ello y siempre llego a la misma conclusión. Por casualidad, manipulando un magnetófono de alambre magnético, capté de manera involuntaria un fragmento del pasado, de hace tres cuartos de siglo.

El padre Ernetti estaba atónito. El paladín en el Vaticano de la reconciliación entre la ciencia y la fe... ¿se habría vuelto loco? ¿Y por qué le hablaba de ese incidente? Buscó una escapatoria.

—Habría que consultar a un experto en acústica, quizá él pueda iluminarle.

—No, no me tomaría en serio. Pero este fenómeno es real. Lamentablemente, no comprendo cómo ha podido producirse. Por eso recurro a usted.

—Pero... ¿cómo podría ayudarle yo?

—Usted conoce bien la física moderna, es la razón por la que le he contratado. Pellegrino, nos hallamos ante un fenómeno nuevo que podría abrir grandes puertas a la ciencia. Le he observado desde que trabaja para mí y sé que puedo confiar en usted.

Pellegrino se sentía halagado por aquellas palabras. Sin embargo, de manera inconsciente, dio un paso atrás, como si temiera verse metido en una historia un poco demencial.

—No sé muy bien qué decirle.

—Necesito que me ayude a desentrañar este misterio. Sé que no lo he soñado, tengo la prueba en este alambre magnético. Si la ciencia ha favorecido esta irrupción del pasado en el presente, debemos ser capaces de reproducirla.

5

Cualquiera habría pensado que estaban en la época del Carnaval. Pero se trataba de una gran manifestación, convocada por todas las fuerzas progresistas de Brasil. Cerca de un millón de personas desfilaban desde hacía horas por las anchas avenidas de Río de Janeiro. El objetivo: poner freno a la política antisocial del Gobierno brasileño.

El obispo Montini, perdido en aquella multitud inmensa, no había visto nunca nada semejante. Como solía suceder en Brasil, la manifestación había integrado elementos del carnaval tradicional. Muchos manifestantes llevaban máscaras grotescas. Algunos tiraban de carritos cargados con figuras de cartón piedra, la mayoría de las cuales tenían como blanco al presidente de la República, al que representaban en situaciones ridículas, con los pantalones bajados delante de un plutócrata gesticulante con una chistera a rebosar de dólares. Detrás, bailarinas de las escuelas de Bahía, vestidas con el traje blanco tradicional, se movían sin mesura al ritmo de sambas endiabladas.

En la cabecera, entre los dirigentes de los partidos de izquierdas y los líderes de los sindicatos, no podía faltar la presencia de un personaje pintoresco: dom Alberto Pindare de Carvalho, conocido como el Obispo Rojo. Le habían puesto ese apodo porque era partidario de una revolución social que, para él, se confundía con el reino de Dios que anunciaban los Evangelios. Carvalho, nacido en el Nordeste de Brasil, había sido nombrado obispo de Río dos años antes e inmediatamente optó por asumir la defensa de los pobres y las naciones del Tercer Mundo. Su baja estatura, apenas un metro sesenta, contrastaba con su musculatura de atleta y un asombroso carisma. Tenía instinto para encontrar las palabras necesarias para caldear a las masas. Su rostro exhibía permanentemente una risa que pretendía ser alegre, pero que a su pesar resultaba arrogante, a veces incluso insultante. Llevaba la sotana como una bandera, la de los explotados a los que quería salvar del infierno del capitalismo internacional.

Montini no sabía muy bien adónde mirar. A duras penas entrevió a Carvalho, que lo saludó desde lejos. ¿Lo había reconocido? No estaba seguro, teniendo en cuenta que parecía muy solicitado. Se conocían desde hacía mucho, ya que habían estudiado teología en el mismo seminario, en Roma. Los servicios del Vaticano habían anunciado a Carvalho la llegada del enviado del papa, pero Montini ignoraba dónde y cuándo podrían verse. De pronto tuvo la sensación de que le tiraban del brazo. Era un emisario de Carvalho.

—*Senhor*, dom Alberto dice que lo recibirá esta noche. Un coche le esperará a las nueve delante de la iglesia de Nuestra Señora del Consuelo.

—Muy bien, contéstele que allí estaré.

Se dijo que, desde luego, ¡Carvalho tenía ojos por todas partes!

Acababa de caer la noche en Río. Un momento después de que llegara al pórtico de la iglesia, un coche grande lleno de pintadas se detuvo ante el enviado del papa. Era evidente que estaban esperándolo. En el interior había tres hombres con físico de luchadores de feria. De no haber sabido que trabajaban para Carvalho, Montini habría temido por su vida. Río era una ciudad peligrosa, donde el imprudente peatón se arriesgaba a que lo agredieran en cualquier esquina. Lo invitaron a montar en el coche, que arrancó de inmediato.

—*Para onde vamos?* —preguntó en un portugués macarrónico.

—*Para Rocinha.*

—*Ainda é longe?*

—*Não, apenas uns quilômetros.**

Al cabo de unos quince minutos, salieron de la carretera asfaltada para tomar un camino de tierra. El coche se adentró en unos paisajes lunares, devastados, iluminados tan solo por la luz de los faros. El traqueteo del vehículo por aquel suelo lleno de baches era agotador. Al poco, un resplandor difuso iluminó el cielo. Eran los miles de luces de Rocinha, la mayor favela de Río. Cuando lo nombraron obispo, Carvalho se había negado a residir en el arzobispado. Prefería vivir en el inmenso barrio de chabolas que era Rocinha. Esa decisión resultó muy favorable para su reputación. De un día para otro, se convirtió en el símbolo de la Iglesia que defiende a los pobres, que aplica al pie de la letra las enseñanzas de Jesús.

La favela parecía extenderse hasta el infinito, como un amontonamiento barroco. Salieron del coche. Los tres hombres que hacían de guardaespaldas rodearon a Montini. Sabían cómo actuar para apartar a los curiosos, que descubrían con sorpresa a aquel hombre vestido de sacerdote, bien afeitado, con cara de burgués.

—*Cuidado, veja onde põe os pés!*** —le dijo uno de los guardaespaldas.

Caminaban entre barro y orines. El olor era infecto. Se mezclaba con el de una carne extraña que asaban no lejos de allí. Montini alcanzaba a oír cantos africanos y endechas brasileñas. Vio de pasada a un hombre y a una mujer que copulaban jadeando, delante de un grupo que los jaleaba dando palmadas. Uno de sus acompañantes, divertido, estuvo pendiente de

---

* «¿Adónde vamos?». «A Rocinha». «¿Está lejos?». «No, a unos pocos kilómetros».

** «¡Cuidado! ¡Mire dónde pone los pies!».

la reacción de Montini. Fue una pérdida de tiempo: el enviado del papa atravesaba aquel fango con aparente indiferencia. No es que lo hubiera visto todo en la vida, el mundo alberga más horrores de los que la imaginación es capaz de concebir, pero Montini tenía suficiente presencia de ánimo para hacer frente a «todas» las situaciones.

Llegaron a la puerta de una barraca con el tejado de chapa. Carvalho salió y dio un abrazo jovial al enviado del papa.

—Bem-vindo ao meu castelo!*

—¿Se te ha olvidado el italiano, Alberto?

—¡Pues claro que no! ¿Has cenado?

—Un plato de sopa en el arzobispado. De noche no hace falta más.

—No has cambiado. Yo, aquí, en medio de la mierda, he recuperado el placer de vivir.

Señaló a todos los que se habían congregado a su alrededor.

—Y tengo montones de amigos… que no valen menos que los carcamales del seminario, te lo aseguro. Entra, estaremos más tranquilos.

La barraca le pareció más espaciosa que vista desde el exterior. Una gran alfombra oriental cubría el suelo de tierra. La habitación, amueblada con un simple catre, estaba iluminada por una lámpara de petróleo que proyectaba sombras danzantes en las paredes, donde los crucifijos se codeaban con fotos y artículos de periódico.

—No tengo ninguna silla, hay que sentarse en el suelo. ¡Como en los viejos tiempos, cuando éramos scouts!

Se instalaron uno frente a otro. Al verlo de cerca, Montini se dio cuenta de en qué residía la «magia» de dom Alberto. Eran sus ojos. Unos ojos muy rasgados que se curvaban hacia un punto situado justo encima de la nariz, evocando un tercer ojo virtual que no buscaba sino atravesarte. Combinados con

---

* «¡Bienvenido a mi castillo!».

unas anchas cejas y esa clase de ceño que endurece las facciones, contribuían enormemente a conferirle una clara autoridad sobre las personas de su entorno.

—¿Cómo está el Santo Padre? —preguntó Carvalho.

—Mal —respondió Montini—. Vuelve a tener vértigos. El médico teme que se produzca una rotura de aneurisma.

—Nunca me ha gustado este papa. No entiendo cómo lo soportas.

—Conservando la calma, Alberto. Es el mejor método.

—¿No te ha nombrado cardenal?

—No, todavía no.

—No lo hará nunca, tiene demasiado miedo de que te conviertas en su sucesor. ¿Para qué te ha enviado?

—Para hablar. Oye decir tantas cosas de ti… Quiere conocer tus intenciones.

Dom Alberto se levantó y dijo, elevando el tono:

—¿Mis intenciones? Voy a decírtelas. Porque nos conocemos, pero también porque actualmente ya no puede hacerme daño nadie. El Vaticano está muerto.

—¿Muerto? ¡No exageres, Alberto!

—Moribundo. Como todas las instituciones, pertenece a otra época. Se ha corrompido demasiado poniéndose del lado de los poderosos. ¡Quiero que desaparezca!

En aquel momento, Montini no vio claro si a su viejo «amigo» le había dado uno de sus frecuentes ataques de megalomanía o si tenía una idea concreta en la cabeza. Prefirió echar mano de ese humor frío que exasperaba a más de uno.

—¿Y cuál es tu varita mágica, amigo mío? ¿Cómo vas a poder…?

Carvalho lo interrumpió. Su mirada revelaba tal dureza que daba miedo.

—¿Crees que estoy loco?

—Pues claro que no, Alberto —protestó Montini, de pronto consciente de su torpeza—. Simplemente, pienso que deberías valorar el mundo tal como es.

—¡Eres tú el que está ciego! ¿Es que no ves que el mundo ha cambiado, que fuerzas nuevas lo moldean desde el interior? Los países colonizados están levantando la cabeza, necesitan otra Iglesia. ¡Yo quiero fundar la Iglesia de los Pobres!

«Con un personaje así, pensó Montini, todo es posible. Hombres como Carvalho tienen la fuerza de sus convicciones, pueden arrastrar a otros».

—Alberto, he venido a verte porque el papa me ha encargado una misión. Te propone que vayas a Roma a fin de encontrar un terreno de entendimiento.

La respuesta de dom Alberto no fue la que él esperaba.

—No quiero volver a hablar con este papa. Ni con su sucesor. No quiero deberle nada más a Roma. ¡Quiero crear un cisma!

La Santa Sede temía la palabra «cisma» más que al Diablo.

—Un cisma sería un suicidio para el conjunto de la Iglesia, Alberto.

—He reunido a un grupo de teólogos de Colombia, Chile, Argentina y México. Juntos construiremos una nueva teología destinada a los oprimidos, una teología que sitúe en primer plano la violencia revolucionaria, esa que proclama el propio Jesús Nuestro Señor cuando dice: «Si alguien viene a mí, y no odia a su padre, su madre, su esposa, sus hijos, sus hermanos e incluso su propia vida, no puede ser mi discípulo». El Vaticano no podrá aceptar esta nueva teología. Será la causa del futuro cisma.

—¡Alberto —dijo Montini—, si haces eso, llevarás a la cristiandad a la perdición!

Dom Alberto se echó a reír a carcajadas. Fuera el alboroto cobró intensidad.

—Ven conmigo, esto no lo has visto nunca. Es un cantante de Río, Vinicius de Moraes. Lo he convencido de que venga esta noche a cantar a Rocinha. Ya verás, es muy bueno.

Montini comprendió que la conversación había terminado.

—¡Un cisma! —exclamó Pío XII—. ¿Usted da crédito a esa locura?

—No sé qué decirle, Santo Padre. Con él, cualquier cosa es posible. Y los soviéticos estarán encantados de ayudarle.

Esta vez, el papa se dejó dominar por un acceso de desesperación.

—Padre Montini, me siento... inerme. ¿Cómo puedo yo solo, a mi edad, dar la vuelta a esta situación?

Fue entonces cuando Montini puso encima de la mesa del papa un fajo de hojas llenas de una escritura apretada.

—¿Qué es eso?

—Una carta que acaba de llegar —dijo Montini—. Léala. Quizá contenga la solución.

6

Lo habían intentado todo.

Hasta tal punto que no habían dudado en poner el taller del padre Leonardo patas arriba. Hacía dos meses que el anciano y su joven colaborador se esforzaban en reproducir la singular experiencia, debida a una combinación improbable de circunstancias, de aquella grabación de un fragmento de pasado.

Habían encargado la realización de un sonograma de la secuencia sonora a un laboratorio especializado. Lo había analizado un experto en acústica. Consideró que no tenía nada de especial, que era un sonido de mala calidad, sin más. También habían desmontado el magnetófono pieza a pieza y habían vuelto a montarlo, sin resultado alguno. El alambre magnético era un alambre magnético normal y corriente, como el que se encuentra en cualquier tienda. Después de eso, el padre Ernetti había sugerido modificar la disposición del taller, por si, sin que supieran cómo, pudiera haber actuado de «antena». Cambiaron de sitio varias veces todo lo que contenía, incluidas las herramientas pesadas de mecánica. Lo único que consiguieron fue que Leonardo sufriera un ataque de lumbago.

A falta de más ideas, recurrieron a un médium, un especialista en «transcomunicación», esa disciplina paranormal que interpreta las voces de los muertos. No le dijeron nada sobre el origen de la grabación. El hombre apuntó en un bloc de notas las palabras que se pronunciaban en la breve secuencia. ¡Pensaba que contenían un mensaje cifrado que los muertos enviaban a los vivos! El padre Leonardo prefirió no insistir. Le pagó el desplazamiento y se lo quitó de encima rápidamente. Al cabo de tres semanas de trabajo, en aquel otoño de 1955, no habían avanzado nada. Para entonces ya creían que el magnetófono era un simple soporte pasivo que había captado por casualidad, Dios sabía cómo, una «burbuja de pasado». Una explicación que no era tal, pero no tenían otra.

Un día, mientras desmontaban entre los dos un pesado banco de trabajo, de madera maciza, en el taller de Leonardo, sonó el teléfono. Pellegrino fue a cogerlo. La llamada era del palacio del Vaticano. Una voz dijo que deseaba hablar con el padre Leonardo. El joven le pasó a este el auricular, pero no pudo evitar poner la oreja. Por el respeto con el que el anciano sacerdote parecía tratar a su interlocutor, daba la sensación de que se trataba de alguien importante. El padre Leonardo colgó, pensativo.

—Pellegrino, ¿tiene una sotana limpia?

—Sí, padre, recién salida de la lavandería.

—Pues prepárela. El papa nos ha convocado pasado mañana en el Vaticano.

—¿A mí también?

—¡Sobre todo a usted! —respondió Leonardo.

Dos días después, un taxi los dejó no lejos de la plaza de San Pedro. El padre Ernetti, pese a haber nacido en el extrarradio de Roma, no había entrado nunca en el Vaticano. Había visitado la plaza de San Pedro y la basílica, como todo el mundo, pero nunca había cruzado el umbral del recinto de la ciudad pontificia. Para la ocasión, había comprado una guía turística.

—Aquí dice que el obelisco estaba en el centro de un circo.

—Es verdad —contestó Leonardo—, un circo privado de Calígula. Donde está usted ahora mismo, quizá unos leones devoraron a mártires cristianos, como en *Quo Vadis*. ¡Haga el favor de guardar esa guía, ya llegamos!

Se presentaron en la entrada del palacio pontificio. Unos guardias suizos armados y vestidos con uniformes de anchas franjas de distintos colores filtraban el acceso. Un guardia los acompañó hasta el ala del palacio donde residía el papa. La sala de audiencias se encontraba en la segunda planta, justo debajo de los aposentos privados del soberano pontífice. En esa estancia, decorada de forma lujosa, recibía a sus visitantes. Un obispo entró en la habitación y los saludó amigablemente. Era el obispo Montini, el colaborador principal del papa. Él y Leonardo parecían conocerse bien.

—Excelencia, le presento al padre Pellegrino Ernetti, del que le he hablado.

Montini era un hombre alto, delgado, de aspecto frío. Le estrechó la mano sin imprimir fuerza, casi con indiferencia. Pero su mirada tenía el brillo de una inteligencia formidable, apta para desvelar los secretos más ocultos del alma humana.

—Me alegro de conocerle —dijo—. El Santo Padre los espera en su despacho.

Se volvió y llamó a una puerta. Una voz débil les indicó que entraran. Pertenecía a un hombre de edad avanzada, que aguardaba sentado tras una enorme mesa.

—Acérquense, amigos míos, acérquense.

Pellegrino no daba crédito a sus ojos. ¡Lo recibía el papa Pío XII en persona!

—Siéntense los tres —pidió el papa—. Yo, en cambio, voy a levantarme para desentumecer las piernas.

El papa, un hombrecillo enjuto de facciones severas, cuyo rostro traslucía el cansancio debido a su enfermedad neurológica, le tendió la mano con el anillo a Pellegrino, que lo besó.

—El padre Leonardo, en quien confío plenamente, nos ha hablado muy bien de usted, padre Ernetti.

Las mejillas de Pellegrino se sonrojaron de regocijo. ¡Decididamente, iba de sorpresa en sorpresa!

—Su Santidad, el padre Leonardo es demasiado generoso.

—Bueno, bueno... La información que voy a darles —prosiguió el papa— es absolutamente confidencial. ¿Jura guardar el secreto, padre Ernetti?

Pío XII había dado a esta pregunta un tono grave que desconcertó al joven sacerdote. La situación resultaba cada vez más curiosa. Pellegrino alzó la mano derecha y declaró, como si estuviera ante un tribunal:

—Lo juro, Santísimo Padre.

—Yo también lo juro —dijo Leonardo con un gesto idéntico.

—Seremos cuatro, con el obispo Montini, los que estaremos al corriente. Hace unas semanas recibí esta carta... —Les enseñó un sobre grande y abultado—. La firma el físico Ettore Majorana.

Pellegrino puso cara de asombro.

—Sé lo que está pensando, padre Ernetti. Contrariamente a lo que se cree, Majorana no se suicidó en 1938. Hizo creer que se había quitado la vida, pero en realidad se refugió en un monasterio de Calabria, en Santo Stefano del Bosco. Vivió allí hasta su muerte, a principios de este año. Conozco bien al padre superior que dirige ese monasterio. Él me ha contado que Majorana trabajaba desde hacía años en un proyecto importante acerca del cual no decía nada. —El papa sacó la carta de Majorana del sobre—. Tras su muerte, el padre superior me hizo llegar esta carta, dirigida a mí. Es un mensaje extraño, que contiene muchas consideraciones científicas. Por eso se la enseñé al padre Leonardo. Continúe, Leonardo, cuéntele al padre Ernetti el contenido de la carta.

—No le he hablado antes de ella, Pellegrino, porque el Santo Padre me impuso silencio sobre este asunto.

—Comprendo.

—Usted sabe que Majorana intentaba desentrañar los misterios de la mecánica cuántica. El mundo que esta describe, donde las partículas de materia se comportan de forma inu-

sual, le fascinaba. También tenía interés en esas micropartículas que llamamos «neutrinos». ¿Ha oído hablar de ellos?

—Un poco. Fue Enrico Fermi quien les puso ese nombre de
«pequeños neutrones». Pero son partículas hipotéticas.

Leonardo dirigió una mirada a la carta que sostenía el
papa.

—Pues resulta que no. Para Majorana, los neutrinos existen de verdad. Su carta contiene ecuaciones absolutamente inéditas que a mí me cuesta comprender. Son solo un resumen de
sus trabajos matemáticos. El resto, trescientas páginas de cálculos, está guardado en una caja, en su celda de Santo Stefano del
Bosco. Creo... —El anciano miró al papa y a Montini—. Cree-
mos que, teniendo en cuenta sus conocimientos de física, quizá
usted sea capaz de descifrarlos.

Pellegrino estaba desconcertado.

—Pero... ¿por qué yo, Santo Padre? He cursado estudios de
física, pero hay físicos mucho más competentes.

Fue el obispo Montini quien le respondió:

—Para empezar, no se subestime, Pellegrino. La Iglesia sabe
reconocer a las almas en las que puede depositar su confianza.
Por otra parte, el padre Leonardo le ha observado durante varios meses y considera que es usted el hombre que requiere la
situación. No tenemos ninguna razón para no hacerle caso.

En tales condiciones, resultaba difícil para Pellegrino continuar dudando. Más aún sintiendo como sentía la mirada ansiosa del papa.

—De acuerdo, Santo Padre, intentaré estar a la altura.

El papa se relajó un poco.

—Pero ¿en qué...? —Pellegrino, temiendo ser irrespetuoso,
no acababa de atreverse a proseguir. Pero Pío XII hizo un ademán con la mano para animarlo a que terminara la frase—.
¿En qué podrían interesar los cálculos de Majorana a la Santa
Sede?

Una vez más, fue el obispo Montini quien le respondió:

—Eso lo sabrá a su debido tiempo, padre Ernetti.

El papa pareció irritado por la réplica del obispo.

—No estoy de acuerdo con usted, Montini. El padre Ernetti tiene derecho a saber.

Montini se inclinó, en un gesto de obediencia.

—En su carta —continuó el papa—, Ettore Majorana afirma que esos cálculos podrían ayudarnos a demostrar la verdad de los Evangelios.

—No comprendo, Santo Padre. ¿En qué puede afectar un trabajo sobre los neutrinos a las Sagradas Escrituras?

Esta vez, el papa pareció vacilar. Montini tomó la palabra.

—Esta entrevista ha terminado, amigos míos, Su Santidad tiene muchas cosas que hacer. Aquí tienen los billetes.

Les tendió dos billetes de tren. Pellegrino estaba sorprendido.

—¿Nos vamos?

—Sí, mañana. Vamos a Calabria. ¡Yo le acompaño! —dijo Leonardo.

7

La región del lago Tiberíades, en el norte de Israel, en ocasiones se ve afectada por largos episodios de sequía. Aquel año, debido al retroceso del nivel de las aguas, un agricultor del kibutz de Ginosar, el más grande de la zona, hizo un hallazgo inesperado: enterrada en el limo, encontró una barca que databa del siglo I de nuestra era. Según decían, Jesús de Nazaret o Simón Pedro posiblemente habían cruzado el lago en esa pequeña embarcación. A fin de proteger el precioso vestigio empapado de agua, la administración del kibutz recurrió a dos arqueólogos de la Universidad de Tel Aviv, que decidieron cubrirlo con un grueso envoltorio de poliuretano. A unos metros de distancia, una joven los observaba con atención. Se llamaba Natasha Yadin-Drori.

Alta, delgada, con unos ojos de color verde dorado heredados de su madre, originaria de Ucrania, Natasha alternaba un trabajo a tiempo parcial en el museo Rockefeller de Jerusalén con la redacción de una tesis de arqueología sobre los lugares mencionados en los Evangelios. Llevaba el uniforme habitual de los habitantes de los kibutz: pantalones de loneta (cortos, cuando hacía mucho calor) y una camisa gris de estilo militar. La pequeña barca de Ginosar le interesaba tanto por lo que revelaba sobre aquella época lejana como por los métodos modernos de conservación que utilizaban los arqueólogos. Su tesis distaba mucho de estar acabada, pero tendría que defenderla al año siguiente, cuando comenzara el curso universitario de 1956. Una última prueba que superar antes de incorporarse en serio a la vida profesional.

Gracias a una autorización de la universidad, Natasha había tenido acceso a todas las excavaciones arqueológicas relacionadas con el tema de su tesis —Cafarnaúm, Nazaret, Séforis, Betsaida, Tabgha y Kafar, en Galilea—, así como a varias investigaciones en curso en la Ciudad Santa. Al final de la tarde, ordenó sus notas y tomó un autobús que la llevó a Jerusalén. Compartía un pequeño estudio con una colega que trabajaba, como ella, en el museo Rockefeller.

Desde el descubrimiento de los primeros manuscritos del mar Muerto, en 1947, el museo se había convertido en el laboratorio central donde arqueólogos y epigrafistas reputados —la mayoría dominicos franceses— trabajaban reconstruyendo y descifrando los preciosos rollos, con la ayuda de una cohorte de estudiantes encantados de codearse con semejantes eminencias científicas pese a recibir una retribución más que modesta.

—Nat —le dijo la recepcionista—, el Patrón lleva desde esta mañana preguntando por ti.

—¿Le has dicho que estaba en Galilea?

—¡No discutas, tiene prisa!

El «Patrón», como lo llamaban de manera familiar, era el padre Hubert de Meaux. Aquel dominico de rostro enmarcado por una larga barba enmarañada, tocado con una boina que no lo abandonaba nunca, era un hombre de carácter enérgico y voz potente, a la vez temido y respetado. Como director del Instituto Bíblico de Jerusalén, encabezaba el equipo encargado de la traducción y la publicación de los manuscritos del mar Muerto.

—¡Señorita, llevo todo el día buscándola!

—Pero había avisado de que estaría...

—Da igual, da igual —la interrumpió él, hablando a la velocidad de una ametralladora, para preguntarle—: ¿Sabe luchar?

—¿Cómo?

38

—Me he enterado de que estuvo unos meses en las filas del Tsahal. ¿Le enseñaron a manejar armas?

—Por supuesto, padre.

—¿Revólver? ¿Pistola ametralladora?

—Sí, sé utilizarlas.

—¿Y el combate cuerpo a cuerpo...? ¿Cómo lo llaman aquí?

—Krav magá. Sí, también lo he practicado.

—Perfecto. Como tiene el físico que se requiere, va a interpretar el papel de una rica turista americana que ha venido de compras al mercado de antigüedades de Belén. Mire esto...

Le enseñó una página arrancada de una revista de anuncios por palabras. Uno de ellos estaba rodeado por un círculo trazado a lápiz: «Manuscrito bíblico en venta. Un vestigio precioso que data de la época de los asmoneos».

—Son listos, hacen sus trapicheos metiendo pequeños anuncios en los boletines para coleccionistas. El manuscrito en cuestión está en venta en una tienda de antigüedades de Belén. Lo necesito.

—El vendedor pedirá mucho dinero, padre.

—Nada de dinero. ¡Hay que robar al ladrón! Va a verlo, se gana su confianza, le pide que le enseñe el manuscrito y... ¡pam! —Dio un golpe con el puño en la palma de la mano, como para simular una pelea—. En mi juventud hice boxeo. Pero, si usted prefiere el judo israelí, no se prive.

Natasha, un poco estupefacta, no acababa de verlo claro.

—Pero... quizá vaya armado.

—Usted también. —De Meaux le tendió un trozo de papel en el que había escrito un nombre y un número de teléfono—. Es uno de los responsables de la Autoridad de Antigüedades de Israel. Está al corriente y le enviará a alguien para que le eche una mano.

La joven se alegraba de que el padre De Meaux, que hasta entonces no le había prestado ninguna atención, le encargara una misión..., ¡aunque estuviese más cerca de una acción de comando que de un trabajo de arqueóloga!

—Y… ¿sabe lo que contiene ese manuscrito, padre?

—¡Pólvora!

El sacerdote no dijo nada más. Natasha presintió que no debía insistir.

—De acuerdo. En cuanto obtenga el documento, se lo traigo.

—No, entrégueselo a mis dominicos del subsuelo. Me voy tres semanas a Roma.

—¿Para hablar de nuestros trabajos? —preguntó Natasha levantándose.

—Sí. ¡Y para que me echen la bronca!

8

Seis horas de trayecto con un calor abrasador. Eso es lo que les esperaba cuando el tren salió de la estación Termini en dirección a Regio de Calabria. Los vagones estaban llenos, sobre todo de campesinos calabreses que habían ido de compras a Roma. Algunos hasta transportaban en jaulas gallinas que cacareaban agitadas. Otros llevaban de vuelta a Calabria los quesos de oveja o los embutidos regionales que no habían conseguido vender en la capital.

Con sotana negra y una pequeña cruz en el pecho, el obispo Montini, el padre Leonardo y el joven Ernetti habían adoptado el aspecto de tres curas normales y corrientes. Por desgracia, en el compartimento de cuatro que les correspondía, contaban con la presencia de una campesina sonriente, pero que se preparaba un oloroso bocadillo cada media hora, lo que incomodaba sobremanera a Montini, que escapaba al pasillo.

Pese a la temperatura asfixiante, Pellegrino se mostraba entusiasmado. Se dijo que su intuición no lo había engañado: se hallaba embarcado en una aventura excitante, del todo inesperada. Leonardo, por el contrario, no podía ocultar su cansancio. La insuficiencia coronaria que padecía no era muy compatible con aquel viaje a una región enormemente calurosa y árida. Cuando su vecina iba por el tercer bocadillo, los dos fueron en busca de refugio al bar del tren, que estaba abarrotado y lleno de humo.

—¿Qué le parece nuestro amigo Montini? —preguntó Leonardo.

—Sin duda es un hombre muy inteligente, pero lo encuentro demasiado frío.

—Sí —reconoció Leonardo—, es un producto absolutamente logrado de la burocracia pontificia. No lo subestime, controla a la perfección el arte de hacerse imprescindible. Es él quien redacta los discursos del Santo Padre, ¡incluso le ayuda a escribir las encíclicas!

—Tiene un aire tan distante...

—Su arrogancia le ha hecho ganarse no pocos enemigos. Incluso al Santo Padre le cuesta soportarlo a veces.

El padre Ernetti se inclinó hacia Leonardo.

—He... he oído decir que el papa quería alejarlo, ¿es cierto? —susurró.

Leonardo, divertido, le respondió en el mismo tono de secretismo:

—¡Vaya, está bien informado para ser un recién llegado!

—Ayer pasé unas horas en la cafetería del Vaticano. Cuando se pronuncia el nombre de Montini, todo el mundo tiene algo que decir.

—Desconfíe de las cafeterías, se cuentan muchos chismes. Es verdad que algunos se quejan de que Montini está ocupando demasiado espacio junto al papa. Aunque, para nosotros, es una ventaja contar con su presencia. Posee una auténtica cultura científica y tendrá plenos poderes para ayudarnos en nuestra investigación. ¡Cuidado, ahí viene!

Montini se unió a ellos.

—¿No está muy cansado, padre Leonardo?

—El calor es soportable —contestó el anciano—, pero los olores de comida me producen náuseas.

—A mí también, pero no podemos impedir que estos buenos campesinos calabreses se alimenten a horas fijas, es una costumbre demasiado arraigada.

—¿Cuánto falta para llegar a Regio?

—Tres horas aún —respondió Montini—. Luego iremos en coche hasta el monasterio.

A primera hora de la tarde, cuando llegaron a su destino, se dijeron que Majorana había acertado en la elección. El monasterio de Santo Stefano del Bosco era una abadía de cartujos reconstruida casi por entero después de un seísmo. Era el sitio ideal para que a uno lo olvidaran. Montini hizo sonar la campanilla de la puerta. Un monje les abrió y les pidió que aguardaran en el patio mientras iba a avisar al padre superior. Al cabo de unos instantes, este los recibió respetuosamente. Era un monje de larga barba blanca, que se desplazaba con dificultad debido a la gordura.

—Entren, señores, entren. Les propongo que nos sentemos en el refectorio, es donde hace más fresco.

Tenía razón. La temperatura del refectorio era revitalizante.

—Mejor, ¿verdad? ¿Cómo está Su Santid...?

Montini no le dejó terminar la frase, no estaba allí para intercambiar trivialidades. Pidió al padre superior que les contara cómo habían sido los últimos días de Majorana.

—Como ya saben, excelencia, Majorana vivió en este monasterio diecisiete años, tras haber hecho creer que se había suicidado. Evidentemente, había informado a su familia, que financiaba en secreto su estancia en la abadía.

—¿Por qué quería desaparecer? —preguntó Montini.

—La razón era, sin duda, lo que había descubierto. No reveló sus investigaciones a nadie, ni siquiera a su hermano mayor, que a veces venía a visitarlo. Trabajaba todo el día en su celda, solo salía a la hora de las comidas y volvía a encerrarse enseguida. No participaba nunca en las ceremonias religiosas, aunque se declaró creyente.

—¿Cómo murió? —preguntó Leonardo.

—De manera natural... y previsible —añadió el padre superior—. Trabajaba en sus cálculos hasta avanzadas horas de la

43

noche. Dos meses antes de su muerte, sufrió un síncope que lo sumió en un estado de demencia absoluta. Parecía aterrorizado ante la idea de que unos espías vinieran a robarle su trabajo.

—¿No le contó nada que le permitiera hacerse una idea, aunque fuera vaga, de la naturaleza de sus investigaciones? —preguntó Montini.

—Nada. Solo me dio esa carta que debía hacer llegar al papa Pío XII. Sabía que éramos amigos, confiaba en mí. Desconozco su contenido.

Montini pidió ver la habitación de Majorana. Subieron a la segunda planta del monasterio, recorrieron un estrecho pasillo y llegaron a una puerta cerrada que el padre superior abrió con su llave maestra. Luego se volvió hacia Montini.

—Tal como me ordenó, pedí a nuestros hermanos que no tocaran nada. Nos hemos limitado a hacer la cama. Todo continúa igual que cuando murió.

Pellegrino observó el polvo que cubría los escasos muebles de la habitación y pensó que habían cumplido la orden al pie de la letra. Reinaba un desorden increíble. La cama, minúscula, estaba cubierta con una manta de lana desgastada. De una de las paredes colgaba una pizarra negra repleta de ecuaciones. Trozos de tiza de varios colores estaban apoyados en precario equilibrio en la parte superior del marco. Al pie de la cama había tres volúmenes enteros de hojas llenas de cálculos unidas con pinzas metálicas. Montini los cogió y los puso sobre la mesita que hacía las veces de escritorio.

—¿Le abro el armario? —preguntó el padre superior.

—Sí, adelante.

Estaba medio vacío. Se veía el traje «de paisano» que Majorana llevaba en 1938, al llegar al monasterio, y también un hábito de monje de algodón grueso, con la cuerda tradicional para ceñirlo a la cintura.

—Aunque no era practicante —precisó el padre superior—, Majorana llevaba con gusto este hábito de monje porque le parecía cómodo. Para él era como un batín.

En la parte inferior del armario, escondido bajo las prendas de vestir, había un cuaderno grande donde el investigador había esbozado algunos dibujos que resultaba bastante difícil identificar. Uno de ellos representaba una especie de máquina de dos pisos. Justo debajo, Majorana había dibujado un pez: *ichtus*, el monograma de Cristo. Montini se sacó de la bolsa una pequeña cámara de fotos provista de flash y tomó varias fotografías de la pizarra cubierta de ecuaciones. Después cogió un trapo con el que borró cuidadosamente lo que había escrito.

—Simple precaución —dijo.

Pellegrino miró las carpetas.

—¿Y todos estos escritos?

—Vaya a buscar su maleta a la planta baja —ordenó Montini—, nos lo llevamos todo a Roma.

—¿Y luego?

—Luego, padre Ernetti, tendrá tiempo de sobra para visitar una de las maravillas de la Santa Sede.

—Ah, ¿sí? ¿Cuál?

—¿Ha oído hablar de los sótanos del Vaticano?

9

El padre Hubert de Meaux estaba impacientándose en la antesala contigua a la sala de audiencias del papa. Rebuscó en los bolsillos de su túnica blanca de dominico, pero al final se echó atrás. No, imposible fumar allí. Volvió a leer las primeras líneas del informe que había preparado para el Santo Padre, con la voluntad de que fuera lo más neutro posible. De pronto la puerta se abrió para dejar paso al obispo Montini.

—Ah, estás aquí. ¡Llevo veinte minutos esperando!

—Perdona, Hubert, acabo de llegar de Calabria. Pero tenía interés en hablar contigo antes de la entrevista.

—Vienes a anunciarme que voy a pasar un mal rato, ¿no?

—Me temo que sí. La enfermedad del Santo Padre no ha mejorado su carácter. Y lo que vas a decirle...

—... no arreglará nada. Te recuerdo que yo no he solicitado este encuentro.

—Lo sé, lo sé. Pero lo que le han contado de tus descubrimientos en Qumrán le hace temer que los enemigos de la fe los utilicen.

—Ha tomado el camino equivocado. No podrá cerrar el paso eternamente al progreso de la ciencia y de las costumbres.

—Es posible, pero sigue siendo el papa, Hubert. Mientras esté aquí, es él quien ocupa el trono de Pedro.

—¿Crees que tienes posibilidades si...?

—De momento, no. Aunque me necesita, no se fía. Me

pondrá palos en las ruedas. Creo que debemos entrar ya, amigo mío.

Ante la mirada gélida del papa, Hubert de Meaux resumió los trabajos que dirigía desde hacía varios años en el desierto de Judea. El descubrimiento de numerosos manuscritos que databan de la época de Jesucristo (e incluso anteriores) en las cuevas cercanas al mar Muerto había impulsado al sacerdote arqueólogo a emprender excavaciones en el yacimiento de Khirbet Qumrán, donde se encontraron unas ruinas que dejaron al descubierto una serie de edificios que llevaban a pensar en un monasterio.

—¿Un monasterio? —dijo el papa—. ¿Por qué habla de un monasterio?

—Santo Padre, tengo la certeza de que prácticamente todos los manuscritos del mar Muerto fueron escritos en esas construcciones por una comunidad religiosa...

—¿Los famosos esenios?

—Sí. Un grupo de judíos muy piadosos que se habían retirado a Qumrán para esperar el apocalipsis y la vuelta de un mesías redentor.

—¿Antes del nacimiento de Jesús de Nazaret?

—Sí, Santo Padre. Los esenios llegaron a Qumrán a partir del siglo II antes de nuestra era, seguramente en varias oleadas.

Montini, que conocía bien al papa, temía aquella calma aparente. Presagiaba un seísmo inminente.

—En su informe también dice que esos ascetas compartían todos sus bienes.

—Sí, eso es lo que se concluye a partir de sus escritos.

—¿Y eso también antes de los apóstoles de Jesús?

—Varias décadas antes, en efecto.

La tensión era ya palpable.

—¿Se da cuenta de lo que dice, padre De Meaux?

—Digo lo que revelan nuestras excavaciones, Su Santidad.

Pío XII dio un fuerte golpe en la mesa con la mano. Montini no lo había visto nunca así.

—¡Sandeces, lo que dice son sandeces! Y eso no ayuda a nuestra Iglesia, padre De Meaux.

—Santo Padre, yo...

Montini reprimió una sonrisa. Normalmente era Hubert de Meaux quien intimidaba con su potente voz a sus colaboradores. Esta vez, los papeles se habían invertido.

—¡Y, para acabar de arreglarlo —prosiguió el papa—, convierte a sus esenios en los inventores del bautismo en el agua!

—Los «inventores», no —balbuceó De Meaux—. Es cierto que en Qumrán hemos encontrado numerosas pilas que hacen pensar en pilas rituales. En la época, era una tradición entre los judíos muy devotos purificarse con agua varias veces al día. Son los periodistas los que han hablado del bautismo en el agua y lo han comparado con el bautismo cristiano.

—Pero ¿cómo quiere evitarlo? —rugió el papa, que se levantó y se puso a caminar de un lado a otro de la habitación—. Dentro de nada repetirán machaconamente que Jesús no inventó nada, que era también esenio y que, en definitiva, el cristianismo no es más que una herejía judía. ¡Preparémonos para la cacería! Y esto en una época en la que los comunistas están a la espera de la menor ocasión para pulverizar nuestras creencias y nuestro modo de vida.

El papa, rojo de ira, estaba sin aliento. Montini lo ayudó a sentarse. Pulsó un timbre instalado bajo la mesa y enseguida acudió un joven sacerdote.

—Por favor —dijo Montini—, acompañe al Santo Padre a su habitación. Y llame a su médico.

El joven sacerdote ayudó al papa a salir. El padre De Meaux estaba lívido.

—Quería saber y ya sabe —dijo—. No podía mentirle.

Le temblaban las manos cuando se rebuscó en los bolsillos.

—¿Puedo fumar?

—Aquí no. Pero vamos a la habitación de al lado.

De Meaux, gran fumador ante el Eterno, dio una primera calada que lo tranquilizó.

—No te preocupes —le dijo Montini—, tiene este tipo de ataques casi a diario. Yo he acabado por acostumbrarme. Pero comprendo que tus investigaciones le hayan escandalizado.

—Aun así, me esperaba todo menos esto.

—Se calmará. ¡Ha tenido su gracia ver que te abroncaban como a un crío de seminario!

—Pues a mí no me ha hecho ninguna.

—¿Quieres un consejo? Vuelve a Jerusalén y continúa con tus investigaciones como si no hubiera pasado nada, pero mantén los resultados bajo control. En cuanto a los manuscritos del mar Muerto..., ¿quién se encarga de traducirlos?

—La mayoría están en manos de nuestros dominicos.

—¡Estupendo! Que hagan su trabajo, pero da información con cuentagotas aduciendo que tenéis dificultades para reconstruir los textos. No sé qué encontraréis en esos manuscritos, pero más vale ser prudentes.

El padre De Meaux asintió en silencio. Se levantó y se puso su legendaria boina. Al despedirse de su viejo amigo, le preguntó mirándolo a los ojos:

—¿Tan grave es la situación?

—Sí. Pero van a cambiar las cosas.

—¿Por qué razón?

—No puedo decirte nada de momento. Ya lo verás.

Los medicamentos que el médico había administrado al papa lo calmaron. Después de que Hubert de Meaux se hubiera ido, volvió a sentarse a su mesa de trabajo, desde donde observaba a Montini en silencio.

—Dígalo, sé lo que está pensando.

—El padre De Meaux es un gran erudito y un católico fiel, Santísimo Padre. No debería haber sido tan duro con él.

—Sí, me he acalorado demasiado. Usted que lo conoce, dígale que lo siento.

—No dejaré de hacerlo.

—Pero ¡qué quiere! ¡Es la gota que colma el vaso! Por un lado, Carvalho nos amenaza con un cisma; por otro, los sacerdotes obreros me desobedecen; por otro, los teólogos modernistas la emprenden con los Evangelios... ¡Y ahora aparece De Meaux sugiriendo que nuestro Señor Jesucristo copió a los esenios!

—Él no dice eso, Santo Padre.

—¡Lo dirán por él, puede estar seguro! ¿Cómo van con los trabajos de Majorana?

—Hemos traído sus cálculos y sus planos. Mañana instalaré al padre Leonardo y a su joven ayudante en los archivos secretos.

—¡Es nuestra última oportunidad, Montini!

En ese preciso momento, en los espléndidos jardines del Vaticano, Hubert de Meaux, todavía aturdido por la entrevista con el Santo Padre, recuperaba también la calma sentado en un banco público. Sabía que la Iglesia, como el ejército, no tenía nada de democracia. No todas las verdades, ni siquiera las más fundadas, era aconsejable decirlas. Sin duda Montini tenía razón, había que tomar medidas para contener las habladurías. Se estremeció al pensar en aquel manuscrito del que debía apoderarse una de sus estudiantes en Belén. ¡Si se trataba de lo que él creía, sus problemas no habían hecho más que empezar!

10

Natasha caminaba por la calle principal de Belén, en dirección a la gran plaza en la que se alza la basílica de la Natividad. Para llevar a cabo la misión, había sustituido su ropa habitual por una indumentaria de turista que le había prestado una amiga: una falda sencilla, una blusa estampada, un sombrero elegante para protegerse del sol y las clásicas gafas negras. Cuando llegó a la altura de la basílica, se desvió hacia el zoco, donde los vendedores de antigüedades —los verdaderos y los falsos— acechaban a los clientes. El anuncio que había recortado el padre De Meaux procedía de un tipo curioso, una mezcla de anticuario y zapatero, un sirio llamado Akram Dayub. Su tienda estaba al otro lado del mercado, en un callejón estrecho. Llamó al timbre para anunciar su llegada. Fue a abrir un hombre. Llevaba una chaqueta de corte europeo y un fez rojo con un penacho negro que colgaba desde la parte superior.

—¿Es usted quien me ha llamado por teléfono?

—Sí, soy yo. Ellen Markle.

Se había inventado un nombre americano. Él se apartó para dejarla pasar. La tienda era pequeña. Le propuso que bajaran al sótano. Había lámparas de aceite de todas las épocas, candeleros, vajilla de barro, tinajas, monedas, todo lo necesario para atraer al cliente ingenuo que en Belén se mezclaba con gente de mal vivir para comprar un pedacito de historia sagrada. Evidentemente, tres cuartas partes de las piezas expuestas eran falsificaciones. Algunas, reconoció Natasha, de bastante buena factura.

—Acabo de recibir unas lámparas de aceite de la época del Segundo Templo —dijo—. Tengo también algunas que datan de la vuelta del exilio. Mire esta pieza...

Le enseñó una lámpara que parecía auténtica. Dayub, hombre intuitivo, se había dado cuenta enseguida de que Ellen Markle conocía el percal.

—No, lo que me interesa es esto.

Le enseñó el anuncio. Dayub lo reconoció de inmediato.

—Ah, se trata de una pieza muy rara, miss Markle. Me ha llegado a través del metropolitano en persona.

—Quisiera verla.

—Su precio sobrepasa el de objetos más corrientes.

—Trabajo para un museo americano de Salt Lake City —mintió Natasha—. Estamos dispuestos a pagar lo que sea necesario, siempre y cuando, naturalmente, la pieza valga la pena. ¿Qué puede decirme de ella?

Por toda respuesta, Dayub le tendió una foto de gran tamaño. El ojo experto de Natasha reconoció en el acto un manuscrito auténtico, uno de los primeros que se habían descubierto en la cueva IV y después había desaparecido.

—¿Qué tamaño tiene?

—Alrededor de un metro por setenta centímetros. No es un rollo completo, pero se vende con un centenar de fragmentos que estaban dentro de la vasija.

—Me interesa. ¿Cuánto pide?

—Veinticinco mil dólares, en billetes de cien.

—Trato hecho.

Extrañamente, el hombre no se puso a dar saltos de alegría. Natasha pensó que había cometido una torpeza. El precio que pedía era a todas luces excesivo. Un verdadero cliente habría regateado, y ella no lo había hecho. El vendedor la miró con desconfianza y garabateó una dirección.

—A las once de la noche, en este lugar. Es un aparcamiento. Venga sola, con los billetes en una maleta.

—De acuerdo.

Como no quería correr ningún riesgo, Natasha entró en un café y llamó, como habían acordado, a su contacto de la Autoridad de Antigüedades de Israel. Le resumió la situación. Su interlocutor le pidió que no se moviera de allí, que le enviaba a un compañero para que le echara una mano. Dos horas después, vio llegar a un joven que parecía buscar a alguien. Le hizo una seña y él se acercó.

—Thomas Agenis-Nevers —se presentó con acento francés.

—¿Sabes cuál es la situación?

—Me han puesto al corriente —dijo Thomas—. ¿Eres arqueóloga?

—Estoy acabando la tesis.

—Yo también. Vine de Francia hace seis meses y...

—No me cuentes tu vida —lo cortó ella—. ¿Llevas algún arma?

—Una de pequeño calibre.

—Será suficiente. ¿La has utilizado alguna vez?

—Pues... no.

—Quizá tengas que hacerlo esta noche.

Prepararon un plan de acción. Thomas debía esconderse en el asiento de atrás del coche e intervenir en el momento en que Dayub enseñara la mercancía, no antes.

En Belén, donde no hay ninguna clase de alumbrado público, las noches sin luna son particularmente oscuras. Iluminándose con la luz de los faros, Natasha llegó puntual a la cita. Dayub esperaba junto a su coche y le indicó que se acercara.

—¿Tiene el dinero?

—Sí. En un maletín, en billetes de cien, como me ha pedido. Está en el maletero.

—Quiero verlo —insistió él.

—Lo verá cuando me enseñe el manuscrito —dijo ella.

De pronto Natasha notó la gelidez de una cuchilla en el lado izquierdo del cuello. Un cómplice que aguardaba agazapado en la oscuridad.

—Quiero ver el dinero —repitió Dayub.

Natasha no perdió el aplomo.

—Se lo repito: si no hay manuscrito, no hay dinero.

En el ejército, su sargento instructor le había enseñado un movimiento de krav magá adecuado para ese tipo de situaciones. En una fracción de segundo, inmovilizó con la mano derecha la mano que le apretaba el cuchillo contra el cuello mientras, con el brazo izquierdo, propinaba al agresor dos fuertes codazos en la cara. El hombre soltó el arma y se desplomó con el rostro ensangrentado.

—¡Thomas! —gritó Natasha.

Thomas disparó dos tiros al aire.

—¡Quietos! —ordenó en un árabe chapurreado, corriendo hasta donde estaba Natasha.

—¿No te han hecho daño?

—No —dijo ella—. Cúbreme, voy a coger la bolsa.

Se acercó a Dayub, que le dedicó una sarta de insultos.

—¿Entiendes el árabe? —le preguntó Thomas.

—No.

—¡Mejor para tus oídos!

Ella comprobó que el manuscrito estaba dentro de la bolsa. Dayub desconfiaba pero, aun así, había probado suerte, atraído por el dinero.

—Pásame el revólver y conduce tú —le indicó a Thomas.

Una vez en posesión del arma, disparó dos veces al aire. Dayub y su cómplice retrocedieron inmediatamente. Thomas arrancó el coche y abrió la puerta del acompañante. Sin dejar de apuntar a los dos hombres con el arma, Natasha entró de espaldas en el vehículo. Thomas pisó el acelerador. Diez minutos más tarde estaban en la carretera, camino de Jerusalén.

—Eres una auténtica furia luchando —dijo el joven, lleno de admiración.

—He aprendido a sobrevivir, como todo el mundo aquí. Para, por favor.

Él se acercó al arcén y detuvo el coche. Natasha abrió la bolsa de Dayub, que apretaba contra el regazo. Sacó el manuscrito y desenrolló una parte.

—¡Dios mío! —exclamó—. ¡Es un auténtico tesoro!

11

El padre Leonardo y el joven Ernetti se presentaron en la entrada del edificio de los archivos secretos del Vaticano, donde los recibió el obispo Montini, que los invitó a bajar por una pequeña escalera.

—¿Los archivos están en el sótano? —preguntó Pellegrino.

—La mayor parte, sí —respondió Leonardo—. Preste atención, mi joven amigo, va a descubrir uno de los lugares más secretos del mundo.

El pequeño grupo se adentró en una serie de largos pasillos forrados de estanterías, como una biblioteca interminable. Montini se sintió obligado a hacer de guía.

—Aquí tiene ochenta y cinco kilómetros de estanterías instaladas en cinco mil metros cuadrados bajo el patio del museo del Vaticano. Albergan un millón y medio de documentos que cubren dos mil años de historia.

El padre Ernetti se acercó a Leonardo.

—¿Esto son los archivos secretos, una biblioteca?

—¿Qué se esperaba?

—No sé, un... una...

—El hecho de que los llamen «secretos» hace que la gente deje volar la imaginación. Es una biblioteca, sí. Pero los documentos que se conservan aquí no tienen precio.

—¿Por ejemplo?

—Por ejemplo, las actas del proceso contra los templarios

o contra Giordano Brumo. O el texto original de la excomunión de Martín Lutero.

—¿Usted ya había estado aquí, padre? —preguntó Pellegrino.

—Varias veces. Desde hace medio siglo, los papas permiten a los investigadores universitarios consultar una parte de los archivos. Todos los que no están en la zona a la que vamos.

—¿Y adónde vamos?

—Al búnker —respondió Montini—, el lugar más secreto de los archivos del Vaticano.

Atravesaron una sala diferente de las demás, una especie de depósito sumido en la penumbra. Había decenas de cajas de todos los tamaños. Algunas eran de madera y parecían muy antiguas.

—¿Y estas cajas qué contienen?

Montini esbozó una sonrisa.

—¡Ni yo mismo lo sé, amigo mío! Solo puedo decirle que algunas están aquí desde hace siglos.

—¿Más archivos?

—No, más bien objetos.

—¿Reliquias?

—Una de estas cajas pesa varias toneladas. ¡Sería una reliquia enorme! Continuamos recibiéndolas. La última entrega venía de un rincón remoto de Alaska. Lo más sorprendente es su forma: una esfera de cuatro metros de diámetro. Está metida en una caja hecha a medida. Al parecer, algunas noches emite un débil resplandor.

—¿Una forma de radiactividad? —sugirió Leonardo.

—No lo sé.

—¿Nadie ha sentido nunca curiosidad por ver lo que hay dentro de estas cajas?

—Nadie puede abrirlas por su cuenta —contestó Montini—. Es una decisión que corresponde exclusivamente al papa.

El búnker estaba cerrado con una pesada reja de acero que chirrió al girar sobre los goznes. Era otra biblioteca, pero los documentos estaban almacenados en baúles alineados unos junto a otros.

—Usted no había venido nunca aquí, ¿verdad? —preguntó Montini al padre Leonardo.

—Nunca, excelencia.

—¿Qué se conserva en esta parte? —preguntó Pellegrino en voz baja.

—Todos los documentos sensibles para la historia de la Iglesia, como, por ejemplo, los referentes a las relaciones del papa con el Tercer Reich —contestó Leonardo—. Y muchos otros secretos. ¡La Iglesia tiene infinidad de secretos, amigo mío!

—Ya llegamos —les dijo Montini.

La sala que les habían asignado era bastante grande, pero apenas estaba amueblada. El padre Ernetti se dio cuenta enseguida de que se hallaba insonorizada, cosa que Montini le confirmó.

—Aquí nadie podrá oír sus conversaciones ni ver en qué trabajan. Mañana mismo dispondré que les traigan material de oficina: papel, lápices, pizarra, cartulina, máquina de escribir, teléfono... Un teléfono protegido, claro.

—¿Y para el café?

—¡El ingrediente indispensable de los investigadores! Hace bien en recordármelo. Mandaré que les traigan una placa de cocción y una cafetera. Supongo que prefiere café en grano.

—Sí, ilustrísima.

—En ese caso, tendrán un molinillo eléctrico y la mezcla que prepara el tostador de café personal del papa. Es muy fuerte, pero de un aroma delicioso. —Acto seguido Montini les explicó cómo se organizarían sus jornadas de trabajo—. Se presentarán todos los días en la puerta del edificio de los archivos a las ocho en punto de la mañana. Un guardia suizo les dará una bolsa con la comida y la cena, bebidas y cajas de galletas. Les recomiendo las galletas, las elaboran en especial para el papa en las cocinas del Vaticano y son absolutamente exquisitas.

—Espero que no privemos de ellas al Santo Padre —dijo Leonardo.

—Por desgracia, en el estado en que se encuentra ha olvidado por completo el pecado de la gula. Luego los conducirán a su sala de trabajo y la cerrarán con llave. Estarán aquí hasta las nueve de la noche. Cuando necesiten ir al lavabo, no tendrán más pulsar este botón. Un guardia suizo los acompañará hasta allí, y después de vuelta hasta la sala de trabajo.

Leonardo y Pellegrino, un poco aturdidos por la planificación, guardaron silencio.

—Ya sé que todas estas precauciones pueden resultar apremiantes —explicó Montini—, pero es imprescindible ser prudentes. Debemos desconfiar de los curiosos. Nuestra mejor arma sigue siendo la discreción.

—¿Cuándo podremos examinar los papeles de Majorana? —preguntó Leonardo.

—Ordenaré que se los entreguen mañana. Estúdienlos y háganme un informe. A continuación veremos si tiene sentido proseguir el trabajo.

Dos horas más tarde, Montini se presentó en el despacho del papa.

—¿Los ha instalado? —preguntó el Santo Padre.

—Empezarán mañana por la mañana. Creo que el joven Pellegrino es una buena elección. Parece curioso y sagaz.

—¿Han entendido lo que queremos? —preguntó el papa.

—Todavía no. ¡No les privemos del placer del descubrimiento!

12

Thomas, que seguía al volante, se había ofrecido a acompañar a Natasha al museo Rockefeller para depositar el preciado botín en un lugar seguro.

—¿Hace mucho que trabajas aquí? —preguntó el joven.

—¡Llevo seis meses quemándome las pestañas con documentos que parecen confeti!

La mayoría de los manuscritos del mar Muerto se conservaban en el sótano, en salas climatizadas, protegidos de la luz. Algunos llegaban más o menos intactos, como el rollo que contenía una copia del Libro de Isaías. Los demás estaban compuestos de cientos de fragmentos minúsculos encontrados en las cuevas o dentro de vasijas de barro, que los epigrafistas debían reconstruir pacientemente, como si fueran puzles. Thomas bajó al laboratorio con Natasha y los vio inclinados sobre grandes lupas montadas en brazos articulados.

—*Hello*, Yoni —dijo Natasha.

—Hola, Nat. ¿Tienes el manuscrito?

—¡Ya lo creo! —Le enseñó la bolsa—. ¿Ha llamado el Patrón desde Roma?

—No, ninguna noticia. A lo mejor ha dado un rodeo por Francia para ir a ver a su familia.

—¿La sala de al lado está libre? —preguntó Natasha.

—Sí, instálate.

Tomando infinitas precauciones, Thomas y Natasha sacaron de la bolsa el manuscrito de Dayub. Estaba protegido con dos capas de papel de periódico.

—Ten cuidado para no estropear nada —advirtió Natasha—. Meaux me arrancaría los ojos.

—Solo lo he visto una vez, en un yacimiento —dijo Thomas—. Iba detrás de todo el mundo gritando. ¿Cómo lo aguantas?

—¡Qué remedio! Es mi director de tesis.

—¿Sobre qué tema?

—La arqueología de Jesús.

—¡No has elegido el camino fácil!

—Sí, con Meaux es duro. Pero eso me ha permitido trabajar en la mayor parte de los yacimientos en los que se están haciendo excavaciones, en Galilea y en Judea.

Dos compañeros de Natasha fueron a ayudarla a desenrollar el manuscrito de Dayub. Estaba redactado en hebreo y parecía en buen estado.

—Tengo que irme —dijo Thomas—. ¿Paso a verte a última hora? Tengo curiosidad por saber lo que contiene nuestro tesoro.

—Si quieres... Voy a necesitar varias horas para descifrar este texto. Algunas palabras están borradas. —Parecía perpleja—. Qué raro...

—¿Qué te parece raro?

Natasha se mostró evasiva.

—Nada. ¿Hablamos esta noche?

Thomas, que pertenecía a una antigua familia francesa católica, había sido contratado directamente como arqueólogo en el yacimiento de Khirbet Qumrán. Su estancia en Israel era un medio de acercarse a ese «núcleo duro» que, según él, estaba en el centro de su fe. Gracias a las relaciones de su padre, una persona importante, se había incorporado al equipo de los dominicos del padre De Meaux que excavaban los vestigios del famoso «monasterio» de Qumrán.

Pasó parte del día trabajando en la parcela del yacimiento que le habían asignado. El calor era intenso, casi cincuenta grados a la sombra. En general, aquello no era motivo de queja para el joven. Pero esta vez tenía la mente en otra cosa. Pensaba en la aventura que había corrido la noche anterior con esa chica tan intrépida que consiguió derribar al cómplice de Dayub. ¡Una auténtica escena de película de acción, ejecutada con un tempo perfecto!

A última hora de la tarde, cuando lo sensato habría sido dormir allí mismo para reanudar el trabajo al día siguiente al amanecer, pidió permiso para coger el jeep del equipo y regresar a Jerusalén por motivos personales. Se lo concedieron. Dadas las condiciones en que estaba la carretera, tardó casi dos horas en llegar al muso Rockefeller. Natasha estaba inclinada sobre el manuscrito y apenas se percató de su presencia.

—¿Has encontrado algo? —le preguntó Thomas.

—Sí, esto... —respondió ella, al tiempo que le enseñaba parte de una frase en hebreo—. Significa «los pobres de espíritu».

El joven estaba intrigado.

—Y mira —añadió Natasha señalando otra palabra—, si cojo la palabra de al lado, da: «Bienaventurados los pobres de espíritu».

—¡Anda! —exclamó Thomas—, las palabras de Jesús en las Bienaventuranzas.

—Sí, «bienaventurados los pobres de espíritu porque de ellos es el Reino de los Cielos».

—Bueno, ¿y qué?

—¿Cómo que y qué? ¿No lo entiendes? Este rollo, Thomas —dijo Natasha—, data de finales del siglo ii antes de Cristo. ¡Más de cien años antes de que naciera Jesús!

Thomas se quedó pasmado.

—¿Estás segura de que la traducción es correcta?

—Absolutamente segura.

—Pero... ¡es increíble! ¿Se lo has contado al Patrón?

—Sí, he hablado esta tarde con él por teléfono.

—¿Y qué opina?

—Silencio total sobre este rollo hasta su vuelta.

Thomas advirtió que Natasha no estaba tranquila.

—¿Te preocupa algo?

—¡El Patrón tenía la voz de los días malos!

13

—Antes de nada, hay que clasificar todo esto —dijo Leonardo.

Se refería a las tres carpetas de Majorana. Era su primer día de trabajo en lo que habían acordado llamar su «laboratorio».

—Cuando digo «clasificar», no hablo de limitarnos a encontrar una apariencia de orden, sino también de comprender a qué lógica obedecen todos estos cálculos.

—Es lo más disparatado de esta historia. ¡Buscar sin saber qué!

—Pronto lo sabremos. Abro la primera carpeta...

Durante tres semanas, escudriñaron todas y cada una de las hojas con los cálculos de Majorana. A veces Leonardo se ponía a escribir en la pizarra; después lo relevaba Pellegrino. El trabajo se sustentaba principalmente en los conocimientos de matemáticas y física del padre Ernetti, que eran reales pero limitados. Por más que el joven sacerdote se obstinaba en repetirle a Montini que unos físicos profesionales estarían mucho más cualificados para un trabajo de semejante magnitud, el colaborador del papa se mantenía inflexible. Quedaba descartado por completo integrar a otra persona en el equipo; lo que hacían debía ser confidencial.

—La verdad es que no entiendo por qué. Todavía no sabemos lo que buscaba Majorana, pero esto no parece una bomba.

Es preciso decir que Majorana no les había facilitado la tarea. Se había propuesto dar una solución original a las ecuaciones de Einstein imaginando que creaba con neutrinos lo que él llamaba en su jerga CTC, curvas temporales cerradas que podían generar torsiones del espacio-tiempo de propiedades extraordinarias. Pero sus cálculos eran tan complejos (y en ocasiones tan embrollados) que el padre Ernetti se vio obligado a pedir a unos científicos de la universidad, que le había recomendado Montini, que le explicaran el funcionamiento de algunas herramientas matemáticas. Ambos tenían la sensación de que nunca verían el final. Sin embargo, a veces basta un detalle mínimo para que todo se ilumine.

—¡Padre, venga a ver esto! —Leonardo se inclinó por encima del hombro de Pellegrino y vio un dibujo a pluma realizado con una precisión obsesiva—. Tengo la sensación de que la investigación de Majorana sobre las curvas temporales cerradas tenía un objetivo. Conducía a esto... —Rodeó el dibujo con el dedo—. Yo diría que es un plano. El plano de una máquina.

—Sí, se parece al dibujo que esbozó en el bloc de notas que tenía en la celda, ¿se acuerda?

—Es la misma máquina, pero más detallada.

—¿Se ha fijado en esos circuitos? —dijo Leonardo—. Parecen converger en una especie de ojo de buey.

—Yo creo que es más bien una pantalla de visualización, padre. Un televisor que agrandaría las imágenes minúsculas formadas en el interior de la máquina como lo haría un microscopio.

Leonardo suspiró y se dejó caer en una silla.

—Este asunto, la verdad, es de lo más desconcertante. Con sus ecuaciones misteriosas, su sabio un poco loco, una máquina, una pantalla..., ¡parece una novela de Julio Verne!

El padre Ernetti guardó silencio un momento.

—No, padre, de Julio Verne no. —Leonardo levantó los

ojos hacia él, sorprendido—. No parece de Julio Verne, sino de Herbert George Wells, el autor de *La máquina del tiempo*.

Se miraron atónitos.

Acababan de comprender para qué servía la máquina de Majorana.

Montini, avisado por el padre Leonardo, se apresuró a ir al búnker.

—¿Alguna novedad? Me ha parecido entender que...

—¡Una máquina para explorar el tiempo! —anunció Pellegrino con un leve aire triunfal.

—¿Cómo?

—Me cuesta creerlo, pero parece que Majorana trazó los planos de una máquina para viajar a través del tiempo —repitió el padre Ernetti, aunque enseguida rectificó—: No, no para viajar. No para desplazarse físicamente a través del tiempo, como en la novela de H. G. Wells, sino para ver a través del tiempo.

Curiosamente, a Montini aquello no le sorprendió. Había presentido, antes que Leonardo, cuál era el objeto de la investigación, pero ya constituía una certeza: Majorana había encontrado el medio teórico de conseguir lo que el magnetófono de alambre del padre Leonardo había obtenido de forma empírica: captar una burbuja del pasado.

—Voy a pedir una audiencia al papa urgentemente —dijo.

A Pío XII nunca le había gustado la ciencia, y menos aún la física moderna. Consideraba que se inmiscuía en lo que no le concernía. Para empezar, la Creación, con la explosión del átomo primitivo de los astrónomos. ¡Y ahora los viajes a través del tiempo! Los observó largo rato. ¿Qué decisión había que tomar?

—Padre Ernetti, ¿está seguro de lo que dice?

—Hace cuarenta y ocho horas que le doy vueltas al asunto en todos los sentidos, Santo Padre. Creo que no caben muchas dudas. En la mente de Majorana, se trata de una máquina que permitiría captar rastros de los sucesos del pasado.

—Para ser franco con usted, lo habíamos sospechado cuando leímos la carta de Majorana —reconoció el papa—. Pero nos preguntábamos si su propuesta se sostendría.

—Las ecuaciones se sostienen, Santo Padre, he batallado con ellas lo suficiente para estar convencido. Con todo, no puedo garantizarle que una máquina así funcione. Solo hay una manera de saberlo, y es construirla.

—¿Cuál podría ser su radio de acción? —preguntó el papa—. ¿Un año? ¿Dos? ¿Más? —Se volvió hacia Leonardo—. Usted, padre Leonardo, según me ha dicho Montini, asegura que el año pasado captó un suceso ocurrido hace tres cuartos de siglo.

—Así es, Santo Padre. En mi caso, se dio de modo fortuito, sin ninguna intervención por mi parte.

—¿Cree que la máquina de Majorana podría retroceder más en el pasado? —preguntó el papa—. ¿Podría ir mucho más lejos?

—En un plano puramente teórico —respondió Pellegrino—, no parece que haya límites temporales. ¿Qué periodo de tiempo tiene en mente, Santo Padre?

Pío XII miró a Montini y este tomó el relevo.

—Si la máquina funcionara, nos gustaría poder utilizarla para remontarnos… pongamos dos mil años.

Leonardo y Pellegrino cruzaron una mirada. Habían comprendido.

—¿Nos pide que nos remontemos hasta los tiempos de los Evangelios? —preguntó, estupefacto, el padre Leonardo.

—Sí —dijo Montini—. Hasta la época en que vivió y predicó Nuestro Señor Jesucristo.

Pellegrino se esperaba cualquier cosa menos eso. Partir en busca de Jesús, el verdadero, mediante una máquina del tiempo. ¡Y, por añadidura, a petición del papa!

—Sería un gran momento en la historia de la cristiandad, quizá el más importante —prosiguió Montini—. Mostraríamos al mundo entero el rostro auténtico de Cristo.

El padre Leonardo y Pellegrino estaban tan atónitos por aquella propuesta que se quedaron sin habla. El papa tomó entonces la palabra para continuar.

—Considero que, en el deplorable estado en que se encuentra hoy en día la fe cristiana, sería el mejor medio para devolver al cristianismo su impulso de antaño. En cierto modo, sería una segunda resurrección de Cristo.

—Si el Mesías no regresa en persona, nos enviará su imagen —insistió Montini.

El papa se levantó. Cuando era necesario, aquel escéptico patológico sabía ser resolutivo.

—Montini, le encargo que organice la fabricación de un prototipo. Con el máximo secreto, por supuesto. Si el proyecto saliera a la luz pública y desembocara en un fracaso, sería desastroso para todos nosotros. Cuando hayan obtenido algún resultado, avísenme y entonces tomaremos una decisión.

14

El sol estaba ya alto en el cielo cuando el Obispo Rojo, dom Alberto Carvalho, lanzó su caballo al galope. El día anterior había salido de la favela de Río para dirigirse a la hacienda familiar de Macapá, en el Nordeste de Brasil. Siempre que encontraba tiempo, iba a pasar unos días allí, para trabajar en sus escritos o simplemente para descansar un poco. Al llegar a un altiplano con kilómetros de superficie despejada, profirió unos gritos de alegría mientras llevaba al animal al límite de sus posibilidades, descargando así esa rabia interior que no lo abandonaba nunca. ¿De dónde procedía? Un amigo suyo, un conocido psicoanalista argentino, acostumbraba decir que la temprana infancia es un campo de batalla del que solo salen lisiados. ¡En tal caso, él había saltado sobre un campo de minas! Pero se curaba a su manera, combinando a Dios con la acción política.

La residencia de Macapá había sido construida a principios del siglo XX siguiendo las instrucciones de su padre, Thiago Carvalho. Se trataba de una bonita casa burguesa, curiosamente apartada de todo. De pequeño Alberto se preguntaba por qué ese padre, que se mostraba misterioso sobre sus actividades, había decidido vivir cerca de la Guayana Francesa. Un día le dio esta enigmática respuesta: «Por una razón muy sencilla, hijo mío. Entre la frontera y Cayena está la jungla. ¡Y la jungla es el mejor escondrijo!».

Tres años antes, la madre de Alberto había muerto como consecuencia de un cáncer de páncreas. Desde entonces su padre compartía la vida con unas mujeres que al muchacho le parecían vulgares. Y, además, lo atormentaba una pregunta: ¿por qué contemplaba su padre la posibilidad de desaparecer en medio de la naturaleza? Raúl, el capataz de la hacienda, le respondió: «Comercia y tiene competidores». La explicación le parecía insuficiente. ¿Por qué había que esconderse de los rivales? La respuesta le saltó a la cara una noche de septiembre de 1906.

—¡*Senhor*, tres coches! Vienen hacia aquí.

Era Raúl, que miraba por la ventana. Thiago Carvalho fue a echar un vistazo apartando discretamente la cortina.

—Avisa a los hombres. ¡Y ve a decirle a Alberto que se levante!

Raúl fue a buscar al niño, que estaba durmiendo en su habitación. Le hizo ponerse un batín encima del pijama y lo llevó consigo. Lo dejó en la entrada de la casa.

—Quédate aquí y no te muevas.

Salió corriendo para avisar a los cuatro guardas, que compartían una barraca cercana. Pero la luz estaba apagada, no había nadie. Volvió a la casa y alertó a dom Thiago.

—*Os bastardos!*

Dom Thiago estaba cargando una pistola automática.

—¡Vete con el niño, Raúl! Escondeos en el bosque.

Raúl y Alberto se habían alejado unos cientos de metros cuando unos hombres armados bajaron de los coches y entraron en la casa. Sonaron unos disparos. Después se hizo el silencio. Raúl llevó a Alberto hacia la laguna, que estaba rodeada de altas hierbas. Chapoteaban en el fango, rodeados de montones de insectos. De pronto Raúl se detuvo. Varios hombres llegaban al otro lado de la laguna.

—Metedlo en el lodo —dijo el que parecía al mando.

Thiago Carvalho estaba con ellos. Cojeaba, sin duda estaba herido. Le habían atado alrededor del cuello una cuerda lastrada con una piedra. Dos hombres lo sumergieron de pie en el lodo.

—¡Dinos dónde están los diamantes, Thiago!

—Yo he jugado limpio —contestó Carvalho—. Todo estaba organizado con Camilio. ¿Dónde está?

—En Manaos, con dos balas en la cabeza. Estabais conchabados. ¡Vamos, habla!

El hombre hizo una seña a los otros dos, que arrojaron la piedra al lodo.

—¡Dios mío! —dijo Raúl en voz baja—. ¡Van a hundirlo en el fango!

No obstante, al cabo de unos segundos lo sacaron. Thiago tosía, medio ahogado.

—Vas a morir como una rata si no hablas, Thiago.

—Los diamantes están en mi caja fuerte, detrás del cuadro grande del salón. Sacadme de aquí y os daré la combinación. ¡Os digo la verdad, lo juro por la vida de mi hijo!

—No necesitamos la combinación. Hemos venido equipados.

A una señal del jefe, los otros dos dejaron que el cuerpo se hundiera. Carvalho se debatía.

Dos disparos pusieron punto final a la escena. Los tres hombres se alejaron. Al otro lado de la laguna, Raúl mantenía con firmeza la mano sobre la boca de Alberto para impedir que gritara.

La policía brasileña interrogó largo y tendido a Raúl, que conocía perfectamente la identidad de los agresores. No tardaron en encontrar a los criminales, a los que encarcelaron y ejecutaron. Lo más perturbador para el muchacho era que su padre había mentido. En la caja fuerte no había ningún diamante. Una burbuja de odio se filtró entonces en la mente de Alberto. No contra los agresores de su padre, sino contra el propio Thiago Carvalho. Había jurado por la vida de su hijo sabiendo que mentía. Para un niño, que todavía cree en la magia de las palabras, esas cosas tienen importancia. Es verdad que Alberto nunca había querido a su padre, pero tras aquello estaba seguro de que lo detestaba. Lloró para guardar las formas. El hermano —y socio— de su padre se hizo cargo de él.

Los diamantes de Thiago Carvalho, escondidos en una caja fuerte en Recife, representaban una auténtica fortuna. A la muerte de su tío, gracias a esas joyas, que habían vendido discretamente, Alberto se convirtió en el único heredero de una considerable fortuna que invirtió en Italia, donde había cursado sus estudios de teología.

Porque a la edad de catorce años había experimentado una especie de estado de gracia. Una noche se sintió transportado y se encontró flotando por encima de las luces palpitantes de Río. No sentía ni frío ni calor, solo lo invadía una inmensa felicidad. Planeó largo rato por encima de montañas y valles. Entonces intentó zambullirse en el cielo salpicado de estrellas como uno se zambulle en el mar..., pero se vio arrastrado hacia atrás y se despertó, empapado en sudor, en su cama de adolescente. Después de aquello, ingresó en el seminario para buscar a Dios. ¿Qué encontró? Solo él lo sabe.

Al cabo de unos años, aquel al que todo el mundo llamaba ya dom Alberto se hallaba al frente de un importante capital inmobiliario que le garantizaba unos cómodos ingresos y le permitía, cuando iba a Brasil, conservar algunas buenas costumbres paternas, como esos guardaespaldas que jamás se separaban de él..., pero a los que él también vigilaba.

Medio siglo más tarde, el obispo de Río tenía que encabezar otra batalla, aunque esta vez a escala mundial. Vio desde lejos un gran Dodge embarrado delante de la casa y a dos sacerdotes que salían de él. Forzó el paso. Había aceptado una reunión matinal con dos enviados del obispo Hélder Câmara, que trataba de incorporarlo a su proyecto. Quería crear un consejo episcopal latinoamericano que agrupara al conjunto de obispos de América Latina. Era una hermosa idea, pero que, según él, debía descansar sobre unas bases ideológicas claras. No necesitó más de un minuto escaso para leer el texto al que pretendían que se adhiriese.

—¿Qué quiere Câmara? —rugió—. ¿Un puesto de cardenal en el Vaticano?

Uno de los enviados intentó argumentar:

—Su objetivo, excelencia, es únicamente encontrar el punto común que permita a los obispos...

Carvalho no lo dejó terminar.

—Para la Iglesia revolucionaria no debe haber más que un punto común, un único objetivo: ¡estar en la vanguardia de todas las luchas de los pueblos por su emancipación!

—El consejo episcopal servirá precisamente para...

—¡Si la carta fundacional no lo dice con claridad, su consejo solo servirá para reforzar el poder del papa!

—Si no le entiendo mal, dom Alberto —dijo el joven prelado—, ¿se niega a firmar?

Uno de los guardaespaldas le señaló algo por la ventana. El obispo se levantó y dio a entender a sus visitantes que la conversación había terminado.

—Discúlpenme, tengo otra cita. Saluden a Câmara de mi parte.

Los dos enviados, con el semblante sombrío, se resignaron a marcharse con las manos vacías. Dom Alberto montó en su caballo y galopó hasta un espacio despejado donde aterrizó un helicóptero del Ejército brasileño. El hombre sentado junto al piloto era un viejo conocido: Grigori Cherbishov, coronel del Ejército rojo.

—¿Ahora haces la ronda en un helicóptero del ejército? —le preguntó Carvalho riendo.

—Es un truco que me permite ir más o manos a todas partes —respondió Cherbishov—. ¡Este país es tan caótico!

—¡A mí me lo vas a contar! ¿Vienes a refrescarte un rato en el porche?

—No hay tiempo, tengo que ir a Río. Ven a sentarte a mi lado.

Hizo una seña al piloto, que se levantó para dejar entrar a Carvalho.

—Me he enterado —dijo este último al ruso— de que la llegada de Jrushchov te ha hecho subir en el escalafón.

—Sí, me ha encargado la reorganización de nuestros servicios secretos. —Cherbishov continuó en voz baja, en un tono confidencial—: Alberto, nos preocupan los americanos. Si hoy estallara la guerra, el bando socialista estaría perdido. La desestalinización era necesaria, pero ha debilitado a nuestro país. Por eso debemos tener ojos en todas partes.

Carvalho no acababa de comprender por dónde iba.

—¿Y qué tiene que ver eso conmigo?

—Sabemos que has colocado a hombres de confianza junto al papa.

—Sí. ¿Y qué?

—Está pasando algo en el Vaticano. El papa organiza reuniones discretas a través de su hombre de confianza, el obispo Montini.

—Lo conozco —dijo Carvalho—, hay que desconfiar de él.

—No es solo él —añadió el hombre del KGB—. Se trata también de dos sacerdotes, uno de ellos físico. Dicen que han instalado una especie de laboratorio en los archivos secretos.

Carvalho estaba intrigado.

—Curioso lugar para un laboratorio…

—Pensamos que es posible que estén estudiando con los americanos la instalación de sus misiles PMG-19 Jupiter en suelo italiano —dijo Cherbishov—. El Vaticano podría ejercer de intermediario.

Carvalho negó con la cabeza.

—No, conozco muy bien a Pío XII y jamás se prestaría a ese tipo de maniobra. Es un cobarde, pero tiene principios.

—Entonces averigua qué hacen. Y, cuando lo sepas, avísame.

Carvalho salió del helicóptero.

—Cuenta conmigo. ¡Montini es listo, pero yo tengo recursos!

15

—Pero ¿qué demonios está haciendo? —se preguntó el padre Leonardo.

Llevaba una hora esperando a Pellegrino. ¡Y no era trabajo lo que les faltaba! Dirigió la mirada a los cientos de páginas de cálculos de Majorana esparcidos por la mesa. El problema, en ese momento, era encontrar un hilo, por tenue que fuera, para construir la máquina. A última hora de la mañana, con unos golpes en la puerta, el guardia suizo anunció que el joven sacerdote por fin había llegado. Pellegrino se deshizo en disculpas, aunque parecía satisfecho.

—¿Dónde estaba? —le preguntó Leonardo.

—En las librerías de viejo del Trastévere. He estado en siete. Y mire... —Sostenía una revista vieja y arrugada—. ¡Isaac Asimov, padre! Majorana partió de aquí.

—¿Quién es Isaac Asimov?

—Un famoso autor de ciencia ficción, uno de los que han dado reconocimiento al género.

—No sabía que le gustara ese tipo de literatura.

—No solo a mí, padre Leonardo. A Majorana también. Mientras leía sus notas, he encontrado varias referencias a una historia que escribió Asimov. Al principio no entendía de qué se trataba, pero he conseguido dar con ella. —Le tendió una revista llamada *Galaxy*, impresa en inglés, en cuya cubierta, de colores chillones, se leían los títulos de varias narraciones de anticipación—. Es un relato de unas quince páginas, escrito en 1947.

Leonardo no entendía nada de todo aquello.

—¿Qué interés tiene eso para nosotros?

—Es el punto de partida, padre. Isaac Asimov imagina una sociedad en la que los hombres han construido una máquina del tiempo que llaman «cronovisor». Esa máquina es capaz de visualizar los acontecimientos del pasado, incluso el más remoto. Ese cronovisor es lo que quería construir Majorana.

—Eso ya lo sabíamos —dijo Leonardo.

—Sí, pero al leer el relato me he dado cuenta de que Majorana también se inspiró en el postulado científico de Asimov. —Pellegrino señaló los manuscritos de Majorana que estaban sobre la mesa de trabajo—. Usted ha visto igual que yo que, en su razonamiento, Majorana dedica una atención especial a esas partículas todavía misteriosas que llamamos «neutrinos». Pues bien, en el relato de Asimov, el inventor ficticio del cronovisor también parte de ahí. —Empezó a pasar páginas de la revista y leyó algunos pasajes—. Descubrió que «los neutrinos atraviesan la barrera transversal del espacio-tiempo, que se desplazan tanto por el tiempo como por el espacio». También aprendió a interpretar las configuraciones de sus flujos. «Naturalmente, el flujo de los neutrinos es desviado por la materia que atraviesa circulando por el tiempo. Esas desviaciones se pueden analizar e interpretar de manera que reproduzcan la imagen de la materia que las ha determinado».

Leonardo se encogió de hombros.

—¡Eso es jerigonza de ciencia ficción!

—No del todo. Asimov tenía una cultura científica inmensa. Majorana se preguntó si su intuición sobre los neutrinos era acertada. La teoría nos dice que esas partículas son más numerosas que los fotones y que lo atraviesan todo, desde los comienzos del universo.

—Con la diferencia de que los verdaderos neutrinos no tienen masa y no interactúan con la materia —objetó Leonardo—. ¡Todo lo contrario de lo que afirma su Asimov!

El padre Ernetti buscó de nuevo en los cálculos de Majorana y mostró una serie de notas.

—¡A, B y C, padre!

—¿Cómo?

—Majorana se planteó un reto: el de formular matemáticamente un modelo en el que los neutrinos tendrían tres caras, que denominó A, B y C. Tendrían una masa muy débil, pero no nula; este es un primer punto. Pero, sobre todo, los neutrinos de la clase C presentarían una característica adicional: serían sus propias antipartículas, lo que, según Majorana, les permitiría atravesar la barrera del tiempo. ¡Como los neutrinos de Asimov en su historia!

—Admitámoslo. ¿Cree que eso nos permitiría avanzar?

—A veces, padre, las teorías físicas más importantes han partido de una intuición muy simple. Siguiendo esa pista, podríamos orientarnos en el razonamiento de Majorana.

Leonardo asintió sin estar del todo convencido y, maquinalmente, hojeó la revista que Pellegrino había dejado encima de la mesa.

—¿Y cómo termina la historia de Asimov?

—Bastante mal —respondió Pellegrino—. ¡Pero eso es ciencia ficción!

16

Mientras esperaba a que el padre De Meaux regresara de Italia, Natasha había vuelto al kibutz de Ginosar para enterarse de cómo habían tratado los arqueólogos la barca de la época de los Evangelios. La habían sacado del casco de poliuretano para sumergirla en una balsa construida de manera expresa en el interior de un almacén.

—¿Por qué no la han dejado secar al aire libre? —preguntó Natasha.

—¡Todo el mundo me hace la misma pregunta! —repuso el arqueólogo riendo—. Eso es justo lo que no hay que hacer. Al quedarse sin agua, la madera se habría encogido y rajado. ¡Y la barca se habría hecho pedazos!

—Pero no irán a dejarla eternamente dentro del agua, supongo.

—En realidad no es solo agua. La hemos mezclado con un producto que contiene cera. Todavía no se ve, pero la cera penetrará en el interior de la madera y ocupará el lugar del agua. Cuando se seque, la barca estará a salvo.

Natasha estaba maravillada por el derroche de ingenio que demostraban los arqueólogos para salvar aquellos trozos de madera. Era realmente un oficio hecho a su medida, en el que se combinaba la investigación de los enigmas del pasado con las técnicas actuales. Como el autobús para Jerusalén aún tardaría una hora en llegar, fue a pasear por la orilla del lago.

Tenía la sensación de haber pagado un precio muy alto para acceder por fin a la vida con la que soñaba.

Hasta aquel momento, había conocido sobre todo la dura vida del kibutz. Había huido de Rusia en 1942, a los siete años, con su padrino Yuri (que para entonces se hacía llamar Yuval), después de que sus padres, como muchos judíos soviéticos, hubieran sido deportados o ahorcados, no lo sabía a ciencia cierta. Habían atravesado una parte de Ucrania para unirse a una red judía de Kiev que los ayudaría a emigrar de manera clandestina a Palestina. Entonces vio lo más vil y espantoso que es capaz de hacer el hombre. Si bien había conseguido acorazarse moralmente, distanciando sus emociones todo lo posible, a veces se ponía a gritar o a llorar para liberar las tensiones acumuladas. Acto seguido recobraba esa aparente frialdad que le había impedido volverse loca.

Cuando llegaron a Palestina, Yuri montó un pequeño restaurante de pescado en Jaffa. Ella se quedó allí un año, ayudando en la cocina mientras aprendía los rudimentos del hebreo. Luego, con ocho años, se unió a un kibutz de Haifa que se convirtió en su segunda familia. A los diecinueve, hizo el entrenamiento en el ejército. No participó en ninguna verdadera operación, pero aprendió a combatir. En ese momento, el de comenzar su carrera profesional, le gustaría bajar un poco las armas, hacer que entrara en su vida la calma que reinaba en aquella orilla, ante la inmensidad del mar de Galilea.

La administradora del kibutz fue a buscarla. El padre De Meaux había vuelto y reclamaba su presencia.

—¿Otra vez? —Natasha suspiró.

—Yo voy a Jerusalén en coche. Si quieres, te llevo.

—Ah, sí, gracias —dijo Natasha, y fue tras ella.

—¿Va a tirarte de las orejas?

—No, no lo creo. Me encargó una misión y la he cumplido. ¿Qué más puede querer?

Natasha se dijo, no obstante, que con semejante personaje nunca podía cantarse victoria por anticipado.

A última hora de la tarde, se presentó en el despacho del padre De Meaux. El sacerdote estaba escribiendo una nota y le habló sin mirarla.

—Cierre la puerta, Natasha.

—Pero… si ya la he cerrado —repuso desconcertada.

—¡Con llave! —replicó él, casi gritando. Se levantó, hizo girar la llave en la cerradura y volvió a su mesa—. ¿Está orgullosa de sí misma?

—¿Cómo?

—¡Me han contado que se ha paseado por todo el museo con su trofeo!

Era evidente que se refería al manuscrito de Dayub.

—No, padre, solo he hablado con dos o tres personas.

—¡Pues voy a decirle lo que pienso yo de ese trofeo!

Cuando salió del despacho del padre De Meaux, Natasha temblaba de rabia. Bajó corriendo las escaleras del museo y fue a un puesto ambulante a comprarse un pan de pita relleno de falafel, lechuga, tomate y crema de sésamo. Compró también un cuarto de higos maduros. Regresó a su laboratorio del museo Rockefeller para ingerir aquella comida cuya única virtud era la de ser un buen remedio para la depresión. Yoni Landau, su vecino de laboratorio, la vio manos a la obra a través de la puerta abierta.

—¡Hay que ser atrevida para comer algo así en medio de los manuscritos del mar Muerto!

—¡Me trae al fresco! —replicó Natasha.

—Dentro de unos años, cuando los físicos estudien la composición química de los manuscritos, deducirán que los esenios se alimentaban de falafel y bebían Coca-Cola. ¡Algunos escribirán tesis enteras sobre eso!

Natasha rio, aunque le costaba disimular el enfado. Yoni se inclinó hacia ella.

—¿Te ha echado una buena bronca?

—¡Me ha puesto de vuelta y media! Dice que otros textos anteriores a Jesús contienen expresiones idénticas, que hay que desconfiar de los falsos descubrimientos sensacionalistas, buenos para la prensa, pero desastrosos para la investigación. Todavía tengo que defender la tesis, así que no le he contestado.

—Has hecho bien.

—También pone en entredicho mi traducción. Va a pasar el manuscrito a sus dominicos para que lo examinen.

—Son personas competentes y honradas, dirán lo mismo que tú.

—No dirán nada sin tener permiso para hacerlo. No era el mismo hombre, Yoni. Esta mañana tenía delante a un inquisidor, como en la época de Galileo o de los templarios.

—Cálmate, Natasha. Olvídate de los falafel, no le convienen a tu línea, y ven a tomar un refresco al bar de la esquina.

—Eres muy amable, Yoni, pero lo que necesito ahora es estar sola.

Él le dio un beso en la mejilla y volvió a su laboratorio. Ella recordó la reunión de la mañana y tiró con rabia los restos del falafel a la papelera. Era absolutamente injusto. Intentó dormir apoyando la cabeza en los brazos cruzados sobre la mesa. Que el padre De Meaux, al que respetaba, se hubiera dejado llevar por uno de sus legendarios accesos de ira y hubiera decidido —quizá porque se lo habían ordenado— seleccionar la información que salía del Rockefeller era una cosa, y otra muy distinta era que la humillara. Eso no tenía derecho a hacerlo.

17

Isaac Asimov les había abierto la primera puerta. La empresa era ardua, pues había que transformar las especulaciones matemáticas de Majorana en una ejecución material. Sin embargo, en menos de dos semanas los dos hombres elaboraron un plan de trabajo que les parecía viable. Era ambicioso. Montini tomó conciencia de ello al leer la lista de «compras» que habían confeccionado los dos sacerdotes.

—Pero... ¡lo que me piden costará una fortuna!

—Eso dígaselo a Majorana, excelencia. Nosotros necesitamos sin falta todo ese material.

—Lo comprendo —contestó Montini, resignado—, pero habrá que encargar todos esos aparatos a los mejores laboratorios de electrónica de Italia y del mundo. Y tenemos prisa.

—¡Bueno, bueno! Si paga lo que le pidan, los tendrá a tiempo —replicó Leonardo.

Tenía razón. Montini, con la autorización del papa, consiguió de los servicios financieros del Vaticano los medios necesarios. Pero seguía quedando descartado, para mantener el asunto en el más absoluto secreto por razones de seguridad, asignarles un colaborador..., ¡ni siquiera cuando había que soldar y ajustar piezas mecánicas! El padre Leonardo, menos competente como físico que Pellegrino, desplegó ingenio a espuertas para buscar las soluciones prácticas que se imponían. «¡Mi antigua pasión por la mecánica!», decía.

Poco a poco, el laboratorio se vio invadido por piezas cuidadosamente numeradas. Estaban por todas partes. Quien hubiera entrado sin estar al corriente no habría visto más que un caos monumental. Pero, para Leonardo y Pellegrino, aquel desorden aparente tenía su lógica.

—Cuando era pequeño —dijo Pellegrino— tenía un Meccano. ¿Conoce ese juguete, padre?

—¡Ya lo creo! Yo también tenía uno. Data de principios de siglo, ¿sabe? Todos los años, por Navidad, mi padre me regalaba una caja más completa que la anterior. Pasé días y días construyendo grúas y puentes.

—¡Quién habría dicho que volveríamos a hacerlo a nuestra edad y por orden del papa!

—¡Y para construir una máquina del tiempo!

Rieron de buena gana.

—Padre Leonardo, ¿me permitiría poner un poco de música? Esta mañana he traído mi tocadiscos.

—Adelante, pero ahórrenos esa música de locos, el rock and roll.

—No se preocupe.

Pellegrino fue a buscar un disco de 45 revoluciones y lo sacó de la funda.

—Renato Carosone. Todos los jóvenes se quitan sus discos de las manos.

—Me está asustando —dijo Leonardo.

La canción *Tu vuo' fa' l'americano* («Quieres pasar por americano») la interpretaba un grupo de seis músicos que le imprimían un ritmo endiablado. Escrita en napolitano, combinaba el swing, el boogie-woogie y las canciones populares napolitanas.

Tu vuo' fa' ll'americano
Mericano, mericano
Sient'a mme chi t'o ffa fa'?
Tu vuoi vivere alla moda,
Ma se bevi «whisky and soda»...

El guardia suizo, alertado por el ruido, entró en la habitación para asegurarse de que iba todo bien. Sonrió y cerró la puerta.

—¡Apiádese de mí, Pellegrino, pare eso! —A regañadientes, el joven sacerdote interrumpió la canción—. ¿No tiene nada más tranquilo?

—Aquí no, padre.

—Pues mañana yo también traeré canción napolitana. Pero la de verdad, no como la suya.

—Encantado, padre.

Pellegrino se puso de nuevo a trabajar, pero no podía evitar tararear la canción de Carosone.

—*Tu vuo' fa' ll'americano, mericano, mericano...*

A medida que la máquina tomaba forma, el espacio del que disponían se reducía cada vez más. Con la autorización de Montini, Pellegrino y Leonardo trasladaron sus instrumentos a una sala más grande, provista de un potente sistema de aire acondicionado. Porque la maquinaria que pensaban montar consumiría mucha electricidad y forzosamente produciría calor. Muy pronto el ensamblado de las piezas que habían fabricado siguiendo sus instrucciones dio como resultado el esqueleto de una gran esfera instalada sobre una peana de acero. Aún no era más que el envoltorio externo de un equipo complejo que había que construir. Los animó el descubrimiento fortuito, entre los papeles de Majorana, del borrador de una carta que había enviado en 1937 a Niels Bohr, uno de los padres de la física cuántica. El gran físico encontró muy estimulante su hipótesis de los neutrinos C transtemporales y lo animaba a avanzar. Majorana le había enviado poco después el mismo mensaje a Werner Heisenberg, otro de los fundadores de la física cuántica, del que obtuvo el mismo tipo de respuesta. Lamentablemente la continuación de la correspondencia mostraba también que, con el tiempo, el físico italiano había ido cayendo en una paranoia cada vez más devastadora. Temía que le estuvieran espiando y que le robaran los planos.

—¿De qué tenía miedo? —se preguntó Leonardo.

—Sin duda de lo mismo que Asimov en su relato —respondió el padre Ernetti—. De que una máquina así se convirtiera en un arma terrible, un arma que permitiera el espionaje a distancia, instalara un voyerismo generalizado y supusiera el fin de nuestra intimidad.

—¿Y por eso decidió desaparecer?

—Avanzaba lentamente porque trabajaba solo. Pensaba que si los alemanes o los soviéticos se apoderaban de su invento, contarían con equipos compuestos por decenas de físicos de primera fila que alcanzarían el objetivo mucho más deprisa que él. Haciendo creer que se había suicidado, podía continuar trabajando en paz.

Montini fue a hacerles una visita sin avisar y... ¡con una botella de champán francés!

—¿Champán, excelencia? —dijo Leonardo con una sonrisa—. ¿Qué celebramos?

—Amigos míos, hace apenas una hora Su Santidad Pío XII me ha nombrado arzobispo de Milán. He venido a informarles personalmente y a hablar del futuro.

Aquel nombramiento seguía al fallecimiento del antiguo arzobispo de la ciudad. Sin embargo, pese al champán, Montini tenía el semblante sombrío. Leonardo, que hablaba sin rodeos, enseguida se percató de la razón.

—Intenta alejarlo de Roma, ¿no?

—El Santo Padre es una figura compleja —respondió Montini—. Y la enfermedad no simplifica las cosas. Con este nombramiento como arzobispo de Milán, sin duda quiere poner más difícil mi posible acceso al trono de Pedro. Quizá lo consiga, pero solo Dios conoce el futuro.

—¿Y nuestro proyecto? —preguntó Pellegrino un poco inquieto.

—Continúo dirigiéndolo. Lo único que va a cambiar es que

tendrán que llamarme «monseñor». —Los tres rieron. Montini descorchó la botella—. Así que les propongo que nos bebamos este excelente champán y volvamos a vernos dentro de un mes en Milán.

Un mes después, Pellegrino Ernetti y el padre Leonardo entraban en el despacho de Montini en el interior del Duomo, la catedral de Milán. El arzobispo los recibió amigablemente y se interesó por sus avances.

—La pista de los neutrinos parece que es la buena, monseñor —explicó Leonardo—. Hemos ideado un sistema que permitiría captar los neutrinos remanentes de las escenas que deseáramos observar, en una escala de tiempo que iría de $T = 0$ a $T = -3.000$ años hacia el pasado, con la condición de que se calcularan en segundos.

—¿En segundos? —dijo Montini—. ¿Y eso por qué?

—Por una razón de lo más tonta. Cuando comenzó a realizar sus cálculos, Majorana pensaba en saltos en el tiempo muy breves, seguramente no creía posible ir más allá. En consecuencia, escribió las ecuaciones calculando en segundos y nunca cambió los parámetros. Le daba igual, puesto que su máquina se quedaba en la teoría. Así que habrá que reescribir un centenar de ecuaciones, lo que puede llevar varias semanas.

—No hagan nada —dijo Montini—. Les conseguiré una calculadora para facilitarles la tarea. ¿Y cómo se orientarán para «dirigirse» a un lugar u otro del pasado?

—Majorana pensó en eso —continuó Leonardo—. Proponía un dispositivo que permitiría programar un lugar exacto indicando su longitud y su latitud. Nos falta pulirlo técnicamente, y no es nada sencillo.

—Confío en ustedes. ¿Cuándo podrán mostrarle una primera prueba al papa?

—Yo creo —dijo Leonardo— que podría ser... Perdón, discúlpenme...

El sacerdote salió de manera precipitada de la habitación.

—¿Una indisposición? —preguntó preocupado Montini.

—El corazón, monseñor. El padre Leonardo padece una insuficiencia coronaria severa. El menor esfuerzo le afecta.

—¡Qué contrariedad! —dijo Montini—. ¿Tiene un aerosol de trinitrina?

—Por supuesto.

—Ocúpese de que no le falte nunca, el ritmo de trabajo no debe resentirse.

«Qué arzobispo más extraño», se dijo Pellegrino. Leonardo y él se conocían y se apreciaban, pero, para Montini, la misión que tenían encomendada prevalecía sobre cualquier otra consideración. ¡No era un arzobispo, sino un general!

Leonardo entró de nuevo en la habitación pidiendo disculpas. La conversación se reanudó como si nada hubiera pasado.

—¿Podrían hacer una demostración ante el papa antes de que acabe este año?

—Haremos lo necesario, monseñor —dijo Pellegrino.

—Queda un último detalle por resolver: ponerle un nombre a la máquina. ¿Tienen alguna idea?

—Habíamos pensado —contestó Leonardo— en el que utiliza Isaac Asimov en su relato: «cronovisor».

Montini sonrió.

—¡Enhorabuena, amigos, ha nacido el cronovisor!

—Monseñor —intervino Pellegrino—, ¿me permite que le haga una pregunta?

—Sí, diga.

—Es sobre el objetivo final. Verá…

El joven titubeó.

—Diga lo que piensa, padre Ernetti —lo animó Montini.

—Suponiendo que la máquina nos permita acceder a la época de los Evangelios y a la propia persona de Jesús…, ¿qué pasará si la realidad que descubrimos no es la que esperamos?

Montini frunció el ceño.

—Si descubren, por ejemplo, que Jesús de Nazaret no existió… ¿Es en eso en lo que está pensando?

—Ah, no, monseñor, yo estoy absolutamente seguro de la existencia terrenal de Nuestro Señor Jesucristo. Pero ¿y si averiguáramos detalles históricos que no coinciden del todo con el relato de los Evangelios?

—Pues, en tal caso, amigo mío —respondió Montini—, será un secreto más que habrá que esconder en los sótanos del Vaticano.

18

Natasha se esperaba cualquier cosa, incluso verse excluida del equipo de estudiantes que trabajaban en el Rockefeller. Pero el trabajo continuaba como de costumbre. Cuando se cruzaba con el padre De Meaux en los pasillos, él le dirigía aquella sonrisa seductora suya. Un día incluso se interesó por el avance de su tesis. Ella le habló de la barca de Tiberíades.

—¡Es interesante, pero no la convierta en la barca de san Pedro! —le dijo él en tono cordial.

—Por supuesto que no. No es más una barca de pescador, pero data de los tiempos de los Evangelios.

—Cuando haya terminado, revisaremos el conjunto de la tesis antes de que la defienda. ¿La universidad le ha dado ya una fecha?

—Sí, a mediados de octubre.

—Entonces trabaje arduamente. ¡Debe presentar un trabajo brillante, jovencita!

Aunque estaba acostumbrada a sus bruscos cambios de humor, Natasha se quedó pasmada ante la súbita amabilidad del padre De Meaux. ¿Quizá consideraba que se había pasado de la raya cuando la sermoneó en su despacho? Al fin y al cabo, ella había puesto en peligro su vida para conseguir aquel manuscrito... ¡a petición suya! La forma en que la había tratado era incalificable, y ni todas las sonrisas del mundo podrían borrar la humillación que había sufrido. En cuanto al manuscrito de Dayub, nadie hablaba ya de él. ¡Como si jamás hubiera existido! Un texto de esa importancia, que podía cambiar la mirada de los historiadores sobre los orígenes del cristianismo, dormía en una caja fuerte. Comentó el asunto con Yoni, quien le indicó que la acompañara.

—Ven conmigo, pero discretamente. —La condujo a un laboratorio del segundo sótano—. De momento, me han dejado las llaves, pero presiento que no va a ser por mucho tiempo. —Sobre una larga mesa se veía un manuscrito extendido bajo una placa de cristal—. Acaba de llegar. Es un manuscrito esenio. No la copia de un libro de la Biblia, sino un texto interno de la secta. —Natasha emitió un silbido de admiración—. Es un documento increíble. Menciona a un «maestro de justicia» que al parecer se opuso a los responsables del Templo con los macabeos, dos siglos antes de la era común. Este hombre santo fue ejecutado por las autoridades judías de la época y sus partidarios emprendieron inmediatamente el camino del exilio.

—Entiendo. ¡Los esenios! ¡Son ellos!

—Sí. Tras la muerte de su líder se refugiaron en Khirbet Qumrán, a orillas del mar Muerto. Según el texto, lo hicieron para esperar allí el regreso de su líder resucitado, como se espera…

—¿Al Mesías?

—Exacto. Ellos pensaban que la resurrección del maestro de justicia iría acompañada de conmociones mayores, de una lucha de los ejércitos del Bien contra los del Mal.

—Como en el libro del Apocalipsis.

—Sí, pero con un mesías distinto de Jesús.

—¡Yoni, esto que habéis encontrado es una bomba!

—Pero las cosas se han complicado. Cuando el Patrón fue a Roma, estaba previsto que se acercara desde allí a París para firmar un contrato con la editorial francesa que iba a publicar la traducción de este texto. Y ahora resulta que ha cancelado la publicación.

—¿Por qué?

—Por razones nebulosas, muy traídas por los pelos: esperar otros descubrimientos, comparar con otros documentos, etcétera. Excusas. ¿Y sabes lo más asombroso?

—No.

—A su vuelta de Italia, ha guardado la traducción en un cajón. Y lo mismo ha hecho con los otros manuscritos, salvo los que son puras y simples copias de la Biblia. Solo se publicará lo que el Vaticano haya aceptado publicar.

Natasha estaba pensativa.

—Yoni, en Roma pasó algo que cambió a De Meaux.

—Seguro que el papa le apretó las clavijas. Para él esto debe de ser inaceptable.

—Me di cuenta el otro día.

—Ven, no nos quedemos aquí.

Regresaron al laboratorio de Natasha.

—No podemos dejar que esta situación se eternice —dijo Yoni.

Natasha se sentía muy incómoda.

—De Meaux es mi director de tesis, Yoni, y tengo que defenderla dentro de unos meses.

—Pues yo no tengo nada que defender —contestó Yoni—. ¡Salvo la verdad!

19

Dom Alberto Carvalho había regresado a la tranquilidad romana con placer. En el Vaticano todo el mundo lo conocía. Incluso aquellos cardenales para los que no era sino un malabarista de extrema izquierda lo reconocían como un orador excelente, capaz de encontrar las palabras idóneas para conmover a las masas. También tenía la habilidad de incluir en sus discursos citas literarias, bíblicas o filosóficas que causaban un efecto inigualable.

Como hombre organizado que era, Carvalho se las había arreglado para enviar fisgones —periodistas, empleados de la oficina de prensa, malandrines profesionales— en busca de información comprometedora sobre unos y otros. De este modo, con el paso de los años había elaborado un fichero que podía competir con los de los mejores servicios secretos. Lo consultó con deleite, buscando a la persona que pudiera ayudarle a desentrañar el misterio de lo que se tramaba en el corazón de los archivos secretos del Vaticano. Dio con un cardenal francés que tenía muchas cosas que reprocharse.

—¡Contacto!

Pellegrino dio la señal, y el padre Leonardo bajó la palanca que alimentaba con electricidad la máquina. En la pequeña pantalla de treinta y un centímetros de diagonal, aparecieron de manera progresiva sombras en blanco y negro que no tardaron en formar una imagen inteligible. Era una vista cenital del laboratorio. Pellegrino estaba maravillado.

—Qué raro. ¿Por qué se ve la escena desde el techo?

—Creo que es un efecto de convergencia —apuntó Leonardo—. Todas las líneas de la imagen convergen hacia un punto virtual situado por encima de la pantalla, pero lo bastante alto para evitar las deformaciones.

Ningún salto en el tiempo por el momento, aún no habían llegado a eso. Era simplemente una imagen «en directo» de la habitación en la que se hallaban, como en la televisión. Podían verse a sí mismos en pleno trabajo. Una sola diferencia con una cámara de televisión: su ingenio no captaba fotones, era sensible únicamente a la remanencia de los neutrinos. Continuaron probando el sistema de visualización.

—Intente tomar una panorámica —sugirió Leonardo.

Manipulando el cursor, Pellegrino hizo que la «cámara» se moviera hacia la izquierda y luego hacia la derecha.

—¿Ahora un zoom?

—Entendido.

El padre Ernetti accionó otro cursor. El zoom no tenía una amplitud extraordinaria, pero permitía ver un poco más de cerca una botella de agua colocada sobre una superficie de trabajo.

—¿Ha visto, padre Leonardo?

Ninguna respuesta.

—Ahora, al contrario, amplío el campo.

Seguía sin haber respuesta.

—¿Padre Leonardo?

Pellegrino se volvió. El padre Leonardo estaba detrás de él, en el suelo, inerte.

El hospital Bambino Gesù, que dependía del Vaticano, en teoría estaba reservado a los cuidados pediátricos. Pero Montini había conseguido que trasladaran allí de urgencia al padre Leonardo. Este había sufrido un infarto severo. Gracias a la celeridad de los médicos que lo atendieron, no había sucedido lo peor. En ese momento, el sacerdote descansaba en una habitación de la primera planta. Pellegrino preguntó al enfermero de guardia si podía ver al paciente.

—De acuerdo, pero aún está muy débil —le dijo el enfermero—. Evite que se canse.

—Quizá sea preferible que venga otro día.

—No, creo que quiere verlo.

Pellegrino entró en la habitación. El padre Leonardo dormitaba, pero se alegró de ver a su joven amigo.

—Nos ha dado un buen susto, padre —le dijo Pellegrino sonriendo.

—Estoy en buenas manos, los médicos del Bambino son de primera fila. ¡Aunque yo ya estoy muy lejos de ser un *bambino*! ¿Cómo va el trabajo?

—Lo he dejado en suspenso, con el permiso de Montini. No me veía con ánimos de seguir después de lo que le ha pasado.

—Hay que seguir, Pellegrino. Pero sin mí.

—De ninguna manera, padre. ¡Lo necesito!

—No, no. Los médicos son categóricos. Continuar sería un suicidio.

Pellegrino comprendió que era inútil insistir.

—Sin usted, será difícil —admitió, sinceramente apenado.

—Se las arreglará muy bien. Hemos obtenido las primeras imágenes, ahora es preciso acabar los sistemas de programación. Pero el objetivo no está lejos, no debe dejarlo.

—Y usted, padre, ¿qué hará?

—Propondré un sucesor para el Departamento de Psicología de la Academia Pontificia. ¡Sé de algunos que se mueren de ganas!

—¿Volverá a Milán?

—No, iré a descansar a un monasterio de Apulia, en Bari, a orillas del Adriático. Pero me mantendrá al corriente, espero...

—Cuente conmigo, padre.

El enfermero entreabrió la puerta.

—Hay que dejarlo descansar.

El joven sacerdote estrechó con fuerza la mano de Leonardo y este la retuvo un momento.

—¡Pellegrino, sea prudente!

20

—Hoy quisiera hablarles de un asunto muy grave...

Hubert de Meaux había reunido a todos los colaboradores del museo Rockefeller en la gran sala de conferencias. Las excavaciones en curso se habían interrumpido a fin de que todos pudieran estar presentes.

—¿Qué te apuestas a que va a hablarnos del artículo de *The New Yorker*? —le susurró Natasha a Thomas.

Había dado en el blanco. De Meaux les enseñó la revista.

—Acabo de enterarme de que esta famosa revista americana ha publicado esta semana un reportaje escrito por un tal Edmund Wilson. Este señor no es ni arqueólogo ni historiador, sino crítico literario. Sin embargo, en el artículo queda claro que está muy bien informado. Eso significa que alguien le ha ayudado, y es indudable que esa persona es uno de ustedes, aunque cabe la posibilidad de que hayan sido varios. —El silencio que reinaba en la sala era cada vez más tenso—. Por desgracia para nosotros, este texto es uno de los primeros artículos de fondo sobre los rollos del mar Muerto. La revista en la que se ha publicado cuenta con más de un millón de lectores en Estados Unidos y en todo el mundo. Les informo de que lo que Wilson escribe es catastrófico. Sugiere que los epigrafistas que trabajan en las traducciones de los manuscritos, nuestros epigrafistas, tienen... cito... «preocupaciones que no son científicas».

—¿Quién puede afirmar lo contrario? —dijo Natasha en voz baja.

—Wilson escribe también: «Nos preguntamos si los eruditos que trabajan en los rollos no se ven frenados por sus diferentes compromisos religiosos». Y más adelante: «Si se considera la persona de Jesús desde la perspectiva que iluminan los rollos, se puede tomar conciencia de la evolución que conduce al cristianismo. El monasterio de Qumrán quizá sea, más que Belén o Nazaret, la cuna del cristianismo». ¡Lo más grave es que el tal Wilson basa sus argumentos en una serie de detalles e informaciones precisas que no le ha comunicado el Espíritu Santo! En otras palabras: entre nosotros hay un traidor. Y digo un «traidor», no un indiscreto. Los indiscretos son torpes, a los traidores los mueve la intención de perjudicar y quizá de perjudicarme a mí.

—Ahora ya estamos en plena paranoia —susurró Yoni.

—Como cristiano, pero también como historiador y arqueólogo, considero que la singularidad de Cristo es indiscutible. Los que piensan otra cosa tienen derecho a pensar lo que quieran, pero nada les obliga a trabajar con nosotros. ¿La persona que ha informado a ese periodista está entre nosotros? ¿Tendrá el valor de confesar?

Silencio. Hubert de Meaux paseó lentamente la mirada por los presentes. Natasha miró a Yoni, que no pestañeó.

«¡Lo ha hecho! Pero ¿por qué va a confesarlo?».

—Los traidores no suelen ser valientes —prosiguió De Meaux—. A ellos, y a todos los demás, les digo que en el futuro estaré muy atento a preservar la seriedad y la integridad de nuestro trabajo científico. ¡Si alguno tiene quejas sobre la lentitud de las traducciones que ponemos a disposición del público, que cambie de oficio! El tiempo de la ciencia no es el de las revistas sensacionalistas. Creo que he sido claro. ¿Alguna pregunta?

Ninguna.

—Interpreto su silencio como un acuerdo tácito. Gracias por su atención. Ya pueden volver al trabajo.

—¿Al trabajo? —dijo Thomas—. Son las cinco, yo no pienso volver a Qumrán. ¿Vamos a tomar algo?

—Esta mañana he comprado una sandía espléndida. ¿Y si vamos a comérnosla al patio? —propuso Yoni.

Un pequeño grupo formado por Yoni, Thomas, Natasha y Thierry Darmont, un joven dominico, se sentó en la hierba para compartir la sandía.

—Primero las cosas serias, chicos —declaró Natasha—. ¿Quién es el traidor? ¡No va a probar la sandía!

Todo el mundo se echó a reír.

—Está caliente, pero quita la sed —dijo Yoni.

«¡Si ha sido él —pensó Natasha—, es un actor extraordinario!»

—No sé quién ha informado a ese periodista —intervino Thomas—, pero podría ser cualquiera de nosotros. Todos pensamos lo mismo.

—Cualquiera habría dicho que estábamos en los tiempos de la Inquisición —añadió Thierry—. Hay que pensar esto, está prohibido decir aquello. ¡Y a quien no le guste, que coja la puerta!

—Él manda aquí —añadió Natasha—, puede decirnos lo que quiera. Pero hay un límite que no debe cruzarse, y es retener información.

—¿Qué quieres decir?

—Aunque le parezcan incómodos, no tiene derecho a ocultar nuestros descubrimientos. Y todavía menos a destruirlos por orden del Vaticano.

—¿No vas un poco lejos, Natasha? —preguntó Thomas.

—Lo que digo es que debemos estar ojo avizor. Si el papa se inmiscuye en nuestras investigaciones, habrá que hacerlo saber.

—Pues tengo la impresión —contestó Thierry—, amigos, de que dentro de nada el ambiente en el Rockefeller va a volverse irrespirable.

21

El arzobispo agitaba nerviosamente el bolígrafo que tenía en la mano.

—¿Qué le ha dicho el padre Leonardo?

—Que ya no tiene fuerzas para continuar.

—Me lo temía. La enfermedad lo ha dejado exhausto.

Pellegrino había ido a informar a Montini de su visita al convaleciente. Al clérigo le costaba ocultar su irritación.

—Este contratiempo ha sido muy desafortunado, puede retrasar nuestro proyecto. ¿Le ha insistido para que se reincorpore a su puesto?

—He hablado con el cardiólogo. Él también cree que el padre Leonardo debe suspender todas sus actividades. Y hay otra cosa...

—¿Sí?

—Yo creo que esa máquina... le da miedo.

—¡Vamos! —exclamó Montini—. ¡Pero si es uno de los descubrimientos más apasionantes del siglo! —Pellegrino no parecía seguro del todo—. No exagero, padre Ernetti. ¡Y ahora será usted quien lleve el proyecto!

—¡Monseñor, no podré hacerlo yo solo! —respondió Pellegrino de inmediato.

—Trabajará solo hasta que pueda mostrarle algún resultado al papa —replicó Montini, inflexible—. Si a él le resulta convincente, reuniremos a su alrededor un equipo internacional de investigadores de alto nivel.

—Lo necesitaré, monseñor. Pero... ¿ya no teme las indiscreciones?

—Ya no. Hablando con el Santo Padre, hemos encontrado una buena manera de impedir las filtraciones.

—¿Cuál?

—Se lo diré en el momento oportuno. Mientras tanto, podría tomarse unos días de descanso.

—Por mí, encantado. Las últimas semanas han sido agotadoras. Y el accidente del padre Leonardo me ha afectado mucho.

—Tómese una semana. Pasee, despeje la mente y duerma mucho, ¡volverá en plena forma!

—Gracias, monseñor.

El padre Ernetti, al volante de un Fiat 500 Topolino que le había prestado el Vaticano, condujo en dirección a la provincia de Viterbo. Se acercaba el verano, hacía un tiempo espléndido. Tarquinia estaba a poco más de un centenar de kilómetros de Roma. En esa antigua ciudad antaño se ilustraron reyes legendarios como Tarquinio el Viejo, Servio Tulio o Tarquinio el Soberbio, todos los cuales, pese a su valentía, acabaron sometidos por Roma. Y con ellos, el pueblo etrusco y su hermosa civilización.

Pellegrino aparcó cerca de la necrópolis de Monterozzi. Como había hecho innumerables veces cuando era estudiante, visitó las pocas tumbas que habían resistido milagrosamente el paso del tiempo. Contenían pinturas de una frescura y una alegría sorprendentes. Una reproducía un banquete en el que los invitados se divertían con entusiasmo, rodeados de músicos. Otra evocaba escenas bucólicas de caza o pesca. Los colores eran puros, y el acabado, realista; el conjunto transmitía buen humor y despreocupación.

Al salir, Pellegrino compró en uno de los puestos de venta ambulante una reproducción bastante lograda de un bonito cántaro etrusco. Siempre que iba, le parecía injusta la imagen degradante que los romanos habían difundido de sus predecesores. ¡Como si Roma hubiera sido la única que había llevado la civilización a Italia! Mucho antes que los romanos, una cultura más antigua, que quizá procedía de Oriente, concibió un mundo en el que las mujeres y los hombres eran iguales, en el que los placeres de la vida, incluso en la tumba, prevalecían sobre las luchas sangrientas por el poder. «En el fondo —se dijo Pellegrino—, sabemos poco del pasado, retenemos sobre todo lo que nos conviene. ¿Podría ayudarnos el cronovisor a cambiar nuestra imagen de los pueblos antiguos, a acercarlos a nosotros?».

Se montó de nuevo en el coche y fue a las ruinas del gran templo de Tarquinia, a unos kilómetros de allí. En la actualidad, no era más que un montón de piedras invadido por las malas hierbas. Sin embargo, para Pellegrino conservaba su poder de fascinación. Se tumbó en la hierba. El cielo era de un azul límpido; el silencio apenas se veía turbado por el canto de los pájaros.

—¿A usted también le hacen soñar los etruscos, padre?

Pellegrino se incorporó. De pie en un promontorio, había un anciano tocado con un sombrero de ala ancha.

—Desde siempre —respondió Pellegrino.

Seguramente el hombre era uno de esos enamorados de la antigua Etruria que abundaban en el Lacio.

—Pues no tenían el mismo dios que usted —dijo.

—¿Qué importancia tiene eso? Creían, como nosotros, en realidades que nos superan.

—Ellos confiaban en las señales de la naturaleza.

—Es una creencia como cualquier otra —contestó Pellegrino.

El anciano dobló la chaqueta sobre uno de sus hombros, en un gesto cómicamente teatral.

—El augur se subía al promontorio, donde estoy yo. Llevaba una amplia capa sujeta con una fíbula... —Levantó la cabeza hacia el cielo—. E interrogaba al futuro mirando volar a los pájaros. ¿Usted sabe interpretar el vuelo de los pájaros, padre?

—No —contestó Pellegrino sonriendo.

—Es muy fácil. Mire el cielo.

Pellegrino hizo lo que el hombre le decía.

—Recorte mentalmente un cuadrado, pongamos... de diez metros de lado.

—De acuerdo.

—Ahora vea cómo entran los pájaros en ese cuadrado. Si lo hacen por la derecha, es una buena señal. Pero si entran por la izquierda, *da sinistra*, es que los dioses le reservan sorpresas desagradables.

—De momento no veo ningún pájaro.

—No se preocupe, siempre acaban por llegar.

Pellegrino se quedó inmóvil y esperó. ¿Y si el anciano tenía razón? ¿Y si su futuro fuera a decidirse allí, al cabo de unos minutos, de unos segundos, quizá?

El anciano señaló el cielo con el dedo.

—Un halcón, padre. El cielo se interesa por usted, puesto que le envía un halcón.

El pájaro pasó por el campo visual del padre Ernetti.

—¿Y bien? —dijo el anciano—. ¿Por dónde ha pasado?

—Por la izquierda —murmuró Pellegrino, lívido.

22

Natasha Yadin-Drori defendió su tesis de arqueología en una pequeña sala de la Universidad Hebrea de Jerusalén, en presencia de un grupo de arqueólogos amigos. El título exacto era: «Descubrimientos arqueológicos en Galilea y en Judea: el caso del Jesús histórico». Hubert de Meaux, el director de la tesis, estaba frente a ella junto a dos profesores universitarios israelíes. Natasha había respondido con brillantez a sus innumerables preguntas. Por prudencia se había circunscrito a los datos técnicos, evitando como la peste las interpretaciones que pudieran prestarse a polémica. Al final su trabajo obtuvo la mención «muy honorable». Fue aplaudida por la quincena de estudiantes y colegas que se habían desplazado hasta allí para animarla. Entre ellos, Thomas.

—¡Bravo, Nat! —le dijo—. Has estado brillante.

La chica le dio un caluroso abrazo. El padre De Meaux hizo un aparte con ella.

—Ahora ya es arqueóloga. De momento seguirá con su trabajo en el Rockefeller, pero en cuanto quede un puesto libre la enviaré a hacer trabajo de campo. Mientras tanto continúe con los manuscritos. Y lleve cuidado con las indiscreciones —dijo en un tono falsamente severo.

Thomas hizo un guiño de complicidad a Natasha.

—¿Nos lo han cambiado?

—Desconfía del agua que duerme —sugirió Natasha.

—¿Y si nos fuéramos a cenar a Tel Aviv, a la playa? —le propuso Thomas.

—¿Me invitas?

—A pizza, pero nada de *kosher*.

—¡A mí me da igual! Intentemos estar allí antes de que se haga de noche.

Dos horas después, se bañaban en las aguas cálidas del Mediterráneo. La playa estaba abarrotada. Natasha salió primero. Cuando Thomas se tumbó también sobre la arena, ella estaba leyendo *Haaretz*, el periódico de la tarde. El joven leyó el titular en grandes caracteres: «WAR?».

—¿Crees que Israel va a declarar la guerra? —le preguntó.

—No tengo ni idea, pero la situación es explosiva por ese asunto del canal.

Tres días antes, el coronel Nasser había nacionalizado el canal de Suez, lo que contrariaba enormemente a Francia y al Reino Unido.

—Si Israel declara la guerra, me movilizarán —añadió Natasha.

—Aún no hemos llegado a ese punto. ¿Vamos a cenar?

Se sentaron en la terraza. El fresco del anochecer y la calma que volvía a instaurarse en la playa, pese al ruido del tráfico, convertían aquel momento en un instante de paz y felicidad.

—Qué placer volver a verte por fin —comenzó Thomas—. Quería decirte...

El chico buscaba las palabras apropiadas, pero Natasha lo interrumpió:

—No lo digas. Tú también me gustas, pero no me pidas demasiado.

Él comprendió que no debía insistir, la joven tenía demasiadas cosas en la cabeza. Así pues, cambió de tema.

—¿Dónde está ahora el manuscrito de Dayub?

—Sigue en el Rockefeller, están restaurándolo.

—De Meaux se toma el asunto en serio, pese a todo.

—Por supuesto, pero está dividido en dos. Por un lado, el arqueólogo, que encuentra el manuscrito apasionante. Y por el otro, el soldado de Cristo, que obedece ciegamente las órdenes de la Santa Sede. No sale ninguna información sin pasar por él. La guarda en una caja fuerte y prohíbe cualquier tipo de comunicación relacionada con el manuscrito. Lo que me preocupa...

—¿Sí?

—¿Y si desapareciera? ¿Y si lo destruyeran?

—¡Por suerte, Nat, ahí estás tú entonces para convertirte en el Zorro!

Ella pasó por alto su tono irónico.

—Ahora que ya tengo mi título, no seguiré fingiendo.

Thomas guardó silencio. Al cabo de un momento, clavó los ojos en los de la joven.

—Natasha, ¿puedo decirte yo también lo que pienso?

—Adelante —contestó ella intrigada.

—Creo que tus investigaciones son muy interesantes, pero no influyen en mi fe. Para mí Jesús es mucho más que una figura histórica. Me parecen preciosas estas palabras del Sermón de la montaña: «Bienaventurados los mansos, porque ellos recibirán en herencia la tierra. Bienaventurados los que lloran, porque ellos serán consolados. Bienaventurados los limpios de corazón, porque ellos verán a Dios». Jesucristo no podía citar a los esenios, es imposible. Son palabras que salen del corazón.

—Comprendo que te conmuevan, eres cristiano.

Esa manera un poco mecánica de encasillarlo le irritó.

—No, es más profundo. Te lo diré de otro modo. Cuando era pequeño, vivía con mi padre en una gran casa cerca de Bellême, en Perche. Algunas noches se desataban grandes tormentas. Los truenos y los rayos me daban miedo, y como mi madre ya no estaba, era mi padre quien venía a consolarme. Me decía que el Niño Jesús velaba por mí, que me quería. Y eso me devolvía el sueño.

—¡Si te hubiera dicho «Papá Noel», el efecto habría sido el mismo!

Thomas hizo caso omiso de la ironía.

—No, Jesús es otra cosa. Para mí era la seguridad de que en el mundo existía una reserva de amor como solo una madre puede darlo. Jesús encarnaba eso. La idea de que, en alguna parte, aunque todos te abandonen, hay alguien que te quiere. Sin eso, la vida no tiene sentido.

—¿Qué edad tienes, Thomas? —le preguntó Natasha.

—Veintiún años. ¿Y tú?

—Los mismos, pero no hemos llevado la misma vida. Mientras tú temblabas bajo las sábanas a causa de la tormenta, yo crecía en un kibutz con otros hijos de deportados. En nuestros sueños había horrores y no teníamos a ningún Niño Jesús que nos consolara. En cuanto al Dios de Israel, nos preguntábamos por qué se había ido de vacaciones en el momento en que su pueblo tanto lo necesitaba. Lo único que teníamos era el miedo, y crecimos con él.

—Comprendo —dijo Thomas.

—Yo no tengo nada contra Jesús, incluso te envidio que lo cuentes entre los miembros de tu familia. Pero por mí no ha hecho nada, así que déjame que lo vea con una mirada de historiadora, que lo considere un momento de la historia de mi país, no un dios.

Él le cogió la mano, pero Natasha se desasió.

23

El padre Ernetti inclinó el despertador sobre la mesa del laboratorio apoyándolo en un libro. Lo orientó de forma cuidadosa hacia el techo. «Puesto que el cronovisor capta imágenes cenitales —se dijo—, se verá fácilmente la hora». Había progresado mucho en la preparación de la máquina. Una vez que el sistema de visualización estaba operativo, había que demostrar al papa que el artilugio era capaz de trasladarse hacia el pasado, aunque no podía tratarse más que de pequeños saltos. Pasó varios días preparando un mecanismo provisional que había conseguido poner a punto en parte gracias a las indicaciones de Majorana, pero fundamentalmente a sus propias intuiciones.

Las agujas del despertador marcaban las diez y tres minutos. Anotó la hora en un cuaderno y esperó. Una hora, dos, tres. Hacia las dos de la tarde, se acercó al sistema de control de la máquina. Por el momento no era más que una maraña de cables eléctricos. Unas ruedas dentadas servían para programar —en segundos— la amplitud del salto en el tiempo. Programó el máximo: diez mil ochocientos segundos, es decir, tres horas. Puso la máquina en marcha apretando un gran pulsador. La pantalla mostró lo que él esperaba, una vista cenital en blanco y negro del laboratorio. El despertador seguía estando sobre la mesa de comer, colocada en el centro de la habitación. Pellegrino hizo zoom. Las agujas indicaban las once y dos minutos. Se había desplazado tres horas hacia el pasado. No era una victoria desdeñable, ¡el protagonista de *La máquina del tiempo* también había empezado con poco!

Llamó a Montini. Estaba en el arzobispado de Milán, pero la noticia tenía la suficiente importancia para que se trasladara a Roma. El clérigo escuchó las explicaciones de Pellegrino. A diferencia del joven sacerdote, no se puso a dar saltos de alegría.

—Está bien, pero aún no es suficiente para ir a ver al papa. ¿Por qué se ha limitado a tres horas?

—No lo sé. Se ha colado un error en una ecuación que, de momento, nos impide sobrepasar ese límite de diez mil ochocientos segundos.

Una duda asaltó a Montini.

—¿Los cálculos de Majorana son incorrectos?

—No, soy yo quien ha cometido un error. Sé en qué ecuación está, pero no dónde en concreto. Y es una ecuación larga.

Montini se tranquilizó.

—En ese caso, corrija su trabajo, amigo mío. ¡Y no me haga venir desde Milán para nada!

Pellegrino estaba desconcertado.

—Pero… esto es algo, monseñor. ¡Esta mañana hemos dado un primer salto en el tiempo!

—Se lo repito, es insuficiente. Con la máquina tal como está, ¿podría llegar hasta un mes atrás?

—En teoría, sí. Pero primero debo encontrar el error. Y rehacer una parte de los circuitos.

—¿A qué espera, Ernetti? Póngase a trabajar. Y manténgame al corriente.

Pellegrino frunció el ceño.

—Le recuerdo que estoy solo, monseñor.

—Si tiene éxito, le buscaré colaboradores, ya se lo dije. Pero antes demuéstreme que esa máquina, que nos ha costado una fortuna, es algo más que un sueño sin futuro.

Esta vez Montini se había pasado de la raya. Pellegrino agarró una silla y la empujó violentamente por la habitación. El ruido atrajo la atención de un guardia suizo.

—¿Algún problema, padre?

El sacerdote se sintió avergonzado.

—No, no se preocupe.

La frialdad de Montini, su indiferencia ante los esfuerzos que él realizaba lo habían sublevado desde el principio. Después de todo, su trabajo era dar clases de música. ¿Qué pintaba él en esa historia absurda? Se dejó caer sobre una silla y practicó la respiración abdominal, tal como le habían enseñado en un curso de yoga. Cuando empezaba a calmarse, una pregunta cobró protagonismo en su mente: «¿Qué falla en el mecanismo de la máquina? ¿Dónde está el error?».

Se levantó y escribió la larga ecuación incorrecta en la pizarra. La releyó varias veces. Tenía la sensación de que la solución estaba ahí, muy cerca, como esas palabras que uno tiene en la punta de la lengua y no da con ellas. En ese tipo de situación, decía Leonardo, «hay que vaciar la cabeza pensando en algo que no tenga nada que ver. Ya verá como las ideas se ponen en su sitio como por arte de magia».

«Intentémoslo —se dijo Pellegrino—, pensemos en otra cosa». ¿Escuchar música? Imposible. Ahora que trabajaba solo, Montini había vetado el aparato de radio y el tocadiscos, que, según él, reducían su productividad. ¿Y si fuera al cine? Se sentía tan cansado que temía dormirse. Se le pasó una idea por la cabeza. Se puso una chaqueta, salió del edificio de los archivos y se encontró en la plaza de San Pedro. Lo que buscaba estaba al lado, en el barrio del Castel Sant' Pasquale. Un quiosco de prensa normal y corriente tenía expuestos tebeos y revistas populares. Compró un número especial de *National Geographic* y volvió al laboratorio.

Se puso cómodo, bajó la luz y hojeó la revista del mes, que estaba dedicada a los templos de Angkor. Los artículos no le interesaban, solo las fotos. Eran espléndidas, como siempre. Cuando era muy joven, le fascinaban esos edificios construidos en medio de la selva por los reyes del Imperio jemer. La arquitectura increíblemente refinada de los templos-montañas le daba la impresión de estar contemplando los vestigios de una civilización desconocida, en un planeta lejano. Se demoró ante la silueta de una apsara, una ninfa celeste cuyos brazos y piernas trazaban graciosos arabescos.

Estas imágenes, tal como esperaba, limpiaron sus pensamientos en unos segundos. Igual que una puerta que se abre sin previo aviso, la ecuación de Majorana reveló como por arte de magia el error que la bloqueaba. Era una insignificancia, una operación errónea que se escondía como un insecto dañino en el bosque sobrecargado de su mente. Corrigió la parte errónea y, a partir de ahí, se puso a reorganizar el corazón del cronovisor.

Cuando hubo acabado, indicó en el programador dos millones seiscientos mil segundos, es decir, un salto de treinta días hacia el pasado. Puso la máquina en marcha.

Nada. Oscuridad total.

El padre Ernetti, al borde del desaliento, estaba dispuesto a abandonar cuando distinguió una manchita blanca en la parte inferior de la pantalla, a la derecha. La luz de emergencia del laboratorio. Veía el laboratorio tal como estaba un mes antes, pero... de noche. Solo quedaba encendida la luz de emergencia. Ligeramente confundido, añadió diez horas —es decir, treinta y seis mil segundos— al tiempo programado.

La pantalla mostró entonces una escena emocionante. Una risa loca, uno de los poquísimos momentos de dicha y complicidad que habían compartido el padre Leonardo y él un mes antes. Mientras Pellegrino manipulaba un soldador, su viejo amigo estaba de pie frente a la pizarra llena de ecuaciones. Era una imagen muda, pero adivinaba lo que decían. Años antes había aprendido la técnica para leer los labios con un amigo ortofonista, a fin de ayudar a los discapacitados auditivos. Descifrar su diálogo cómplice en la pantalla no presentaba ninguna dificultad. Se reían de Montini, cuya presencia tanto les impresionaba. Pellegrino imitaba su postura altiva, y Leonardo se partía de risa viendo las muecas que hacía.

Había que grabar un recuerdo que se pudiera enseñar al

Santo Padre. Colocó frente a la pantalla de visualización la cámara Bell & Howell de dieciséis milímetros que Montini le había facilitado y filmó toda la escena.

El papa se quedó impresionado al ver la película que el padre Ernetti le proyectó en una pantalla de cine instalada sobre un trípode. Montini también. La presencia en la pantalla del padre Leonardo, actualmente hospitalizado, no podía ser una prueba más concreta.

Pío XII tomó la palabra.

—Ahora sabemos que la máquina concebida por Ettore Majorana permite ver el pasado, lo que ya es un milagro. Si queremos ir hasta los tiempos de los Evangelios, hay que pisar el acelerador. ¿Cómo ve la organización del trabajo, Montini?

—Santo Padre, hay que tener en cuenta dos parámetros: el perfeccionamiento de la máquina y el secreto que es preciso mantener. El padre Ernetti necesita ayuda.

—¿Cómo puedo facilitarle la tarea? —preguntó el papa.

—Su Santidad, si la petición viene de usted, conseguirá que participen los mejores científicos del planeta.

Montini leyó el pequeño memorando que había preparado.

—Podríamos contar con la colaboración del profesor Desmond Miller, que trabajó varios años con Enrico Fermi en el Instituto para los Estudios Nucleares de Chicago. Estoy pensando también en Ferdinando de Fonseca, un especialista portugués en física ondulatoria. Y en el premio Nobel japonés Satsuo Tanaka. Además de ellos, tengo a dos franceses y a un inglés que podrían ser adecuados.

—Los llamaré uno por uno —dijo el papa.

—Pensándolo bien, podríamos reunir a una docena de colaboradores. No a todos al mismo tiempo, por supuesto. Organizaremos el trabajo en función de su disponibilidad de tiempo.

—¿Les enseñará nuestro cronovisor? —preguntó Pellegrino, inquieto.

—¡De ninguna manera! —exclamó Montini.

—El cronovisor debe continuar siendo un secreto hasta que hayamos alcanzado nuestro objetivo —confirmó el papa—. Revelaré su existencia desde el balcón del palacio cuando hayamos captado el rostro de Nuestro Señor, en ningún caso antes.

—Pero ¿cómo van a trabajar en el cronovisor sin verlo?

—El grupo de investigadores trabajará en el palacio pontificio, en una sala que el Santo Padre pondrá a nuestra disposición. El proyecto se presentará como un trabajo puramente teórico, extrapolado a partir de los de Majorana. Usted, padre Ernetti, observará y tomará nota de todo lo que se diga. El cronovisor virtual será el modelo ideal a partir del cual usted hará avanzar el cronovisor real, que permanecerá en los archivos secretos.

—En lo que respecta al aspecto financiero —dijo el papa—, el padre Montini se ocupará de todo. Pida lo que necesite, hay crédito ilimitado.

—¡Dentro de lo razonable, claro está! —añadió Montini.

24

En apariencia no era más que una cámara de fotos normal y corriente, aunque de pequeño tamaño. Lo más interesante se hallaba en el interior.

—Con esta película ultrasensible, le bastará con iluminar lo que fotografía con una simple linterna.

Carvalho, deseoso de satisfacer a sus amigos soviéticos, había despertado a sus redes durmientes del Vaticano. Se reunió con el cardenal francés, el único de sus conocidos que podía entrar en los archivos secretos sin atraer la atención. Se habían dado cita en la suntuosa casa que Carvalho poseía en las afueras de Roma.

—Mi Mercedes le esperará en la plaza de San Pedro. En cuanto haya tomado las fotos, le entrega la cámara al chófer. No se olvide de ponerse unos guantes para no dejar huellas, monseñor.

—¿Se da cuenta de lo que me pide? De verdad que no sé por qué he aceptado.

—Por dos razones, monseñor: evitar que hable de forma imprudente sobre sus pequeños negocios con el banco Ambrosiano...

—¡Por favor, no siga con eso!

—Y, sobre todo, porque apoya nuestra causa. Esa es la verdadera razón y la más noble.

—¿Cuándo quiere hacerlo?

—El martes, poco antes de la medianoche.

Pellegrino tenía un defecto: era terriblemente maniático. Recordaba muy bien la última página en la que había tomado notas la noche anterior. La recordaba incluso mejor de lo habitual porque durante la noche había cobrado consciencia de haber cometido un burdo error de cálculo, sin duda provocado por el cansancio. Y el cuaderno no se hallaba abierto por esa página. Observó el resto del laboratorio. No siempre estaba muy ordenado, cierto, pero era su propio desorden y se orientaba bien en él. Tuvo la sensación de que alguien había entrado en la sala y la había registrado. Quizá incluso hubiera tomado fotos. Preguntó al guardia suizo, pero no había visto nada raro. En un lugar tan bien custodiado como los archivos secretos del Vaticano, eso solo podía significar una cosa: el intruso pertenecía al personal del Vaticano.

Una hora después, Montini estaba allí. Su mente desconfiada lo incitó a tomarse la amenaza en serio… y a buscar el mejor medio para identificar al visitante.

—El cronovisor —dijo.

—¡Claro! ¿Cómo no se me había ocurrido?

—Retroceda de hora en hora a partir del momento en que se marchó anoche. ¿Puede orientarse en el espacio?

—Todavía no —respondió Pellegrino—. Tendremos una vista cenital, en «gran angular».

—Démonos prisa —instó Montini—. Grabaremos la escena para tener una prueba.

El padre Ernetti fue a buscar su cámara Bell & Howell, la colocó enfocando la pantalla del cronovisor y a continuación accionó la máquina, que empezó a ronronear.

—¿A qué hora se marchó anoche?

—Un poco antes de las diez. —Ernetti se acercó al tablero de mandos—. Empiezo a las nueve y media. —Ajustó las ruedas dentadas del cronovisor para retroceder alrededor de treinta y cinco mil segundos, y puso en marcha la Bell & Howell—. ¡Allá vamos!

En la pantalla del cronovisor, se vio a sí mismo guardando sus cosas, apagando la luz y saliendo de la habitación.

—Ya no se ve nada —dijo Montini.

—Eso tiene arreglo, monseñor. La máquina no capta los fotones, sino los neutrinos remanentes. Basta con que haga un pequeño ajuste.

Pellegrino acentuó la sensibilidad de los colectores a la remanencia de los neutrinos. Aunque se basaban en un principio distinto, las imágenes se asemejaban a las fotos captadas en infrarrojos por los aparatos de observación de los militares. A las diez no sucedió nada. Nada a las once. Nada tampoco a las doce. El padre Ernetti aprovechó para cambiar el cargador de la cámara.

—Permanezca atento a la imagen después de medianoche —dijo Montini—. El relevo de los guardias suizos se hace a esa hora. Si alguien está vigilando desde el interior, aprovechará ese momento para entrar en la habitación. ¿Qué le decía? Mire...

Montini estaba en lo cierto. La puerta se abrió lentamente.

—¡Ahí está! Ponga en marcha la cámara de dieciséis milímetros.

Pellegrino empezó a filmar la pantalla.

—¡Bayard! —Se trataba del cardenal Laurent Bayard—. Un afín de Carvalho —aclaró Montini.

Bayard empezó por recorrer la habitación con una linterna. Luego sacó de su funda una cámara de fotos en miniatura, con la que fotografió el prototipo iluminándolo con la linterna apoyada en una mesa. Se arrodilló para abrir los cajones del escritorio en los que el padre Ernetti había guardado los cálculos de Majorana.

—¿Cerró los cajones con llave? —preguntó Montini.

Pellegrino no se acordaba.

—Pues… creo que sí —balbuceó.

Aliviado, vio que Bayard insistía en tirar del cajón, pero no tardó en dejarlo.

—Por suerte, tiene el talento de un ladrón de opereta —comentó Montini.

Antes de marcharse, Bayard hizo más fotos de la máquina.

—¿Qué puede hacer con esas fotos?

—Nada, si desconoce la verdadera función del cronovisor.

Bayard parecía tener prisa por acabar. Apagó la linterna, abrió con prudencia la puerta y salió precipitadamente.

—Un aficionado —dijo Montini con desprecio.

—¿Qué hacemos? —preguntó Pellegrino.

—Vaya al laboratorio y pida que revelen las películas, que podamos mostrarlas a última hora de la mañana.

—¿A quién?

—¡Al papa, por supuesto!

25

La mueca de desagrado de Pío XII ante la película que le proyectaban era más elocuente que cualquier insulto.

—¡Pare!

Montini detuvo el proyector.

—Cuesta creerlo, Santo Padre —dijo Montini—, pero la película no miente.

—Sabía que Bayard era cercano a Carvalho —contestó el papa—, aunque creía que se trataba de mera complicidad ideológica. ¡Hasta los cardenales me traicionan!

—Ahora sabemos que Carvalho sabe que preparamos algo —añadió Montini—, pero ignora lo que es. Si ha enviado a Bayard, ha sido para enterarse.

—Lo que Bayard ha fotografiado no les dirá gran cosa, Santo Padre —dijo el padre Ernetti.

—Sí, pero a medida que avancemos acabarán por comprender de qué se trata —replicó el papa—. Más aún cuando... —Sacó del cajón de su mesa una serie de notas manuscritas—. He empezado a ponerme en contacto con los investigadores de los que hablamos. En general, las reacciones son muy positivas. Se sienten halagados porque recurra a ellos, pero lo que más les intriga es cuando hablo de Majorana. ¡Para algunos es como si mencionara a Albert Einstein!

—¿Y Desmond Miller, el físico de Chicago? —preguntó Montini.

—Se muestra dispuesto.

—Es una baza importante para nosotros. Se trata de un físico excepcional.

—A este ritmo, podremos reunirlos a todos dentro de unos meses. Lo que significa...

—... que las fuentes de filtraciones se multiplicarán —continuó Montini—. Y que la curiosidad de Carvalho será cada vez mayor.

—Tendrán que redoblar la cautela, amigos míos. ¿Qué hacemos con Bayard?

—Muy sencillo —le dijo Montini al papa—. ¡Propóngale un ascenso!

Cuando no se dedicaba a hacer de espía aficionado, el cardenal Laurent Bayard era un hombre absolutamente recomendable. Asesor de investigación en el CNRS de Francia, había enseñado teología en el Instituto Católico de París. Gracias a su dominio del italiano y a sus habilidades diplomáticas, se había ganado una estima general que lo había llevado a asumir responsabilidades importantes en varias instancias de la curia romana. Estaba presidiendo una comisión cuando vio que Montini entraba y se sentaba al fondo de la sala. Sorprendido, Bayard se interrumpió.

—Es un gran honor recibirlo en esta instancia, monseñor.

—Continúe, por favor —le pidió Montini—. Hablaremos cuando termine la sesión.

Quince minutos después, Bayard se acercó a Montini. El cardenal sonreía, pero parecía un poco preocupado.

—El papa no ha recibido sino elogios sobre la manera en que ejerce su sacerdocio, eminencia.

—El papa es demasiado generoso. ¿Qué es lo que me...?

—He venido a felicitarle por su ascenso —le dijo Montini.

Bayard no entendía nada.

—¿Mi ascenso?

—¿No lo sabía? El papa le envía a Fort-de-France. Le ha puesto a la cabeza del Consejo Episcopal de las Antillas francesas. ¡Qué suerte, eminencia! ¡Lo que va a disfrutar del sol!

26

Reinaba un desorden inmenso. Al igual que Natasha, la mayoría de los jóvenes soldados que habían ido a Beerseba por sus propios medios intentaban incorporarse a su unidad. El 29 de octubre de 1956, el pequeño Estado de Israel había desencadenado las hostilidades invadiendo la Franja de Gaza y lanzando a sus tropas hacia el sur del Sinaí. La operación formaba parte de un plan elaborado con Francia y el Reino Unido para forzar a Egipto a reabrir el canal de Suez.

«Al principio estarás emocionada y hecha un manojo de nervios. Después la cosa se complica», le había dicho un oficial que estuvo en la guerra de 1948. Por el momento, el problema de la joven era localizar el autobús civil correcto entre los centenares que el ejército había requisado para ir al frente.

—¡Natasha!

Era Yoni Landau, su compañero del museo.

—Yo sé dónde está. Ven conmigo.

El autobús ya estaba abarrotado. Natasha encontró un sitio al fondo, en un banco de madera. Treinta minutos más tarde, el vehículo tomó la carretera del Sinaí, tras los pasos de la columna ultrarrápida de Moshé Dayán, el jefe del Estado Mayor. Cuando comenzó la travesía del desierto, el calor se volvió infernal dentro de aquellas carcasas de acero sin aire acondicionado para ahorrar carburante. Pero todos —estudiantes, comerciantes, ingenieros— entonaban canciones tradicionales para infundirse valor. Luego quien más quien menos intentó conciliar el sueño pese a los baches de la carretera. Natasha tenía la sensación de que iba a pasar por uno de los trances más duros de su vida. «La guerra no te miente, enseguida te dice quién eres», le había dicho el mismo oficial. Recordaba otra frase que había leído no sabía dónde: «La proximidad de la muerte es el más fiel de los espejos». Yoni, a su lado, parecía sumido en sus pensamientos. Sin duda pensaba en su familia, como casi todos los demás que iban en el autobús. ¿Era una ventaja? Natasha, como no tenía a nadie, solo debía rendir cuentas a sí misma.

Hacia la mitad del recorrido, la columna se detuvo.

—Los paracas del batallón 890 han aterrizado sobre Mitla —anunció un soldado—. ¡Llegan al canal!

Hubo un «hurra» general. Después, la columna de autobuses reanudó la marcha. Comían lo que podían, cuando comían. Lo importante era beber para evitar la deshidratación. Porque lo más duro estaba por llegar. Unas horas más tarde, el autobús se detuvo de nuevo. Natasha bajó. Vio pasar un avión del ejército. El aire olía a petróleo, que ardía en Puerto Fuad.

—¿Qué pasa? —preguntó.

—Nos separamos —respondió un coronel—. ¡Vosotros atacáis Sharm el Sheij!

Todos lo habían oído. El entusiasmo inicial dio paso rápidamente a una angustia general que se tradujo, dentro del autobús, en un silencio denso. Decían que los egipcios disponían de material de guerra moderno y que se defendían como auténticos demonios. Algunos recitaban oraciones. Natasha se ajustó el casco y comprobó su arma. Su trayecto solo duró unos treinta minutos.

—¡Eh, llegamos! —dijo alguien.

Natasha miró por la ventanilla, pero no veía nada. De pronto un espantoso estruendo detuvo la columna. ¡Los atacaban con cañones! Todos, armas en bandolera, saltaron de los vehículos y se dispersaron por el paraje rocoso. Finalmente la joven vio la ciudad. La «ciudad» en cuestión era un pueblecito de pescadores convertido de un día para otro en una base estratégica para la Marina egipcia. Los jóvenes, bajo el mando de un oficial, se reagruparon en pequeñas unidades y avanzaron con prudencia hacia los primeros edificios. Se oía el crepitar seco de los fusiles automáticos.

Entonces, sin avisar, llegó el canguelo. No había otra palabra. El canguelo como una enfermedad invasiva que primero se instala en las tripas y luego paraliza el pensamiento. Ella, tras los horrores que había visto en Ucrania en su infancia, se creía a salvo del mal. Estaba equivocada. La fina coraza de certezas que había tardado años en construir empezaba a resquebrajarse. Se echó a temblar. Yoni le sonrió y le propuso que pasara detrás de él. Natasha se negó.

—¡Alto! Están justo enfrente, a trescientos metros —dijo un sargento.

«¿Están?». Delante, ella solo veía sombras. Hombres, seguramente tan jóvenes como ella, que, sin embargo, se disponían a hacer todo lo posible para meterle unos trozos de plomo en el cuerpo. Apretó el arma y se preparó para disparar. Y de repente...

—¡Alto el fuego!

Un oficial israelí llegó corriendo con un megáfono. Enfrente se oía el mismo tipo de anuncio en árabe.

—¡No disparéis! ¡No disparéis! —repitió el oficial.

—Pero... ¿qué pasa? —preguntó un joven soldado.

—Órdenes del Estado Mayor. Se para la guerra.

Natasha estaba atónita. Se oían gritos de alegría en el campamento egipcio.

—¿Han ganado ellos?

—No, no ha ganado nadie.

—No entiendo nada.

Sin embargo, era muy sencillo. La URSS, preocupada por los éxitos de los aliados y el avance israelí, había amenazado a Francia, el Reino Unido e Israel con un ataque nuclear. La OTAN, a su vez, había amenazado a la URSS con una respuesta atómica. Lo sensato, para todo el mundo, era frenar la escalada. Y les pidieron a todos que volvieran a casa.

Natasha tuvo la impresión de que se le había escapado la guerra igual que a uno se le escapa el autobús. Aunque estaba contenta de haber salvado la vida, se sentía frustrada por esa gran disputa consigo misma. En el camino de regreso, mientras sus amigos entonaban de nuevo aquellas canciones alegres, se hizo una promesa. Juró entregarse a otra lucha, la suya, que en lo sucesivo llevaría a cabo con sus armas de arqueóloga. Ya nadie le robaría la historia de su país.

27

—¡Padre Leonardo, cómo me alegro de verlo mejor!

—Gracias a Dios y a los médicos. Pase, pase...

Antes de marcharse a la casa de reposo de Bari, a orillas del Adriático, el padre Leonardo le había propuesto a Pellegrino que fuera a comer a su granja familiar, cerca de Milán. La hermana del padre Leonardo se había encargado de preparar la comida.

—Esto que va a comer, mi joven amigo, no lo encontrará en ningún restaurante de Milán. Es un auténtico plato campesino de la región: busecca alla milanese.

Pellegrino miró la sopera con curiosidad.

—Debo decir que huele bien.

—Tripa, alubias blancas, tomate triturado, caldo, zanahorias y apio, toda esta mezcla espolvoreada con parmesano.

—Y de postre —añadió la hermana de Leonardo—, una tarta hecha con castañas pilongas y crema batida. Un auténtico postre lombardo.

—No lo asustes, Adriana. ¡Pellegrino es de poco comer!

—Por eso os he preparado también una ensalada de tomates del huerto —añadió ella.

—No negaré que los tomates me encantan —dijo Pellegrino, prudente.

El padre Leonardo era comilón. Seguramente esa era la causa de sus dolencias cardiacas. Al verlo abalanzarse con deleite sobre su plato de busecca, Pellegrino se preguntó si ese tipo de comida indigesta era apropiado para el estado de salud de su amigo. En cuanto a él, se limitó a la ensalada de tomate. Durante toda la comida, Leonardo se mostró muy interesado en los últimos «cotilleos» del Vaticano.

—¡Bayard! —exclamó—. ¡Quién lo habría imaginado! Personalmente, nunca he sentido un gran aprecio por ese cardenal, pero de ahí a pensar que...

—Una vez mas, padre, hay que reconocer que Montini ha llevado el asunto con mucha habilidad.

—Es un buen político, es verdad.

Después de comer, los dos sacerdotes dieron un paseo junto a un interminable canal.

—¿Cómo piensa avanzar?

—Esperamos la llegada del equipo internacional. Espero que ellos encuentren la manera de aumentar el radio de acción de la máquina.

—Esa máquina le apasiona, se nota. Seguramente yo habría estado tan entusiasmado como usted, si hubiera sido más joven y hubiera gozado de mejor salud...

Pellegrino percibía que una oleada de pesadumbre estaba invadiendo al padre Leonardo.

—Le echo mucho de menos, padre...

—Cuando pienso que toda esta historia empezó aquí, en este taller... Con mi padre riñéndome... —Soltó una risita triste.

—Lo que empezó el azar —dijo Pellegrino— nosotros lo terminaremos gracias a la tecnología.

—Es probable. Pero vaya con cuidado, ¡esa máquina podría traernos la peste!

—¿La peste? ¿No exagera un poco, padre?

—Estoy pensando en aquella frase de Sigmund Freud, a bordo del barco que lo llevaba a América: «No saben que les llevo la peste».

—Pero él se refería al psicoanálisis, ¿no?

—Su máquina es como el psicoanálisis, Pellegrino. Va a revelar lo que está oculto. Freud ponía las almas al desnudo, pero descubrió que eso no le gusta a nadie. Los hombres exigen la verdad sobre todas las cosas, pero, cuando están ante ella, miran para otro lado o la censuran.

—No siempre somos racionales, es cierto —admitió el padre Ernetti.

—Toda la historia de los pueblos, hijo mío, descansa sobre mentiras compartidas. Leyendas, actos supuestamente heroicos, victorias que no lo son. Desvele esas mentiras, como quizá lo haga usted con esa máquina, y lo pondrán en la picota.

—Yo creo que el Santo Padre sabe lo que hace.

—Sabe lo que quiere, pero ¿sabe lo que hace? No estoy seguro. Tanto él como Montini tienen objetivos políticos. El papa quiere combatir el comunismo ateo; Montini quiere ser papa. No ven más que sus intereses a corto plazo. Pero, si la peste llega, Pellegrino, le acusarán a usted de haber extendido la epidemia.

28

A principios del invierno de ese año, 1957, la plaza de San Pedro se cubrió de una fina película blanca. En su palacio del Vaticano, Pío XII hacía todo lo posible por convencer a los mejores físicos del mundo de que participaran en la aventura. Algunos, por diversas razones, rechazaban la propuesta educadamente. Otros parecían interesados, pero deseaban saber más. Montini se encargaba de convencer a los indecisos asegurándoles que participarían en un grupo de investigación formado para trabajar sobre conceptos físicos inéditos. Sin revelar nada, espoleaba su curiosidad. La salud del Santo Padre, cada vez más precaria, ralentizaba aquella delicada operación de toma de contacto. Montini se impacientaba. Lo que más temía era que el padre Ernetti acabara por desmotivarse. De ahí sus numerosas visitas a los archivos secretos. La idea era ganar tiempo perfeccionando algunos aspectos secundarios, pero importantes, del cronovisor. Por ejemplo, cómo encontrar un modo fiable y rápido de dirigir el foco a lugares distintos de aquel donde estaba instalada la máquina. A Montini se le ocurrió una idea: «adaptar» un sistema de control de dirección que se utilizaba para los misiles.

—Pero ¿quién va a aceptar vendernos uno de esos sistemas? —preguntó Pellegrino.

Por toda respuesta, Montini consultó su libreta de direcciones.

—Deme dos días —dijo—. Se lo conseguiré.

El director general de la empresa Olivetti estuvo a punto de caerse del sillón cuando se enteró de que el Vaticano le encargaba un sistema de control de dirección concebido para los misiles del Ejército del Aire italiano.

—¡Esto no tiene ni pies ni cabeza! ¿El Vaticano quiere construir una bomba?

Llamó al ministro de Defensa, el cual le confirmó la información. El presidente de la República en persona había dado su consentimiento y proponía a los directivos de Olivetti que se pusieran en contacto con el arzobispo de Milán.

—¡El mundo está patas arriba! —dijo el director.

Acabó hablando con Montini por teléfono.

—Monseñor, vamos a venderles, no sé por qué razón, un sistema de control de dirección absolutamente operativo para misiones de guerra. No voy a preguntarle qué quiere hacer con él, ya sé que no me respondería. Aun así, ¿podría enviarme una declaración por la que se compromete a no utilizar este aparato con fines...?

—¿Sanguinarios? ¡Vamos, qué ocurrencia!

—Solo le pido un escrito de unas líneas, firmado por usted.

—Imposible. ¿Cuándo podrá entregarnos la mercancía?

El directivo de Olivetti comprendió que no conseguiría nada más.

—¿Dentro de dos semanas le parece aceptable?

—Perfecto. Un último detalle: el Vaticano, como imaginará, no posee los recursos del Estado italiano. Le propongo, por lo tanto, que nos haga un descuento del quince por ciento sobre el precio aplicado habitualmente al Ministerio de Defensa.

—¿El quince por ciento? ¡No pide usted nada, monseñor! Quiere que le vendamos la mercancía a precio de coste.

Rezongando, mandó que pasaran la información a su director financiero. Este, que tenía sus contactos en la Santa Sede, le aconsejó a su jefe que agachara la cabeza. Se rumoreaba que un día u otro el tal Montini podía llegar a ser papa.

—Ah, si el cielo lo quiere... —El director suspiró.

La adaptación del sistema de control de dirección al cronovisor exigió a Pellegrino más de tres semanas de trabajo. Tal como había propuesto Majorana, bastaba con introducir en la máquina las coordenadas geográficas del lugar deseado para obtener una imagen. El sacerdote decidió hacer una prueba. Estaban en febrero. Pese al frío, un sol espléndido brillaba sobre la capital italiana. El padre Ernetti introdujo en la máquina la latitud y la longitud del palacio del Quirinal: 41° 54' 01" N, 12° 29' 12" E. Luego, las coordenadas temporales: dos millones y medio de segundos, es decir, treinta días. El Quirinal apareció en la pantalla en blanco y negro tal como estaba un mes antes, bajo la nieve. ¡Ya lo tenía!

Aquel experimento animó a Pellegrino a hacerle otra petición a Montini: una máquina de calcular. Hasta entonces, para calcular las escalas de tiempo utilizaba una regla de cálculo. Sin embargo, temía que resultara inservible cuando los saltos temporales fueran de años y, más adelante, de siglos. Pellegrino había oído hablar de un prototipo de máquina creado por los ingenieros de Olivetti: la Divisumma 14. Eso era lo que necesitaba.

—¿Que quieren qué? —El responsable de Olivetti puso de nuevo el grito en el cielo—. ¡Pero si ni siquiera está en venta!

—Pues espere a oír lo que sigue —le dijo su director comercial—. Como aún no hemos establecido un precio, la piden gratis.

—¡Si ese hombre llega a ser papa algún día, yo me convierto al budismo! Dele lo que pide.

Así pues, el cronovisor dispuso de un sistema de navegación espaciotemporal fiable y fácil de utilizar. Faltaba superar el límite de treinta días. Para ello contaban con los esfuerzos conjugados del futuro equipo de investigadores convocados por el papa.

29

—Estoy en conversaciones sobre un puesto para usted. Pero los jordanos son muy quisquillosos.

Natasha reprimió un suspiro. Después de su guerra frustrada, se había reincorporado a su puesto en los laboratorios del museo Rockefeller. Aguardaba con impaciencia ir a trabajar en las excavaciones de Qumrán, pero la mayoría de los puestos estaban ocupados por dominicos y los acuerdos con los jordanos limitaban estrictamente la presencia de los israelíes en el yacimiento. El padre De Meaux, hábil negociador, se esforzaba en mantener un diálogo permanente con las autoridades jordanas, pero había que ser pacientes. Mientras tanto, le propuso a Natasha que colaborara en el descifrado del «rollo de cobre».

Era el último misterio de moda. Un manuscrito hallado en una de las cuevas del mar Muerto, pero grabado en tres finas hojas de cobre soldadas unas a otras.

—Venga —dijo De Meaux—, vamos a verlo de cerca.

Condujo a la chica al sótano, donde estaba la sala reservada a la conservación del famoso rollo. Abrió una puerta blindada y apareció una gran habitación amueblada con varias mesas, sobre las que había manuscritos protegidos bajo placas de cristal. La llevó delante del rollo de cobre. Para abrirlo habían utilizado una sierra circular concebida exprofeso para ese fin, con la cual lo habían cortado en veintitrés tiras cóncavas sin dañarlo. El texto era perfectamente legible. El inglés John Allegro, enemistado con el padre De Meaux desde sus programas de radio, había propuesto una primera traducción. Pero no estaban resueltos todos los misterios.

—Examine este texto con la lupa. ¿Qué ve?

—Al parecer es hebreo. Pero está mezclado con griego y tiene letras desconocidas —dijo Natasha.

—Esa es la cuestión que tendrá que resolver. ¿Se trata de un lenguaje codificado? ¿Y cómo descubrir el código?

—Parece una lista…

—Bien visto. Es una especie de inventario. El rollo enumera objetos de valor escondidos en varios enclaves del desierto de Judea, indicando su localización exacta. Allegro considera que se elaboró en la época de la gran revuelta judía de los años 66-70, cuando las tropas romanas se acercaban de forma peligrosa a Jerusalén.

—¿Podría ser el escondite del tesoro del Templo?

—No es imposible. Los sacerdotes podrían haber dispersado el tesoro en varios escondites y haberlos anotado en este rollo. Sin embargo, ¿cómo se explica esa escritura desconocida? Tómese el tiempo que necesite, Natasha, pero tráigame la solución.

—Haré todo lo posible, padre.

—No olvide que el rollo pertenece a los jordanos. Si consigue resolver el enigma, se pondrán tan contentos que quizá eso la haga merecedora de un billete para Qumrán.

Aquella nueva situación presentaba una ventaja: en lo sucesivo, Natasha tendría acceso al sótano del museo Rockefeller, donde se hallaban varios manuscritos no publicados. Habló del asunto con Yoni Landau.

—Es genial —dijo Yoni—. Algunos manuscritos están en cajas fuertes, pero muchos siguen expuestos bajo placas de cristal, como el que te enseñé la otra vez. ¿Sabrás descifrarlos?

—Quizá, pero tengo menos experiencia que tú.

—Si me ve contigo, nos despide a los dos. Copia lo que no entiendas, yo te ayudaré.

—De acuerdo.

Así pues, Natasha se dedicó durante semanas a un doble trabajo. Por una parte, intentaba resolver el misterio del rollo de cobre; por la otra, copiaba de la manera más fiel posible el contenido de los rollos prohibidos. Todas las noches le pasaba discretamente sus anotaciones a Yoni, que las descifraba.

—¡Nat, aquí hay auténticas joyas! —exclamó Yoni—. Es una vergüenza no hacer pública esta información.

Para lograr sus fines, alargó el trabajo que le habían asignado. Sin embargo, un día oyó pasos en las escaleras. Se apresuró a sentarse delante del rollo de cobre.

—¿Qué tal, Natasha? ¿Avanza? —le preguntó el padre De Meaux.

—Creo que tengo una pista. —La tenía desde hacía tiempo, pero ya no le quedaba más remedio que darle algo—. Me parece que el autor de este manuscrito era un iletrado.

—¿Un iletrado?

El padre De Meaux la miraba asombrado.

—Sí. Se limitó a copiar los textos de un pergamino original y, forzosamente, cometió algunos errores. Fíjese en este *lamed*. Aquí la letra está inclinada hacia la derecha, y ahí, al revés. Lo mismo sucede con *samesh*.

—Pero… ¿por qué iban a haber recurrido a un iletrado?

—¡Para que no comprendiera lo que escribía!

Por supuesto, se dijo De Meaux, eso confirmaba la pista de un tesoro oculto. «Esta chica es realmente astuta», pensó.

—Quizá tenga razón —dijo—. Voy a poner en marcha una campaña de excavaciones en los lugares indicados.

—¿Podré participar? —preguntó la joven.

—No, lo siento. Prefiero continuar negociando su caso con los jordanos. Es mejor no provocarlos, sería perjudicial para usted.

Ella no insistió. Además, no tuvo que lamentarlo, pues no

encontraron nada. Habían pasado unos ladrones siglos antes. El rollo de cobre ya no era un mapa del tesoro, solo un vestigio arqueológico. Pero Natasha y Yoni se habían hecho con un montón de información nueva y valiosa sobre los otros manuscritos del mar Muerto.

30

El equipo internacional reunido por el papa estaba por fin al completo. La primera sesión tuvo lugar el 7 de marzo de 1958, en una sala del palacio pontificio que más tarde les serviría de sala de trabajo. Muchos de esos investigadores, casi todos físicos, habían conocido y admiraban a Ettore Majorana. La perspectiva de descubrir una investigación inédita, iniciada por el hombre al que consideraban de manera unánime un genio de la física, despertaba su curiosidad. Más aún cuando la invitación provenía del mismísimo papa y la había hecho con el mayor secreto, lo que permitía presagiar un descubrimiento importante.

A la mesa estaba sentado el premio Nobel japonés Satsuo Tanaka, que había evidenciado unas partículas elementales aún desconocidas en el seno del átomo. Era un hombrecillo absolutamente inexpresivo; uno nunca sabía si se estaba aburriendo o no. El profesor norteamericano Desmond Miller, muy diferente de él, tenía aspecto de hombre de mundo, desenvuelto y seductor. También había dos investigadores procedentes del Instituto de Física Nuclear de Orsay, Jean-Émile Caron y Bernard Teyssère. Este último, que fue colaborador de Frédéric Joliot-Curie, era profesor en el Collège de France. Se declaraba progresista, pero había roto sus vínculos con el Partido Comunista francés a raíz de la revelación de los crímenes de Stalin. Caron era cristiano católico, un hombre muy respetado en su especialidad, pero de carácter rígido. Los demás, que trabajaban en distintos terrenos de la física, eran de Portugal, la India, Inglaterra, Italia, Australia, Alemania, España y Suecia.

Montini tomó la palabra. Después de darles la bienvenida, pidió a todos los miembros del equipo que se comprometieran bajo juramento a no revelar sus investigaciones. Los que no estuvieran de acuerdo en hacerlo, podían abandonar el proyecto. Todo el mundo firmó.

—Gracias a todos —dijo Montini—. Voy a pedirles también que acepten por escrito las condiciones de remuneración que les proponemos. Como verán, son muy generosas. A cambio, les pedimos que estén disponibles durante un periodo global de seis meses.

—¿Seis meses enteros? —preguntó el sueco.

—No —respondió Montini—. Podrán regresar a sus países respectivos para ver a su familia, pero tendrán que volver a Roma en las fechas indicadas en el contrato, salvo en caso de imposibilidad mayor. Todos los gastos de estancia y desplazamiento correrán a cargo del Vaticano, por supuesto.

La retribución propuesta compensaba ampliamente las pequeñas ataduras. Una vez más, todo el mundo firmó. Pellegrino estaba admirado de la habilidad con la que Montini los manipulaba.

—Ahora, monseñor —dijo el norteamericano Desmond Miller—, ¿y si nos cuenta cuál es su proyecto? ¿Qué máquina infernal tiene en mente?

Estalló una carcajada general.

—Ninguna, señor Miller —respondió Montini.

Miller no pudo disimular su sorpresa.

—¿Ninguna?

—No habrá que construir ninguna máquina. Se trata de un trabajo puramente teórico, basado en los cálculos de Ettore Majorana. Ustedes se limitarán a examinar la factibilidad, como dicen los ingenieros, de la máquina qué él tenía en mente.

—Comprendo —intervino el profesor Teyssère—. Pero ¿para qué servirá la máquina, aunque sea virtual?

Se hizo el silencio. Montini miró a los asistentes y anunció, pronunciando cada palabra con claridad:

—Para explorar el tiempo.

Pellegrino vio, divertido, la cara de perplejidad que ponían todos. La idea de una máquina semejante les pareció tan extraordinaria que el japonés Tanaka preguntó con el más absoluto respeto si se trataba de una broma. La mirada severa de Montini acabó con todas las reservas.

—En los papeles de Majorana —prosiguió Montini— se describen los principios fundamentales de esa máquina.

Los puso al corriente de toda la historia. Por supuesto, no reveló el objetivo último del papa: explorar el periodo evangélico. Tampoco les dijo que la máquina ya se había construido en una sala de los archivos secretos, a apenas quinientos metros del lugar donde se hallaban. Ni que la razón de su presencia allí era que encontrasen los medios teóricos de perfeccionarla, a fin de que el padre Ernetti pudiera transformar discretamente sus ideas en mejoras materiales.

—Quisiera terminar presentándoles al padre Pellegrino Ernetti, que será, durante el tiempo en el que se desarrollen sus trabajos, el representante del Vaticano. Él ya ha trabajado con los cálculos de Majorana y se encargará de sintetizar todas las propuestas.

Montini finalizó reiterando su llamamiento a mantener una discreción absoluta, como si trabajaran en un proyecto militar. El profesor Desmond Miller dijo que aquella reunión le recordaba la que había puesto en marcha el proyecto Manhattan y preguntó si su investigación tendría también un nombre en clave.

—Sí —respondió Montini—. Será el proyecto Sant' Agostino. Fuera de aquí, el nombre del filósofo no despertará ninguna sospecha. Pero nosotros sabemos que san Agustín escribió muchas páginas hermosas sobre el tiempo.

—«¿Qué es, pues, el tiempo? Si nadie me lo pregunta, lo sé. Pero si quiero responder a esa pregunta, lo ignoro. ¿Qué es, pues, el tiempo, si el pasado ya no es y el futuro todavía no es?» —citó de memoria el profesor Miller, que daba clases de filosofía de la ciencia en Chicago.

—«En cuanto al presente, si fuera siempre presente y no pasara a ser pasado, ya no sería tiempo, sino eternidad» —continuó el padre Ernetti.

—Agustín llegaba a la conclusión de que el tiempo no existe —dijo Miller.

—Pero nosotros sabemos que sí que existe —replicó Montini—. La prueba, señores, es que ustedes van a construir una máquina para desplazarse en el tiempo. ¡Al menos sobre el papel!

Lo propio de un gran sabio es simplificar, depurar los problemas que intenta resolver. Doce grandes sabios trabajando de forma conjunta permitieron que el cronovisor se convirtiera, en la pizarra, en una máquina verosímil. Se reemplazaron los tubos electrónicos, que presentaban numerosos inconvenientes (eran voluminosos, se calentaban y necesitaban altas tensiones eléctricas) por transistores. Se perfeccionó también el sistema de navegación, dotándolo de una palanca de mando análoga a la de los aviones de caza. Gracias a ella, resultaba posible desplazarse por encima de un lugar como se haría sobrevolándolo en helicóptero. Y, sobre todo, se trabajó en la amplitud de los saltos en el tiempo. En el cronovisor teórico, se chocaba con el mismo límite que afectaba al cronovisor real de Pellegrino: el de los treinta días. A fin de superar este escollo, el físico japonés Tanaka solicitó regresar dos semanas a Japón para practicar meditación zen en un templo de Kioto. Decía que volvería con una idea. Mientras tanto, todas las innovaciones que se llevaban a cabo en la sala de trabajo del Vaticano eran inmediatamente aplicadas al cronovisor real, instalado en los archivos secretos. Pellegrino llamaba en broma a los miembros del proyecto Sant' Agostino los «Doce», como los doce apóstoles de Jesús. La Biblia, en definitiva, nunca estaba muy lejos.

31

—Son edificios rodeados por una verja —dijo el médium.

—¿Cuántos ve? —preguntó el agente que estaba detrás de él. El médium se concentró.

—Muchos, por lo menos una decena.

—¿Cómo se accede a ellos? —preguntó el otro agente.

—Hay una gran curva. También veo un mástil con una bandera.

—¿Puede dibujarnos un plano?

El médium cogió un lápiz y esbozó un plano impreciso visto desde el cielo.

—¿Puede entrar en uno de los edificios?

—Voy a intentarlo. —Se concentró de nuevo—. Sigue habiendo demasiada luz —dijo el médium.

Uno de los agentes fue a atenuar la iluminación. Solo dejó un pequeño piloto.

—¿Qué ve?

—Un pasillo. Con nombres en las puertas.

—¿Puede decir uno?

—Hummm… no. Estoy cansado.

—Está bien —dijo el inspector—. Lo dejamos aquí. Ahora le traerán algo de comer.

Los dos agentes de la CIA salieron de la habitación.

—¿A ti qué te parece? —le preguntó el más joven al otro.

—¡Paparruchas! —respondió Joe Fincher.

En 1958 la Agencia de Información norteamericana había instalado antenas en todas las grandes capitales de Europa. La de Roma ocupaba una planta entera de la embajada estadounidense, situada en la Via Veneto, en el Palazzo Margherita. El agente Joseph M. Fincher, que trabajaba allí desde hacía dos años, estaba encargado de buscar a los mejores médiums de Europa para descubrir los secretos de los soviéticos. Junto con algunos colaboradores, había recorrido el país a fin de seleccionar a civiles con aptitudes parapsicológicas especiales. Sanadores, hipnotizadores, pseudotelépatas, todos estaban entrenados en la práctica del *remote viewing*, la visión a distancia. Los resultados, hay que reconocerlo, no eran nada convincentes: descripciones vagas o esbozos que dejaban imaginar a cada uno lo que quería.

—Joe, tienes que llamar a Gottlieb a Washington por el teléfono protegido —le anunció una secretaria.

Joe suspiró. Aquel antiguo inspector de policía era un escéptico nato. Había destacado en terrenos peligrosos, en Saipán e Iwo Jima, durante la guerra del Pacífico. De ese periodo le quedó una cojera provocada por la explosión de una mina que costó la vida a varios de sus compañeros. Durante la guerra de Corea, trabajó en el servicio de información. Su agilidad mental, unida a una notable intuición, llevaron a la Agencia a contratarlo. Físicamente recordaba al actor norteamericano Lee J. Cobb. De aspecto fuerte, con su eterna pipa y un aire desengañado en cualquier circunstancia, sobre todo cuando se trataba de los proyectos que montaba el Brujo Negro. Así era como apodaba a su jefe directo, el doctor Sidney Gottlieb. También lo llamaban Sucio Tramposo, un sobrenombre que le pegaba todavía más. Marcó el número de Gottlieb, que contestó enseguida.

—¿Quería hablar conmigo, doctor? —preguntó Fincher.

—¿Cómo van sus pruebas?

—¿Puedo serle franco?

—Siempre.

—Esto es una mierda. Estamos perdiendo tiempo y dinero.

—Yo pienso lo mismo —dijo Gottlieb—, pero Dulles está empeñado en seguir por ahí. De todas formas, no voy a dejarle dirigiendo ese proyecto.

—¿Me despide? —preguntó Fincher.

—Eso nunca, ¡estaríamos perdidos si se pasara a los soviéticos!

—No hay ninguna posibilidad, tranquilo.

—Tengo un trabajo nuevo para usted, Joe. Nuestro enviado en el Vaticano nos indica que están sucediendo cosas curiosas en los dominios del papa.

—Ah, ¿sí?

—¿No está al corriente? ¿A qué se dedica en Roma, aparte de pegarse la gran vida?

Fincher elevó el tono.

—¡Sidney, me he pasado semanas recorriendo el país de norte a sur para buscarle chalados con un tercer ojo! Y le aseguro que no tiene nada de divertido. Además, Roma no es el Vaticano.

—Cálmese, Joe, lo he dicho para chincharlo. El agente que trabaja allí, Earl Quine, nos informa de que están produciéndose movimientos de fondos sospechosos en el banco del Vaticano.

—¿Y qué? No será la primera vez.

—Y reuniones de físicos en el palacio del papa. Uno de esos sabios, Desmond Miller, participó en la construcción de nuestra bomba atómica. También anda por ahí un premio Nobel japonés. No es normal.

Fincher estaba desconcertado.

—Conozco a Earl, es un muchacho serio.

—Pues olvídese de los *remote viewers* y vaya a investigar esto. He hablado del asunto con Dulles y no quiere correr ningún riesgo.

Esa nueva misión contrariaba a Fincher.

—Sidney, ¿no podría enviar a otro? Le había prometido a mi esposa que la llevaría a pasar una semana en París. El trabajo como psicóloga le ha destrozado los nervios.

—París esperará —dijo Gottlieb—. Vaya a ver a Quine, investigue y redácteme un informe.

32

¡«París esperará»! Se notaba que Gottlieb era un soltero empedernido. Claro que ¿qué mujer habría querido cargar con él? Joe Fincher, con la mente ocupada por algunos pensamientos hostiles sobre su superior, se tomaba una cerveza en la terraza de un bar situado en la entrada de la plaza de San Pedro. Otro hombre, vestido con un traje de tres piezas azul marino, se sentó a su lado.

—¡Vaya, Earl, vas de punta en blanco! No te había visto nunca así.

—No me queda más remedio. Trabajo en un fondo de inversión americano que ofrece operaciones jugosas a los prelados adinerados. Esta ocupación me permite meter las narices en todas partes.

—¿Y recoger unos dólares de paso?

—Bah, limosnas, nada más. ¿Cómo van los asuntos de la Agencia? ¿Aún no habéis encontrado la manera de machacar a Jrushchov con el poder de la mente?

—Earl —dijo Fincher a media voz—, Gottlieb está cada vez más loco.

—Yo me di cuenta desde el principio. Y cada vez es más «tramposo» que «brujo».

—Físicamente tiene una pinta más horrorosa que Boris Karloff. La Guerra Fría lo ha vuelto paranoico, ve enemigos por todas partes. Ha encargado que fabriquen unos venenos indetectables que matan a fuego lento como una auténtica enfermedad. Incluso ha probado drogas con soldados americanos para transformarlos en máquinas de guerra.

—He oído hablar de eso —dijo Earl—. Psicotrópicos que suprimen el miedo y el cansancio. ¿Y funcionan?

—¡Pues claro que no, los ha vuelto igual de locos que él! Y ahora, después de los espías a distancia, le gustaría formar un ejército de médiums capaces de matar a gente a distancia mediante psicoquinesia. ¡Estamos en un manicomio, Earl!

—Sí —reconoció Earl—, esa no es nuestra manera de hacer la guerra.

—Bueno, ¿qué pasa aquí? —preguntó Fincher.

—Una actividad desacostumbrada, como si hubieran puesto en marcha un proyecto de gran envergadura. Con un nombre en clave: el proyecto Sant' Agostino.

—¿Como el filósofo?

—Exacto. Al principio pensé que se trataba de algo relacionado con la religión y, por lo tanto, que no iba con nosotros. Pero la cosa va más allá. Se han retirado grandes sumas del banco del Vaticano, la mayoría en efectivo. Y están esos físicos que se encierran todos los días en el palacio del papa. No van a tomar el té, están ahí para trabajar. Pero no sé en qué. —Quine parecía preocupado—. Uno de ellos —continuó— es un sacerdote. Trabaja todo el día en el palacio del papa. Y al final de la jornada se va a los archivos secretos y pasa allí la noche.

—¿Qué archivos secretos?

—Una especie de caja fuerte subterránea donde el Vaticano esconde sus secretos. Mejor protegida que Fort Knox.

—¿Crees que trabajan con un arma nueva?

—No hay que descartarlo —contestó Quine—. Pero ¿por qué en el Vaticano? Eso es lo que no entiendo.

En el mismo bar, un obispo se desternillaba de risa. Dom Alberto Carvalho, de paso en el Vaticano, estaba tomando una cerveza con un hombre que llevaba unas pequeñas gafas de montura redonda y cuyo acento delataba sus orígenes eslavos. Dom Alberto se dedicaba a su entretenimiento favorito cuando veía a Timur Kuprian, su contacto en el KGB: ¡intercambiar los mejores chistes anticomunistas *made in Moscow*!

—Este me lo ha contado un viejo bolchevique —dijo Timur—. Estamos en 1953. Stalin muere. Se presenta ante san Pedro y pide que le dejen entrar en el Paraíso. San Pedro se niega y lo envía directamente al Infierno. Ocho días más tarde, llaman a la puerta del Paraíso. ¡Es Satanás y toda su familia, que piden asilo como refugiados políticos!

Carvalho se echó a reír y bebió un largo trago de cerveza.

—¿Y si me hablaras de la misión? —pidió Timur.

—¿Cherbishov te ha puesto al corriente?

—Me ha hablado de un arzobispo que al parecer ha reunido a un grupo de físicos para trabajar en no sé qué.

Carvalho se sacó dos fotos del bolsillo.

—Hay que vigilar de cerca a dos hombres. El arzobispo Montini y este sacerdote, el padre Pellegrino Ernetti. Están en el núcleo del proyecto.

—¿Crees que se trata de un arma?

—Conozco a Montini. Con él todo es posible. ¿Cuántos habéis venido?

—Me acompañan dos más. Tipos duros. ¡Cuando te hacen una pregunta, contestas!

—Por cierto —dijo Carvalho—, conozco uno bueno. Es un tipo al que maltratan un poco en las cárceles de la Lubianka. Al final, se decide a hablar y... —Miraba por encima del hombro derecho de Timur—. Vuélvete discretamente y observa a esos dos tipos que están sentados en la terraza. —Timur, fingiendo que hablaba con Carvalho, echó un vistazo hacia donde este le indicaba—. Conozco al hombre que lleva traje —dijo el obispo—. Lo he visto a menudo en el Vaticano. El instinto me dice que es un fisgón.

—¿Y el otro?

—No lo conozco. ¡Pero no tardéis demasiado en actuar, es posible que tengamos competencia!

33

Dio su nombre para entrar. Añadió que lo había invitado Gaetano Torelli. El portero consultó una lista y le señaló las escaleras que bajaban hacia el sótano. La sala se hallaba sumida en la oscuridad. Sobre un escenario, una pequeña orquesta hacía lo que estaba en su mano para que unas parejas de italianos, exclusivamente masculinas, pudieran bailar. Como su mente estaba repleta de viejos clichés homófobos, se esperaba ver a hombres con la cabeza rapada y vestidos de cuero como Marlon Brando en *Salvaje*. Pero en aquel club nocturno todo parecía muy normal. Salvo que era exclusivo para hombres.

—¿Ha reservado mesa? —le preguntó un camarero.

—Lo han hecho por mí. Me llamo Desmond Miller.

—Ah, el amigo de Gaetano —contestó el camarero—. Me ha dicho que le atienda mientras él llega, estará aquí en cinco minutos.

Mirando a su alrededor, el profesor Desmond Miller seguía preguntándose qué hacía en aquel bar distinto de los demás. Había ido, se decía, con el «piloto automático» puesto. Se sentó a una mesa. El camarero le ofreció una copa a cargo de la casa. Eligió un Old Tom Gin. ¡Menos mal que la sala estaba en penumbra!, pensó. Y que aquello era Roma, no Chicago. Se había pasado toda la semana trabajando en el Vaticano, en el proyecto Sant' Agostino. Aún les faltaba mucho para alcanzar el objetivo, pero las discusiones eran muy estimulantes. Aquello introducía variedad a la rutina de sus clases en el Instituto de Investigaciones Nucleares, que, a fuerza de repetirlas año tras año, le resultaban monótonas. Por suerte, Majorana había puesto un poco de sal en su vida. Y, en ese momento, también Gaetano.

Se había cruzado varias veces con el joven al bajar del taxi que lo llevaba al palacio del Vaticano. Gaetano —¡qué bonito nombre!— lo había mirado con una sonrisa angelical. ¿Era una casualidad? Había vuelto a encontrárselo dos veces en la misma semana. Pero en la segunda ocasión el joven se le había acercado.

—Perdone, ¿es usted el profesor Desmond Miller, del Instituto de Chicago?

—Sí, soy yo —respondió Miller, halagado por que lo reconocieran a miles de kilómetros de su casa—. ¿Nos conocemos?

—Estudio física de partículas y el año pasado asistí a algunas de sus clases en Chicago. Le admiro mucho. ¡Qué suerte encontrarlo en la plaza de San Pedro!

—He venido al Vaticano para participar en un seminario. Así que estudia física, ¿eh?

—Sí, aunque todavía no sé muy bien adónde me llevará. ¿Puedo hacerle algunas preguntas sobre mis estudios, profesor?

La mirada franca del joven le había turbado.

—Si puedo ayudarle, lo haré encantado.

—Me llamo Gaetano. Gaetano Torelli.

Hablaron dando vueltas por la plaza de San Pedro. Gaetano le hizo partícipe de sus ambiciones en el terreno de la investigación nuclear, y Miller le dio algunos buenos consejos. Luego, imperceptiblemente, el trato fue haciéndose más cálido, más personal. Gaetano se refirió a su numerosa familia, que vivía en Turín. Miller, una vez más, contó cómo había puesto a punto la primera bomba atómica con Enrico Fermi. Habló también de sus nietos y de su segunda residencia en California. ¡La conversación se prolongó el tiempo de dar tres vueltas a la plaza! Lo que decían no tenía ninguna importancia, la verdad era que les costaba separarse para irse cada uno por su lado. Desmond Miller tomó conciencia de ello con cierta incomodidad y se sintió obligado a no ir más allá.

—Se hace tarde, señor Torelli, voy a tener que irme al hotel.

El semblante de Gaetano se ensombreció.

—Comprendo, profesor.

El joven le estrechó la mano sonriendo y se alejó. Miller se dio cuenta de que aquella separación le perturbaba. Movió la cabeza y apretó el paso.

—¡Profesor!

Se volvió. Gaetano lo alcanzó y le puso un pedazo de papel en la mano antes de volver a marcharse corriendo. Había una fecha y una dirección, la de un club nocturno romano que se llamaba Estinzione, «Extinción». Y esta precisión: «Diga que lo han invitado y que va de parte de Gaetano Torelli». También aparecía su número de teléfono.

—Me alegro de que haya venido —le dijo Gaetano al tiempo que se sentaba a la mesa.

Llevaba un jersey de cachemira demasiado grande que le daba un aire moderno.

—La verdad es que no sé por qué estoy aquí —contestó Miller—. ¿Necesita más consejos para sus estudios?

Hacía lo posible para dar un sentido aceptable a aquel encuentro. Gaetano echó un vistazo a su reloj y le preguntó:

—Profesor, ¿sabe por qué este sitio se llama Estinzione?

—Pues... no.

—Ahora lo sabrá.

Un instante después, la sala quedó sumida en una oscuridad total. Se oían jadeos de placer. Desmond notó entonces unos labios que buscaban los suyos. Gaetano lo besó con ternura. Sorprendido, pero animado por la oscuridad, Desmond Miller le devolvió el beso. La luz volvió.

—Para que, durante unos segundos —prosiguió el joven—, cada cual deje hablar a sus deseos.

Desmond Miller se tapó la cara con las manos llorando y riendo al mismo tiempo.

—¡Profesor, no es ningún drama! —dijo Gaetano—. Le observé atentamente en Chicago. Todos tenemos nuestros deseos, encerrarlos solo sirve para amargarnos la existencia.

—Deme tiempo, señor Torelli.

—Todo el que quiera, profesor. —Lo besó de nuevo—. *Ciao!*

Gaetano dio media vuelta y se dirigió a la salida, dejándolo desamparado pero ardiente de deseo. ¿Era ese el objetivo buscado? Sin duda esos jóvenes italianos eran unos seductores natos.

De regreso en su hotel, el profesor Desmond Miller fue al bar y pidió un whisky doble. Se dijo que había esperado hasta los sesenta años para tener una experiencia con la que, ya podía reconocerlo ante sí mismo, había soñado desde siempre. Pensó sonriendo que no había engañado a todo el mundo, algunos de sus jóvenes estudiantes se habían dado cuenta. Quizá le esperaba otra vida, llena de incertidumbres. Se estremeció de zozobra y de placer. Recogió las llaves de su habitación en recepción y se retiró. Desde allí llamó por teléfono a su esposa, que se había quedado en Chicago. Un intercambio de banalidades. Todo va bien, sí, trabajo mucho, hace buen tiempo, Roma es una ciudad preciosa, te traeré este verano.

La semana siguiente volvió a ver a Gaetano. El joven lo esperaba delante de la basílica. Le preguntó cuál era el tema de su famoso «seminario» del Vaticano. Desmond, prudente, se mostró evasivo. Prefería sentarse en la terraza de un bar y charlar por el simple placer de charlar. Hacía mucho tiempo, en su vida tan ordenada, que se había privado de lo que antes consideraba una pérdida de tiempo.

—¿Cuándo te reincorporas a las clases en Chicago, Desmond?

El «profesor» y el tratamiento de usted habían quedado atrás. Desmond sentía que se deslizaba hacia una situación que escapaba a su control.

—No será antes del próximo curso. La semana que viene tengo que dar una conferencia en Florencia y...

Mientras hablaba con el joven, se le ocurrió una idea. ¡Sí, pues claro, eso es lo que había que hacer! Dos días y una llamada telefónica más tarde, quedó con Gaetano en la sala tenebrosa del Estinzione.

—¿Querías verme, Desmond? —le dijo Gaetano tocándole el antebrazo.

—¿A qué hora es la extinción? —preguntó Miller.

Gaetano hizo una seña al barman.

—Dentro de unos segundos.

La luz se apagó. Se besaron de nuevo. Cuando la sala volvió a iluminarse, sobre la mesa había un billete de tren de primera clase y una reserva de habitación en un hotel.

—Es un billete de ida y vuelta a Florencia, con una habitación en el hotel más bonito de la ciudad —le dijo Miller—. Si te apetece acompañarme...

34

El profesor Tanaka había regresado de Japón en plena forma. Sin dedicar ni un minuto a saludar a sus colegas, fue directo a la pizarra y la borró. En medio de un silencio denso, apenas turbado por el ruido de la tiza, escribió una larga ecuación. Era la que entre ellos llamaban la «ecuación madre», ya que se hallaba en el centro de la teoría de Majorana.

—Pero... esa ecuación ya la conocemos —dijo, sorprendido, el físico australiano.

—Lo que no conocen es esto. —Tanaka, sin tomarse la molestia de volverse, la completó con un segmento de su cosecha—. Creo que es la clave para desbloquear la máquina —concluyó el profesor.

Ese fue el punto de partida de una actividad intensa para el grupo de investigadores. Verificaron el funcionamiento teórico del nuevo sistema. Tanaka tenía razón, la ecuación corregida liberaba totalmente la potencia del cronovisor hasta varios miles de años hacia el pasado. A partir de ese momento, los únicos límites guardaban relación con el tamaño de los colectores de neutrinos. Como se trataba de una construcción teórica, aquello no preocupaba a los Doce. Pero, para Pellegrino, que trabajaba con la máquina real, ese detalle tenía una importancia crucial. Incluso armado con la ecuación de Tanaka, sus inmersiones en el tiempo se veían frenadas por los pequeños colectores de que disponía. Para ponerle remedio, encargó nuevos componentes, cuyo precio espantó una vez más a Montini.

—¿Está seguro de que necesitamos gastar tanto dinero, padre Ernetti?

—¡El papa dijo «crédito ilimitado»!

Montini se rindió y encargó lo que el joven sacerdote pedía. Entretanto Pellegrino efectuó una modificación «a mano», como él decía, que permitiría aumentar de manera provisional la amplitud de los saltos en el tiempo. Solo le llevó unas horas. Al día siguiente, antes de ir al laboratorio, pasó por la Biblioteca Vaticana y consultó los archivos de *La Stampa*. Buscaba un acontecimiento relativamente reciente (de hacía menos de veinte años) que se pudiera verificar. Encontró un artículo del 24 de febrero de 1941: «Mussolini se dirige al pueblo italiano». El día anterior, 23 de febrero, el dictador había pronunciado un discurso importante desde el balcón del teatro Adriano, en la plaza Cavour de Roma. Era perfecto. Tenía el acontecimiento, la fecha, el texto del discurso y el sitio donde había tenido lugar. Se las arregló para encontrar las coordenadas geográficas del teatro: 41º 54' 21" N, 12º 28' 11" E. Las programó en el cronovisor y ajustó la escala de tiempo. En segundos antes del presente, SBP, según sus siglas en inglés (Seconds Before Present), aquello daba quinientos veintisiete mil millones y trescientos dieciséis millones de segundos. Introduciendo pacientemente la enorme cifra, pensó que algún día habría que simplificar el procedimiento. Pese a disponer de una calculadora, las cifras serían monstruosas cuando hubiera que saltar siglos, incluso milenios, y el cronovisor había adquirido tal complejidad que introducir la menor modificación llevaría meses. Y Montini tenía prisa.

Pellegrino encendió la máquina y esta no se puso en modo «no funciona», como cuando poco antes programaba una fecha que excedía el límite de treinta días. En esta ocasión se zambulló con decisión en el pozo del tiempo. La pantalla mostró, vista desde el cielo, la fachada del teatro Adriano. Pero la plaza Cavour estaba prácticamente desierta, aparte de algunos carabineros. Unos cordones de seguridad indicaban que estaba a punto de producirse un acontecimiento. Pellegrino se dio cuenta de que había llegado demasiado pronto. Añadió cincuenta mil segundos. Esta vez, estaba congregándose una muchedumbre. Los grupos fascistas habían llegado con sus banderas. «Se acerca el momento, pero el Duce aún no ha llegado», se dijo Pellegrino.

Avanzó unos miles de segundos más en el tiempo. Un hombre se dirigía con vehemencia a la multitud. Benito Mussolini resultaba reconocible por el sombrero. El padre Ernetti hizo zoom sobre su cara para poder leer el discurso en sus labios.

«… Estamos en guerra desde 1922, es decir, desde el momento en que alzamos contra el mundo masónico, democrático y capitalista la bandera de nuestra revolución, que entonces solo defendían algunos hombres. Y desde ese día…».

Pellegrino apagó la máquina. No se atrevía a retroceder más en el tiempo por miedo a quemar algunos circuitos integrados. ¡Con lo que costaban, Montini no se lo perdonaría! De momento había que limitarse a acontecimientos que se hubieran producido hacía menos de veinte años. Dejó volar la imaginación. ¿Qué hará la gente el día —si es que ese día llega— en que el cronovisor se convierta en algo tan corriente como un magnetófono? La respuesta parecía evidente. Antes de precipitarse hasta la época de Julio César, querrán ver a sus allegados. «Hace veinte años —pensó Pellegrino—, yo era un crío. Vivía con mi madre en Rocca Santo Stefano, en las afueras de Roma».

Actualmente, su madre estaba muerta. ¿Volver a verla viva? ¿Tendría valor? Programó el cronovisor, que mostró una casita con un jardín adosado, la de su infancia. Esperó. Llegó una mujer con un barreño lleno de ropa. Era su madre, tal como la veía todavía en su mente. Pellegrino se echó a llorar como un niño. Su madre dejó el barreño encima de un taburete y tendió dos grandes sábanas en la cuerda del patio. Rondaba la cuarentena, aún no presentaba las huellas del cáncer de pulmón que acabaría con ella ocho años más tarde. Un chiquillo salió de la casa con un balón de fútbol entre los pies. Era él. Se veía a sí mismo. Su madre le pidió que la ayudara a tender la ropa. El niño, en la pantalla, le pasó un...

Prefirió no ir más allá.

Aquella escena, por banal que fuese, le pareció monstruosa. Se sintió en la posición de un mirón. «Puede que lo que estoy haciendo sea pecado —se dijo—. Dios creó el tiempo, ¿tiene el hombre derecho a abolirlo?». Era una pregunta peliaguda. Pidió perdón a su madre y rezó por ella. Pero, acto seguido, el sacerdote pasó el testigo al investigador. «Tendremos tiempo de sobra en el futuro para plantearnos interrogantes morales, incluso metafísicos, sobre los viajes en el tiempo». Mientras tanto, era preciso avanzar. Y, puesto que el papa esperaba que se le convenciera, lo mejor era enseñarle una imagen del propio papa quince años atrás.

En la Biblioteca Vaticana encontró lo que buscaba. Un discurso de Pío XII que databa del 24 de diciembre de 1940 en la plaza de San Pedro. En una alocución dirigida desde su balcón a toda la cristiandad, el papa evocaba «la necesaria victoria sobre el odio, sobre la propaganda desenfrenada y sobre la desconfianza hacia el derecho internacional, así como el respeto de los pactos». Aconsejaba a sus fieles que distinguieran la verdad de las apariencias engañosas a fin de evitar «el peligro de concebir y formar ese orden nuevo como un mecanismo impuesto por la fuerza, un orden sin sinceridad, sin pleno consentimiento, sin alegría, sin paz, sin dignidad, sin valor». Pellegrino se quedó sorprendido. Aquel papa, al que habían acusado de indulgencia, incluso de complacencia con la Alemania hitleriana, en 1940 había adoptado una actitud crítica y sin ambigüedad hacia los dirigentes nazis. Lamentablemente, no llegó a formular una condena expresa de las deportaciones masivas que tuvieron lugar dos años después.

Al día siguiente, Montini proyectó la película de dieciséis milímetros ante el papa. El Santo Padre pareció contento de verse pronunciando aquel discurso.

—Habrá que recordarles esas palabras a los que me critican, ¿no cree, Montini?

—Sin duda, Santo Padre. El cronovisor contribuirá a restablecer la verdad de la Historia.

El papa le dirigió una sonrisa.

—Ha hecho usted un trabajo extraordinario, padre Ernetti.

—Sin el grupo de investigación, estaba paralizado, Santo Padre.

—¿Por dónde andan ahora nuestros amigos investigadores? —preguntó el papa.

—Van por el buen camino —respondió Montini—. Desde que Tanaka desbloqueó la situación, lo esencial está hecho.

—Dispérselos en cuanto sea posible. Ya saben demasiado. ¿Y si uno de ellos decidiera hablar de esto a su gobierno?

—Aceptaron bajo juramento no revelar nuestras investigaciones —dijo Montini.

—Bueno, bueno, ya sabe lo que pasa con los juramentos... —Pío XII suspiró.

—De todas formas —prosiguió Montini—, hemos tenido la prudencia de bloquear el cronovisor teórico con un código cifrado. Para que la máquina funcione, hay que introducir esa clave y conectar los circuitos en un orden preciso. Si no es así, el cronovisor permanece inerte. El padre Ernetti y yo somos los únicos que conocemos el código cifrado y la disposición de los circuitos.

—Muy bien, Montini, piensa usted en todo. Padre Ernetti, ¿podremos conseguir que los límites temporales de la máquina retrocedan más?

—Ya no hay nada que lo impida, Santo Padre. Las únicas restricciones son de tipo técnico. La amplitud de los saltos en el tiempo —explicó Montini— depende del tamaño de los colectores, que debemos construir nosotros mismos... y cuyos componentes tienen un precio elevadísimo.

—¡No es dinero lo que falta!

—Dinero, no, pero hay un límite para el tamaño de los colectores. Además, las cantidades que pedimos al banco del Vaticano son cada vez más elevadas... y más llamativas.

—Por eso vamos a tener que actuar con astucia —repuso el papa—. Cuando el grupo de investigación haya acabado su misión, el padre Ernetti seguirá trabajando fuera de Roma, lo que permitirá desviar las sospechas. He pensado en Venecia.

—¿Venecia? —dijo Pellegrino—. Conozco bien esa ciudad.

—El Vaticano le buscará un trabajo en la Fundación Cini y se instalará en el monasterio de San Giorgio Maggiore. ¿Lo conoce?

—He pasado por allí, Santo Padre. Es un bonito lugar.

—Bien. Volveremos a vernos los tres cuando el padre Ernetti esté preparado para ir al encuentro de Nuestro Señor.

35

«La vida no puede traer solo malas noticias», se dijo Natasha. A fuerza de insistir, el padre De Meaux había conseguido que asignaran al yacimiento de Qumrán a tres arqueólogos no dominicos: un norteamericano, un alemán y una israelí. El 24 de diciembre, los tres se montaron en un jeep que se puso en camino hacia el desierto de Judea. Llegaron a orillas del mar Muerto y torcieron a la derecha, hacia Khirbet Qumrán. Había caído la noche. Visto desde lejos, el yacimiento arqueológico parecía iluminado.

—¡Un árbol de Navidad! —dijo el norteamericano.

El «abeto» era en realidad una palmera bastante alta, adornada con lo que se tenía a mano. Alrededor del árbol, los arqueólogos dominicos, que se habían puesto sus bonitas túnicas blancas para la ocasión, entonaban villancicos. Uno de ellos se preparó para decir misa. Natasha consultó su reloj.

—Va a celebrar la misa de gallo.

Con discreción, saludados por los que los reconocían, los recién llegados se sentaron también alrededor del «abeto».

—¡Natasha!

Era Thomas. Ella se acercó a gatas. El chico la besó, lo que provocó silbidos entre sus compañeros.

—Me habían dicho que venías. ¡Bienvenida a Qumrán, el lugar de la Tierra que más se parece al planeta Marte!

Una oleada de «chisss» les impuso silencio. Un hermano dominico de Marsella entonó, en provenzal, «O Rei de Glori».

El 25 de diciembre era festivo, incluso en Qumrán. Por la mañana, Natasha pidió a Thomas que le enseñara el yacimiento.

—Como quieras. ¿Empezamos por las cuevas?

—De acuerdo.

—¿Llevas calzado apropiado? Hay una buena subida.

—¡Con lo que llevo en los pies, podría llegar a la cima del Mont Blanc!

—La diferencia es que aquí hace más calor, ¡ya verás!

Emprendieron el ascenso de la colina antes de que empezara el calor fuerte.

—La cueva I es la histórica —explicó Thomas—, donde se encontraron los primeros manuscritos.

—¿El pequeño beduino que buscaba a su cabra?

—Eso es lo que cuentan. Creyó que el animal se había refugiado en la cueva y encontró unas vasijas que contenían siete rollos de manuscritos.

Habían llegado a la entrada.

—Protégete los ojos —dijo Thomas.

—¿Por qué?

Enseguida comprendió la razón. Cuando entraron en la cueva, decenas de murciélagos echaron a volar.

—Los molestamos. Durante el día duermen aquí.

—¡Qué calor! ¡Apenas se puede respirar! —exclamó Natasha.

—Cincuenta grados. Esta sequedad ambiental es lo que ha evitado que los rollos se pudran.

—Y además, apesta.

—Las cagadas de los murciélagos. No vale la pena que nos entretengamos, todo el mundo ha hecho negocio aquí, tanto traficantes como arqueólogos.

La cueva II, menos monumental, estaba cerca. La III era donde habían encontrado el rollo de cobre. Por último, la IV se encontraba en un promontorio rocoso cuyo saliente quedaba enfrente de los vestigios del famoso «monasterio».

—Ven, vamos a verlo —propuso Thomas.

Bajaron la colina y se dirigieron hacia los muros exhumados por los arqueólogos.

—Actualmente todo el mundo está más o menos de acuerdo en atribuir este sitio a los esenios. La mayoría eran hombres, célibes.

—¿Por qué dices «la mayoría»?

—Porque se han encontrado huesos de mujeres, pero no eran muy numerosas. Aquellos hombres formaban una comunidad, como los monjes. Habían puesto sus bienes en común y habían decidido esperar aquí el fin del mundo.

—¡Desde luego, es el lugar idóneo!

Llegaron al sitio. Natasha siguió a Thomas hasta una gran habitación rectangular que no tenía tejado.

—El padre De Meaux llama a este lugar *scriptorium*. Cree que los esenios copiaban los manuscritos en una larga mesa colocada en el centro de la habitación.

Un pequeño dibujo, pegado a una tabla de madera colgada de una pared, reconstruía la escena tal como la imaginaban los arqueólogos dominicos. Era inevitable pensar en una abadía de la Edad Media.

—También se han encontrado construcciones muy interesantes —continuó Thomas—. Ven a ver.

La condujo hasta lo que parecía un foso excavado en la roca y provisto de una pequeña escalera, como las piscinas.

—Es una *mikvé*, una pila de abluciones. Hay por todas partes. Los esenios practicaban rituales de purificación a cualquier hora del día.

—¿Una especie de bautismo en el agua? —sugirió Natasha.

—¡Dile eso al Patrón y te corta la cabeza! ¿Estás pensando en Jesús y en Juan el Bautista?

—Es imposible no hacerlo. Piénsalo: hace dos mil años, una comunidad de creyentes que practicaba el celibato y el bautismo en el agua se retiró aquí para esperar el Juicio Final y el regreso del Mesías. Francamente, ¿no te resulta desconcertante?

—Hay semejanzas, pero nada indica que...

—Hasta ahora, leyendo los textos, para mí no era más que una hipótesis. Ahora que he visto el lugar, es una certeza. ¿Recuerdas el episodio de Jesús en el desierto, en los Evangelios? En mi opinión, el «desierto» es una alusión a Qumrán.

—¡Lo que dices está un poco traído por los pelos!

Natasha, abstraída en la construcción de su castillo de ideas, ya no le escuchaba.

—¿Y si Jesús hubiera pertenecido a la comunidad? ¿Y si hubiera vivido aquí unos meses, unos años, quizá? ¿Y si hubiera sido aquí, en Qumrán, donde elaboró la doctrina que difundiría primero en Galilea y luego en Jerusalén?

—Natasha, no te embales. Harían falta pruebas.

—Las encontraré. Rascaré la tierra hasta desollarme los dedos, pero las encontraré. ¡Y los pondré a todos ante la evidencia!

36

No pasaron más que dos días en Florencia, pero fueron maravillosos. A la salida de la estación, Miller se puso al volante de un coche de alquiler. Como había ido bastantes veces a Florencia, llevó a Gaetano a una colina desde donde se podía contemplar el conjunto de la antigua ciudad. La cúpula gigantesca de la catedral de Santa Maria del Fiore atraía inmediatamente la mirada. Era la obra maestra del arquitecto Filippo Brunelleschi y una de las creaciones más destacadas del Renacimiento. Después visitaron el interior de la catedral y el Ponte Vecchio, que cruzaba el río Arno.

—Aquí, a orillas del Arno —le dijo Desmond a Gaetano—, es donde el poeta Dante conoció a Beatriz, que entonces no era más que una niña. Se enamoró de ella nada más verla y se dijo «Que Dios la bendiga». Y tuvo un sueño en el que la vio comerse su corazón. Es bonito, ¿verdad?

—Precioso, profesor —respondió Gaetano.

La «clase» del profesor Desmond Miller continuó a lo largo de toda la tarde, dedicada a la visita de la Galería Uffizi. Allí admiraron *El nacimiento de Venus* de Botticelli, *La anunciación* atribuida a Leonardo da Vinci y muchas otras maravillas. Al atardecer llevaron las maletas al hotel. Primero vieron la habitación de Gaetano, que era muy coqueta. Una auténtica bombonera.

—Me alegro de que te guste —dijo Desmond—. La mía no está lejos. ¿Nos vemos en el restaurante?

Gaetano, a quien le parecía que aquel juego había durado suficiente, retuvo a Desmond por el brazo y le hizo pasar al interior. Cerró la puerta con el pie y llevó a su amante hasta la cama.

—¡El restaurante puede esperar! —dijo.

Al día siguiente tomaron el tren de vuelta a Roma. Un taxi los condujo al hotel de Miller. Dejaron allí el equipaje y se dirigieron a la basílica, que Desmond quería visitar. Pero en la explanada se encontró cara a cara… con el padre Pellegrino Ernetti.

Deseó que se lo tragara la tierra.

—¿Qué tal, padre…? Nuestra reunión está prevista para mañana a las diez, ¿no? —balbuceó Miller.

—Sí, exacto —respondió Pellegrino—. ¿Está haciendo un poco de turismo?

—Un poco, sí. No había visitado aún la basílica y voy a hacerlo ahora con mi sobrino Gaetano, que vive en Inglaterra.

—¿Gaetano? No sabía que tuviera un sobrino italiano.

«¡Qué torpe! ¿Cómo puedes ser tan torpe?», se reprochó Miller, sudando la gota gorda.

—Pues… Mi hermano se casó con una italiana. Gaetano es italiano de corazón. No conocía Roma y le propuse que viniera a visitarla.

—No olvide que los próximos días estará muy ocupado, profesor Miller. Su presencia es indispensable.

—Recuperaré el tiempo perdido, padre Ernetti.

—Además, yo me marcho mañana —intervino el «sobrino».

—En ese caso, joven, buen viaje de vuelta a Inglaterra. ¡Hasta mañana, profesor!

Pellegrino se alejó. Desmond se quedó inmóvil unos segundos, como si el encuentro lo hubiera paralizado.

—Se ha dado cuenta —balbució.

—¿Por qué dices eso? Podría ser perfectamente tu sobrino.

Miller se calmó un poco.

—Lo sé..., pero algo me dice que se ha dado cuenta.

—Aunque sea así, ¿qué importancia tiene?

—Quizá tengas razón, no dejemos que nos estropee el día.

Pasaron la velada en el restaurante del hotel.

—Mañana, por desgracia, vuelvo al seminario secreto en el Vaticano —dijo Desmond.

—¡Cuántos misterios! —exclamó el joven, divertido.

—Sí, y todo por un asunto un poco descabellado —dijo Miller.

—¿De qué se trata? ¿En qué trabajas realmente aquí? —preguntó Gaetano.

—No puedo decírtelo, me comprometí bajo juramento a no revelarlo.

—¡Qué emocionante!

—De todas formas, si te lo dijera, no me creerías.

—Espera, vamos a jugar un poco —propuso Gaetano—. Tú solo dime «frío» o «caliente».

Desmond sonrió. ¡Hacía como mínimo cincuenta años que no jugaba a eso!

—Empieza —dijo.

—Es una bomba —aventuró Gaetano.

—Frío.

—Me lo imaginaba. Entonces, es... una máquina.

—Estás acercándote al calor.

—Una máquina que guarda relación con la religión católica. Si no, ¿qué ibas a hacer con un monseñor?

—Sigues acercándote.

El juego duró varios minutos. Pero Gaetano acabó cansándose y lo dejó.

—¡Tío, estás sometiendo a un verdadero suplicio a tu sobrino! —dijo.

El profesor se echó a reír. Subieron a su habitación y Gaetano lo atrajo de nuevo hacia la cama.

—¿Y si jugáramos a otra cosa? —le propuso.

Por la mañana, Gaetano Torelli conocía a grandes rasgos el contenido del proyecto Sant' Agostino. Se separaron.

«Nuestra historia no irá más lejos —pensó Desmond mientras miraba al joven alejarse—. En cuanto al proyecto Sant' Agostino, estoy seguro de que no me ha creído».

Sobre este último punto, el profesor Desmond Miller se equivocaba. Al joven Gaetano Torelli, aquel proyecto le parecía completamente disparatado, pero, si la información podía reportarle dinero, no dudaría en utilizarla. Al llegar a su pequeño estudio, llamó a uno de sus amigos. Un inglés, uno de verdad, que vivía en Roma.

—Hola, Peter —dijo Gaetano—, estoy en casa.

—¿Tienes la información?

—Sí, y te vas a caer de culo.

Le contó lo que había averiguado a través de Miller.

—¡Increíble! —exclamó el inglés.

—¿Crees que les interesará a los rusos?

—En este momento, acercarse a los rusos es demasiado peligroso. Tengo otro comprador que parece interesado en los asuntos del Vaticano. Voy a hablar con él. Podríamos verlo juntos mañana por la noche en el Estinzione.

Al día siguiente, en la semipenumbra del club gay, estuvieron esperando al comprador, que llegó más de una hora tarde. De estatura baja y en torno a los cincuenta años, llevaba un abrigo largo que ocultaba una sotana.

—Gaetano, te presento a dom Alberto Pindare de Carvalho, ¡obispo de Río de Janeiro!

37

De acuerdo con los deseos del papa, el grupo de investigadores había concluido su misión. Todas las grandes cuestiones planteadas por los trabajos de Majorana se habían resuelto y el grupo había sintetizado su trabajo en un gran volumen de doscientas cincuenta y seis páginas del que solo existía un ejemplar, que quedó en poder de Montini. Este agradeció efusivamente a los miembros del grupo el ejercicio de «gran acrobacia intelectual» que habían realizado, y envió a cada uno a su casa con el correspondiente cheque. El padre Ernetti, por su parte, emprendió el viaje hacia Venecia, donde podría continuar trabajando en el cronovisor en la discreción más absoluta. Gracias a la mediación de los servicios pontificios, se instaló en una pequeña celda del monasterio benedictino construido cerca de la basílica de San Giorgio Maggiore. A veces, al final de la jornada, subía al *campanile* para disfrutar de una vista inolvidable de la Serenísima.

A fin de desviar la atención, el Vaticano había dispuesto que lo nombraran exorcista oficial de la diócesis de Venecia. El ascenso a un puesto tan codiciado de un joven sacerdote apenas formado para desempeñar ese cargo despertó, como es natural, envidias, pero todo el mundo sabía que era un protegido del arzobispo de Milán, destinado a alcanzar un día los más altos cargos. El más reticente, a decir verdad, fue el propio Pellegrino. Mientras la cosa quedara en tratar pequeñas enfermedades mentales, sabría arreglárselas. Pero ¿sería capaz de enfrentarse al Diablo, si se manifestaba? ¿Y de combatirlo? Ya no estaba seguro.

Como la actividad de exorcista le dejaba mucho tiempo libre, Pellegrino impartió un seminario sobre músicas antiguas en la Fundación Cini. Solo tenía cinco alumnos los días más concurridos, pero supo transmitirles su pasión. ¡También era un verdadero alivio, mientras trasladaban la máquina, olvidarse un poco de Majorana, sus ecuaciones y su cronovisor!

Llamaron a la puerta. Un hermano benedictino le anunció que un visitante lo esperaba en el vestíbulo del refectorio. Pellegrino sintió una punzada en el corazón: las «vacaciones» solo habían durado unas semanas. Montini aguardaba admirando el inmenso óleo que colgaba de la pared, *Las bodas de Caná*, de Veronese.

—Es una copia, monseñor —dijo Pellegrino—. El original se lo llevó el general Bonaparte en 1797, durante su campaña de Italia.

—En cualquier caso, es una copia espléndida. ¿Cómo está, mi querido Pellegrino?

—Bien, monseñor. Supongo que viene a hablarme del traslado.

—Ya ha terminado —dijo Montini—. Se ha guardado y transportado todo dentro de unas cajas sin etiquetar. Le esperan en su nuevo laboratorio. Le llevaré.

El distrito de la Accademia es uno de los más agradables de la antigua ciudad de Venecia. Es el barrio de los artistas. Lejos de la agitación de la plaza de San Marcos, se ofrece como un remanso de paz, turbado tan solo por el ruido de las barcas con motor que pasan por debajo del puente que cruza el Gran Canal. Montini llevó al padre Ernetti detrás del museo. El taller se encontraba en calle Larga Nani, que era muy silenciosa. Montini hizo una seña a dos hombres altos que hablaban fuera.

—Son hombres nuestros —aclaró el arzobispo—. Vigilan permanentemente la entrada del edificio y van armados. Puede confiar en ellos.

Franquearon el porche y se encontraron ante una nave a la que habían dado el aspecto de un taller mecánico. Montini abrió la puerta de hierro, que daba a una segunda puerta de acero con una cerradura de seguridad. La estancia era grande y bastante agradable, pero sin ventanas. Había llegado todo, embalado en ocho cajas cerradas sin ninguna indicación del origen ni del contenido. Como no podían recurrir a la ayuda de un tercero, los dos hombres pasaron varias horas abriendo las cajas e instalando ellos mismos el material del cronovisor. Ver al arzobispo de Milán manejando el martillo y la escoba era un espectáculo bastante insólito, pero Pellegrino debía reconocer que no rezongaba.

—Por hoy es suficiente —dijo Montini—. Mañana montaremos la máquina. Mientras tanto, le propongo que vayamos a cenar a un restaurante que está junto a la plaza de San Marcos, donde podrá comerse unos linguini alle vongole sin igual en toda Italia.

—Con mucho gusto, monseñor.

Volvieron hacia el Gran Canal. Montini paró a un barco-taxi.

—*Piazza San Marco, prego!*

Embarcaron. El barco tenía un motor potente, pero no se dirigía hacia el lugar indicado.

—¡Eh! Le he dicho Piazza San Marco. ¿Adónde va?

De la cabina salió entonces un hombre al que habían visto, pero que habían tomado por otro pasajero. Iba armado.

38

El barco-taxi se acercó a un muelle apartado de la Venecia moderna. Les hicieron desembarcar, los esposaron y los empujaron sin contemplaciones hasta un Lancia Appia que arrancó de inmediato.

—Pero ¿se puede saber qué quieren? —preguntó Pellegrino—. ¿Tienen idea de quién es la persona que está a mi lado?

—Estamos al corriente, padre, es el arzobispo de Milán.

—¿Se dan cuenta de lo que hacen? ¡Están deteniendo a un arzobispo! ¿Son de la policía?

Montini intentó calmar al padre Ernetti poniéndole una mano sobre el hombro.

—No son policías.

—Somos más peligrosos para ustedes que la policía —añadió el que iba al volante.

Tras un corto trayecto por las afueras, el automóvil se detuvo delante de una casa aislada. Un hombre mayor que los otros, con la cabeza rapada, los esperaba en la puerta.

—¿Los llevamos al sótano, Timur?

El hombre asintió. Los condujeron a empellones por unas pequeñas escaleras hasta un cuarto oscuro de paredes mugrientas, cerrado con una pesada puerta de hierro. El que respondía al nombre de Timur, y que parecía al mando de los otros dos, tomó la palabra.

—Perdón por las maneras, monseñor. Para ganar tiempo y para comodidad de todos, seré directo.

Sabían que Montini, el padre Ernetti y los físicos a los que habían reunido en el Vaticano trabajaban en un proyecto secreto. ¿Se trataba de la instalación de misiles balísticos PMG-19 americanos? Montini contestó que no. El hombre, aparentando paciencia, le preguntó de qué otra arma se trataba.

—¿Es usted un agente soviético?

—Monseñor, no quisiera torturar a un arzobispo, pero no dudaré en hacerlo si eso salva millones de vidas soviéticas de un holocausto nuclear.

Pasaron a la ofensiva. Puesto que el padre Ernetti dirigía técnicamente el proyecto, pensaban que obtendrían una confesión maltratando a su amigo Montini. Uno de los dos esbirros propinó al arzobispo un fuerte bofetón, y luego otro. A continuación la emprendieron a puñetazos. Montini cayó al suelo. Siguieron patadas. Los dos hombres, que dominaban las técnicas de tortura, golpeaban en todas las partes del cuerpo, pero especialmente en los lugares donde el pobre Montini ya estaba herido.

El hombre de la cabeza rapada indicó a sus subordinados que pararan. Estos levantaron a Montini y lo ataron por los brazos a dos ganchos clavados en la pared, a unos tres metros de altura. El infeliz quedó colgando, con los brazos abiertos y los pies a cierta distancia del suelo. En esa posición le resultaba difícil respirar.

—¡Bájenlo, se está asfixiando! —gritó Pellegrino.

Nadie le hizo caso. Los tres individuos salieron de la habitación para dejar que los prisioneros pensaran. Pellegrino se apresuró a acercarse a Montini. Este, con la cara magullada, esbozó una triste sonrisa.

—Me han colgado con los brazos en cruz, padre Ernetti. Como los romanos hicieron con Nuestro Señor…

Para permitirle aspirar un poco de aire, Pellegrino le sostuvo las piernas y trató de enderezarle el torso. Le suplicaba que se lo dijera todo o que se inventara algo. Cualquier cosa antes que morir en esas condiciones. Montini perdió el conocimiento. Al cabo de unos minutos, los tres agentes soviéticos volvieron al sótano. Uno de ellos llevaba un cubo lleno de agua con la que roció la cara a Montini, que abrió los ojos. Entonces sucedió algo inesperado. El arzobispo empezó a gemir. Dijo que el dolor era insoportable, que no podía más, que se ahogaba, e imploró que lo desataran. Timur esbozó una sonrisa.

—Su Jesucristo resistió más que usted, monseñor. ¡Desatadlo!

Descolgaron a Montini y lo sentaron en una silla. Él bajó la cabeza, exhausto. Uno de los secuestradores se acercó para incitarlo a hablar.

Montini se levantó entonces como una fiera y, con la palma de la mano, golpeó al hombre en la base de la nariz. Timur recibió una violenta patada entre las piernas y cayó de rodillas gritando. Pellegrino intentó cerrar el paso al tercero, pero se vio proyectado al suelo. Los preciosos segundos ganados permitieron que Montini se apoderase del revólver de Timur. Este ordenó a su cómplice ileso que pasara de nuevo a la ofensiva. Pero el hombre titubeó.

—Tiene un arma, Timur.

—Es un cura. ¡No disparará!

Montini disparó. La bala rozó al hombre y penetró en la pared. El tipo reculó. Montini ordenó a Pellegrino que cogiera las llaves del sótano y las del coche. Ambas colgaban del cinturón del primer secuestrador, que seguía inconsciente. Después los dos sacerdotes retrocedieron hasta la puerta de hierro y la cerraron de golpe. El padre Ernetti hizo girar inmediatamente la llave en la cerradura. Los tres agentes soviéticos se abalanzaron sobre la puerta. En vano. Estaban encerrados en su propio sótano. Montini y Pellegrino subieron los escalones de cuatro en cuatro y se metieron en el Lancia. El arzobispo, todavía armado, echó un vistazo a su espalda y ordenó a Pellegrino que arrancara. Unos minutos más tarde, llegaron a la carretera nacional.

—Una pregunta, monseñor: usted, un hombre de fe, ¿habría matado a ese individuo si no hubiese obedecido?

—Solo Dios lo sabe, amigo mío. Mire la carretera, no es momento de tener un accidente.

Pero Pellegrino tenía muchísimas preguntas que hacerle a aquel arzobispo tan... sorprendente.

—¿Cómo ha conseguido dejar fuera de combate al primer hombre?

—¡Ser arzobispo, padre Ernetti, no es incompatible con ser octavo dan de kárate!

39

Timur Kuprian, hecho una furia, la emprendió a golpes con todo lo que había en el sótano. No le gustaba el fracaso, y a sus superiores, menos aún. De pronto uno de sus cómplices atrajo su atención. Había oído ruido. Un campesino, intrigado al ver la puerta abierta de par en par, tal como la había dejado Montini, y oír ruido dentro, había bajado al sótano.

—¿Quién está ahí? —preguntó desde detrás de la puerta de hierro.

—¡Estamos encerrados! —gritó Timur. Hablaba un italiano fluido, pero no podía disimular su acento.

—¡Tiene que sacarnos de aquí, señor!

—No tengo la llave. ¿Quiénes son? ¿Amigos de Pastrone?

Timur supuso que Pastrone sería el campesino que había puesto la casa en alquiler.

—Sí, exacto, Pastrone. Sin darse cuenta, nos ha dejado encerrados en el sótano. ¡No sé dónde tiene la cabeza este Pastrone!

—Murió hace tres años —dijo el campesino, e inmediatamente subió las escaleras y se marchó.

Timur asestó una fuerte patada a la puerta.

—*Tchiort!**

Una hora más tarde, se presentaron cuatro hombres ante la puerta. Uno llevaba herramientas para forzar la cerradura. Los otros tres eran carabineros armados.

---

* «Mierda» en ruso.

—Este asunto es serio, Sidney.

Tres días más tarde, Joe Fincher informaba a Gottlieb a través del teléfono protegido.

—Nuestra embajada se ha enterado, por la policía italiana, de que unos agentes soviéticos intentaron secuestrar a dos clérigos estrechamente vinculados al asunto del Vaticano. Uno de ellos era el arzobispo de Milán.

—¡Nada menos!

—El Vaticano le ha insistido al ministro del Interior en que silencie el asunto. ¿Te imaginas? ¡Un arzobispo secuestrado por el KGB! Los carabineros encontraron a los tres tipos encerrados en un sótano, en las afueras de Venecia. Habían salido muy malparados.

—¿Y había sido cosa de los sacerdotes? —preguntó Gottlieb.

—Todo apunta a que sí.

—¡Desde luego, en Roma se ve de todo! —comentó Gottlieb, divertido—. Nosotros estamos igual que los rusos, Joe, queremos saber a qué juegan en el entorno del papa. Puede que este asunto esconda algo importante de verdad.

—Podría ir a ver al sacerdote —propuso Fincher—, sé dónde da clase.

—¿Y alertar a todo el mundo? No, tengo otra idea.

Sidney Gottlieb tenía preferencia por las historias «sucias». Se había enterado a través de un agente del FBI de que uno de los físicos que habían participado en las sesiones del Vaticano estaba involucrado en un asunto relacionado con la moral.

—¿Quién?

—Miller, Desmond Miller, un físico de Chicago.

—¿Sigue en Roma? Hace más de un mes que se disolvió el grupo de investigación.

—Volvió a Chicago. Luego le contó un cuento chino a su mujer y regresó a Roma.

—¿La engaña?

—Sí, pero ¡no con Gina Lollobrigida!

40

En Qumrán, todo el mundo tenía definida su labor por un plan de trabajo. A Natasha le encargaron que redactara un informe sobre los sistemas de irrigación del yacimiento. La joven suspiró, porque la tarea le parecía aburrida, pero debía hacer méritos. Para sobrevivir en aquel infierno abrasador y alimentar las pilas de abluciones, se requería agua. ¿De dónde venía? Natasha se pasó días enteros recorriendo el terreno, hasta que acabó por encontrar vestigios de canales de irrigación excavados en la colina. Eran muy débiles, estaban atenuados por la erosión, pero había un número considerable. Habló de ello con Sasha de Saint-Laumer, el sacerdote dominico que supervisaba el conjunto de las excavaciones.

—En mi opinión, esos canales no alimentaban a la comunidad directamente. Recogían el agua de lluvia y convergían en un sistema de acequias que transportaban el agua hasta unas reservas de almacenamiento. Aquí, por ejemplo, y aquí —precisó mostrándole un plano.

—¿Nos haces un informe? —propuso Sasha.

Natasha se pasó una semana redactando un texto muy técnico de unas cincuenta páginas, ilustrado con numerosos dibujos. A Sasha le pareció brillante. Acababa de ganarse sus galones de arqueóloga de campo.

—¿En qué te gustaría trabajar ahora? —le preguntó—. ¿En el yacimiento propiamente dicho o en los alrededores?

Ella tenía una idea, pero prefirió ir despacio.

—En Qumrán hay mucha gente —dijo—. He oído hablar de unas excavaciones que acaban de empezar no lejos de aquí, en Qasr el Yahud.

—Sí. Es una colaboración con arqueólogos ingleses. Propondré tu candidatura. ¿Cuál sería el tema de tu investigación?

—Encontrar el lugar donde Juan el Bautista bautizó a Jesús —respondió Natasha.

Al día siguiente, Thomas llevó a Natasha a Qasr el Yahud. No era un trayecto largo, estaba a apenas unos kilómetros. El nombre significa «la travesía de los judíos». Se trata del lugar donde, según la tradición, los hijos de Israel cruzaron el río Jordán cuando llegaron de Egipto, antes de tomar posesión de la Tierra Prometida. Sin embargo, unos descubrimientos recientes sugerían que podría haber sido el escenario de otro acontecimiento igual de importante que tuvo lugar hace menos de dos mil años: los bautismos de Juan el Bautista.

Recorrieron una vasta extensión desértica, cercada con alambre de espino y vigilada por soldados jordanos armados. Les dio el alto un guardia que examinó sus papeles y, como Natasha era israelí, le hizo algunas preguntas rutinarias antes de dejarlos pasar. Finalmente llegaron a orillas de un río de unos diez metros de ancho.

—El Jordán —dijo Thomas.

—Para —pidió Natasha—. Voy a hacer una comprobación.

—¿De qué?

Por toda respuesta, ella se quitó el vestido y se quedó en bragas y sujetador. El soldado de guardia observó la escena con sorpresa.

—Pero… ¿estás loca? —dijo Thomas.

Natasha se sumergió en el agua de color gris verdoso del Jordán.

—Hay como mínimo cuatro o cinco metros donde se hace pie —aseguró desde dentro del agua—. Por lo tanto, es posible.

—¿Qué es posible? —preguntó Thomas.

La joven salió y se vistió. Un colega arqueólogo inglés se acercó a ellos.

—¡Hay sitios más limpios para bañarse, señorita!

Ella se presentó.

—Quería comprobar si la hipótesis del bautismo de Jesús se sostenía —le dijo Natasha—. Si se hacía pie en el río.

—Es incuestionable —contestó el inglés—. Podía haber decenas de personas dentro del agua esperando a que las bautizaran. Y están también nuestros descubrimientos arqueológicos. Venid a ver…

Los llevó un poco más lejos, a un lugar donde se estaban realizando excavaciones que parecían muy recientes.

—La semana pasada encontramos esto. Los vestigios de una iglesia bizantina y de un monasterio que demuestran que este sitio se veneraba desde los inicios de la era cristiana.

—Puedes dejarme —le dijo Natasha a Thomas—. Ellos me llevarán esta noche a Qumrán.

Thomas parecía inquieto. Hizo un aparte con ella.

—¿Qué cambiaría para ti el hecho de que fuera aquí donde Juan bautizó a Jesús? —le preguntó.

—Todo. En esa época no existían los cristianos. Por lo tanto, el bautismo de Juan era un rito esenio. No olvides que Qumrán está a solo tres kilómetros.

—¿Y qué?

—Si encuentro lo que busco, tendré la prueba de que Juan el Bautista era esenio y bautizaba a los judíos de la época a fin de que adoptaran sus creencias de esenio. ¡Tanto a Jesús como a los demás!

—Pero ¿qué vas a encontrar? Fue hace dos mil años…

—¿Y qué? Te olvidas de la suerte.

Regresó muy tarde a Qumrán. Todo el mundo estaba acostado salvo Thomas, que leía a la luz de una lámpara de petróleo.

—¿Cómo ha ido?

—De momento, nada. Fragmentos de cerámica del siglo VI.

—¡Ah, seis siglos más de la cuenta! —dijo el joven riendo.

—No te burles de mí, Thomas.

Él se dio cuenta de que Natasha estaba muy nerviosa. Dejó el libro y la miró.

—Ven a sentarte a mi lado.

Ella suspiró.

—No intentes ligar, no estoy de humor.

—Ni se me había pasado por la cabeza. Solo quería decirte... —Natasha se sentó junto a él—. Por un lado, como me caes bien, me gustaría que tu búsqueda desembocara en un hallazgo extraordinario...

—Vale. ¿Y por el otro?

—Por el otro, creo que no encontrarás nada.

—¡Es muy alentador! Gracias, Thomas.

—Cuando te oigo decir «Jesús era esenio», me oigo a mí replicando «Jesús no era solo esenio». Nat, no encontrarás nada, porque estás equivocada. Jesús era mucho más de lo que tú crees.

—Eres tú quien está equivocado, pequeño Thomas asustado por la tormenta. ¡Yo, cuando busco, encuentro!

41

Cuando viajaba sin su esposa, Desmond Miller se abandonaba sin restricciones al pecado de la gula: los espaguetis. Había localizado los mejores restaurantes italianos en Nueva York y Los Ángeles. Ahí, en Roma, era una fiesta. Su restaurante preferido estaba en la plaza Navona. Allí podía comer pasta a la napolitana, preparada con una salsa realmente suculenta. Sentado en la soleada terraza, junto a la famosa fuente de Bernini, había pedido («lo de siempre, *signore*») y estaba esperando que le sirvieran. Había visto a Gaetano tres veces desde su vuelta a la capital italiana. Y el embeleso no decaía. El joven, que decía estar intrigado por aquella historia de la máquina para ver el pasado, había intentado saber más. Pero Miller, riendo, había cerrado la puerta a las confidencias. Aquella aventura, que no tenía ningún futuro, le había dado otro sabor a su vida. Se llenó los pulmones del agradable aire de la primavera.

Un hombre corpulento se sentó a su mesa, frente a él.

—Hay mesas libres en la terraza —dijo Miller.

—Ya lo veo —contestó el desconocido—, pero tengo que hacerle unas preguntas, señor Miller.

—¿En calidad de qué? —preguntó Miller, inquieto.

Fincher le enseñó su credencial de la CIA.

—¿Es en relación con mi estancia en Roma?

—No directamente.

Fincher, sin prisa alguna, cargó su pipa en silencio. Era un viejo truco que le permitía ver cómo reaccionaba su «cliente». Con Miller, la prueba fue concluyente. Su palidez permitía imaginar a una presa fácil. El camarero los interrumpió para servir a Miller su plato de espaguetis. Le preguntó a Fincher si quería comer.

—No, gracias, no tengo hambre.

El camarero se alejó.

—Profesor —prosiguió Fincher—, es usted uno de nuestros mejores físicos. Trabajó con Enrico Fermi preparando la primera bomba atómica.

—En efecto —dijo Miller, tranquilizado por aquel preámbulo halagador.

—Personas como usted son tan útiles para nuestro país como peligrosas por lo que saben. Por eso le vigilamos de forma permanente. ¿Qué hacía en Roma? —preguntó de modo abrupto.

—Señor Fincher...

—Agente Fincher.

—Agente Fincher, el trabajo que he realizado en el Vaticano era puramente teórico. No representaba ningún peligro, ninguno en absoluto, para la nación estadounidense.

Fincher meneó la cabeza, insatisfecho.

—Dígame algo más.

—Firmé con los servicios del papa un juramento de confidencialidad. No obstante..., le diré que se trataba de examinar algunas ecuaciones del físico Ettore Majorana que habían permanecido inéditas hasta ahora. Ese trabajo ya está terminado, todo el mundo ha vuelto a su casa.

—Muy bien, señor Miller. Temo haberle molestado por nada.

—No tiene importancia —contestó Miller, tranquilizado—. ¿Puedo empezar a comer, agente Fincher?

—Adelante.

Se produjo un silencio. Miller esperaba que Fincher se fuese, pero este seguía clavado a la silla.

—Por cierto, ¿qué puede decirme de Gaetano Torelli? —preguntó Fincher.

Un escalofrío recorrió la espalda de Desmond Miller.

—No sé a quién se refiere.

—A un joven homosexual de veintiún años, estudiante de física, con quien estuvo varias veces en el Estinzione y al que regaló un viaje a Florencia.

Miller miró el plato y empezó a balbucear.

—No... no sé qué me pasó, señor Fincher. Soy un hombre casado...

—Profesor, su vida sexual es cosa suya. ¿Ha vuelto a ver a Gaetano?

—No lo he visto desde hace dos días.

—Pues escúcheme bien: Gaetano Torelli pertenece a una organización internacional de maestros cantores que entre las sábanas recogen información de «víctimas» interesantes para venderla. Estamos en plena Guerra Fría, señor Miller, es una situación favorable para la aparición de este tipo de comercio.

—Pero... ¿cómo han llegado hasta mí?

—Normalmente les informa el KGB. Pero también tienen sus propias redes. Gaetano asistió a sus clases en Chicago. Conocía su... punto débil. Y como les intrigaban sus idas y venidas al Vaticano...

Desmond Miller tuvo la impresión de que se lo tragaba la tierra.

«Claro —pensó—, por eso Gaetano insistió tanto en que le dijera lo que hacía en Roma. Y yo caí en la trampa. ¡Pobre viejo idiota!».

—¿Le ha hecho confidencias a Gaetano Torelli? —insistió Fincher, como si le hubiera leído el pensamiento.

Miller ya no se atrevía a mirar a Fincher de frente.

—Sí —reconoció avergonzado.

—¿Qué le ha dicho?

—Nada significativo, pequeñeces —balbució Miller—. ¿Lo han detenido?

—Preferimos continuar vigilándolo. Ahora dígame en qué trabajó en Roma.

—Es un secreto profesional, señor Fincher. Investigaciones científicas que no puedo desvelar.

—¿Me toma el pelo? —saltó Fincher—. ¡Acaba de decirme que se lo ha contado a su amante!

Había levantado tanto la voz que los demás clientes del restaurante se volvieron hacia ellos. Joe Fincher manejaba con talento el arte de sembrar desazón en los sospechosos poniéndolos en contradicción consigo mismos. Desmond Miller empezó a encontrarse mal. Se aflojó el nudo de la corbata. Estaba sudando. El camarero observaba la escena con inquietud.

—Déjeme, señor Fincher, creo… que me estoy mareando.

—Profesor Miller —prosiguió Fincher en un tono amenazador—, si guarda silencio, le aseguro que este asunto saldrá en la prensa. Se informará a la señora Miller de su predilección por los jovencitos, pero usted no tendrá ocasión de hablar de esta cuestión con ella porque lo meterán en la cárcel y lo acusarán de alta traición. ¿Se acuerda de los Rosenberg? ¡Acabaron achicharrados en la silla eléctrica!

Con aquello Fincher se anotó un tanto, Miller estaba a punto de venirse abajo.

—Señor Fincher, si le digo de qué se trata, no me va a creer.

42

Cuando Desmond Miller volvió a la habitación del hotel, estaba al borde de un ataque de nervios. Sonó el teléfono. Su mujer lo llamaba desde Chicago. Por el tono en que contestó, ella se percató enseguida de que no estaba en su mejor momento.

—¿Hay algún problema, Desmond?

—Unas ecuaciones que se resisten —respondió—, pero podré con ellas.

Su mujer no insistió. Cuando colgaron, el profesor contempló un momento el suicidio. Pero esa era una solución para valientes y Desmond Miller no lo era. El hecho de que a su edad se le viniera encima una intriga como aquella era señal de que ya estaba para jubilarse. Después de todo, había hecho una buena carrera como físico, había participado en la aventura de la bomba atómica, tenía una bonita casa en un barrio residencial de Chicago, una esposa encantadora y unos ingresos que le permitían vivir cómodamente hasta el fin de sus días. Aun así, la sensación de que le quedaba algo pendiente estaba ahí, y una buena muestra de ello era su relación con Gaetano. Si hubiera podido, en aquel instante habría estrangulado al joven. Se conformó con llamarlo y quedar de nuevo con él en el Estinzione.

—Hola, Desmond —dijo Gaetano—. ¡Vaya, tienes cara de enfadado!

Se había dado cuenta nada más verlo.

—¡Gaetano, soy viejo, pero no imbécil!

El chico pareció conmocionado.

—¿Por qué dices eso?

—Te has burlado de mí. Lo sé todo sobre ti.

En ese momento, la luz se apagó. Pero ni uno ni otro estaban para arrumacos. La conversación continuó en la oscuridad.

—¿Qué sabes?

—¿Qué has hecho con la información que te he dado sobre el proyecto Sant' Agostino?

—¡Nada! ¿Qué quieres que haga?

—¡No mientas, Gaetano! Sé que perteneces a una organización que vende información al mejor postor.

Volvió a encenderse la luz. Todo el mundo —salvo ellos— aplaudió. Miller notó que a Gaetano le había cambiado la expresión. El angelito tenía entonces el rostro temible de un jugador de póquer que se dispone a enseñar sus últimas cartas.

—¿Quién te lo ha dicho?

—Da igual quién me lo haya dicho, lo sé.

Desmond decidió asustar a su joven amigo como Fincher lo había asustado a él.

—Estamos en plena Guerra Fría, Gaetano. Si cuento lo que sé sobre ti, acabarás en la cárcel. Así que, vuelvo a preguntártelo: ¿qué has dicho y a quién?

Gaetano guardó silencio un instante y después se sacó un bolígrafo del bolsillo de la pechera de la chaqueta.

—Mira, Desmond…

—¡Profesor Miller!

Gaetano esbozó una sonrisa.

—Profesor, la situación es similar a un problema de física como los que a usted le gustan. —Empezó a trazar un diagrama heurístico en el mantel de papel—. Uno: si esta noche nos separamos sin llegar a un acuerdo, mis amigos irán a buscarle y le eliminarán. Es la mejor manera de impedir que hable. Dos:

si se nos adelanta y nos denuncia, iremos a chirona un buen puñado de años. Tres: pero no nos pillarán a todos, profesor, y entonces no le eliminarán para impedir que hable, sino por puro placer. Cuatro: llegamos a un acuerdo.

—¿Qué acuerdo? —preguntó Desmond, impaciente y desconfiado.

—Contrariamente a lo que piensa —dijo Gaetano—, no hemos vendido nada a los rusos. Es demasiado peligroso en los tiempos que corren.

—¿Quién os ha pagado? —insistió Miller.

—Un obispo.

El profesor se quedó boquiabierto.

—¿Qué obispo?

—Un tipo curioso —respondió Gaetano—. Un brasileño que dispone de mucho dinero y merodea alrededor del papa, aunque no sé con qué intención.

—¿Para quién trabaja?

—Por lo que tengo entendido, por su cuenta. Quiere verle y hacerle una propuesta. Y si le paga tan bien como nos ha pagado a nosotros, no lo lamentará. En cualquier caso, profesor Miller, no tiene elección.

Sobre ese punto, había que reconocer que tenía razón.

—Dile que me llame.

—Lo haré. Pero cuidado al salir de aquí. Si hace alguna tontería…

—¡Déjate de amenazas! —replicó Miller—. Dile a vuestro obispo que espero su propuesta.

Al día siguiente, al anochecer, un hombre llamó a Desmond Miller al hotel. Tenía, en efecto, un marcado acento brasileño.

—He oído decir que tiene una propuesta que hacerme —dijo Miller.

—Sí, señor Miller. ¿Podríamos vernos esta noche?

—¿Dónde?

—Hay un pequeño restaurante a dos pasos de su hotel, la pizzería Nerone.

—Sí, sé dónde está.

—Le espero allí.

Miller se puso una americana, cruzó dos calles, entró en la pizzería... y se encontró frente a un coloso de dos metros de alto que lo había visto venir desde lejos. El hombre le ofreció asiento.

—Buenas noches, señor Miller. Me llamo João Santos.

—Buenas noches. Vayamos al grano. ¿Qué me propone?

El hombre abrió un bolso y sacó un periódico doblado en cuatro, dentro del cual se entreveían unos fajos de billetes.

—Diez mil dólares a cambio de un viaje de ida y vuelta —dijo.

—No comprendo —contestó Miller.

—Yo soy un simple mensajero, profesor. Si acepta ir a Brasil y reunirse allí con la persona que me envía, este dinero es suyo.

—¿Diez mil dólares solo por hablar? —preguntó Miller atónito.

—Solo por hablar —confirmó João.

—Imposible. Tengo que regresar a Chicago. Mi esposa me espera.

—Seguro que encuentra una excusa, profesor. El viaje no será largo.

—¿Y si no estoy de acuerdo con la propuesta de su jefe?

—Será libre de volver a Roma y podrá quedarse el dinero.

Miller cogió el periódico y se lo metió en el bolsillo.

—Dejaré el billete de avión mañana por la mañana en la recepción de su hotel —dijo João—. La salida será el viernes con destino Belém, en el norte de Brasil. Le esperaremos allí y haremos el resto del viaje en helicóptero.

—¿Hasta dónde?

—Ya lo verá.

Desmond Miller volvió al hotel con el dinero. Al llegar a su habitación, miró la hora y descolgó el teléfono. En Chicago acababa de empezar la tarde, Anna debía de estar en casa.

—¿Sí, Desmond?

Le explicó que debía asistir urgentemente a una reunión secreta iniciada por el Gobierno estadounidense en relación con un arma nueva, a medio camino entre la bomba A y la bomba H.

—¡Ah! ¿Y no puedes decirme adónde vas?

—Es una reunión secreta, cariño.

Ella se resignó. Desde que Desmond había participado en el proyecto Manhattan, estaba acostumbrada a verlo marcharse para asistir a conferencias clasificadas como secreto de Estado. Su único temor era que lo secuestraran unos espías soviéticos, como en las películas. Pero se consoló diciéndose que esas cosas solo pasaban en el cine.

43

No había encontrado nada.

Natasha se había pasado semanas excavando, con sus colegas ingleses, el yacimiento de Qasr el Yahud. Habían exhumado otros vestigios bizantinos, pero ninguno que evocara de cerca o de lejos la presencia de Juan el Bautista. Los ingleses se inclinaban ya por otro yacimiento, Al-Maghtas, situado en la orilla opuesta del Jordán. Natasha había hablado del asunto con Sasha, quien, por su parte, prefería la localización tradicional de Yardenit, en Galilea, junto al lago Tiberíades.

En resumidas cuentas, era desesperante.

Tras el frenesí de las excavaciones de los primeros días, un cansancio real, agudizado por el calor insoportable que reinaba en aquellos rincones desérticos, invadió a la joven. Rascando el suelo, encontró un gran fragmento de cerámica decorada. Llamó a Andy, uno de los ingleses, para que la ayudara a liberar su hallazgo.

De pronto se le metió algo en la garganta. Un tábano, una mosca grande y negra. Empezó a toser y a debatirse señalándose la boca. Andy le aconsejó que se lo tragara. Le llevó agua y unas galletas.

—No te preocupes, dentro de unos minutos lo habrás digerido.

Se trataba de un incidente bastante común en los terrenos de excavaciones, pero a Natasha le provocó una crisis nerviosa. Andy se ofreció a llevarla en coche a Qumrán. Lo que más miedo le daba a ella eran las bacterias que aquel horrible insecto podía transportar. Tenía razón. Al día siguiente empezó a sufrir temblores y retortijones de tripas. Sasha, el asistente de Hubert de Meaux en Qumrán, constató que tenía fiebre alta.

—Aquí no tenemos lo necesario. Voy a enviarte a Jerusalén.

Pasó unos días en el centro médico Hadassah, en el monte Scopus. Le diagnosticaron disentería. Le inyectaron antibióticos y la sometieron a un régimen de rehidratación intensa a base de arroz, zanahorias hervidas y agua.

Teniendo en cuenta el estado depresivo de Natasha, el incidente se había producido en un mal momento. El padre De Meaux, preocupado por su salud, le preguntó si quería volver a trabajar en el museo. Ella rechazó la oferta. No había esperado tantos años para encerrarse de nuevo en un laboratorio. Así pues, De Meaux la envió de nuevo a orillas del mar Muerto.

Al salir de su despacho, Natasha vio desde lo alto de las escaleras que Thomas esperaba en el vestíbulo. Una chica inglesa que trabajaba como asesora de prensa en el museo se reunió con él. Cuando Thomas vio a Natasha, le preguntó cómo le iba y le deseó buena suerte. A continuación se marchó con la chica, con la que parecía llevarse muy bien. Natasha no era celosa, ni mucho menos, pero se trataba de una pequeña humillación de la que en aquel momento habría preferido prescindir. Porque la soledad empezaba a pesarle. Tres años antes, había utilizado ampliamente su atractivo físico para tener un montón de aventuras. Luego, la tesis y su pasión por la arqueología se habían impuesto. En ese momento, necesitaba ocuparse un poco de sí misma para subirse la moral.

Para distraerse, dejó que sus amigos del museo la llevaran al Deborah's Club, una famosa discoteca de Jerusalén donde se podía tomar una copa en la penumbra y, sobre todo, bailar los éxitos del momento. Natasha no se privó de hacerlo. Así fue como conoció a Dov Sitbon. Aquel joven sefardí, originario de Marruecos, era divertido, ateo, y su mayor preocupación en la vida era aprovecharla al máximo.

Toda aquella generación, que ya había pasado dos guerras y vivía en kibutz en estado de tensión permanente, los domingos por la noche iba a divertirse a Tel Aviv con la música de Bill Haley, Little Richard o Buddy Holly. A Dov le encantaba el rock and roll y lo bailaba de fábula. Al principio fue él quien la guio. Luego los papeles se invirtieron, lo que hacía partirse de risa a Dov. Después de la fiesta, hicieron el amor sin remilgos, simplemente por el placer de hacerlo. Era justo el hombre que necesitaba en ese momento.

Como Dov trabajaba en el Néguev, a ciento cincuenta kilómetros de Jerusalén, no se veían muy a menudo. Natasha sabía que era ingeniero electrónico, pero el joven se cerraba como una ostra en cuanto ella intentaba saber un poco más. Todo se aclaró al enterarse de que Dov estaba empleado en la central de Dimona, a una treintena de kilómetros de Beerseba. Dov formaba parte de los equipos que trabajaban en la realización de la primera bomba atómica israelí. A cambio de la ayuda del Estado hebreo durante la crisis de Suez, Francia le había proporcionado la tecnología necesaria para construir un reactor nuclear. Los israelíes habían elegido un emplazamiento aislado, en pleno desierto del Néguev. El objetivo era disponer rápido de un arma cuya eficacia sería principalmente disuasoria. A Natasha eso la traía sin cuidado. Lo importante era que Dov fuese divertido, nada pesado y lo menos complicado posible.

La joven se había reincorporado al trabajo y continuaba rascando el terreno en el desierto de Judea. Pero permanecía informada del estado de las investigaciones en el Rockefeller. Porque los manuscritos del mar Muerto seguían proporcionando valiosos datos sobre la comunidad de los esenios. En sus escritos encontraron, por ejemplo, normas que regían las comidas comunitarias y hacían pensar de modo desconcertante en la Cena de Jesús y sus apóstoles. Por desgracia, esos descubrimientos solo se comunicaban de manera confidencial de investigador a investigador, sin hacerse públicos. Para explicar el retraso de las traducciones, el padre De Meaux esgrimía los mismos argumentos: la dificultad para reconstruir unos escritos divididos en cientos de fragmentos, la exigencia de ser muy escrupulosos en la realización de las traducciones, la necesidad de ofrecer al público un trabajo científico incuestionable. Excusas, según Natasha. Que se convertirían en pura y simple censura el día que descubrieran un documento considerado realmente molesto por los responsables del Vaticano, que podrían tener la desafortunada idea de ocultarlo o destruirlo.

Esa situación no podía eternizarse. Tras hablar del asunto con sus cómplices, Yoni y Thierry, Natasha se decidió a escribir una larga carta al jefe de redacción de *Bible Archaeology*, una revista bimensual americana especializada en la actualidad de las investigaciones arqueológicas en Tierra Santa. Puesto que los políticos no se atrevían a moverse, los tres amigos decidieron denunciar ellos mismos lo que ya tenía visos de escándalo científico de primer orden.

44

El 29 de septiembre de 1958, el papa Pío XII sufrió un violento ataque de hipo. Lo que habría sido una insignificancia para una persona que gozara de buena salud, para aquel anciano debilitado por la artrosis y la anemia se convirtió en algo inquietante. En los últimos meses, la enfermedad lo había aislado cada vez más. Tras una indisposición más grave que las anteriores, Montini acudió a toda prisa al Vaticano. El papa estaba tumbado en su cama. El doctor Marinesco, su médico personal, se hallaba junto a él.

—¿Cómo está? —preguntó Montini al médico.

—Se ha recuperado. Ha vuelto a tener las visiones. Pero no le hable de su estado, monseñor. Sabe cuál es y le deprime.

—De acuerdo.

Montini se acercó al papa.

—Santo Padre —le susurró al oído—, vengo a darle buenas noticias de nuestra máquina.

Pío XII hizo un esfuerzo para reconstruir sus recuerdos.

—Ah, sí, la máquina…

—Ya estamos instalados en Venecia. El padre Ernetti prosigue con sus trabajos.

—No se fíe, Montini —dijo el papa con una voz a duras penas perceptible—. Quieren robarnos nuestros secretos.

—No tema, Santo Padre. Lo han intentado, pero nosotros nos hemos defendido muy bien. Pronto podremos…

El doctor Marinesco le puso una mano en el hombro.

—No insista, monseñor, ya no le escucha.

—¿Cuál es su pronóstico? —preguntó Montini.

—Pesimista, monseñor.

No se equivocaba. Al día siguiente, el Santo Padre rechazó la comida. Unas horas después, entró en un coma profundo. Su confesor le administró la extremaunción. Sin embargo, al anochecer recobró la conciencia.

—¿Cómo se siente, Santo Padre? —preguntó el médico.

—Es mi día —respondió el papa.

Era su día… pero solo para la prensa. Al día siguiente, mientras Pío XII estaba todavía vivo, cuatro periódicos de gran tirada anunciaron prematuramente su fallecimiento en grandes titulares sobre primeras páginas enmarcadas en negro: «El papa ha muerto». En realidad, no murió hasta el día siguiente, a las tres de la madrugada. Tenía ochenta y dos años. Sus funerales fueron televisados y los vieron millones de fieles.

Pellegrino llamó a Montini al Vaticano.

—Monseñor, ¿qué va a pasar?

—Lo que suele pasar, padre Ernetti. El colegio de cardenales elegirá a un nuevo papa.

Pellegrino intentó formular la pregunta que le quemaba los labios.

—¿Cree que…?

Montini lo interrumpió.

—No, yo no. Como sabe, no soy cardenal, así que no tengo ninguna posibilidad.

—¿Y la máquina?

—Esperemos a que haya un nuevo papa. Ya veremos lo que decide.

—Entonces ¿lo suspendemos todo?

—Al contrario, debemos convencerlo. ¿Cómo podríamos mejorar la amplitud de los saltos en el tiempo?

—Pienso en eso día y noche, monseñor. El problema sigue siendo el mismo, el del tamaño de los colectores.

—Lo sé. Pero ¿tiene una solución?

—Quizá.

La solución consistía en combinar varios colectores entre sí utilizando los principios de base de la interferometría. Había leído en *Nature*, una revista especializada en la investigación científica puntera, un artículo muy bueno sobre la posibilidad de usar esa técnica en radioastronomía. Los astrofísicos que utilizaban radiotelescopios para observar las galaxias lejanas se topaban también con el problema del tamaño de las antenas. Uno de ellos proponía en dicho artículo combinar varios radiotelescopios para crear un radiotelescopio virtual, un hipertelescopio de varios kilómetros de diámetro. ¿Por qué no hacer lo mismo con los colectores de neutrinos? Paradójicamente, la naturaleza tan particular de los neutrinos transtemporales, que eran a la vez partículas y ondas, hacía que resultara bastante fácil adaptar el sistema. Montini, que tenía prisa, aceptó el peso económico de aquella innovación. Mientras tanto Pellegrino, con los medios de que disponía, improvisó combinando tres colectores estándar. Su potencia asociada debía permitir saltar uno o dos siglos. Así, sumando los pequeños pasos, se acercaría al objetivo: visitar el periodo evangélico.

45

A Desmond Miller el viaje a Brasil le pareció interminable. Tuvo que cambiar de avión para ir de Río a Belém. Pasó la aduana y fue a buscar su equipaje. Cuando se dio la vuelta, vio que João estaba detrás de él con dos camaradas de las mismas dimensiones. Uno de ellos cogió su maleta y lo condujeron al aparcamiento, donde montaron en un coche que los dejó delante de un helicóptero situado a setecientos metros de las pistas principales. Le dieron unos auriculares que no servían de gran cosa, ya que sus acompañantes no eran muy habladores. Afortunadamente, el viaje desde el aeropuerto de Belém hasta su destino final no duró más de una hora. Mirando a través del cristal, Miller vio que el aparato sobrevolaba la jungla amazónica y perdía altitud.

—Ya llegamos, profesor Miller —indicó João.

—¿Dónde estamos?

—¡En el Nordeste!

«Por fin el inicio de un diálogo —se dijo Miller—. Esperemos que la continuación sea más explícita». Cuando el helicóptero aterrizó, el calor intenso y los ruidos de los pájaros le indicaron que la jungla no se hallaba lejos. Un hombre salió a su encuentro. ¡Mostraba una sonrisa cordial y llevaba sotana!

—Bienvenido a Macapá, profesor.

Un coche americano los llevó hasta una gran mansión en la

que se observaba una mezcla singular del estilo burgués británico con el del rancho argentino. Había caballos en un vallado. Vio también a algunos hombres armados. Un pensamiento le pasó por la mente: ¿estaba en manos de un capo de la droga? Pensó, sonriendo con tristeza, que en solo un mes el profesor respetado que era había cometido adulterio homosexual, acompañado de un acto de alta traición. ¿Podía caer aún más bajo? ¿Verse, por ejemplo, involucrado en un asunto de narcotráfico? Lo único que le tranquilizaba era la sotana.

Entraron en un gran salón, donde los esperaban unos refrescos.

—Le pido disculpas por este viaje agotador desde Roma, profesor Miller. ¿Quiere limonada o prefiere algo más fuerte?

—La limonada será suficiente, padre...

—Dom Alberto Pindare de Carvalho, obispo de Río. Pero puede llamarme dom Alberto.

—Entonces es usted quien da las órdenes.

—No ha habido ninguna orden, profesor, simplemente una petición de ayuda.

—Le escucho —dijo Miller.

—Siéntese en ese sillón, está justo en el eje del ventilador. Yo estoy acostumbrado al calor, pero usted es de Chicago, la «ciudad de los vientos».

—Tengo verdadera curiosidad por saber la razón de que me haya hecho venir hasta Macapá —contestó Miller.

Carvalho cogió un pequeño expediente, sujeto con un clip.

—Sabemos, por su amigo Gaetano Torelli, que ha trabajado durante varios meses en el Vaticano, en un proyecto fascinante que lleva el nombre de uno de nuestros más grandes filósofos cristianos.

Como el hombre estaba bien informado, a Miller le pareció inútil andarse con subterfugios.

—No era más que un trabajo teórico, padre. No se fíe de lo que haya podido decirle Gaetano. Tiene cierta tendencia a fantasear, como todos los jóvenes.

—Gaetano Torelli no es un mitómano, profesor. Nos hemos asegurado. ¡Además, es un chico muy guapo!

Desmond sintió que se le encendían las mejillas.

—Por nosotros no hay ningún problema, profesor, ¡somos muy comprensivos! —añadió Carvalho—. ¿Se trata, entonces, de un proyecto de máquina para viajar a través del tiempo?

—Para «viajar» no —le corrigió Miller—. Para explorar el tiempo, y solo el pasado.

—¿Y ha dedicado seis meses a elaborar junto con sus colegas físicos ese proyecto sin construir absolutamente nada?

—Se lo repito —dijo Miller—: nos hemos limitado a examinar la viabilidad de una máquina así.

Carvalho consultó la última página del expediente.

—Le creo, profesor. ¿Y su grupo de investigación ya se ha disuelto?

—Hemos hecho aquello por lo que se nos pagaba. Nuestros trabajos han desembocado en un artefacto factible sobre el papel, pero habría que construirlo para saber si es algo más que un sueño.

—¿Qué quiere hacer el papa con ese extraño objeto? —preguntó dom Alberto.

—Francamente, lo ignoro —respondió Miller—. ¿Quizá regalárselo a los historiadores?

—Conozco a Montini —dijo Carvalho—. Es un hombre brillante, pero también un gran diplomático. Y, como todos los de su ralea, un mentiroso.

—Es posible, pero a mí me da igual. ¿Por qué me ha hecho venir, dom Alberto?

—Para pedirle que construya la máquina para mí.

A Miller no le sorprendió realmente la petición. Desde el principio había contemplado la posibilidad de que le hicieran una proposición de ese tipo.

—Pero... ¡eso es un trabajo colosal!

—Y usted es un coloso en física, ¿no? —replicó Carvalho con una amplia sonrisa—. Le propongo pasar de la teoría a la realidad. Será el primer físico de la historia que ofrezca a la humanidad este nuevo milagro de la ciencia: vencer la barrera del tiempo. Apasionante, ¿no le parece?

—¡El Vaticano me acusará de perjurio!

—No, porque tendrían que explicar por qué querían construir esa máquina. Y la intuición me dice que no lo harán.

—Supongamos que acepto. Le costará muy caro.

—El dinero no es un problema, señor Miller. Y, si la máquina funciona, le pagaré un millón de dólares.

Desmond Miller no daba crédito a sus oídos. Era una cantidad descomunal, pero ¿qué iba a hacer con ella a su edad? Ya tenía todo lo que necesitaba para vivir. Por otro lado, aquel obispo brasileño no le inspiraba confianza. ¡Con todos esos vigilantes armados alrededor de la casa! Sería mucho más prudente declinar la oferta. Y, sin embargo, era curioso, le apetecía aceptar. No obstante, antes debía resolver un misterio.

—¿Qué quiere hacer con esa máquina, dom Alberto?

—Podría contarle las mismas mentiras que Montini, pero no es mi estilo. Le revelaré mis intenciones cuando la máquina esté lista para funcionar —respondió el obispo—, no antes.

—¿Y si rechazo su propuesta?

—Ya se lo dijo João, podrá regresar a su casa.

—¿Con lo que sé?

Carvalho meneó la cabeza con una sonrisa en los labios que no resultaba nada tranquilizadora.

—Ahora que lo pienso, profesor, eso es un problema, en efecto.

«No hay ninguna seguridad de que me libere fácilmente», se dijo el profesor Miller. Pero, una vez más, no era el temor lo que dominaba sus pensamientos.

—¿Me da un momento para pensarlo?

—¡Por supuesto, profesor, por supuesto!

Miller se levantó y fue a contemplar la jungla a través de la cristalera del salón. Las ideas se le agolpaban en la mente. A fin de cuentas, aquella máquina no era ni la bomba A ni la bomba H.

Lo que Carvalho quisiera hacer con ella era cosa suya. Y, sobre todo, el argumento definitivo: «Si rechazo la propuesta, lo lamentaré toda mi vida». Hasta aquel momento, en definitiva, no había sido más que un brillante número dos, el colaborador de Enrico Fermi. La vida por fin le ofrecía la oportunidad de convertirse en un número uno, de construir una máquina destinada a revolucionar la humanidad. Un mes antes, había creído que podría llenar la cotidianidad un poco gris de su vida descubriendo el amor con Gaetano. ¡Fracaso total y absoluto! Sin embargo, esta vez se trataba de pasar a un escalón superior: dejar su nombre en la historia de la física. «Pero no hay que precipitarse —se dijo—. Antes es preciso comprobar si la propuesta del obispo es de verdad seria».

—Quiero una garantía, dom Alberto. Un adelanto de doscientos cincuenta mil dólares.

—Los tendrá. Hemos preparado un contrato. El dinero se transferirá a su cuenta cuando esté firmado. Hoy mismo, si se firma hoy.

—¿Dónde trabajaremos? —preguntó Miller.

Una gran sonrisa iluminó el rostro de Carvalho.

—Aquí. Tendrá sus habitaciones privadas y un equipo entero para ayudarle. ¡Vamos a construirle el mejor laboratorio de Brasil!

46

Tras tres días de cónclave y diez vueltas de escrutinio, el 28 de octubre, en la decimoprimera vuelta, el Sacro Colegio eligió papa a Angelo Giuseppe Roncalli, el patriarca de Venecia. Tenía setenta y seis años y adoptó el nombre de Juan XXIII.

—¿Cree que es una buena noticia para nuestro proyecto? —le preguntó Pellegrino a Montini.

—Todavía no lo sé —respondió el arzobispo.

Se veía a las claras que estaba preocupado.

—Dicen que le gustaría convocar un concilio ecuménico.

—¿Y qué supone eso?

—Pedir a todos los obispos del mundo que envíen una delegación a Roma para hablar sobre el futuro de la Iglesia.

—Es una buena cosa sobre la que hablar —dijo Pellegrino.

—Sí, pero eso nos sitúa muy lejos de nuestro cronovisor. Esperemos, aún no hay nada seguro.

Apenas tres meses después de haber sido elegido, la decisión de Juan XXIII de convocar un concilio estaba tomada. Sería el Concilio Vaticano II. La consigna del papa estaba clara: *aggiornamento*. La actualización de la Iglesia estaba en marcha.

Poco después del anuncio de la noticia, Montini y el padre Ernetti fueron convocados en el palacio pontificio. Llegaron con antelación y esperaron en la sala de audiencias. Juan XXIII hizo su entrada precedido por su cardenal secretario de Estado. Desplegaba una amplia sonrisa bonachona, asombrosamente viva teniendo en cuenta su corpulencia y su edad. Le presentó el anillo a Montini, que lo besó con respeto.

—Monseñor Montini —dijo el nuevo papa—, le comunico que he tomado todas las disposiciones necesarias para que sea nombrado cardenal. En el cónclave de mi elección, todo el mundo se mostró sorprendido por su ausencia. Yo también considero que se trata de una injusticia. Será reparada en el consistorio del 15 de diciembre.

—Se lo agradezco, Santo Padre —contestó Montini inclinándose.

El papa, ayudado por su secretario, tomó asiento en un sillón. Tenía entre las manos un expediente y hojeó las primeras páginas.

—Estamos aquí para hablar del programa Sant' Agostino, iniciado por mi predecesor. ¿De verdad es un proyecto serio?

—Muy serio, Santo Padre —le aseguró Montini—. He seguido el asunto desde el principio y hemos obtenido buenos resultados. Como es natural, interrumpí todas las actividades cuando murió el papa Pío XII. Era preciso informarle a usted y esperar su decisión.

Juan XXIII continuó examinando los informes de Montini.

—He leído con suma atención su informe, monseñor —dijo el papa—. Este asunto es muy desconcertante. ¿De verdad cree que podrá generar películas de los tiempos evangélicos?

—Confiamos en ello, Santo Padre.

—Pero... ¿qué aportará eso a los cristianos?

Montini se quedó asombrado. Se esperaba cualquier cosa menos esa pregunta.

—Pues... pensábamos, Su Santidad Pío XII y yo, que el descubrimiento del verdadero rostro de Nuestro Señor reavivaría la fe cristiana, que está bastante necesitada de ello. Esto obra en su favor, Santo Padre. Los tiempos han cambiado. En la época del cine y la televisión, los escritos ya no bastan, hacen falta imágenes.

—En lo que a mí respecta, Jesús está en mi corazón. No necesito imágenes. —El papa se volvió hacia Pellegrino y le preguntó—: Y a usted, padre Ernetti, ¿qué le parece?

—Yo soy un investigador, Santo Padre. Tengo mucha curiosidad por ver cómo era la Judea de los tiempos de Jesús de Nazaret.

—Cuidado con la curiosidad, padre Ernetti —dijo Juan XXIII—. El Diablo la utiliza en ocasiones para atraernos a su terreno.

Montini, cada vez más inquieto, insistió:

—¿Cuál es su decisión, Santo Padre?

—De momento, dejar a un lado este proyecto. —Al ver la cara de decepción de sus dos interlocutores, añadió—: He dicho «dejarlo a un lado», no «abandonarlo». Hay que hacer una pausa. Ahora, lo urgente es el *aggiornamento*. Reformar la Iglesia, acompasarla a la evolución de las costumbres y las ciencias. El fervor místico que podría provocar su experimento sin duda será útil, pero más adelante.

—Entendido, Santo Padre —respondió Montini.

—Pero eso no significa que vayan a permanecer ni uno ni otro inactivos. —Se dirigió primero a Montini—. Monseñor, desearía que preparase el desarrollo del concilio. Voy a nombrar diez comisiones, una por tema, así como una comisión central para coordinar sus trabajos. Usted supervisará todo eso.

—Le agradezco su confianza, Santo Padre —contestó Montini.

—En cuanto a usted —prosiguió el papa volviéndose hacia Pellegrino—, seguirá el concilio como teólogo experto.

—Gracias, Santo Padre —dijo Pellegrino.

Ya en la plaza de San Pedro, durante un rato los dos hombres guardaron silencio, cada uno perdido en sus propios pensamientos. Pellegrino fue el primero en hablar.

—¿Está decepcionado, monseñor?

—No del todo —respondió Montini—. Me esperaba una decisión de este tipo. ¿Y usted?

—Un poco. Habíamos avanzado mucho. Pero son órdenes del papa.

Se produjo otro silencio, como si Montini dudara sobre lo quería decir. Finalmente, se decidió.

—¡Padre Ernetti, vamos a desobedecer!

Se detuvieron. Pellegrino no salía de su asombro.

—¿Usted, un arzobispo, me pide que desobedezca al papa?

—Por el bien de la cristiandad, únicamente por eso —replicó Montini—. Creo que el papa se equivoca. Va a reformar la Iglesia, pero eso nunca será suficiente. La gente siempre pedirá más, será imposible detenerla. Querrán abortar libremente, abolir el sacramento del matrimonio, hacer que sus bebés nazcan en probetas, suprimir el celibato de los sacerdotes. La Iglesia estará siempre en una posición delicada porque nunca hará lo suficiente. Mientras tanto la fe desaparecerá y el materialismo triunfará.

Pellegrino asintió.

—El anciano cura de mi parroquia decía que la fe es como una flor que hay que regar todos los días, de lo contrario, se muere.

—Exacto. Padre Ernetti, voy a decirle lo que pienso en mi fuero interno: Juan XXIII es un papa de paso, no vivirá mucho tiempo. Lo importante es quién le sucederá.

—Ahí radica el problema —dijo Pellegrino—. ¿Quién podría sucederle?

—En esto también seré directo. Voy a ser nombrado cardenal. Aunque no esté familiarizado con la curia romana, usted sabe que, en esas condiciones, tengo muchas posibilidades. Y pienso incrementarlas durante el concilio.

«¿Montini, papa? —se dijo Pellegrino—. Sin duda eso facilitaría mucho las cosas».

—Entonces ¿continuamos?

—Continuamos. El arzobispado de Milán le proporcionará los fondos que necesite. Seguirá usted los trabajos del concilio, pero también irá a Venecia con el pretexto de proseguir con sus clases y ejercer la función de exorcista.

—Entendido, monseñor.

¿Eran la autoridad y el aplomo de Montini lo que lo incitaba a desobedecer al papa o el hecho de que el cronovisor se hubiera convertido en su criatura? Lo único de lo que Pellegrino estaba seguro era de que abandonarlo a esas alturas le partiría el alma.

47

Habían quedado en las afueras de Jerusalén, en la sala trasera de un pequeño bar. Natasha entró y fue directa hacia Yoni y Thierry, que ya habían extendido varios documentos encima de la mesa.

—¿No ha venido? —preguntó Natasha ansiosa.

—Dijimos a las cuatro —respondió Yoni.

—¡Son las cuatro!

—Dale tiempo, Nat. Ya sabes los atascos que se forman en Jerusalén.

Natasha besó a Thierry.

—Gracias por haberte unido a nosotros —dijo.

—La situación en el Rockefeller se ha vuelto insoportable —contestó Thierry.

—¡Vamos a hacer que se muevan, no lo dudes!

—¡Ah, aquí está! —exclamó Yoni.

Michael Kershaw era estadounidense y daba clases de historia de la religión en una universidad de Nebraska. Además, era uno de los principales redactores de *Bible Archaeology*, la revista americana especializada en las investigaciones arqueológicas en Tierra Santa, y muy leída en la América religiosa y en el mundo.

—Me alegro de verle, Michael —dijo Yoni—. ¿Ha llegado esta mañana?

—Hacia las once. Me he comido un sándwich en el aeropuerto y he venido en taxi hasta Jerusalén.

—Gracias por habernos respondido.

Kershaw se dirigió a Natasha.

—¿Fue usted, Natasha, quien nos envió el correo?

—Sí, fui yo.

—Pues debo decirle que emocionó a toda la redacción.

—Sacó un magnetófono de la maleta—. ¿Puedo grabar la conversación?

—Adelante, hay un enchufe junto a la barra.

—No hace falta, es un Nagra que funciona con pilas.

Puso el aparato sobre la mesa y colocó el micro sobre un trípode.

—¿Como en la radio? —preguntó Yoni.

—Lo que van a contarme hasta ahora no lo ha dicho nadie, ni en la radio ni en ninguna parte. ¿Empezamos?

—Cuando quiera.

—Buenas tardes. Estamos en un pequeño bar de Jerusalén. Son ustedes tres, uno epigrafista, es decir, especialista en escrituras antiguas, y los otros dos arqueólogos profesionales. Los tres han deseado mantener el anonimato. Trabajan en la traducción de los manuscritos del mar Muerto o en las excavaciones de Qumrán. Han decidido denunciar públicamente lo que consideran una manipulación de la verdad, cometida por las personas que supervisan el conjunto de estos trabajos. Es verdad que, desde hace unos años, aparecen cada vez menos traducciones. ¿Son tan complicadas como se empeñan en decir?

Fue Thierry quien abrió fuego.

—La reconstrucción de los manuscritos es una tarea larga y pesada, eso es un hecho. Pero las dificultades prácticas son una cosa, y retener información es otra muy distinta.

—Eso es una acusación grave. ¿Quiere decir que se nos oculta una parte de la verdad?

Natasha tomó la palabra para continuar:

—¡Sí, y que se hace de manera deliberada! Se han traducido muchos manuscritos que, por el momento, está prohibido publicar. Queremos denunciar estas prácticas, de otra época.

—¿Puede decirnos de qué manuscritos se trata?

—Exclusivamente manuscritos denominados «sectarios» —prosiguió Natasha—, los que fueron redactados por la secta de los esenios. Se refieren a sus creencias, sus rituales, su visión de la Historia. Y se aproximan tanto, en el espíritu y en la letra, a las creencias cristianas que podrían conducirnos a revisar de cabo a rabo la historia del nacimiento del cristianismo.

—Aun así —objetó Kershaw—, ¿se puede hablar, como hacen ustedes, de «censura»?

—Cuando alguien está en posesión de una verdad científica y se niega a hacerla pública, yo creo que sí, que se puede hablar de censura —dijo Yoni.

—¿Quiénes son los censores? ¿El padre De Meaux?

—El padre De Meaux desempeña su papel —contestó Yoni—, pero los que han tomado la decisión de ocultar ciertas verdades están por encima de él en la jerarquía católica.

—Hablemos claro: según ustedes, ¿están en el Vaticano? —sugirió el periodista.

—Estaban en el Vaticano en tiempos de Pío XII —precisó Thierry—. Es posible que la llegada del nuevo papa cambie las cosas en el mundo católico. Si hemos decidido hacer público este escándalo es para incitar al Santo Padre a que rectifique rápidamente una situación que se ha hecho insoportable.

—Póngame ejemplos de información que ustedes califican de «censurada».

Natasha sacó a relucir el manuscrito de Dayub que hablaba, más de cien años antes de Jesucristo, de la bienaventuranza de los «pobres de espíritu». Thierry citó el documento esenio que anunciaba la llegada de un mesías presentado como el «hijo de Dios». Yoni insistió en el bautismo del agua, practicado en Qumrán a gran escala.

—Es desconcertante, desde luego —admitió el periodista—. ¿Y nadie está autorizado a hablar de esos textos?

—Nadie. El que desobedece es despedido del museo Rockefeller —dijo Natasha.

—De todas formas, habría que hacer un peritaje de comprobación. ¿Tienen fotografías de esos manuscritos?

—Sí —respondió Thierry—, pero están guardadas en una caja fuerte, y el único que sabe la combinación es Hubert de Meaux.

Yoni le tendió una serie de notas.

—Le he traído una transcripción fiel de los textos en hebreo, con la traducción al inglés.

Kershaw los rechazó con aire contrariado.

—Con eso no podré hacer nada. Sus detractores dirán que han entendido mal esos documentos o han hecho una interpretación errónea. Harían falta fotos. ¿Y si...?

—¿Qué?

—Si les consiguiera una cámara pequeña, discreta, ¿podrían hacer unas fotos?

Se produjo un silencio incómodo.

—No somos espías, señor Kershaw —dijo Thierry.

Todo el mundo se echó a reír para distender el ambiente. Luego Natasha le enseñó un texto escrito a máquina.

—Estamos preparando un manifiesto para que lo firmen todos los investigadores que trabajan en los manuscritos, a fin de denunciar el control del Vaticano. Se lo enviaremos cuando nuestros colegas lo hayan firmado.

Desgraciadamente nadie firmó. Ningún investigador del museo Rockefeller quiso apoyar un texto que les parecía desmesurado. En cuanto al artículo de *Bible Archaeology*, fue redactado..., pero lo mantuvieron en espera. El jefe de redacción, pese a su reputación de ser de mentalidad abierta, encontraba las acusaciones exageradas y carentes de pruebas. Prefería aguardar a que los cambios que estaban en marcha en el Vaticano produjeran sus efectos y las traducciones tan esperadas se publicaran. Aquello acentuó la sensación de impotencia de Natasha.

48

Lo devoraban. Los insectos lo devoraban. Se embadurnaba la cara y los brazos de cremas repulsivas, pero todo era inútil. ¿Quién habría reconocido al distinguido profesor Desmond Miller, del Instituto de Investigaciones Nucleares de Chicago, en aquel hombre sin afeitar, sudoroso, vestido con pantalones cortos y una camisa arrugada? Pero ¿cómo vestirse de otro modo con aquella humedad insoportable? Evidentemente, el laboratorio subterráneo que Carvalho había puesto a su disposición en Macapá estaba equipado con un potente sistema de aire acondicionado, pero estaba ajustado en función de las máquinas. Para entrar, Miller tenía que ponerse unos pantalones de lana y una chaqueta con forro de piel. Para salir, recuperaba los pantalones cortos y la camisa ligera, ¡un vaivén excelente para la salud!

Había informado a su esposa, Anna, de que el Gobierno americano le exigía una colaboración de varios meses en aquel proyecto de un arma nueva en una base secreta de Montana. Podía escribirle. Su correo iba dirigido a un contacto en Estados Unidos que lo enviaba a Chicago para despistar. Cuando le dio su primera carta a Joaquim, le sorprendió ver que el responsable de los vigilantes la abría y la leía.

—¿Lee usted mi correspondencia, *senhor*? —preguntó Miller.

—Es una orden de dom Alberto —respondió Joaquim—.

Nuestro proyecto debe ser secreto. Debo comprobar que no comete ninguna imprudencia.

Miller se puso a trabajar. Para empezar, había que reconstruir el corpus teórico al que había llegado el grupo de investigación. Solo podía recurrir a sus notas y a su memoria. Para la mayoría de la gente, sería insuficiente. Pero Desmond Miller era un gran físico, un auténtico primero de la clase. En su terreno, pocos podían jactarse de poseer un dominio tan perfecto de los *mind maps*, esos mapas mentales adecuados para resumir un razonamiento complejo en un dibujo arborescente de múltiples ramas.

Para su gran sorpresa, Carvalho le envió rápidamente un colaborador. Un italiano reclutado en el CERN, la Organización Europea para la Investigación Nuclear. Se llamaba Tomaso Castaldi y hablaba inglés con fluidez.

—Me siento muy honrado de conocerle, profesor Miller —dijo el joven físico.

—¿Le ha contado Carvalho lo que hacemos aquí? —preguntó Miller.

—Sí. La idea me parece un poco… extraña. Pero, como se trataba de usted y el contrato era muy generoso, he aceptado sin discutir.

—Hábleme de su formación —pidió el profesor—. Parece muy joven.

Castaldi había estudiado física en la Universidad de Padua y al terminar presentó su currículo en el CERN en el momento de su creación. Había trabajado allí cinco años.

—¿Es un buen conocedor de la física cuántica?

—No tengo alma de teórico, profesor. En el CERN, me dedicaba a la detección de partículas en una cámara de burbujas. Creo que soy un buen ingeniero, eso sí.

Desmond tenía la sensación de encontrarse frente a uno de sus alumnos. Al primer golpe de vista, los clasificaba en tres categorías que iban en sentido descendente: «Nivel Enrico Fermi» arriba de todo, «Nivel Desmond Miller» justo debajo, «Nivel profesor de física y química de instituto» en la parte más baja. Tomaso Castaldi pertenecía a todas luces a la tercera categoría. Pero se las apañaría con él.

—Antes de empezar a hacer nada, necesitamos reconstruir la teoría que permite que esta máquina exista. Son nociones difíciles, Tomaso, que provienen en parte de Majorana y en parte de los investigadores que trabajamos en el proyecto Sant' Agostino. Si tengo que hacerlo solo, tardaré meses. Entre los dos, iremos más rápido. Y Carvalho tiene prisa.

Tendió a Castaldi una parte de sus notas para que se encargara de transformarlas en elementos utilizables. El joven pareció inquieto.

—Quizá encuentre todo esto un poco difícil, pero, si es ingenioso, se orientará e irá avanzando.

Por desgracia, Tomaso Castaldi no era ingenioso. Miller se percató enseguida al descubrir montones de errores en su trabajo. Era inútil insistir. No le dijo nada a él, pero informó a Joaquim, quien lo puso en comunicación telefónica con Carvalho.

—Profesor —dijo la voz del obispo—, me he enterado de que Castaldi no es adecuado.

—Está lleno de buenas intenciones, padre, pero no tiene el nivel necesario. Con él perderé más tiempo que si trabajo solo.

Se produjo un silencio.

—La culpa es mía —reconoció el obispo—, elegí mal. Voy a buscarle a otro. ¿Puede pasarme a Joaquim?

Intercambiaron algunas frases en brasileño en voz baja. Luego Joaquim colgó.

Al caer la noche, Joaquim volvió al laboratorio. Se inclinó y dijo al oído a Desmond Miller:

—Profesor, su nuevo colaborador, Manfred Ehrlich, estará en Macapá el próximo viernes. El padre Carvalho le asegura que esta vez ha elegido a una persona muy valiosa.

—Fantástico, ha sido rápido. ¿Van a enviar a Tomaso Castaldi de vuelta a Italia?

Joaquim esbozó una sonrisa fatalista.

—¿Con lo que sabe?

Desmond tuvo un mal presentimiento.

—Ya, pero, bueno…, no irán a retenerlo aquí toda la vida…

—No sé qué decirle… Algunas vidas son cortas.

Hicieron salir a Castaldi con ellos. Miller sintió que se sumía de nuevo en una pesadilla. Subió la escalera y salió del laboratorio. La oscuridad era total. Solo se oía el concierto interminable y cargante de los animales salvajes.

De pronto se oyeron gritos en italiano. Era la voz de Tomaso Castaldi. Unas siluetas se agitaron entre la maleza. Sonaron dos disparos, seguidos de un silencio denso. Unas voces susurraron en brasileño. Miller sintió un escalofrío en la espalda. Acababa de cobrar consciencia de que de Macapá no se salía vivo.

49

Como prefería no atraer la atención, Montini había pedido al padre Ernetti que no reanudara inmediatamente el trabajo sobre el cronovisor. Así pues, Pellegrino volvió a impartir sus clases de músicas antiguas en la Fundación Cini de Venecia. Aunque tenía pocos alumnos, para él era un auténtico placer reflexionar con ellos sobre las armonías y sonoridades de los babilonios o los antiguos persas. En cuanto a la función de exorcista, solo le ocupaba unas horas al mes. Los trastornos a los que se enfrentaba podrían muy bien haber sido tratados por un psiquiatra, incluso principiante. Sin embargo, los campesinos que pedían su ayuda solo creían en las virtudes curativas de la fe. De modo que siguió el juego, rociando al enfermo o la enferma con agua bendita y dando a sus allegados consejos de comportamiento útiles, acompañados de una serie de oraciones. En general, era suficiente.

El comienzo del Concilio Vaticano II reclamó su presencia en Roma. La ceremonia de apertura fue grandiosa. Dos mil cuatrocientos padres conciliares, tocados con mitras blancas, atravesaron la plaza de San Pedro y entraron en la basílica. Llegaban del mundo entero, cada uno con su lengua y su cultura. Mientras que Montini trajinaba entre bastidores, desplegando toda la habilidad política de que era capaz, el padre Ernetti se contentó con el papel de observador. A las nueve y media en punto, el papa Juan XXIII, tocado con la tiara, hizo su entrada solemne y pronunció un discurso inaugural que duró siete horas. El pobre hombre, al que le costaba permanecer de pie, terminó su alocución completamente exhausto.

Al día siguiente, mientras la asamblea se preparaba para iniciar los debates, se produjo un golpe de efecto. Varios obispos se opusieron al «menú» que las comisiones preparatorias habían preparado de manera minuciosa para el concilio. Los más ruidosos se hallaban en la delegación brasileña, y el más provocador de todos fue, por supuesto, dom Alberto Carvalho, el obispo de Río.

—¡Padres —dijo dirigiéndose a los asistentes—, no podemos aceptar este concilio elaborado de antemano! ¡Se han definido los temas sin consultarnos, y los miembros de las comisiones han sido designados previamente!

Para sorpresa general, fue muy aplaudido. La mayoría de los participantes exigió un aplazamiento del concilio a fin de que se volviera a discutir sobre los temas de los debates. Desde su tribuna, Pellegrino veía que Montini hervía de ira. El papa tomó nota de estas demandas. Aquella primera sesión del concilio duró menos de una hora.

Al salir, el obispo de Río fue directo hacia Montini, que bajaba las escaleras en compañía del padre Ernetti.

—Esta mañana no nos hemos saludado.

—Una vez más, Alberto, has armado un buen desbarajuste en la reunión.

Algunos prelados se congregaron alrededor de los dos viejos amigos.

—Era un desbarajuste merecido —replicó Carvalho lo bastante fuerte para que todo el mundo pudiera oírlo—. Monseñor, ¿cómo pueden hablar de *aggiornamento*, si continúan utilizando las mismas artimañas que en el pasado? ¡La democracia es buena para todo el mundo, incluso para la Iglesia!

—No cambiarás nunca —dijo Montini—. Venga, padre Ernetti.

Ese nombre atrajo la atención de Carvalho, que se dirigió entonces a Pellegrino.

—¿Es usted el padre Pellegrino Ernetti?

—Sí.

—No nos conocemos —dijo Carvalho—, pero he oído hablar mucho de usted, padre Ernetti. Me han dicho que es un excelente musicólogo, un físico brillante y un ingeniero hábil. ¡Son muchas cualidades para un solo hombre!

Pellegrino, desconcertado, se dio cuenta de que Montini perdía la paciencia.

—Perdónanos, Alberto, pero tenemos que hablar.

—Claro, claro. Volveremos a vernos dentro de una semana, hará falta como mínimo ese tiempo para que este concilio se ponga en marcha —replicó el brasileño con una sonrisa.

Montini se alejó con Pellegrino.

—¡Huya de ese hombre como de la peste! ¡Es capaz de todo!

—¿Cree que está al corriente de nuestros proyectos?

—Con él todo es posible.

Aquel encuentro con Carvalho acababa de sonar como una alerta para Montini.

—Creo que hemos esperado suficiente, padre Ernetti. Es imprescindible reanudar el trabajo con la máquina. ¿Hasta dónde le permite llegar el sistema de interferometría?

—Quizá un millar de años, pero habría que hacer el experimento. En cuanto a la fecha, estaba pensando en el 15 de julio de 1099, cuando los cruzados entraron en Jerusalén.

—¡Un día terrible!

—Se han contado tantas cosas sobre ese día, monseñor, que me gustaría saber a qué atenerme.

—Me temo que los ejércitos de Cristo actuaron con brutalidad —dijo Montini—. Pero siga adelante e infórmeme.

Esa misma noche, Pellegrino tomó el tren para ir a Venecia. Necesitó varios días para conectar un nuevo colector al sistema general. Después programó la máquina con la fecha del ataque de los cruzados. Había situado el ángulo de visión sobre el monte Sion, al sudoeste de la ciudad. La pantalla mostró la ciudad de David iluminada por el sol del verano. Había logrado establecer una especie de «directo», como en la televisión, con un pasado de ocho siglos y medio atrás. Manipuló la palanca de piloto para seguir el acontecimiento desde arriba, pero con todo detalle.

Fue horrible.

Tres armas de asedio fueron arrastradas y apoyadas contra los muros de protección, hasta cuya cima llegaban. Poco a poco, las torres se llenaron de soldados. De pronto una línea de fuego hendió el aire y penetró en una torre de los asaltantes. Era fuego griego, el antepasado de los lanzallamas. La torre estaba ardiendo, los soldados intentaban salvar su vida saltando al suelo. Algunos ya no se levantaban.

Los sitiados dispararon más fuego griego contra una segunda torre, que también se incendió. Pellegrino se preguntó cómo podía ser un éxito, en esas condiciones, el sitio de Jerusalén. Manipulando las ruedas dentadas, avanzó unas horas. Vio entonces que la tercera torre estaba cubierta con pieles de animales que la protegían de las llamas. Desde la cima, algunos cruzados audaces lograron lanzar una pasarela hacia el camino de ronda. A partir de ahí, fue una avalancha.

Otros soldados saltaron a las murallas y comenzaron a ensartar a los defensores con sus enormes espadas. Pellegrino observaba con espanto la sangre que manaba a borbotones y el ensañamiento de los cruzados. Las películas del estilo Cecil B. DeMille estaban a cien leguas de la realidad.

Avanzó unas horas más. Cientos de cruzados y de peregrinos armados, vestidos con una simple túnica, se dispersaban por la ciudad, mataban a hombres, mujeres y niños, musulmanes, judíos e incluso cristianos. Empuñando espadas cortas, atravesaban con ellas a cuantos encontraban a su paso, sin distinción de edad ni de rango. Las cabezas, separadas de los cuerpos, se amontonaban. No se podía avanzar por las calles más que pasando por encima de pilas de cadáveres. Aquello se prolongó durante horas. El padre Ernetti, aterrorizado, miraba la pantalla sin poder apartar los ojos de aquel espectáculo de seres humanos convertidos en animales. No, ni siquiera los animales más feroces se comportaban así.

De repente se hizo la calma. Los cruzados depusieron las armas, se quitaron las cotas de mallas y se descalzaron. Con el corazón lleno de humildad y contrición, se impusieron el deber de rezar al Señor Jesucristo y glorificar a Dios.

Pellegrino no pudo soportarlo más tiempo. Apagó el cronovisor.

50

En Macapá, gracias a la colaboración sumamente eficaz del alemán Manfred Ehrlich, el trabajo con la máquina había avanzado. Es preciso decir que Carvalho les había asignado cuatro colaboradores, simples ingenieros brasileños. Estos últimos no sabían lo que construían, pero la mano de hierro de Ehrlich, convertido en asistente del profesor Miller, los llevaba en la buena dirección. La «máquina de Majorana», como ellos la llamaban, tenía el aspecto de una gran esfera que descansaba sobre un cubo. Carvalho fue a comprobar los progresos efectuados. Dijera lo que dijese —y pese a su excelente salud—, aquellos frecuentes viajes entre Italia y Brasil lo dejaban agotado. Aquel día estaba particularmente cansado y, por lo tanto, irascible.

—¿Cuánto tiempo falta para una primera prueba, profesor?

—Una semana, quizá menos.

—Redúzcalo a tres o cuatro días, por favor, debo regresar al concilio.

—Haré lo posible, pero no será más que una prueba. Necesitaremos varios meses más para acabar la máquina.

—Una prueba exitosa es la promesa de una ejecución lograda —dijo Carvalho.

—Si la prueba es positiva, dom Alberto, me gustaría mucho ir unos días a Chicago para ver a mi esposa.

—Más adelante, profesor. ¿No está bien con nosotros?

—Sí, pero mi mujer...

Dom Alberto ya no escuchaba.

Como quería acabar, Miller trabajó sin descanso. Tres días después, la máquina estaba lista para una primera prueba.

—¿Conecto? —preguntó Manfred Ehrlich.

—Adelante, sí.

Ehrlich enchufó el cable de alimentación y pulsó el gran botón de puesta en marcha. La máquina se iluminó de forma tenue y dejó oír un ronroneo, el que emitían los grandes ventiladores que facilitaban la salida del aire caliente de la carcasa. Miller accionó entonces el sistema de visualización. Al cabo de unos segundos, la imagen mostró al pequeño grupo reunido en el laboratorio, visto desde arriba y en blanco y negro. Hubo una exclamación general de admiración y aplausos.

—Por lo menos se ve algo —dijo Desmond Miller—. Le recuerdo, dom Alberto, que no se trata de una simple imagen de televisión. No hay una cámara colgada de la pared. El cronovisor no capta fotones, sino los neutrinos remanentes reenviados por los objetos. Usted, yo, nosotros, la máquina, las paredes del laboratorio.

—Entiendo —dijo Carvalho—. Capta los neutrinos de hoy. Pero ¿y los del pasado?

—Eso vamos a verlo ahora —respondió Miller—. Hace tres días, a las nueve de la mañana en punto —prosiguió, señalando una mesa vacía—, pusimos encima de esta mesa un despertador de buen tamaño y un calendario abierto por la página de la fecha de anteayer. Luego los retiramos. Voy a pedirle a Manfred que programe un retroceso de doscientos sesenta mil segundos en el tiempo y veremos si nuestros objetos acuden a la cita.

—Muy bien, adelante. —Carvalho se cruzó de brazos.

En medio de un silencio denso, Ehrlich llevó a cabo los ajustes solicitados y encendió la máquina.

Nada.

—¡Vaya! —exclamó sorprendido Manfred.

Volvió a poner en marcha la máquina.

Seguía apareciendo la misma imagen del pequeño grupo esperando el milagro.

—¿Algún problema, Manfred? —preguntó Desmond, inquieto.

—Ninguno que yo vea, profesor. Todo funciona a la perfección.

—¡Todo va bien, salvo que esto falla! —repuso Carvalho, exasperado.

—Los físicos llamamos a esto el «efecto visitante» —dijo Miller intentando torpemente bromear—. Justo cuando le hacemos una demostración al que financia, todo se tuerce.

—No estoy de humor para bromas, profesor Miller —repuso Carvalho en tono amenazador—. ¿Qué piensa hacer ahora?

—Invertir unas horas en comprobarlo todo.

Los dos científicos llevaron a cabo la revisión y llegaron a la conclusión de que todo estaba bien…, ¡salvo que la máquina seguía sin funcionar como supuestamente debía! Carvalho fue al laboratorio por cuarta vez aquel día. Parecía a punto de explotar.

—¿Y bien, profesor?

—No es un problema técnico —le contestó Miller—. El sistema ha sido bloqueado de forma deliberada por un «candado» electrónico programado en la máquina. Es eso lo que impide que funcione.

—¿Una especie de código secreto?

—Exacto.

—Muy propio de Montini —dijo Carvalho—. Yo en su lugar habría hecho lo mismo. ¿Cómo se puede desbloquear la máquina?

—Sin el código es imposible. Tengo una idea…

—Le escucho.

—El padre Pellegrino Ernetti. Aparte de Montini, es la única persona que podría saber el código —añadió Miller—. Era el polo de síntesis de nuestro equipo.

—¡Claro, Ernetti! —exclamó Carvalho—. ¿Cómo no se me había ocurrido?

—Si tengo razón —dijo Miller—, habrá que convencerlo.

—¡Eso, profesor Miller, déjelo de mi cuenta!

51

En aquel momento, todo la ponía nerviosa. Hasta Dov. El chico le había propuesto que fuera a vivir con él al Néguev, pero Natasha le dijo que no. ¿Qué iba a hacer ella en ese rincón perdido? Él, con el falso fatalismo característico de muchos israelíes, no había insistido. O quizá es que no tenía ganas de tomarse las cosas en serio. A Natasha seguía gustándole pasar con él los fines de semana, pero también se alegraba cuando Dov se iba con la mochila a coger el autobús para Beerseba.

Un domingo, después de que se marchara, tuvo otro bajón. ¿Qué iba a hacer con su vida? Todo acababa siendo inútil. Su «minigolpe de Estado» se había saldado con un fracaso. Ni siquiera le había llegado ningún eco al padre De Meaux, pese a que tenía el oído fino. Sus excavaciones en Qasr el Yahud, donde no aparecía ningún rastro de Juan el Bautista, eran una pérdida de tiempo. Y, como guinda del pastel, Yoni le contó por teléfono que Thierry, que formaba parte de su trío de «rebeldes», acababa de aceptar un puesto de asistente en la Universidad de Haifa que le habían ofrecido gracias a la intervención del padre De Meaux.

—Las treinta monedas de Judas —había dicho ella con amargura.

—No hables así, Nat. De Meaux también te ha ayudado a ti.

—Pero yo continúo luchando. Estoy segura de que Thierry ha vuelto al redil o va a hacerlo. No olvides que es dominico.

Se sentía más sola que nunca. Y la soledad, lo sabía, no era buena para su equilibrio mental. Sasha, que coordinaba el trabajo de los arqueólogos, se dio cuenta. Le sugirió que se tomara unos días de descanso. Ella se negó, no quería volver a Jerusalén. No en ese momento.

Una noche, en Qumrán, Sasha invitó a un geólogo de la universidad a dar una conferencia improvisada sobre el tema «Qumrán y los seísmos». El geólogo había explorado a fondo la región. Para apoyar sus tesis, dispuso sobre una mesa una serie de muestras de rocas, así como planos del terreno.

—En mi opinión —dijo—, los esenios llegaron a un emplazamiento que sin duda había sido destruido por un terremoto. Aquí son frecuentes.

—¿En qué fecha llegaron? —preguntó un arqueólogo.

—En el año 134 antes de la era común. El seísmo que se había producido el año anterior acabó con todos los habitantes del emplazamiento, sin duda una tribu del desierto. Los esenios, la mayoría de los cuales vinieron de Jerusalén, levantaron de nuevo algunos edificios y construyeron los que conocemos, en cuyo interior confeccionaron los manuscritos. Y la idea que yo...

Indeciso, miró a Sasha.

—Nuestro amigo —dijo Sasha— tiene que haceros una pequeña revelación basada en las muestras tomadas sobre el terreno.

—Yo creo que la comunidad de los esenios fue destruida por otro terremoto en el año 31 antes de nuestra era. Todo el mundo se marchó.

Natasha saltó de inmediato.

—¡Un momento! ¿Quiere decir que en la época de Jesucristo ya no había nadie aquí?

—Así es, creo que el emplazamiento fue abandonado después de ese seísmo. Y que ha permanecido en ese estado hasta nuestra época.

—¿Cómo puede decir una cosa semejante? —insistió ella, irritada.

—Natasha —intervino Sasha—, es una hipótesis, no una certeza. Además, ¿en qué cambiaría eso nuestro trabajo sobre la comunidad?

—¡En todo! ¡Lo cambiaría en todo, por supuesto! —Natasha preguntó directamente al geólogo—: ¿Qué formación tiene?

El geólogo, sorprendido por aquella pregunta, detalló su carrera universitaria, que era muy sólida.

—Lo preguntaré de otro modo: ¿quién le paga para afirmar semejantes estupideces?

Esta vez Sasha se sintió obligado a detenerla.

—Natasha, te prohíbo...

Ella volvió el rostro. Temblaba de rabia.

—Perdone el incidente —le dijo Sasha al geólogo—, nuestra joven amiga está acusando el cansancio. El trabajo aquí es agotador.

—No pasa nada —contestó el investigador—. Señorita, lo repito, no estoy seguro.

Natasha se alejó sin contestar.

Al día siguiente fue a disculparse ante Sasha.

—No sé qué me pasó. Tuve la sensación de que se cuestionaba todo nuestro trabajo.

—Natasha —dijo Sasha—, si le comento este incidente al padre De Meaux, puedes olvidarte de tu puesto aquí.

—Lo sé.

—Así que no le diré nada. Pero te ordeno que te tomes diez días de descanso.

—De acuerdo, Sasha.

Se preparó para marcharse.

—¡Espera! Tanto tiempo trabajando con mis arqueólogos me ha permitido conocerlos a fondo. Y sé que últimamente tú no estás bien.

—¡No, no, es cansancio!

—Tengo buen ojo, Natasha. Como soy sacerdote, te propondría que te confesaras, pero...

—Los judíos no se confiesan, Sasha.

—¡No, pero han inventado el psicoanálisis! Toma...

Le tendió una hoja de libreta en la que había escrito un nombre y un número de teléfono.

—Es un viejo amigo mío, era psicólogo en el ejército y ahora ejerce por su cuenta. Ve a verlo, podría ayudarte.

Ella pareció desconcertada.

—¿Un psiquiatra?

—No, un amigo. Me prestó mucho apoyo hace tres años, cuando tuve un serio bajón. Da buenos consejos. Prométeme que lo llamarás.

—De acuerdo, Sasha. ¿Nos vemos dentro de diez días?

—Sobre todo, descansa.

—Doctor, ¿puedo hablarle con franqueza?

—Está aquí para eso.

—¿Estoy yo loca o es la situación la que no es normal?

Natasha le había contado sus decepciones. El médico le respondió con su voz reposada, apenas audible:

—Creo que su trabajo como arqueóloga se ha convertido en... una cuestión personal. Ocupa demasiado espacio en su vida.

—No se lo voy a negar.

—Mis conocimientos sobre su especialidad son nulos, pero tengo la sensación de que su hipótesis sobre el papel de los esenios en la aparición del cristianismo está adquiriendo la forma de una verdadera obsesión. Todos los que no piensan como usted son o bien enemigos que conspiran contra la verdad o bien traidores o cobardes, dispuestos a unirse a sus adversarios.

—Incluso los paranoicos pueden tener enemigos reales, doctor —repuso Natasha riendo.

Él sonrió.

—¡Ese comentario irónico ya me lo han hecho más de una vez! Pero le repito que yo no discuto la validez de sus tesis; si me apura, me trae sin cuidado. Simplemente pienso que, si se deja dominar por una obsesión, si se vuelve monomaniaca, no avanzará ni en su trabajo ni en su vida personal. Y eso es lo que está sucediéndole en este momento.

—¿Y cuál es la conclusión?

—Si continúa así, tendrá cada vez más enemigos, lo que no contribuirá a subirle la moral. Debe equilibrar sin falta esa pasión devoradora por lo que se ha convertido su investigación con otros polos de interés.

—Por ejemplo...

—Si fuera otra persona, le sugeriría un marido, hijos, una casa.

Ella se echó a reír.

—No es exactamente mi estilo.

—¡Ya me había dado cuenta! Así que olvídese durante un tiempo de los esenios, lea novelas, haga deporte, salga con gente, lo que sea, pero ocúpese de otras cosas. En su caso, es vital.

—Vale, doctor, voy a intentarlo. Entonces ¿no va a internarme?

—¡Si internara por tan poca cosa, tendría que encerrar a la mitad de Israel!

Muy bien, pero ¿cómo «equilibrar», como decía él? ¿Adaptar su tesis para convertirla en un libro? No, seguiría dentro del marco de sus obsesiones. Además, sentarse a una mesa para escribir durante semanas la echaba para atrás. Necesitaba moverse. Pasó por el museo para ver a sus amigos. Empezó buscando a Yoni, pero le dijeron que se había reunido con Thierry en la Universidad de Haifa. Se sintió desanimada. Todas las personas con las que tenía confianza se habían ido. Hojeando su libreta de direcciones, encontró el teléfono de un amigo oficial, el coronel Yaïr Regev, el responsable de su formación en el Ejército. Regev tenía una rara cualidad: sabía escuchar como un amigo, y ella necesitaba sincerarse con alguien. Quedaron en la terraza de un bar de Jerusalén.

—Cuando un soldado pierde la confianza en sí mismo, se convierte en un blanco fácil —dijo—. En este momento necesitas implicarte en otros proyectos. —Escribió un número de teléfono en un papel—. Se llama Zvi Eizer. Llámalo de mi parte. Ve a verlo y escucha lo que te proponga.

Así lo hizo al día siguiente. Por teléfono le propusieron una cita en Tel Aviv. Zvi Eizer necesitaba averiguar antes algunas cosas sobre ella. Lo cual no tenía nada de sorprendente, ya que el hombre en cuestión era uno de los responsables del Instituto de Inteligencia y Operaciones Especiales, más conocido como, simplemente, el Instituto. En hebreo, Mossad.

52

—¿Y los ateos?

Dos mil padres conciliares se quedaron estupefactos al oír aquella propuesta de Carvalho.

El concilio, que había reanudado las sesiones, abordaba entonces una cuestión delicada, la de las posiciones del Vaticano sobre la libertad religiosa. Por este motivo, Carvalho, que había regresado de nuevo de Río, hizo oír su potente voz.

—¿Qué hacen ustedes, padres, con los miles de millones de personas que han optado por creer en el hombre en lugar de en un dios incognoscible? ¡Los chinos, los soviéticos, todos aquellos que han adoptado una visión materialista del mundo!

—¡No le corresponde a nuestro concilio hablar por ellos! —replicó un cardenal, escandalizado por la intervención de Carvalho.

Este lo miró directamente a los ojos.

—¡Sin embargo, cardenal, son hombres de carne y hueso! Hombres y mujeres a los que la Iglesia reprueba porque creen que el reino de los cielos se encuentra aquí abajo, porque deciden transformar la sociedad y construir ellos mismos su destino. ¿Por qué no tenderles la mano?

El aperturismo de los padres conciliares era real, pero aun así tenía límites. No obstante, Carvalho fue aplaudido por algunos obispos pertenecientes a lo que entonces se llamaba el Tercer Mundo. El maremágnum causado por aquella intervención fue tal que el cardenal que presidía la sesión prefirió interrumpirla. En cuanto al Santo Padre, parecía sufrir lo indecible.

El padre Ernetti vio que Montini calmaba a todo el mundo con la brillantez de un excelente diplomático. En esta ocasión, sin embargo, Carvalho se lo había puesto difícil. Era un provocador de tal calibre que, en ciertos aspectos, Pellegrino lo encontraba estimulante. Al fin y al cabo, ¿estaba realmente equivocado? ¿Por qué dejar de lado a más de dos mil millones de personas, como si no existieran? Era una buena pregunta.

—¡Padre Ernetti!

La voz que lo llamaba procedía de un Mercedes negro que circulaba a su altura.

—Acérquese, padre Ernetti.

Pellegrino recordó las advertencias de Montini. Saludó desde lejos al obispo de Río y apretó el paso. Pero el coche de Carvalho lo alcanzó. ¡No era cuestión de echar a correr!

—¿Qué le ha parecido mi intervención, padre Ernetti?

Pellegrino no supo qué decir.

—Venga a tomar algo conmigo, padre Ernetti. Mis amigos le acompañarán después a su casa. Hace mucho que quería hablar con usted en privado. *Faça entrar, Gilberto!**

El que respondía al nombre de Gilberto, un hombre de una corpulencia impresionante, bajó del coche y prácticamente empujó a Pellegrino para que montara en la parte trasera. Luego volvió a ocupar su asiento y el automóvil salió en tromba. Durante el trayecto, Carvalho repartió sus (escasas) buenas puntuaciones y sus (numerosísimas) malas puntuaciones entre los distintos intervinientes en el concilio.

—¡Me encanta desmontar los programas establecidos! Lo que hemos respirado hoy en el concilio, padre Ernetti, es la esencia de la verdadera vida.

* «¡Haz que pase, Gilberto!».

Pellegrino no contestó. Estaba inquieto. El coche había entrado en la autopista y se dirigía ya hacia las afueras de Roma.

Al cabo de treinta minutos, el vehículo se detuvo ante una bonita casa situada en un barrio tranquilo.

—Pertenecía a mi padre —dijo Carvalho—. Aquí es donde me instalo cuando estoy en Roma, ¡viniendo de Rocinha, es todo un cambio! ¿Sabía, padre Ernetti, que vivo en la favela más grande de Río?

—Lo había oído decir, excelencia —respondió Pellegrino—. Es un bello gesto de caridad cristiana.

Entraron en un salón coqueto pero nada lujoso. En la pared, la foto de un hombre de mediana edad, sin duda su padre.

—Siéntese, padre Ernetti. ¿Qué puedo ofrecerle?

—Nada, excelencia, no tengo sed.

—Como guste.

El obispo se sentó delante de Pellegrino y lo miró con insistencia.

—Tiene usted mucha amistad con el obispo Montini, ¿no?

—Lo conozco un poco, sí —respondió Pellegrino.

—Yo me relacioné durante bastante tiempo con él en el seminario. Posee una mente brillante. ¿Cree que tiene posibilidades, en caso de que, ¡Dios no lo quiera!, el Santo Padre se viera imposibilitado para terminar su misión?

—No tengo ni idea, excelencia, no me intereso por la política.

—Y hace bien, padre Ernetti. ¿En qué está trabajando en este momento?

Carvalho lo miraba como una serpiente hipnotiza a su presa antes de devorarla.

—Asisto al concilio como observador. Es una petición del papa.

—¿Y esa extraordinaria máquina para explorar el tiempo?

Al oír esas palabras, Pellegrino sintió un escalofrío. Lo sabía. Y hablaba de ello como si tal cosa. Montini tenía razón, Carvalho era un hombre al que realmente había que temer.

—No sé a qué se refiere, excelencia. —Solo se le había ocurrido esa breve respuesta. Tan breve que se apresuró a precisar—: No leo ciencia ficción. Lo siento, pero debo volver a casa —dijo echando un vistazo al reloj.

—Cuando quiera, padre Ernetti, pero hablemos de su máquina.

Pellegrino se levantó, muy inquieto.

—No trabajo en ninguna máquina, excelencia.

Dio media vuelta para dirigirse a la salida, pero Gilberto le cerró el paso. Alguien lo inmovilizó por detrás sujetándolo por el cuello. Le acercaron a la nariz un pañuelo que despedía un olor desagradable y rápidamente se sumió en un estado de semiinconsciencia.

53

Al final de la mañana, cuando el cardenal Montini tuvo por fin un rato libre, buscó a Pellegrino. Le dijeron que se había marchado, pero un obispo lo había visto subir en el coche de Carvalho, cosa que le había parecido sorprendente. Montini, muy preocupado, llamó al monasterio de San Giorgio Maggiore. El padre Ernetti no había regresado.

Pellegrino seguía en Roma, pero dentro de un coche que circulaba a gran velocidad por la autopista. Aunque conservaba el sentido de la vista y el del oído, el resto de su cuerpo estaba como paralizado. Poco después le hicieron subir a un pequeño avión, una especie de jet privado. Una vez sentado, Carvalho en persona le abrochó el cinturón.

—*Me dê a seringa!**

Le pinchó en el cuello y Pellegrino se durmió profundamente.

El jet privado despegó. Tras varias escalas, acabó llegando a Belém. Carvalho tomó el pulso a Pellegrino, que seguía profundamente dormido. Un helicóptero fue a buscarlos para llevarlos al Nordeste.

El padre Ernetti se despertó en un pequeño dormitorio con la sensación de haber hecho un largo viaje, pero ¿adónde? Por encima de él, un gran ventilador movía el aire caliente de la habi-

---

* «¡Pásame la jeringuilla!».

tación. Se tocó el cuello. Estaba sudando. A través de la ventana abierta, se oían ruidos que recordaban a los de un zoo. Solo llevaba puestos los calzoncillos. Con dificultad, se sentó en la cama. Apenas había muebles en el cuarto. Un lavabo sucio y un armario barato. Se miró en el espejo. Tenía una cara de cansancio que daba miedo. Abrió el grifo. El agua salía caliente, sin duda a causa del calor que hacía fuera. Poco a poco, las ideas fueron recolocándose dentro de su cabeza. Lo habían secuestrado, como en los sucesos que se leen en la prensa. ¡Y el autor de ese secuestro era el obispo de Río!

Una llave giró en la cerradura. Pellegrino reconoció al hombre que entró.

—¡Profesor Miller! Pero ¿cómo...?

—Cálmese, padre Ernetti.

Miller deseaba mostrarse tranquilizador. Fue hacia el lavabo y llenó un vaso de agua.

—¿A usted también lo han secuestrado, profesor?

—No han secuestrado a nadie, padre Ernetti. No estamos en una película.

Le tendió el vaso y dos comprimidos.

—Tómese unas aspirinas y enseguida se encontrará mejor.

Pellegrino lo miraba sin comprender. El profesor abrió el armario y le tendió dos perchas de las que colgaban unas prendas de vestir.

—Su sotana está ahí, pero nosotros le aconsejamos que se ponga estos pantalones y esta camisa, será más práctico para estar aquí.

¿«Nosotros»? ¿Acaso Miller estaba confabulado con sus secuestradores?

—¿Dónde estamos?

—En Brasil, en el Nordeste, en casa de dom Alberto Carvalho.

—¡Ah, Carvalho!

Unas imágenes de su inquietante encuentro con el obispo de Río le volvieron a la memoria.

—Profesor, ¿es usted cómplice de ese loco?

Miller no respondió. Ayudó a Pellegrino a vestirse y le propuso salir. Estaban en un cabaña en medio de ninguna parte. Por los gritos de animales, se deducía que la jungla estaba cerca. El calor era sofocante. Frente a ellos, una gran casa deteriorada. La dejaron atrás para ir hasta una especie de búnker de hormigón. Miller lo condujo al sótano y abrió una pesada puerta. Una ráfaga de aire acondicionado le azotó el rostro. Lo más sorprendente, sin embargo, fue descubrir en medio de la habitación... un cronovisor. No era el suyo, Pellegrino lo constató por algunos detalles. Pero era el mismo tipo de máquina, construido a partir de los planos de Ettore Majorana.

—¿Usted también lo ha construido?

—Lo hemos hecho, sí. Realmente es un buen invento.

—¡Cuando funciona!

Pellegrino reconoció la voz de Carvalho.

—Padre —dijo—, me... ¡me ha drogado y secuestrado!

—Padre Ernetti, si le hubiera pedido educadamente que viniera a mi casa de Brasil, ¿habría venido de buen grado?

—No, pero...

—¿Y si le hubiera propuesto que viniera a cambio de diez mil dólares?

—Tampoco.

—Como ve —dijo Carvalho dirigiéndose a Miller—, el padre Ernetti no es tan fácil de comprar como usted. Por diez mil dólares, el profesor Miller vino a verme. Por un millón, trabaja para mí.

A Miller le irritó la pizca de desprecio que había percibido en el tono del obispo.

—¿Qué espera de mí, dom Alberto? —preguntó Pellegrino.

Carvalho fue al grano. Necesitaba esa máquina. El profesor Miller la había construido para él a un coste muy elevado. Pero, al llegar a la fase de las primeras pruebas, habían descubierto que el artilugio estaba bloqueado por un código que desconocían.

—Y ese código, padre Ernetti, usted lo sabe.

Pellegrino intentó escabullirse.

—Se equivoca, dom Alberto. En nuestra organización, era el arzobispo Montini quien lo centralizaba todo.

—¡Falso! —replicó Carvalho—. El profesor Miller me ha asegurado que toda la información pasaba por usted. —Pellegrino miró a Miller, que agachó la cabeza un poco avergonzado—. Sé que a Montini le gusta guardar sus pequeños secretos —continuó Carvalho—. Pero usted ha trabajado en esa máquina, padre Ernetti. Tiene que saber forzosamente el código, no es posible otra cosa. ¡No juegue conmigo! ¡No lo soporto!

Sin pronunciar palabra, Miller hizo comprender a Pellegrino que la situación podía complicarse.

—¿Qué piensa hacer con esa máquina? —inquirió Pellegrino. Luego se volvió hacia Desmond Miller para preguntarle a él—: ¿Usted lo sabe, profesor?

—No, y me tiene sin cuidado —respondió Miller.

—Pues a mí no.

—El padre Ernetti tiene razón, profesor Miller. Los dos están en su derecho de saberlo. Acompáñenme arriba, se lo contaré todo.

54

Era la primera vez que Joe Fincher entraba en el recinto del Vaticano. Le sorprendieron el lujo de los jardines y la belleza de los edificios. Se dirigió hacia el palacio pontificio. Un guardia suizo le pidió la documentación y lo condujo a la recepción. Unos minutos más tarde, un prelado lo invitó a acompañarlo a la primera planta. Lo esperaba el arzobispo de Milán, monseñor Montini.

—Pero... yo había solicitado hablar con el Santo Padre —dijo Fincher sorprendido.

—Su Santidad está muy ocupado con el concilio. Por suerte, el arzobispo está de paso en Roma. Es el hombre de confianza del papa, no se preocupe.

El cardenal Montini le pidió que se sentara.

—Le escucho, agente Fincher. Su Agencia nos ha hecho saber que tiene información importante que comunicarnos.

—Sí, monseñor. Creo que conoce al profesor Miller, ¿no es así? —Montini no se inmutó—. Desmond Miller, el físico —insistió Fincher.

—He leído sobre él en la prensa —contestó Montini—. Me interesa un poco la ciencia actual.

—Monseñor, no perdamos tiempo. Ha trabajado durante varias semanas con Desmond Miller y once colegas suyos en

un proyecto ultrasecreto bautizado con el nombre de Sant'
Agostino.

—Está bien informado, señor Fincher.

—Es mi oficio, monseñor. Competimos con el bando comunista, y ambos intentamos marcar puntos. Los rusos creyeron
que iban a conseguirlo secuestrándoles a usted y al joven Pellegrino Ernetti.

—¿Y...?

—Y se les escaparon. Aquellos hombres pertenecían al KGB.
Fueron interrogados por la policía italiana, cuyos métodos no
son menos eficaces que los nuestros o los de los rusos. ¡El KGB
creía que estaban construyendo un arma en el Vaticano!

—¿Un arma aquí? —dijo Montini, divertido.

—Ahora sé que no es un arma, sino una máquina para explorar el tiempo.

Con aquello Fincher se anotó un tanto. Montini se quedó
ligeramente desconcertado.

—Usted sabe muchas cosas, agente Fincher.

—Me he enterado gracias al profesor Miller.

Esta vez a Montini le costó reprimir un gesto colérico.

—El profesor Miller firmó un compromiso de confidencialidad con la Santa Sede. Me deja estupefacto que lo haya roto.

—Para ser franco, nosotros le hemos ayudado, monseñor.
Lo que ahora nos preocupa es que ha desaparecido.

—¿Está muerto?

—No, trabaja en Brasil. Le ha dicho a su esposa que está
participando en una misión de nuestro gobierno en Montana.

—Una mentira más o menos... En fin, agente Fincher, creo
que no vale la pena que le cuente cuentos, así que le hablaré
con franqueza.

—Es lo mejor.

—Estaba estudiándose una máquina así, en efecto, pero
solo sobre el papel.

—Pues alguien ha decidido construirla. Y ha contratado a
Miller, sin duda a cambio de una elevada suma de dinero.

—¿Para quién trabaja Miller?

—Seguro que se lo ha imaginado cuando he mencionado Brasil.

—¿Dom Alberto Carvalho?

—Sí. Nuestros servicios me han dicho que al parecer ha construido un magnífico laboratorio en Macapá.

—Pese a que es un gran físico —dijo Montini, pálido de rabia—, Miller no conseguirá que la máquina funcione.

—Le creo —dijo Fincher—. Porque dom Alberto ha recurrido a otro de sus colaboradores.

Se produjo un silencio.

—¿El padre Ernetti?

—Sí. ¿Qué papel desempeñaba en este asunto?

—Formaba parte de nuestro equipo de investigadores. Me comunicaron su desaparición hace unos días y estaba preocupado. ¿Él también es un traidor?

Fincher negó con la cabeza.

—Yo creo más bien que Carvalho lo retiene contra su voluntad.

Montini se inquietó de verdad.

—Agente Fincher, Carvalho tiene relaciones con los servicios secretos soviéticos. En manos de ese demente, la máquina que Miller está construyendo podría convertirse en un arma terrible.

—Por eso, monseñor, no debemos perder tiempo.

A lo largo de los días siguientes, prepararon un plan de acción en el secreto del palacio del papa. La primera fase consistía en liberar a Miller y al padre Ernetti. La segunda sería más delicada: destruir la máquina de Carvalho.

55

Carvalho llevó a sus «invitados» a su casa, una gran construcción desvencijada. Había sido bonita el siglo anterior, pero la humedad de la jungla la había deteriorado.

—Mi padre pasó su juventud en una casa burguesa en Londres —explicó—. Como disponía de recursos, encargó construir aquí una réplica a un arquitecto británico, que lo tenía por un excéntrico. Pero mi padre pagaba bien. Como yo —dijo riendo.

De camino Pellegrino observó que la hacienda estaba vigilada por hombres armados.

—Pero ¿qué preparan aquí? —le preguntó en un aparte a Miller—. ¡Más que la casa de un obispo, esto parece un campamento de guerrilleros!

—No anda usted muy desencaminado —contestó el profesor—. Al principio yo lo tomaba por un simple mitómano. Ahora sé que es capaz de todo. ¡No se fíe!

El salón estaba amueblado con una alta biblioteca y, en el centro, una mesa de madera maciza sobre la que había desperdigados numerosos documentos. Detrás de la mesa, un anciano vestido con un traje blanco examinaba una fotografía con una lupa. Cuando llegaron ellos, se levantó. Carvalho hizo las presentaciones.

—Les presento al profesor Tullio Giordano, de la Universidad de Bolonia. El profesor es especialista en historia del papado.

—Encantado, padre Ernetti —dijo el profesor Giordano—. ¿Cómo está, Desmond?

—Más impaciente que usted por volver a casa —respondió Miller.

—Como historiador —prosiguió Carvalho—, el profesor Giordano está muy interesado en la máquina de Majorana. —Cogió una de las fotos que había encima de la mesa. Se trataba de ampliaciones de un mismo documento—. La máquina tendrá también la virtud de exponer algunas imposturas. Esta, por ejemplo: la donación de Constantino. ¿Saben de qué se trata, señores?

—He oído hablar vagamente de ella —respondió Pellegrino—, pero no recuerdo los detalles.

—Yo no —dijo Miller.

—Es un documento muy importante de la época romana —explicó Carvalho—. Voy a cederle la palabra al profesor Giordano, él les pondrá al corriente mucho mejor que yo.

Giordano se metió la mano derecha en el bolsillo de la americana, lo que le daba un aire solemne, y les habló como si se dirigiera a sus alumnos de la universidad.

—La donación de Constantino, señores, es la mayor impostura de la Historia. Se trata de un documento mediante el cual el emperador romano Constantino el Grande supuestamente concedió al papa de la época la autoridad política y administrativa sobre Roma y una parte de Occidente. ¡Pero ese documento es falso! —Señaló un montón de textos—. En este trabajo, que me ha llevado treinta años de investigación, demuestro que la pseudodonación fue fraguada de arriba abajo, cinco siglos después de la muerte del emperador, por el rey Pipino el Breve y el papa Esteban II, que eran cómplices.

—¿Por qué se supone que lo hicieron? —preguntó Pellegrino.

—Fue un intercambio. El papa quería la protección de Pipino y el rey quería ser coronado por el papa en sustitución de los merovingios. En realidad, los términos de...

—¡Poco importan los detalles! —lo interrumpió Carvalho—. ¡Es una falsificación que convenía a todo el mundo!

Tullio Giordano, molesto, manifestó su irritación.

—Si no me deja que exponga la situación a nuestros invitados, dom Alberto, no tardarán nada en perderse.

—Continúe, profesor —dijo Carvalho en tono burlón—. ¡Pero vayamos al grano!

—Está bien, simplifico. El papa y el rey redactaron un «contrato». Aquí está. —Mostró la foto de un pergamino—. Se trata de la falsa donación de Constantino. Después de haber examinado cientos de archivos, creo que esa falsificación se llevó a cabo en el año 753 de nuestra era, bien en la corte del papa o bien por los escribas de Pipino.

—Profesor Miller —intervino Carvalho—, sé que su máquina puede ver el pasado lejano. ¿Puede llegar hasta el año 753?

—Nada lo impide, pero...

—En ese caso, demostrará que el papado usurpó los derechos que hoy ostenta y que el papa actual no es el verdadero propietario del Vaticano.

El profesor Giordano se sintió obligado a insistir:

—Hasta ahora, ninguno de los historiadores que han denunciado esta falsificación... no he sido el primero... ha logrado convencer a la opinión pública. Su máquina cambiará eso. Iremos a ver lo que sucedió realmente en el año 753 en la corte de Pipino y en la del papa.

—Tendrán un problema —intervino el padre Ernetti—. La máquina de Majorana no puede captar los sonidos ni atravesar las paredes. Se lo señalo por si su intención es espiar las conversaciones del papa y Pipino el Breve.

Carvalho, que ignoraba este detalle, se quedó desarbolado e interrogó a Giordano con la mirada.

—Haremos lo que sin duda han hecho ustedes —dijo Giordano—. Contrataremos a especialistas que lean los labios de los protagonistas. Con un poco de suerte, algunas conversaciones iniciadas de puertas adentro proseguirán en el exterior. Así suele ser en la vida, ¿no? La gente habla y habla… y se traiciona.

—¿Lo ve? —añadió Carvalho—. ¡Nada escapará a la justicia de la Historia!

—Parece usted regocijarse con esa perspectiva, excelencia —intervino Pellegrino—. ¿Qué papel desempeñará en este asunto?

—¿Qué papel? —Carvalho empezó a caminar de un lado a otro de la habitación mientras describía en voz alta el proyecto que le obsesionaba desde hacía mucho tiempo—: Filmaremos la impostura y difundiremos la película por todas partes. Cuando todo el mundo sepa la verdad, exigiremos la destitución del papa acusándolo de ser un usurpador. Acabará su vida exiliado. Si se trata del papa Juan XXIII, ni siquiera terminará el viaje. Si es Montini… —La idea de emprenderla con Montini parecía producirle tal satisfacción que ni siquiera se atrevía a hablar de ello—. Ya veré qué trato le damos —dijo—. Evidentemente el Estado italiano tomará posesión del Vaticano y de todas las riquezas de la Iglesia.

—Y usted, dom Alberto, ¿qué hará?

—Propondré a la asamblea de cardenales que me nombren cardenal y que después organicen una nueva elección.

—¿Y que le elijan papa?

—Votarán a quien quieran.

—Pero ¿y si eligen a otro? —insistió Pellegrino.

—¿De verdad cree que habrá muchos candidatos, mi joven amigo?

Pellegrino y Miller intercambiaron una mirada cómplice. Aquel hombre deliraba.

—Desde Brasil —continuó Carvalho— proclamaré el nacimiento del «Vaticano de los pobres». Su sede ya no estará en Roma, sino en Recife, la antigua capital de Brasil. Convocaré otro concilio, que propondrá revisar de arriba abajo el credo de la Iglesia. Nosotros queremos una Iglesia social y anticapitalista, preocupada por el respeto a la palabra revolucionaria de Jesucristo. ¡Los ricos y los explotadores irán al Infierno, no solo en la otra vida, sino también en la Tierra!

El profesor Giordano lo escuchaba con la sonrisa radiante de quien tiene la suerte de estar con un santo.

—¿Y dónde nos sitúa a nosotros en todo eso, dom Alberto? —preguntó Miller.

—Usted, profesor Miller, volverá a Chicago más rico que nunca. Cuando todo se haga público, nada obstaculizará ya su regreso. En cuanto al padre Ernetti, los servicios prestados le harán merecedor de llegar a la cúspide de la jerarquía de la Iglesia. ¿Qué le parece, padre Ernetti?

Pellegrino se disponía a responder cuando Desmond Miller le quitó la palabra.

—Eso merece reflexión, dom Alberto.

Pellegrino estaba estupefacto.

—Profesor Miller, ¿cómo puede...?

Miller, con un gesto, le impidió decir nada más.

—Dom Alberto, déjeme negociar con el padre Ernetti. Es un hombre de talento, pero a veces su vehemencia se impone a su razón. Voy a hablar con él, y tengo la certeza de que llegaremos a un acuerdo.

—Tómense la noche —dijo Carvalho— y denme su respuesta mañana por la mañana.

Miller condujo a Pellegrino hasta la linde de la jungla.

—Aquí no podrá oírnos —dijo.

—¡Decididamente, a usted ya le da igual una traición más o menos, profesor Miller!

—Padre Ernetti, me he enterado al mismo tiempo que usted del plan de ese loco de atar. Si nos negamos a colaborar, teniendo en cuenta lo que sabemos ahora, podemos darnos por muertos.

—¿Cree de verdad que nos mataría? —preguntó Pellegrino.

—Estoy seguro. Hace unos meses, decidí prescindir de un colaborador porque no tenía el nivel científico suficiente. Por desgracia, cometí la imprudencia de decírselo a Carvalho. Como no quería dejar que el joven volviera a su casa, ordenó a sus esbirros que lo mataran a sangre fría.

—Pero ¿cómo es posible? ¡Un obispo!

—No, un megalómano que no siente ningún respeto por la vida humana. Ese hombre solo vive para su sueño místico. Prendería fuego al planeta si eso le favoreciera.

—Pero... ¿qué podemos hacer?

—Ganar tiempo.

Al día siguiente, todo el mundo se reunió de nuevo en el mismo salón. Los criados habían preparado un magnífico *café da manhã** que los esperaba en la mesa.

—Bien, ¿qué han decidido? —preguntó Carvalho.

—Estamos de acuerdo en lo esencial, dom Alberto —dijo Desmond Miller—. Pero con una condición.

—¿Cuál?

—Un primer pago de quinientos mil dólares para cada uno de nosotros, inmediatamente, en nuestras cuentas bancarias respectivas, con una prueba que demuestre el ingreso. Los quinientos mil dólares restantes se depositarán en nuestras cuentas cuando la máquina esté operativa.

—Ya le he pagado un adelanto de doscientos cincuenta mil dólares, profesor Miller.

—Lo descontaremos, por supuesto.

—¿Dos millones de dólares en total? Es más de lo que acordamos inicialmente —dijo Carvalho.

—¡Un precio módico comparado con sus ambiciones mundiales! Si no dispone de ese dinero, dom Alberto, pídaselo a sus aliados soviéticos.

Aunque a Carvalho el precio le parecía exorbitante, sus demandas le tranquilizaban. «De las personas codiciosas puede

* «Desayuno».

uno fiarse —pensaba —, porque siempre tienen un precio. Basta averiguar cuál es».

—Tendrán el dinero. Pero ¿qué significa «cuando la máquina esté operativa»? —preguntó el obispo de Río—. Si el padre Ernetti nos da el código, lo estará inmediatamente, ¿no?

—No es tan sencillo —respondió Pellegrino—. Para introducir el código, hay que reconfigurar una parte de los circuitos en el corazón de la máquina.

A Carvalho le costaba mucho dominar su impaciencia.

—¿Cuánto tiempo necesitan?

—Tres semanas —dijo Pellegrino.

—Tómenselas, pero redoblaré la vigilancia. Sobre todo, no intenten engañarme. —Se volvió hacia Joaquim y le habló en brasileño, pero el gesto del pulgar deslizándose por su cuello era revelador—. Al menor movimiento sospechoso, Joaquim se ocupará de ustedes, y les advierto que no es un blando.

—De eso no me cabe la menor duda —dijo el profesor Miller.

Cuando Carvalho salió de la habitación, Miller se inclinó hacia Pellegrino.

—Le hemos engañado.

—No se haga ilusiones. Como mucho, hemos ganado tres semanas.

Miller miró hacia la jungla.

—¡Tres semanas para abandonar este infierno!

56

Natasha tomó el autobús que iba a Tel Aviv. Había quedado en el Neve Tzedek, el «pequeño París», junto al paseo marítimo. Era el barrio de los artistas. Llegó a una callejuela de casas de diversos colores, con olivos y naranjos. En la segunda planta de un inmueble, llamó a la puerta. El hombre que le abrió debía de tener entre treinta y cinco y cuarenta años. Era de baja estatura, estaba casi calvo y parecía haber envejecido prematuramente. Lo que impresionaba era su mirada, chispeante de inteligencia y sagacidad. Su amigo oficial le había contado que Zvi Eizer era matemático de formación, licenciado en la Universidad Bar Ilán, y que había participado —en su caso, de manera decisiva— en la breve aventura de 1956 en el Sinaí. Su rigor y su sentido de la organización habían sido determinantes para que se convirtiera en uno de los principales dirigentes del Mossad.

—Pase, por favor. Vamos a mi despacho.

Era un piso normal y corriente de tres habitaciones y cocina. El único detalle original era la cantidad de teléfonos que había. Como mínimo cinco, solo en su despacho. Eizer se percató de su desconcierto.

—¿Le choca algo?

—Pues... ¡no me imaginaba el Mossad así!

—¿Qué esperaba? ¿Un edificio de treinta plantas lleno de tecnología futurista, como en las novelas de Ian Fleming?

—Bueno…, desde luego no pensaba en una oficina junto a la playa.

—Aquí se está bien, es un sitio tranquilo. Y todo el mundo me deja en paz. No te preocupes, tenemos una docena de oficinas repartidas por Tel Aviv. Pero las primeras reuniones prefiero tenerlas aquí. Nunca sabe uno a quién recibe.

Natasha se sentía un poco intimidada por aquel hombre de mirada tan penetrante que no parecía que pudiera escapársele nada.

—Siéntese —dijo Eizer. Él lo hizo detrás de su mesa y le enseñó un correo—. El coronel Yaïr Regev, que la tuvo bajo sus órdenes, tiene un gran concepto de usted. ¿Por qué ha venido a verme?

—Me aburro con el trabajo que hago, quiero ser útil de algún modo.

—¡El Mossad no es un club de vacaciones!

—Lo sé, pero…

—Es usted arqueóloga, según creo.

—Sí, estoy adscrita al museo Rockefeller.

—¿Con los dominicos?

—Sí, bajo la dirección del padre Hubert de Meaux.

—Una personalidad fuerte, por lo que me han dicho. ¿Se lleva bien con él?

—Es un padre dominico.

—¿Qué quiere decir?

—Él tiene su verdad y yo tengo las mías.

—Explíquese…

Natasha empezó a hablarle de sus dificultades, pero él tenía un modo extraño de dirigir la conversación. Le gustaba saltar de un tema a otro sin dejarla ir hasta el final, como si quisiera confundirla, despojarla de sus certezas. Le hizo decenas de preguntas sobre su trabajo y su vida personal, sin ningún orden, tal como se le iban ocurriendo. Ella le habló de su infancia en Ucrania, de la huida a Israel con su padrino, Yuval, y de la adolescencia en el kibutz. Y de los estudios de historia y arqueología, de la estancia en el ejército y…

—¿Y el sexo? —preguntó Zvi,

—¿Cómo? —replicó sorprendida Natasha.

—¿Has tenido muchas aventuras?

«¿Ahora me tutea?».

—Algunas, pero no es lo más importante de mi vida.

—¿No te gusta hacer el amor?

«Pero ¿a él qué le importa?».

—No he venido para hablar de eso.

—¡Estás aquí para responder a mis preguntas! Háblame de tus amantes.

—De verdad que no sé...

—¿Cuántos has tenido?

—¿Todos? ¿Incluso los de una noche?

—¡Todos!

Natasha hizo un recuento mental.

—Trece o catorce, creo.

—¿Nunca con una chica?

«¿Y si es un pervertido?».

—No, nunca me he acostado con una chica.

—¿Todos israelíes, tus amantes?

—No. Uno americano, uno inglés y dos franceses.

—¿Cuánto tiempo mantienes la relación, por término medio?

—¿Acabamos de una vez con esto? —replicó ella, furiosa.

—Yo te diré cuándo hemos acabado.

—No he vivido nunca con un chico. Nos acostamos y ellos se van.

—¿Ninguno se ha enamorado nunca de ti?

—Enamorado de verdad, no.

—Eres muy guapa, ¿sabes?

—Me lo han dicho muchas veces.

—Guapa, muy atractiva, pero insoportable. Los chicos tienen un radar para detectarlo. Por eso no insisten.

Ella esbozó una sonrisa.

—¡Pues peor para mí!

—¿Algún problema con tu padrino?

—¿Qué quiere decir?

—¿Algún problema de sexo con tu padrino?

Natasha guardó silencio. Le costaba respirar. Él esperó y al cabo de un momento pasó a otra cosa.

—Háblame de tus investigaciones arqueológicas.

Con la respiración entrecortada, Natasha le contó sus hallazgos, le habló de los manuscritos, de sus excavaciones en el desierto de Judea, de sus hipótesis sobre las posibles relaciones de Jesús con la secta de los esenios, de su intento fallido de hacer que en el museo Rockefeller se movieran las cosas, de sus sospechas de una posible censura por parte del Vaticano.

—Tus investigaciones me parecen interesantes —dijo Eizer—, pero yo te aconsejaría prudencia.

—¿Por qué?

—Yo soy un hombre pragmático, no un ideólogo. En la actualidad, nuestro problema son los árabes, no los cristianos. No veo qué interés puede tener ponerlos en nuestra contra proclamando que Jesús no era más que un esenio disidente. Si es falso, es una gilipollez. Si es verdad, es una provocación inútil.

—Señor Eizer, es ciencia, no política —protestó ella.

—¡Será ciencia cuando encuentres una prueba! —Había levantado el tono de voz—. ¿La tienes?

—Tengo… presunciones.

—Las suposiciones sin pruebas son… —Pronunció una palabra en yidis que debía de ser un equivalente de «mierda».

—¡Ah! —dijo Natasha, que tenía las manos húmedas.

—En cuanto al «complot» del Vaticano, lees demasiadas novelas policiacas.

—Yo solo leo libros de historia y arqueología.

—¡Entonces pásate a los cómics, te despejará la cabeza!

Natasha cerró los ojos y respiró hondo para no estallar. Zvi Eizer se dio cuenta.

—Según usted, ¿me equivoco de medio a medio? —preguntó la joven.

—Piénsalo. De momento, tus hipótesis solo te han servido para ponerte a la gente en contra. Yo creo que eso te gusta.

Ella se encogió de hombros.

—Mi psiquiatra ya me lo ha dicho.

—Puedes dar las gracias a tus compañeros del museo por haberse negado a firmar tu petición. No solo no habría servido para cambiar nada, sino que te habrían echado a la calle y ahora estarías trabajando de mecanógrafa para sobrevivir. Tienes suerte de que el padre De Meaux haya reconocido en ti a una buena arqueóloga sin tener en cuenta tus elucubraciones, que a todo el mundo le traen sin cuidado.

Ella se levantó temblando de rabia.

—No te he dicho que te vayas.

Natasha volvió a sentarse y se tapó la cara con las manos.

—Mírame —le ordenó Eizer.

Cuando ella posó de nuevo los ojos en el hombre, sucedió algo que no había pasado en la consulta del psiquiatra: se echó a llorar. Zvi Eizer guardó silencio. Una primera entrevista con el Mossad era eso: un *striptease* moral. La joven ya había tenido bastante. Zvi le tendió un pañuelo de papel para que se secara las lágrimas.

—Perdona por haberte maltratado un poco, pero debo saber con quién trabajo. Creo que podremos colaborar.

La sentencia estaba dictada. Para sorpresa de Natasha, era favorable. Terminó de secarse las mejillas y se sonó.

—¿Qué haré?

—Investigaciones, información. Te lo diremos cuando nos hagas falta. De momento conserva el trabajo de arqueóloga, es una excelente tapadera. Nos pondremos de acuerdo con tus jefes para que acepten tus ausencias.

—En ese caso, por mí perfecto —dijo Natasha.

57

Era su octavo vuelo Río-Roma del año, los había contado. ¡Esa máquina iba a acabar con él! Pero Carvalho tenía la sensación, como muchos líderes tiránicos, de que sin él todo se iría a pique. Poco después de aterrizar, entró en el Mercedes que lo esperaba con su chófer al volante. No se había afeitado porque estaba cansado. Uno de sus guardaespaldas le tendió una maquinilla eléctrica, enchufada en la toma del vehículo. El resultado no era ninguna maravilla, pero era mejor que nada. Se roció con Maracuja, una colonia brasileña delicadamente acidulada que disimulaba con acierto los efluvios húmedos de la noche.

Pese a la habilidad de su chófer, llegó tarde al Vaticano. Los debates de la sesión *Nostra aetate* giraban esta vez en torno a las relaciones de la Iglesia con el islam. El orador, un obispo portugués, evocaba los conflictos que habían dividido a las dos religiones a lo largo de la Historia. Carvalho vio que Montini, dos filas más adelante, lo observaba. Lo saludó alegremente con un gesto de la mano, tras lo cual se arrellanó en su butaca y se adormiló. Cuando empezó a roncar, su vecino de asiento, un arzobispo de Dakar, le tocó el brazo con discreción.

—¡Ah, perdón, monseñor! —dijo Carvalho.

El orador, por suerte, estaba llegando al final de su discurso.

—... una comprensión mutua con el islam a fin de proteger la justicia social, los valores morales, la paz y la libertad.

—¡Amén! —soltó Carvalho, socarrón.

—Chisss... —protestaron a su alrededor.

Hubo aplausos. El presidente de la sesión propuso una breve pausa antes de someter a votación varias mociones. Carvalho se dirigió hacia la salida de la iglesia para ir a la plaza a tomar un café, lo necesitaba. Montini lo alcanzó.

—¿Vienes de Brasil?

—He aterrizado esta mañana, por eso vengo con este aspecto. Pero tengo la impresión de que no me he perdido gran cosa. Montini, ¿cuándo dejará este concilio de ahogarnos bajo litros de agua endulzada? ¿Cuándo abordaremos las verdaderas cuestiones?

Montini consultó ostensiblemente su reloj.

—En el concilio, Alberto, no lo sé. ¡Pero en Macapá acabamos de abordar la verdadera cuestión en este preciso instante!

Carvalho se quedó lívido.

En ese momento, en Macapá, una fuerte explosión hizo saltar la puerta del edificio del laboratorio. Sonaron unos disparos. Pellegrino y Miller se miraron, alarmados. Los vigilantes de guardia se precipitaron al pasillo y fueron abatidos. Un comando armado entró en el laboratorio.

—¡Señor Fincher! —dijo el profesor Miller.

—Venimos a sacarlos de aquí. ¡Síganme!

Tres hombres de las fuerzas especiales brasileñas seguían a Joe Fincher.

—¿Le conoce? —le preguntó Pellegrino a Miller refiriéndose a Fincher.

—CIA —contestó el profesor.

Mientras se oían disparos por todas partes, el agente de la CIA condujo a Miller y a Ernetti hacia la jungla. Unos hombres de Carvalho dispararon contra ellos. Un miembro del comando cayó, acribillado a balazos. Después, otro.

—¡Al suelo! —gritó Fincher.

Se oyó el ruido ensordecedor de un caza Skyhawk del Ejército brasileño. Parecía ir directo hacia ellos. Un segundo más tarde, un misil pulverizó el edificio de hormigón del laboratorio.

—¡Adiós, máquina de Majorana! —dijo Desmond Miller.

—Quédese pegado al suelo —gritó Fincher—, esto no ha terminado.

En efecto, el caza viró sobre un ala y regresó para destruir esta vez, con otro misil, la mansión de Carvalho.

—¡Muy bien, nos largamos! —dijo Fincher.

Se levantaron y echaron a correr.

—¡Aaah!

Era Miller. Una ráfaga lo había alcanzado en la espalda. Pellegrino intentó socorrerlo, pero Fincher tiró de él.

—Déjelo, está muerto.

—Pero... ¡no podemos abandonarlo aquí!

—¿Quiere hacerle compañía? ¡Venga, rápido!

—¿Adónde vamos?

—Al claro, justo enfrente. ¡Vienen a buscarnos!

Un helicóptero de evacuación sanitaria Bell Iroquois apareció haciendo un ruido ensordecedor. Se posó muy cerca de ellos. Pellegrino, Fincher y el único superviviente del comando se metieron en el aparato, que tomó altura.

—¡Cuidado! ¡Lanzacohetes! —dijo el piloto antes de virar a la izquierda.

El cohete no los alcanzó y fue a estrellarse en la jungla.

—¡Vuelven a la carga! —gritó Fincher.

Esta vez el helicóptero recibió una potente sacudida. Pellegrino, aterrorizado, vio que salía humo del vientre del aparato.

—¿Podrás regresar a la base? —preguntó Fincher al piloto.

—No lo creo, le han dado al motor. Lo mejor sería ir a posarse junto a la frontera con la Guayana.

Pellegrino gritó al oído de Fincher:

—¿Por qué en la frontera?

—Para que nos rescaten los franceses..., si llegamos.

Bajo el helicóptero, entre el humo que despedía el motor, Pellegrino veía desfilar kilómetros cuadrados de jungla que formaban un entramado prieto de grandes árboles y plantas tropicales.

—Estamos llegando al puesto fronterizo —informó el piloto.

—¡Intenta aterrizar sin matarnos!

El piloto posó como pudo el artefacto en el suelo. Pero las llamas iban en aumento.

—Salimos —dijo Fincher.

Pellegrino consiguió saltar al suelo. Fincher tiró de él agarrándolo de una manga y lo arrastró una decena de metros, le puso una mano sobre la nuca y le obligó a tumbarse boca abajo. Una potente explosión destrozó parte del aparato.

Mientras varios policías franceses armados corrían a su encuentro, Fincher avanzó con las manos en alto enseñando su credencial de la CIA. Los esposaron y los llevaron al puesto de aduana.

—¿Habla francés, padre Ernetti?

—Un poco.

—Conozco a los franceses. Habrá que rellenar un montón de papeleo. A mí me duele la cabeza, encárguese usted...

Pellegrino no contestó. Aún se hallaba en estado de choque; pensaba en el desdichado profesor Miller, que había perdido la vida en aquella horrible aventura. Miró hacia la jungla, encomendó su alma a Dios y se santiguó.

Tal como Fincher había previsto, el interrogatorio, acompañado de llamadas al Ministerio del Interior en París y a la embajada de Estados Unidos, duró largas horas. Naturalmente el aduanero, intrigado, quiso saber cuál era la naturaleza de esa máquina que interesaba tanto a la CIA y al Vaticano.

—Si se lo dijera, no me creería —contestó el padre Ernetti—. ¡Y si se lo dijera el señor Fincher, acabaría sus días en una prisión militar!

Como tenían la bendición del ministro del Interior francés, el funcionario no insistió. Pasaron la velada delante de la televisión, en compañía de los aduaneros franceses. Así se enteraron de que el mundo acababa de escapar por los pelos de una guerra nuclear con la crisis de los misiles de Cuba. La noticia alarmó a Fincher, que estaba preocupado por su familia.

—Su joven presidente ha resistido muy bien —le dijo Pellegrino.

—No le habría creído capaz de esa sangre fría. Soy un viejo republicano...

Al día siguiente, un Alouette III fue a buscarlos para llevarlos al aeropuerto de Cayena. Desde allí regresaron a Roma, lejos de toda aquella locura.

58

—Al final todo ha terminado bien, ¿no?

A Pellegrino la falta de compasión de Montini le pareció, más que chocante, indecente.

—¡Con la salvedad de que Desmond Miller ha muerto en Macapá y su cadáver está pudriéndose en la jungla! ¡Y que dos jóvenes soldados brasileños también han perdido la vida para sacarnos de allí!

Montini percibió el reproche.

—Todas las vidas son valiosas, padre Ernetti. Pero debe reconocer que Miller había jugado con fuego. ¿Ha informado a su esposa?

—Sí, la he llamado a Chicago. Está destrozada. Para acabar de arreglarlo, ha descubierto que su marido no paraba de mentirle. ¡Ella creía que estaba en Montana, en una misión para el Gobierno estadounidense!

—¿Le ha dicho en qué trabajaba?

—No, solo que ha muerto en Brasil, sin que se sepa exactamente cómo ni por qué.

—Esta historia es muy triste. ¿El agente Fincher le ha hecho preguntas sobre la máquina?

—Algunas. Le he contado que no funcionaba, que...

Dejó la frase en suspenso, dubitativo.

—¿Sí? —lo animó Montini.

—... que era una elucubración ruinosa e inútil del arzobispo de Milán.

—Es usted un mentiroso excelente, padre Ernetti.

—La mentira es el arma de los débiles, monseñor.

—Usted no es una persona débil, Ernetti. Miller, sí, él sí lo era, pero usted, no.

—¿Y Carvalho? ¿Qué van a hacer con él?

—La CIA ha llegado a un acuerdo con los franceses para mantener en secreto el episodio de Macapá. Con Carvalho no vamos a hacer nada. Le recuerdo que estamos en la ilegalidad tanto como él. Si lo denunciáramos, habría que hacer público todo el asunto, y no podemos. Por otro lado, si quisiéramos excluir a Carvalho de la Iglesia a causa de sus crímenes, se interpretaría como un acto de represión política. Estamos acorralados, padre Ernetti. Pero esta aventura nos ha mostrado que ese hombre es peor de lo que habíamos imaginado. Es un fanático, e imprevisible, lo que le hace todavía más peligroso. Yo pensaba que lo conocía, pero ignoraba su necesidad patológica de venganza y poder.

—Cuando se puso a soñar en voz alta con la destrucción del Vaticano —murmuró Pellegrino—, vi... a una figura diabólica.

—Solemos olvidarlo más de la cuenta en nuestros razonamientos —dijo Montini, pensativo—, pero el Diablo está ahí, acechando nuestras más pequeñas debilidades. ¿Quiere tomarse unos días de descanso? Me doy cuenta de que las terribles experiencias que ha vivido en Brasil le han afectado.

—No, monseñor. Si me quedo inactivo, entonces sí que me deprimiré. Ahora estoy impaciente por ir al encuentro de Nuestro Señor.

—¿En qué punto está con la máquina?

—He recibido por fin el material electrónico que usted pidió a Suecia. Es de una calidad excepcional.

—La factura también es excepcional —replicó Montini.

—Voy a construir un nuevo colector, más potente que los anteriores. Creo que; conectándolo a los demás, esta vez podré retroceder hasta la época romana.

—Estupendo. Pero, aunque la tentación es grande, evite la Judea de los tiempos de Jesús. Solo exploraremos esa época con el acuerdo expreso del papa.

Al salir del Vaticano, Pellegrino sintió la necesidad de caminar. Cruzó el Tíber y recorrió a pie los cuatro kilómetros que lo separaban del Foro. Cuando era pequeño, el sitio que más le impresionaba no era ni la Curia ni el templo de Saturno, como a la mayoría de la gente, sino un pedazo de pared que llamaban pomposamente el templo de César. Fue en ese lugar exacto donde, en el año 44 antes de nuestra era, incineraron el cuerpo del dictador romano, atravesado por veintitrés puñaladas. En plena noche, su lugarteniente Antonio pronunció un discurso magnífico ante la multitud. Después encendió la hoguera, cuyas llamas ascendieron hacia el cielo estrellado. Allí, en el cielo, un cometa saludó el acontecimiento. Desde entonces, en esa fecha, hombres y mujeres iban todos los años a depositar rosas rojas sobre aquellas viejas piedras.

Volvió al lugar. Seguía habiendo flores. Un poco marchitas, pero allí estaban. Pensó entonces en su conversación con Leonardo. Esa escena de los funerales de César sin duda había sido embellecida por la memoria colectiva. Los romanos se la habían contado durante dos milenios y la habían convertido en una leyenda. «Pero ¿qué quedará de ella el día que el cronovisor nos la muestre con la crudeza desnuda del realismo? —se preguntó Pellegrino—. ¿Veremos a un Antonio marrullero y oportunista, a un pueblo voluble, una hoguera triste medio apagada por la lluvia... y ningún cometa?». Los hechos, decía Leonardo, son transformados por el recuerdo que guardamos de ellos. Y a partir de ahí sacaba esta conclusión: la Historia, lo deploremos o no, es una mentira compartida.

59

Ecce adsum, «Aquí estoy». Estas fueron las últimas palabras del papa Juan XXIII en el momento de su muerte, el lunes 3 de junio de 1963. Los periódicos italianos titularon «El buen papa Juan ha muerto». Abatido por un cáncer de estómago, se había apagado tras un breve coma a la edad de ochenta y un años. Esta noticia probablemente cambiaría la situación. Pero ¿en qué sentido? Llamó varias veces sin éxito al arzobispo Montini y finalmente decidió tomar el tren para Roma. Una multitud inmensa se había congregado para llorar a su «buen papa». En el interior de la basílica, el provicario de Roma ofició una misa. Recordó las últimas palabras del papa. Pese a la multitud, Pellegrino consiguió con dificultad acercarse a Montini, al que había visto en la primera fila.

—Ha venido —dijo el arzobispo.

—Monseñor, todo cambiará si usted...

Montini lo interrumpió enseguida.

—Más tarde, padre Ernetti. Dejemos que las cosas sigan su curso.

Llevaron un féretro de gran tamaño. El cadáver había sido tratado con formol e introducido dentro de tres ataúdes, de pino, roble y plomo respectivamente, metidos uno dentro de otro. Este procedimiento, que mataba los microbios e impedía que entrara oxígeno, permitía que el cuerpo se conservara a la perfección.

—¿Por qué lo han sometido a ese tratamiento? —preguntó Pellegrino.

—Su Santidad presintió su muerte con mucha antelación y la preparó de forma cuidadosa —respondió Montini—. Su deseo era conservar su cuerpo intacto para la posteridad. Quizá un día sea canonizado.

La elección del papa siguiente no resultó tan fácil como se suponía. El cardenal Montini, cercano a Juan XXIII, partía como favorito. Pero fue preciso esperar seis días de escrutinio para que resultase elegido, por cincuenta y siete votos de ochenta. Eligió el nombre de Pablo VI. En los primeros días de pontificado, recibió al padre Ernetti en audiencia privada.

—Quiero felicitarle, Santísimo Padre. No me atrevo a decir que su elección me pareciera previsible, pero la esperaba de todo corazón.

—Gracias, padre Ernetti. Ahora la situación se aclarará.

—Precisamente venía a verlo para conocer sus intenciones, Santo Padre.

—¡Continuamos! En las mismas condiciones de secreto que siempre, pero teniendo ahora más libertad de maniobra.

—Me alegro enormemente, Santo Padre.

—Desde el punto de vista técnico, ¿cómo lo lleva?

—He conectado un cuarto colector a los otros tres. Creo que ya estamos en condiciones de llegar a la época en que vivió Jesús de Nazaret..., si me da la orden.

—Hay que atreverse. El Concilio Vaticano II ha abierto muchas puertas. Demasiadas, me temo. Habrá que pensar en clausurarlo rápidamente. Todos los días recibimos peticiones que aluden a las reformas más disparatadas, en especial sobre la contracepción o el matrimonio de los sacerdotes. Será preciso recuperar la razón. Tengo previsto redactar muy pronto una encíclica concretando mis posiciones en referencia a todos estos asuntos. Pero, si eso no bastara, si la Iglesia se hallara amenazada de verdad, habrá que hacer algo que actúe como un revulsivo.

—¿Y mostrar las imágenes?

—Mostrar que la verdad se encuentra en los Evangelios. Viendo el verdadero rostro del Señor, la gente recuperará la integridad de la fe.

—Eso espero —dijo Pellegrino.

—Todos lo esperamos. Pero solo produciremos esas imágenes si la situación lo exige, no antes.

—Y... ¿nos quedamos en Venecia?

—No, ya no necesitamos escondernos. Creo que ahora es preferible traer la máquina de vuelta a Roma, a su laboratorio de los archivos secretos. Debemos tener en cuenta los avisos de estas últimas semanas. Nos vigilan, es indudable. Prefiero que sepan que escondemos algo a que descubran lo que hemos escondido.

—Me ocuparé del traslado, Santo Padre.

—Perfecto. ¿Alguna cosa más, padre Ernetti?

—Es un simple detalle, pero...

—Dígame.

—Al principio, como seguramente usted también, pensaba que bastaría situarse en Galilea o en Jerusalén en la fecha adecuada para obtener imágenes de Jesús de Nazaret. La experiencia me ha demostrado que no será tan sencillo. Incluso en lugares que creía conocer bien, como la Roma antigua, he tenido que vagar mucho antes de encontrar lo que buscaba. Pues bien, a Tierra Santa no he ido nunca, apenas conozco los sitios identificados por los arqueólogos. Y, sobre todo, no hablo arameo. Tengo nociones de hebreo, pero usted sabe que la gente del pueblo y el propio Jesús hablaban en arameo, que es muy distinto. —Montini asintió—. Quizá me cueste identificar a la persona de Jesús sin comprender las palabras que pronuncia, en especial si hay que leerlas en sus labios. Puedo ponerme a estudiar arameo, pero me llevará meses.

—No, esa solución no nos sirve, padre Ernetti, podría necesitar las imágenes dentro de poco. Le buscaré a alguien de confianza que le ayude.

—¿En el Vaticano?

—¡De ninguna manera! ¡El secreto no duraría mucho! Lo más sencillo es ir a buscarla al lugar mismo, Israel.

60

Era el momento más caluroso del día en aquel auténtico horno que era la cueva IV de Qumrán. Natasha decidió ir a comer a la cafetería improvisada en el campamento base. La primera fase de las excavaciones realizadas en Qasr el Yahud con el equipo inglés había terminado. Esperaban luz verde de las autoridades jordanas para empezar en otro yacimiento de las proximidades. Al enterarse de que Thomas regresaba a Francia, Natasha había propuesto a Sasha que le asignara su puesto en Qumrán. Así es como había llegado a la cueva IV, donde la temperatura alcanzaba casi los cincuenta grados.

—¡Natasha, una llamada del Rockefeller!

Sasha le tendió una taza de su espantoso café, que ella aceptó con mucho gusto. Utilizó el teléfono de campaña para llamar al museo. Se puso Nadia, la secretaria del padre De Meaux.

—Nat, ¿puedes estar en el museo hacia las cinco de la tarde? Quiere verte.

—¿Tan urgente es?

—¡Ya lo conoces! Con él todo es urgente.

—De acuerdo, como algo y me subo al jeep.

Dos horas después se topó con el padre De Meaux, que conversaba animadamente en el pasillo.

—¡Ah, Natasha! Espéreme en mi despacho, voy enseguida.

Como siempre que se veía cara a cara con el padre De Meaux, Natasha se sentía intimidada de verdad. El dominico se sentó frente a ella y encendió un cigarrillo, un Gitanes con papel de maíz que apestaba.

—¿Cómo va su trabajo en la cueva IV?

—Muy lento, padre. Desde hace una semana, encontramos sobre todo fragmentos de vasijas, pero muy pocos textos. Y los que hallamos no son muy significativos.

—¿Cree que ya no hay más?

—Es posible. Al menos en la cueva IV. Pero quizá haya otras cuevas.

El padre De Meaux parecía incómodo.

—Natasha, todo el mundo elogia su trabajo. Y yo conozco a mis dominicos, no son unos blandos.

—Son personas muy entregadas.

—Bueno, tengo que darle una buena noticia y una mala. ¿Por cuál empiezo?

A Natasha se le encogió el corazón.

—Primero la mala.

—Ya conoce la situación. Qumrán sigue bajo jurisdicción jordana. Habíamos llegado a un acuerdo con ellos, pero las relaciones de Jordania con su país son cada vez más tensas. Ahora exigen que no haya ningún israelí en los yacimientos de Qumrán, ni tampoco entre los epigrafistas que trabajan en los manuscritos. Yoni Landau se marchó a la universidad, quedan Noam Hazzan y usted. Voy a verme obligado a prescindir de los dos.

Natasha no pudo evitar que se le saltaran las lágrimas.

—¡No me lo tenga en cuenta, Natasha! Son los caprichos de las retorcidas relaciones en esta región. Pero también tengo una buena noticia. Esta carta… —dijo enseñándole una hoja con un texto escrito en francés— viene del Vaticano. Giovanni Montini, un viejo amigo, es quien me escribe. Montini, ¿no le dice nada ese nombre?

Ella negó con la cabeza.

—En la actualidad, a mi amigo se le conoce como Pablo VI.

—¿El papa?

—En persona. Me escribe para que le busque urgentemente un especialista en arqueología bíblica que conozca a la perfección las excavaciones de la época del Segundo Templo y hable con fluidez arameo. El trabajo se llevará a cabo en el Vaticano, con un contrato en principio de seis meses, prorrogable en caso necesario. Le he hablado de usted. Él confía en mi criterio, así que el empleo es suyo.

—¿Voy a trabajar para el papa?

Le costaba creérselo. Las relaciones con el dominico De Meaux no siempre eran fáciles, pero el papa...

—¿En qué consistiría mi trabajo?

—¡No tengo ni la menor idea! Montini nunca ha sido muy hablador, y menos aún desde que se le ha proclamado papa. Solo sé que tendrá que trabajar sobre la época y los lugares donde vivió Jesús de Nazaret. Es el tema de su tesis. ¡Debería estar dando saltos de alegría!

Natasha tenía la sensación de pasar del dragón De Meaux al dragón jefe, ¡el papa en persona!

—¿Le ha dejado claro al papa que soy israelí?

—Lo que le interesa son sus aptitudes. Quiere que esté en Roma la semana que viene.

—¿Tan pronto?

—Al principio pensé en enviarle al padre Ténard, que es un buen arqueólogo. Pero no tiene tanto talento como usted, y Montini es un hombre exigente.

—¿Me da de plazo hasta mañana por la mañana para pensarlo?

—De acuerdo, pero ¡diga que sí!

Natasha necesitó unas horas para digerir la noticia. Como reunía las habilidades de una buena investigadora y una mujer de acción, consideró aceptar la oferta, pero solo tras hablar del asunto con Zvi Eizer, su contacto del Mossad.

Eizer la recibió esa misma noche en Tel Aviv. La escuchó y fue tajante.

—¡Acepte!

—¿Sabe de qué va?

—Ni idea. El Mossad tiene informadores por todas partes, pero hasta ahora no habíamos entrado en el Vaticano. La oportunidad es demasiado buena para desaprovecharla. ¡Acepte!

Un par de días después, un avión de la aerolínea El Al aterrizó en el aeropuerto de Fiumicino. Un enviado de la Santa Sede esperaba a Natasha con un coche y la llevó a un hotel que estaba cerca del Vaticano, donde había una habitación reservada para la joven. Al día siguiente, fue recibida en los aposentos destinados a las audiencias pontificias. Al primer golpe de vista, su impresión fue que el nuevo pontífice era un hombre despierto e inteligente, muy alejado de los clichés que le rondaban por la cabeza. El papa le presentó a otro eclesiástico, el padre Pellegrino Ernetti, apenas mayor que ella, de semblante abierto y sonriente. Como se suponía que iban a colaborar, resultaba bastante tranquilizador. Pero ¿en qué iban a trabajar? A una señal del papa, el secretario de Estado salió del despacho y cerró la puerta. Pablo VI se levantó. De elevada estatura y delgado, resultaba impresionante con su bonita túnica blanca. Observó largo rato a Natasha en silencio. Resultaba embarazoso. La joven sintió la tentación de apartar la vista, pero al final decidió hacer lo mismo que él y mirar a su vez al Santo Padre directamente a los ojos. Montini, que sabía leer en las almas mejor que nadie, tuvo la sensación de que podía contar con ella.

Dos horas más tarde, Natasha salió del palacio pontificio conociendo el contenido de su misión. Le costaba hacerse a la idea. Se trataba de ayudar al padre Pellegrino Ernetti a recorrer la Judea de la época de Jesús con... ¡una máquina para ver el pasado! Había que identificar a Jesús de Nazaret y seguirle el rastro hasta su detención en Jerusalén, seguida de su crucifixión. Cualquiera habría pensado que se trataba de una broma, pero ni la actitud ni el tono del papa Pablo VI eran los de un bromista. Al día siguiente retrocedería dos mil años... ¡para encontrar a Jesús! Meneó la cabeza. No estaba soñando. Hizo una seña a un taxi para dirigirse al hotel, pero cambió de opinión. Fue andando hasta el Ufficio Postale Vaticano, la oficina de correos del Vaticano. Llamó a cobro revertido a Zvi Eizer, su contacto del Mossad, y le informó de la situación.

—¿Me toma el pelo?

—Le repito lo que me han dicho, Zvi. Usted es libre de creerme o no.

Eizer acabó por convencerse de que Natasha decía la verdad, por difícil de creer que pareciera.

—Está bien —dijo—, siga el juego. ¡Y, sobre todo, manténgame al corriente! —Hubo un silencio—. Supongo —prosiguió— que aprovechará para verificar sus hipótesis sobre las relaciones entre Jesús y los esenios, ¿no?

—Usted decía que me faltaban pruebas, ¿no, Zvi? ¡Pues voy a encontrarlas!

Natasha colgó. Así que era cierto: salía de viaje hacia los tiempos evangélicos. Esta vez, por fin, la vida le servía su destino en bandeja.

61

Dom Alberto Carvalho poseía una cualidad muy valiosa cuando uno quiere contarse entre los dirigentes del mundo: sabía recibir golpes sin dejarse abatir jamás. La política desconoce la compasión, y cuanto mayores son las ambiciones, más terribles son las adversidades que soportar. Alertado por Joaquim, su esbirro, había ido a Macapá a constatar los daños. Eran considerables. Su residencia estaba en gran parte destruida. El distinguido profesor Giordano, que en el momento del ataque estaba desayunando en su habitación, ¡se había encontrado de pronto sentado en la planta baja! Esperó pacientemente el regreso de Carvalho para presentarle su dimisión. Él era historiador, le dijo, no un aventurero. Pidió, pues, que lo llevaran a Río, donde tomaría el primer avión que saliera para Italia. Carvalho titubeó un instante sobre la suerte que debía reservarle, pero al final se limitó a hacerle jurar que guardaría silencio sobre lo que había visto. Giordano, que comprendió la amenaza, juró todo lo que le pidieron.

El obispo visitó con Manfred Ehrlich lo que quedaba del laboratorio. No gran cosa. Los responsables de la CIA no habían escatimado en la potencia del misil: la máquina de Majorana era un montón de chatarra. Carvalho no sabía quién había montado la operación, pero desde luego lo había hecho muy bien.

—Dom Alberto, ¿qué hacemos con los cadáveres?

Joaquim se refería al profesor Miller y a los dos miembros del comando brasileño.

—¿Dónde están?

—Los hemos enterrado no lejos de aquí en espera de su llegada. ¿Qué quiere hacer con ellos?

—Desenterradlos y quemadlos. Que no quede ningún rastro. Si la viuda de Miller quiere recuperar el cuerpo de su marido, nos inventaremos una historia. Diremos que huyó a la selva por una razón desconocida y fue imposible encontrarlo.

Carvalho, pensativo, tomó el avión de vuelta a Roma. Cuando llegó al aeropuerto de Fiumicino, todos los periódicos informaban de la elección del nuevo papa, el cardenal Giovanni Montini. El Concilio Vaticano II se había visto interrumpido en razón de los acontecimientos y se reanudaría al cabo de unos meses. Eso dejaba tiempo a Carvalho para movilizar a todos sus contactos allí y avanzar. Pero ¿cómo? Puesto que no era hombre que retrocediera ante nada, primero intentó reunirse con Montini en audiencia privada. Al ver que sus demandas no obtenían respuesta, se dijo que seguramente era un poco pronto. Pero volvería a la carga, él no se desanimaba con facilidad. ¿Podía empezar de nuevo, desde cero, el trabajo con la máquina? Habló por teléfono con Manfred Ehrlich, que había reocupado su puesto anterior en la Organización Europea para la Investigación Nuclear. El científico se mostró pesimista. Sin contar con un físico del calibre de Desmond Miller, e incluso provistos de una parte de los planos, las posibilidades de éxito eran casi nulas. Carvalho coincidió plenamente con él. Asimismo, consideraba que había perdido suficiente tiempo y dinero con aquella operación, que pasó, por lo tanto, al capítulo de pérdidas. ¡Adiós, pues, al maravilloso proyecto de denunciar la donación de Constantino!

Esta vez era preciso arremeter contra el corazón mismo de la empresa de Montini y el padre Ernetti: averiguar qué intentaban hacer. Tantos medios económicos e intelectuales dedicados durante tantos años a construir una máquina para ver el pasado seguro que estaban al servicio de un proyecto grandioso. Pero ¿cuál? ¿Ofrecer a los universitarios una nueva herramienta técnica para explorar la historia de los siglos pasados? No era al Vaticano a quien correspondía hacer eso. Y, por descontado, no a ese precio. Además... ¿hasta qué momento querían, Pío XII antes y Montini y Ernetti entonces, «ver» en el pasado? Para la donación de Constantino, había que llegar hasta Pipino el Breve, en el año 753 de nuestra era. Ni el profesor Miller ni el padre Ernetti habían puesto pegas a esa idea. Por consiguiente, era posible. ¿Y si la intención era remontarse todavía más? Y en caso afirmativo, ¿hasta qué momento? ¿Y por qué razón? ¿Qué servicio podía prestar aquella máquina a la cristiandad y de qué manera podía frenar el ataque de las fuerzas progresistas y revolucionarias del Tercer Mundo?

La respuesta apareció de pronto en su mente con una evidencia incuestionable.

62

Por la mañana temprano, Natasha se presentó tal como estaba previsto en la entrada del edificio reservado a los archivos secretos del Vaticano. Un funcionario, dentro de una garita, examinó su documentación y encontró su nombre en una lista. Se quedó el pasaporte y encomendó a un guardia suizo que condujera a la joven al interior del edificio. Ella se reprimió para no echarse a reír. ¡Solo le faltaba una alabarda! El gorro y los pantalones bombachos, así como el gran manojo de llaves que llevaba en la mano, daban a Natasha la impresión de haber irrumpido en una película de capa y espada. Pensó que no iba a aburrirse en su nuevo trabajo.

En el sótano, el guardia abrió una primera puerta que daba a un largo pasillo apenas iluminado. Unos sistemas de alarma, colocados aproximadamente cada diez metros, se accionaban a su paso con ruidos electrónicos. El guardia se detuvo delante de una puerta blindada, llamó dando tres golpes para anunciar su llegada e hizo girar la llave en la cerradura.

Natasha se quedó sin respiración.

La película había cambiado. Del cine de capa y espada, pasaban a una película de ciencia ficción. En el centro de lo que a todas luces era un laboratorio, destacaba una máquina cuyo aspecto no le recordaba a nada conocido. Parecía que tenía dos pisos unidos por una cantidad increíble de cables eléctricos. ¡Debía de haber tantos como cabellos en una cabeza humana! Encima de un armario de acero con forma de cubo, descansaba una esfera maciza de dos metros de diámetro como mínimo, de la que sobresalía una multitud de protuberancias de diversa naturaleza. Algunas hacían pensar en antenas, aunque más cortas y gruesas que las antenas clásicas. Otras eran tubos fluorescentes que emitían una débil luz azulada y daban al conjunto el aspecto de una lámpara barroca, una araña de cristal de Murano particularmente elaborada. Era sin duda el famoso cronovisor del padre Ernetti. La máquina, que emitía un chisporroteo permanente, expulsaba por sus portezuelas entreabiertas un calor intenso, afortunadamente contrarrestado por el potente sistema de aire acondicionado de la habitación. Estaba unida por un grueso cable a una carcasa, conectada a su vez a una pequeña pantalla de televisión dispuesta sobre un soporte articulado que se veía miserable al lado de aquella tecnología impresionante, aunque confusa.

El guardia suizo cerró la puerta con llave con ella dentro, cosa que Natasha no encontró nada tranquilizadora. La joven se acercó a la máquina. Quemaba. La rodeó y descubrió al padre Ernetti arrodillado, rezando. Retrocedió, cohibida por haberlo sorprendido en aquella situación. Al verla el sacerdote besó su crucifijo y se levantó.

—Perdone, miss Yadin-Drori, es… un momento importante para mí.

A diferencia del papa, que le había parecido muy frío, la incomodidad del padre Ernetti hacía que resultara simpático y conmovedor. El sacerdote se estiró la sotana y rodeó la máquina.

—Puede llamarme Natasha, padre Ernetti. ¿Quiere que le deje solo un momento?

—No, he terminado. ¿Le apetece un poco de café? Lo he preparado yo. Auténtico café italiano, como lo hacía mi madre.

—Con mucho gusto.

Natasha se sentó a una mesita. El café tenía, en efecto, un agradable olor familiar. Bebió un sorbo. Lo encontró muy fuerte y se le saltaron las lágrimas de los ojos. Mientras buscaba un pañuelo en el bolso, lanzó una ojeada furtiva al sacerdote. El padre Ernetti tenía en la mirada una expresión de perpetua inquietud que revelaba su naturaleza frágil.

—¿Le gusta el café? Es el del papa. No el actual, sino Pío XII.

—Está muy bueno —dijo ella—. Entonces, padre Ernetti, hace años que trabaja en esta máquina, ¿no?

Él se sentó frente a la joven y se sirvió también una taza de café.

—¡Esta mañana empieza el quinto! Sí, años de trabajo para llegar a nuestro viaje de hoy.

—Le confieso que me cuesta creer lo que nos disponemos a hacer —reconoció ella.

—A mí me pasa lo mismo. ¡Y eso que llevo mucho tiempo preparándome!

Natasha vio que le temblaban las manos. Las ojeras que marcaban sus ojos eran elocuentes.

—Se diría que no ha dormido mucho.

—No mucho, no. ¡Se me agolpan tantas cosas en la cabeza!

Los reflejos militares que Natasha conservaba le decían que el pobre hombre no estaba ni mucho menos en condiciones de emprender la aventura, en cualquier caso, no inmediatamente. Había que dárselo a entender sin atosigarlo.

—Padre Ernetti, ¿puedo hablarle con franqueza?

—Sí, por supuesto.

—He comprendido que el papa tiene prisa, pero nosotros debemos llevar a cabo nuestra misión con éxito. Usted y yo vamos a formar una especie de comando. Lo que me ha quedado tras mi paso por el Ejército israelí es que un comando debe entrenarse.

—¿Qué idea tiene en mente?

—Le propongo ir despacio, paso a paso. Debemos reconocer el terreno, usted aprenderá a entender el arameo, y yo, a traducirlo. El arameo no es latín.

—¿Quiere anular nuestro experimento de hoy?

—¡En absoluto! Simplemente propongo empezar por trasladarnos a la época como simples turistas, sin preocuparnos de Jesús. ¿Qué le parece?

—No lo sé. Sí, quizá sea más sensato.

Natasha percibió en él una falsa decepción y un alivio real.

—¿Y si visitáramos Jerusalén… pongamos hacia el año 50 de nuestra era?

—O sea, veinte años después de la crucifixión.

—Sí. Por lo que sé, fue un periodo más o menos tranquilo. Siempre he soñado con ver qué aspecto tenía la ciudad antes de que los romanos la destruyeran.

—De acuerdo, Natasha. ¡Hagamos turismo costeado por el Vaticano!

Su rostro había pasado tan deprisa de la ansiedad a un entusiasmo infantil que Natasha no pudo evitar reír. El padre Ernetti tenía algo que resultaba enternecedor.

—¿Le parece bien el año 52? —propuso el sacerdote.

—Claro, ¿por qué no? Si puede, lo mejor sería enfocar la explanada del Templo.

—Iré a donde usted quiera, solo necesito las coordenadas geográficas.

Ella sacó del bolso un gran libro de arqueología.

—He traído todo lo necesario. —Hojeó el libro—. Son estas: 31° 46' 40" Norte, 35° 14' 07" Este.

El padre Ernetti programó la máquina. Introdujo primero la latitud y la longitud, y después las coordenadas de tiempo.

—Coja una silla, Natasha, no sirve de nada quedarse de pie.

El sacerdote pulsó un gran botón rojo y tomó asiento también. Esperaron mirando la pantalla.

—Algunas veces —explicó Pellegrino— la imagen se forma rápidamente. Otras, tarda más. Nunca he entendido por qué. ¡Esta máquina sigue siendo una obra de bricolaje!

Natasha no tenía la menor duda. Sentía el soplo caliente que exhalaban las entrañas del cronovisor.

—Bueno —dijo Pellegrino—, aquí tenemos una imagen…

63

Apareció un gran edificio completamente blanco, visto desde arriba, como si la toma estuviera hecha desde un helicóptero. Natasha dejó escapar un grito de sorpresa.

—¡Dios mío, es magnífico!

No era una maqueta, como las que tanto abundaban en los museos del Jerusalén moderno. Se trataba del templo de Herodes tal como era antes de verse reducido a ese fragmento informe que llamamos el Muro de las Lamentaciones. Pellegrino también estaba estupefacto.

—¡Es mucho más grande de lo que creía!

Natasha estaba maravillada por partida doble: por el Templo y por aquella máquina que había logrado traspasar la barrera del tiempo. Contestó sin apartar los ojos de la pantalla:

—Hay una frase en el Talmud que dice: «Quien no ha visto el templo de Herodes no ha visto un edificio bello en su vida».

—¿Ha leído el Talmud? —preguntó sorprendido Pellegrino.

—¡Qué va! ¡Un resumen en el *Reader's Digest* y pare usted de contar!

Pellegrino rio con ella. Habían roto el hielo.

—Sí que lo he leído —dijo Natasha—. Pero solo algunos pasajes sobre esta época. Nadie ha leído el Talmud entero, padre, se pasaría años... ¡o se dormiría encima!

Pellegrino había sucumbido a su encanto. Era una chica culta, pero sin las pretensiones circunspectas de sus colegas del

Vaticano. Al sacerdote también le gustaba su vertiente directa y divertida, que tenía un toque refrescante.

El templo de Herodes era una construcción típicamente romana. Las murallas le daban el aspecto de una fortaleza. En el interior del recinto, las columnas de mármol blanco y los ornamentos de oro y cobre, que reflejaban la luz del sol, trazaban un conjunto deslumbrante.

—¡Qué lástima verlo en blanco y negro! —dijo Natasha.

—Un día añadiré color, no se preocupe. ¿Por qué hay andamios? ¿No está terminado el Templo?

—No. Y eso que la primera piedra se puso veinte años antes del nacimiento de Jesús. Es una obra enorme. Lo trágico es que, nada más finalizado, en el año 70, los romanos lo incendiaron.

El padre Ernetti estaba sinceramente escandalizado.

—¿Cómo pudieron destruir unos hombres semejante maravilla?

Ella lo miró con una expresión de reproche burlón.

—Pregúnteles a sus antepasados, padre Ernetti. Eran gente implacable, ¿sabe?

—¡Los romanos han cambiado desde Julio César, Natasha! —replicó él, un poco picado.

—Lo digo para pincharle —contestó la joven sonriendo—. En realidad, no se sabe cómo empezó el incendio. Fue durante la revuelta judía. Mientras los ejércitos de Tito atacaban el exterior del Templo intentando derribar las puertas, en el interior las diferentes facciones judías se mataban entre ellas.

—¡Qué locura!

—Y que lo diga. Yo creo que rara vez se ha visto semejante caos en la Historia. Durante la Revolución francesa, quizá... Padre Ernetti, ¿podría acercarse un poco a ese edificio? —preguntó al tiempo que señalaba una parte del Templo en la pantalla.

Manipulando el mando, Pellegrino efectuó un lento movimiento hacia una construcción de forma cúbica, rodeada de varios patios. Los muros estaban cubiertos de lo que parecían dorados, y el tejado, con sus agujas plateadas, lanzaba destellos.

—Es el Sanctasanctórum, el corazón del Templo. Nadie está autorizado a entrar ahí, salvo el sumo sacerdote el día del Gran Perdón.

—¿Era la supuesta residencia del Eterno?

—Sí, como si dijéramos sus aposentos privados. Cuando Pompeyo conquistó Jerusalén con sus legiones, entro a la fuerza en el Sanctasanctórum porque creía que los sacerdotes escondían allí un tesoro. ¿Y sabe qué encontró?

—No, dígamelo.

—¡Nada! Solo un espacio vacío. Como para los judíos era imposible representar a Dios, no había nada. Pompeyo se quedó con un palmo de narices.

—Es una bonita historia.

—Muy bonita —dijo Natasha—. Pero quizá sea una leyenda. —La joven tuvo entonces una intuición—. Si amplia el campo de visión, podré enseñarle algo que le interesará.

—A sus órdenes, madame —bromeó Pellegrino alejando el zoom.

—¿Ve ese gran patio?

—¿Ese que está bordeado de pórticos?

—Sí. Era la única parte a la que podían acceder los no judíos.

Bajo los pórticos se veía una serie de mesas cubiertas de mercancías. Había mucha gente alrededor.

—Los hombres que ve son mercaderes. Venden recuerdos y objetos de culto.

Pellegrino se percató de pronto de adónde quería ir a parar.

—¡Los mercaderes del Templo! —exclamó.

—Sí. Y justo al lado de ellos...

Natasha señaló en la pantalla unas mesas más pequeñas detrás de las cuales unos hombres contaban monedas.

—¡Los cambistas! Los que fueron expulsados por Jesús.

Lo que no era más que un detalle en la visita al Templo, a Pellegrino le maravillaba. Los Evangelios, que había leído decenas de veces, empezaban a cobrar vida ante él. Citó de memoria el Evangelio de Mateo: «Está escrito que la casa de mi Padre será llamada casa de oración. ¡Y vosotros la habéis convertido en una cueva de ladrones!».

Natasha movió la cabeza.

—Sí, eso es lo que se supone que dijo. Personalmente me parece un poco duro. Los cambistas tenían su utilidad. Los peregrinos llegaban de toda la cuenca mediterránea, cada uno con su moneda propia. Era preciso cambiarla para comprar animales destinados a los sacrificios.

—Sí, pero ¡en el Templo...! —replicó indignado Pellegrino—. ¡Cambistas dentro del Templo!

La joven decidió dejar que tuviera él la última palabra.

—Es usted parcial, padre. Ah, eso... —Había reparado en un detalle que le interesaba—. ¿Podría ampliar la parte inferior de la pantalla?

Cogió un cuaderno y empezó a tomar notas, lo que hizo sonreír a Pellegrino.

—¿La arqueóloga se pone a trabajar?

—Sí, se trata de un detalle arquitectónico que estudié en la universidad. Mire... —Señaló la gran escalinata que permitía acceder a las tres entradas del Templo. Estaba cubierta de decenas de figuras que subían y bajaban—. Cada peldaño de la escalinata tiene una anchura distinta. Pero no era una imperfección, sino un truco para evitar las aglomeraciones. —En efecto, sobre gran parte de la escalera, el movimiento de la multitud se veía bastante ralentizado. Natasha estaba maravillada—. En mi tesis formulé esta hipótesis, y ahora queda verificada ante nuestros ojos. ¡Qué placer practicar la arqueología sobre la realidad!

—Por lo menos, mi cronovisor habrá servido para algo —dijo Pellegrino con un suspiro.

—No sea tan modesto, padre Ernetti. ¡Su máquina es un

invento genial! Revolucionará el trabajo de los historiadores y los arqueólogos. Los estudiantes de historia harán cola años y años para disfrutar de una sesión de cronovisor.

Aquel cumplido reconfortó a Pellegrino. ¡Valía más que todos los del papa juntos! Al pie de la escalinata, la muchedumbre se hizo todavía más densa. Había allí una especie de zoco: animales, telas de todos los colores, prendas de vestir de todas las tallas, lana, vajilla. Algunos preparaban apetitosos guisos en grandes marmitas.

—Aprovechemos para practicar un poco el arameo —propuso Natasha—. ¿Qué dice ese?

El padre Ernetti intentó descifrar las palabras que pronunciaba un vendedor de fruta y verdura leyéndole los labios. Por suerte, el hombre repetía una y otra vez las mismas. Se las dijo a Natasha y ella las tradujo.

—Elogia las sandías. Hay que reconocer que parecen en su punto. También ofrece leche de cabra. ¿Lo ve? —le dijo, muy contenta, a Pellegrino—. ¡Lo estamos consiguiendo!

—Tenía usted razón —reconoció Pellegrino—, había que entrenar. Si hubiera sido testigo hoy de un sermón de Jesús, me habría emocionado tanto que…

Natasha lo interrumpió:

—Espere, se ha formado un grupo justo al lado. —Se trataba de una conversación animada. Un joven, indignado, se dirigía a la gente—-. ¿Puede repetirme lo que dice?

Pellegrino repitió las palabras del joven.

—Está insultando al gobernador romano de Judea —tradujo Natasha.

—Ah, la política, como siempre… ¿El gobernador de Judea sigue siendo Poncio Pilato? —preguntó Pellegrino.

—No, en esa fecha ya han hecho volver a Pilato a Roma, hacía demasiadas tonterías. En el año 52 gobierna Marco Antonio Félix, pero no es mejor que Pilato. ¿Ha leído los Hechos de los Apóstoles?

—Sí, pero hace mucho.

—Es el mismo Félix que encarceló a Pablo de Tarso.

Al oír el nombre del apóstol, Pellegrino se vio invadido por una súbita oleada de excitación.

—Dios mío, es verdad, en esa época ya ha empezado la evangelización. Quizá san Pablo esté entre esa multitud.

—No lo creo —lo frenó Natasha—. Según los Hechos, en el año 52 Pablo está en Asia Menor. —Se volvió hacia él y lo llamó al orden—. Padre Ernetti, recuerde que hoy hemos decidido dedicarnos a hacer turismo. Es mejor para usted, se lo aseguro. Esperemos a mañana para comenzar nuestras exploraciones por Galilea. —Miró el reloj—. Vaya, si son más de las doce. ¿Y si me lleva a comer?

64

El padre Ernetti llevó a Natasha a apenas unos cientos de metros del Vaticano, a un pequeño restaurante abarrotado donde la joven comió una focaccia, una especie de pizza blanca, acompañada de jamón curado del país y virutas de pecorino, un tipo de queso de oveja.

—Está delicioso —aseguró.

—Espere a probar el vino. Este es de Sassari, al norte de Cerdeña. ¡Para mí es el mejor del mundo!

—Tiene pinta de sentirse mejor que esta mañana —dijo Natasha con satisfacción.

—Mucho mejor. Ha hecho bien en frenarme —contestó Pellegrino en un tono de agradecimiento—, de lo contrario, habría ido directamente al encuentro de Nuestro Señor.

—Me he dado cuenta enseguida.

—Es que… lo que estamos haciendo es muy difícil para mí, Natasha. Voy a encontrarme ante la figura divina que ha hecho de mí un sacerdote, la luz que ilumina mi vida.

—Cada cual debe superar sus propias pruebas, padre Ernetti. Quizá no se haya dado cuenta, pero para mí han empezado esta mañana.

—Ah, ¿sí? Me había parecido que estaba muy entusiasmada…

—La arqueóloga, sí, estaba encantada. Pero la hija de Israel ha tenido una sensación extraña.

—¿A qué se refiere?

Ella intentaba reunir sus recuerdos.

—En Jerusalén, cada vez que iba a ver el Kotel, el Muro de las Lamentaciones, me emocionaba tanto que se me saltaban las lágrimas. Y, sin embargo, no era más que un pedazo de un muro de carga. Pero cuando he visto esta mañana el Templo, completamente nuevo...

—¿La ha decepcionado?

—¡Al contrario! Era muy impresionante. Pero he descubierto un edificio romano un tanto pesado y pretencioso. El rey Herodes el Grande lo construyó para complacer a sus amigos de Roma. Esas paredes son romanas, no judías.

—Pero allí se celebraba el culto.

—Los judíos acababan de instalarse, como en un piso nuevo. Y en el año 70 los romanos lo derribaron. Fue en ese momento, y no antes, cuando el Templo se convirtió en lo que es, un recuerdo imperecedero en la memoria de mi pueblo.

El padre Ernetti había comprendido. En esta ocasión, fue él quien hizo las veces de psicólogo.

—¿Quiere decir que, para usted, el verdadero Templo es el Kotel?

—El Muro, sí, porque millones de judíos han llorado sobre él. Nuestras emociones acumuladas a lo largo del tiempo son las que dan a las cosas su valor particular, padre Ernetti. Nos emociona un juguete viejo, no un juguete recién comprado.

Aquella chica era muy sutil. Pellegrino se daba cuenta de lo que intentaba hacer.

—¿Está preparándome para lo que veremos mañana?

—Es posible, padre Ernetti, quizá vaya a vivir momentos... difíciles.

—Imposible dar marcha atrás ahora. Pero sin duda necesitaré su ayuda.

—Puede contar con ella, padre.

A Pellegrino que una judía lo llamara «padre» le parecía conmovedor. La joven echó un vistazo a la carta.

—¿Qué me aconseja de postre?

—Nada compatible con conservar la línea.

Ella sonrió.

—Entonces un café. Y una copita de licor de melón napolitano.

—Ah, ¿lo conoce? Tiene un montón de azúcar, no sé si lo sabe.

—Bueno, ¡no sale una todos los días en busca de Jesús!

Cuando salían del restaurante, Pellegrino le dijo que quería disponer de unas horas para reparar el sistema de visualización, que se desconectaba demasiado a menudo. Quería que todo funcionara a la perfección para la «inmersión» del día siguiente, que se filmaría entera. Ella decidió aprovechar ese tiempo para hacer un poco de turismo. Al fin y al cabo, era la primera vez que estaba en Roma.

65

Como llovía, Natasha tomó un taxi que la dejó en el museo del Capitolio. Compró una entrada y subió a la primera planta. En el interior, toda una civilización, cruel y refinada, la aguardaba. Había tantas obras expuestas que uno no sabía adónde mirar. Vio un letrero que indicaba la dirección de la «sala de los emperadores». Estaba al final del pasillo. Fue hacia allí. Sesenta y siete bustos, expuestos en orden cronológico sobre una doble balda, resumían la historia del Imperio. Estaban todos allí, desde los peores hasta los mejores. Los emperadores divinos como Augusto o Tiberio, los terribles como Nerón, Vespasiano y Tito, los emperadores filósofos como Marco Aurelio, los emperadores soldados como Maximino el Tracio. Los observó uno tras otro, como se pasa revista a unas tropas. Girando la cabeza, los abarcó a todos con la mirada.

Y comprendió por qué no le gustaban.

Había visto otros retratos de soberanos, en el Museo Nacional de Atenas, por ejemplo. Pero los griegos tenían una calidez, una profundidad en la expresión, que en los romanos brillaba por su ausencia. Aquellos bustos arrogantes y fríos parecían no respetar más que un valor: la fuerza. Al salir de la sala, contempló de pasada muchas maravillas, como una Venus saliendo del baño, inspirada sin duda en un modelo griego. La ejecución era perfecta, de una finura notable. Pero en aquella admirable estatua nada lograba emocionarla. La única que le pareció conmovedora estaba en la otra punta del pasillo. Una escultura muy realista de un guerrero gálata muriendo, con la mano apoyada en una rodilla, cuyo rostro expresaba un dolor sobrio y contenido. Sí, los romanos podían ser sensibles al sufrimiento... ¡cuando era el de sus enemigos!

De nuevo en la planta baja, descubrió desde un balcón toda la extensión del Foro Romano. Imposible pasar de largo. Como había dejado de llover, cogió un autobús que la llevó primero al Coliseo. Hizo una visita rápida. El edificio le pareció realmente inmenso, pero no era más que un circo. Todavía exhalaba el dolor de los combatientes o de los mártires que se habían dejado la vida en aquella arena. Después visitó los vestigios del Foro. La guía en hebreo que llevaba identificaba con precisión todas las ruinas famosas que iba viendo. La mayor parte habían quedado reducidas a unos fragmentos. El arco de Tito, en cambio, había resistido bastante bien el paso del tiempo. Conservaba, grabado en la cara interna, el bajorrelieve que conmemoraba el saqueo del templo de Jerusalén tras la derrota de los insurrectos en el año 70. Antaño ese fresco estaba pintado en colores vivos, lo que debía de hacer que resultara todavía más crudo. Unos prisioneros llevaban el gran candelabro de siete brazos y las trompetas de plata procedentes del tesoro del Templo. Quizá fuera eso el apocalipsis que anunciaban los esenios. En sus escritos hablaban de una guerra despiadada, la de los ejércitos del Bien contra los del Mal. Por desgracia, viendo aquellos vestigios, el Mal —y Nerón— había sido el ganador. Todo aquello era muy deprimente.

Para distraerse, fue en taxi a las tiendas al sur de la plaza de España. Se enamoró de un vestido de verano que subrayaba de manera agradable su delgadez. En vista de que el cielo se había despejado y hacía mucho calor, se metió en el primer cine con «aire acondicionado» que vio. Proyectaban una película que había abierto el festival de Cannes: *La caída del Imperio romano*. Un título vengador tras su visita al arco de Tito. Lamentablemente era una payasada. La película estaba muy bien hecha, pero le parecía «de imitación» después de las imágenes del cronovisor. Y, sobre todo, el guion era absurdo y deformaba hasta un punto insoportable la verdad histórica. Dormitó pese al estruendo de las batallas en setenta milímetros y sonido estereofónico. La despertó la presencia de un hombre de mediana edad que se había sentado justo a su lado.

—Hay otros asientos libres en el cine —le dijo.

La sala, en efecto, estaba casi vacía. Pero el hombre no contestó y continuó mirándola.

—¡Si intenta ligar, le advierto que ha elegido a la persona equivocada!

El hombre se inclinó hacia ella.

—¿Qué prefiere? ¿La historia en Technicolor o la auténtica en pequeña pantalla?

¿Qué quería decir? ¿Hacía alusión a la máquina del padre Ernetti?

—¿Qué quiere?

Él bajó la voz porque empezaban a oírse algunos «chisss».

—¿Y si vamos a hablar a la plaza que está justo enfrente del cine? Molestaremos menos al público.

Natasha aceptó. Para empezar, porque sabía defenderse. Y, además, porque el hombre parecía bien informado. Salieron del cine en silencio, cruzaron la calle y se sentaron en un banco de un jardín donde jugaban unos niños.

—Le escucho —dijo ella con semblante adusto.

—Sé quién es usted y lo que hace aquí. Es mi trabajo.

—¿CIA?

—Premio. No competimos, ya que el Mossad nos pasa información y a la inversa.

Ya no era un jovencito. Su cara estaba marcada por una larga experiencia, sin duda era un antiguo militar.

—¿Qué quiere?

—Déjeme decirle primero lo que le ofrecemos. El coronel

Nasser prepara una operación de envergadura. Puedo decirle lo que sabemos y usted me dirá lo que sabe.

—¿Qué es lo que sé?

—El detalle de sus experimentos con el padre Ernetti en los archivos secretos.

Estaba bien informado, en efecto. Natasha ni siquiera se tomó la molestia de desmentir su afirmación ni de contestar con un «no sé de qué me habla».

—Como comprenderá, no puedo decidirlo por mi cuenta. Déjeme que pida instrucciones.

—Me parece normal, yo haría lo mismo. Perdón por haberle estropeado la sesión de cine.

—No tiene importancia, la película no valía nada.

El hombre le tendió una pequeña hoja de papel en la que había anotado un número de teléfono.

—Puede llamarme a este número. Buenas tardes.

A última hora, Natasha volvió a la oficina de correos y llamó de nuevo a Zvi Eizer. Le contó su encuentro con el agente de la CIA. Su respuesta fue inmediata.

—¡Me lo quedo!

—Es decir…

—Acepte su oferta y dígale lo que sabe, necesitamos realmente su información. Sea rubio o moreno, el verdadero rostro de Jesús no cambiará en absoluto nuestros problemas con los árabes.

Natasha asintió y colgó. Pero no le gustaba lo que le pedían que hiciera.

66

Estaba en un avión rumbo a Cracovia, al sur de Polonia. Ya no sabía muy bien qué pensar. El proyecto del papa, por descabellado que pareciera, tenía, pese a todo, alguna posibilidad de ser un éxito. Y gracias a eso el Vaticano podría salir reforzado. Carvalho se resistía a aceptarlo. Necesitaba la opinión de un teólogo inteligente que aún no hubiera elegido bando. Por eso pensó en el arzobispo de Cracovia, Karol Wojtyla.

En cuanto llegó a Cracovia, cogió un taxi y fue a la diócesis instalada en la basílica de San Estanislao y San Wenceslao. Era una pequeña catedral que los polacos no habían podido ampliar debido a la falta de espacio en el cerro de Wawel, justo encima del Vístula. Había conservado el aspecto barroco que le diera el rey Vladislao I en el siglo XIV. También era un santuario donde se conservaban los restos de algunos personajes prestigiosos de la historia del país.

Carvalho se identificó en la entrada. Le contestaron que el arzobispo iría a recibirlo. Una serie de grandes osamentas colgadas de cadenas atrajeron su mirada. Como la inscripción que las acompañaba estaba en polaco, se preguntó qué demonios sería.

—Es un mamut —dijo una voz de timbre viril.

Era Karol, que había salido a recibirlo. Se había dirigido a él en italiano, pero también hablaba francés, inglés, alemán, polaco, ruso, español y latín.

—Los paleontólogos dicen que tiene como mínimo veinte mil años. Los huesos se encontraron cerca de aquí hace casi dos siglos. El arzobispo de la época mandó colgarlos en la entrada de la catedral para expulsar al demonio. Dicen que, el día que esa osamenta caiga, Cracovia y después la humanidad serán destruidas.

—¿Cómo te sientes con tu nuevo hábito de arzobispo, Karol? —le preguntó Carvalho amistosamente.

Pablo VI lo había nombrado arzobispo como contrapunto de la figura del cardenal Wyszynski, cuyo anticomunismo histérico hacía muy difíciles las relaciones de la Iglesia polaca con el régimen socialista. Wojtyla se mantenía neutral. No era un hombre de izquierdas, desde luego, pero el régimen lo veía como un interlocutor adecuado.

—¿Has hecho todo este viaje para venir a hablar conmigo? ¿No podíamos hacerlo por teléfono?

—En tu casa los teléfonos están pinchados, amigo mío. Y lo que tengo que decirte es grave.

—Acompáñame.

Wojtyla le hizo entrar en una habitación modesta donde destacaba el retrato del papa Pablo VI colgado sobre su mesa.

—¿Quieres beber algo?

—¿Qué me ofreces?

—Un vodka. Tengo algunos buenos. O una cerveza. Toma, prueba esta. —Destapó una pequeña botella—. Es una Tyskie, los entendidos dicen que es excelente.

—¿No me acompañas?

—Solo agua y té. Es el secreto para mantenerse en forma.

—Karol, lo que voy a decirte debe permanecer entre nosotros.

—Ya conoces mi discreción. Stalin condenó a muerte a Wyszynski porque era demasiado hablador. Y ha sido peor para él, porque ahora se ve obligado a soportarme. —Los dos rieron de buena gana—. Adelante —dijo Wojtyla—. Puedes hablar sin miedo.

Carvalho le contó la historia de la máquina del papa, guardándose mucho de mencionar la suya y su destrucción en Macapá. Al principio, tal como había previsto, Wojtyla se mostró incrédulo. Aquello le parecía totalmente inconcebible, pero Carvalho parecía sincero. Y el arzobispo de Cracovia sabía que estaba muy bien informado.

—Montini nunca dejará de sorprenderme —dijo Wojtyla—. Su manía del secreto y sus ansias de poder habrían hecho maravillas en un país como el nuestro. Porque es de eso de lo que se trata, ¿no? ¿Quiere hacer que detone el arma Jesús en plena Guerra Fría, como se activa una bomba H?

—Sí, es algo así —dijo Carvalho—. Quiere dar un nuevo impulso al cristianismo.

—Se equivoca —replicó Wojtyla—, no es así como reavivaremos la fe de los cristianos, sino luchando contra el egoísmo, empezando por el de los poderosos.

—Karol, si mi hipótesis es correcta y Montini consigue su objetivo, ¿qué puede pasar?

De todos los teólogos que conocía, Wojtyla era el más indicado para responder a esa pregunta. Además de sus clases de teología, también enseñaba fenomenología y filosofía de la historia. El arzobispo de Cracovia juntó las manos y guardó silencio durante un momento prolongado.

—La guerra, Alberto. Estallará la guerra.

—¿Por qué? —preguntó Carvalho sorprendido.

—Porque a los hombres no les gusta la verdad, prefieren vivir con sus ilusiones.

—¿Qué quieres decir?

—Hay al menos una cosa de mi lectura de Karl Marx con la que me quedo, y es lo que dice sobre la falsa conciencia, esa idea deformada que los hombres se hacen de su tiempo y de las fuerzas que les impelen a actuar. Pero yo añado... —Hizo una pausa mientras reflexionaba—. En la Polonia comunista pagamos un precio muy alto por saber que las ilusiones no son solo errores, sino muchas veces cómodas mentiras. Cuando se reveló la verdad sobre los crímenes de Stalin, en Cracovia hubo gente que se suicidó. Stalin, el padrecito Stalin, formaba parte de su vida.

—¿Crees que sucederá lo mismo con Jesús?

—¡Será peor! Nuestra concepción del cristianismo es profundamente mítica, lo sabes tan bien como yo. Ha sido forjada por dos mil años de Historia. No solo ha modelado nuestras mentes, sino que ha construido nuestra civilización.

—¿Quieres decir que, cuando vean la verdad, los hombres no la soportarán?

—No la soportarán. Sea cual sea. —Wojtyla, que se había levantado, continuó en un tono exaltado—. La verdad es como el sol, Alberto, no la miramos de frente. Cuando vean el verdadero rostro de Jesús, los hombres lo encontrarán demasiado humano o demasiado marcado por sus orígenes, o demasiado gordo o demasiado delgado. Ningún Jesús vivo podrá rivalizar con el que ha sido forjado durante dos mil años con el fuego de sufrimientos y sacrificios. Paradójicamente, al ver al Jesús de carne y hueso, dirán que Jesús no ha existido jamás, que es una falacia difundida por textos mendaces. Proclamarán que la cultura occidental, basada en el amor al prójimo, es un enorme camelo. África se rebelará, ya ha empezado a hacerlo. Asia se burlará de nosotros; los sables de los musulmanes apuntarán hacia la nueva Constantinopla, Nueva York o Washington. Montini conseguirá lo contrario de lo que espera. ¡Quiere que triunfe el cristianismo y tendrá el apocalipsis!

—¡Y los huesos del mamut colgado en la entrada caerán! —dijo Carvalho.

Wojtyla rompió a reír y abandonó de inmediato su actitud de predicador.

—Perdona que haya sido tan vehemente, Alberto. Pero creo que Montini está jugando con fuego.

—Yo también me lo temo. Para serte sincero, no sé muy bien en qué punto están ni lo que han descubierto. Pero mantendré un ojo abierto. Y sobre todo, Karol, ni una palabra de lo que te he dicho.

—No te preocupes. Estamos en la última planta del edificio y las paredes datan del siglo XIV. Son gruesas.

Las paredes eran gruesas, en efecto. Pero no lo suficiente para los técnicos del régimen polaco. Las autoridades, que desconfiaban del nuevo arzobispo, se habían encargado de llenar su despacho de micrófonos.

67

A la mañana siguiente, cuando regresó a la sala del cronovisor, para Natasha no fue una sorpresa encontrar de nuevo al padre Ernetti rezando. Discretamente fue a servirse una taza de café. Al cabo de un momento, él se puso en pie y se volvió hacia la joven. Esta vez, en cambio, parecía lleno de entusiasmo.

—Creo que podemos empezar —dijo.

Natasha se alegró de verlo de tan buen humor.

—Padre Ernetti, para que nuestra búsqueda tenga alguna posibilidad de llegar a buen puerto, primero debemos decidir el año que queremos explorar. ¿Puedo? —preguntó señalando una pizarra de papel que había al fondo de la habitación.

—Adelante —respondió Pellegrino.

Ella se levantó y fue hasta allí. Con un grueso rotulador, trazó una línea que iba desde «nacimiento» hasta «muerte». Al principio y al final de la línea, había escrito unos signos de interrogación.

—¿Por qué periodo de la vida de Jesús quiere empezar?

—Por la Pasión no, es demasiado pronto para eso. Yo había pensado los inicios del ministerio de Jesús en Galilea —sugirió Pellegrino.

—¿Qué edad tenía?

Él mostró su biblia.

—En su Evangelio, Lucas escribe que cuando Jesús empezó a predicar tenía unos treinta años.

Natasha escribió «30» un poco antes del final de la línea que había trazado. Procedía con un rigor absolutamente militar, como si preparara un plan de ataque.

—Partamos de ahí. Pero, para programar la fecha correcta, necesitamos saber cuándo nació Jesús.

El padre Ernetti se acercó y señaló el principio de la línea.

—Pues... treinta años antes, el *anno Domini*.

—Es poco probable, padre Ernetti. Cuando Jesús nació, el rey Herodes el Grande aún estaba vivo.

—¿Entonces...?

—Los arqueólogos han establecido con certeza que Herodes murió en el año -4.

Natasha escribió esa fecha un poco antes del cero.

—O sea que, según usted, Jesús nació... ¿cuatro años antes que él mismo? —preguntó Pellegrino atónito.

—Si nació el año de la muerte de Herodes, sí. Pero quizá nació antes.

—¿Cómo podemos saberlo?

—Le propongo un indicio —dijo ella y señaló el cielo—: la estrella.

—¿La estrella de Belén? Creía que era una leyenda.

—No forzosamente —contestó Natasha—. Cuando trabajaba en la tesis, un amigo astrofísico me informó de que en el año -7 sí que ocurrió algo desacostumbrado en el cielo.

—¿Una explosión de estrellas?

—No, no es eso lo que ven los astrónomos en esa época. En cambio, señalan una triple conjunción entre Júpiter y Saturno. —La joven representó el fenómeno con las manos, acercándolas despacio una a la otra—. Teniendo en cuenta las rotaciones de los planetas alrededor del Sol, dos de ellos, vistos desde la Tierra, parecen acercarse y confundirse. Eso es lo que pasó el año -7 con Saturno y Júpiter. El fenómeno era perfectamente visible desde Judea.

—¿Y la estrella de los pastores sería eso?

—Es posible. El hecho de que la conjunción se produjera

tres veces el mismo año, cosa que solo ocurre cada ciento ochenta años, es una buena razón para que en la época pensaran que el cielo enviaba señales.

—Es curioso —dijo Pellegrino—. Usted, la científica, es quien me remite a los Evangelios. —Le cogió de la mano el rotulador y escribió en la pizarra de papel «-7», «triple conjunción»—. Pongamos que Jesús nació en el año -7. Si murió a los treinta y tres años, como es creencia generalizada, fue crucificado en el año 26 de nuestra era.

—Sí —dijo Natasha—. Ese es, además, el año en que nombraron a Poncio Pilato gobernador de Judea.

—O sea que concuerda, ¿no?

—Plenamente.

—Entonces avanzamos —dijo Pellegrino, divertido.

Eran como dos estudiantes universitarios trabajando en un problema de física.

—Si queremos ver a Jesús en los comienzos de su ministerio en Galilea —prosiguió Natasha—, es preciso, por lo tanto, retroceder unos años. Pero ¿cuántos?

—Le propongo una cosa. Cuando estaba en el seminario, los exégetas calcularon que habían transcurrido unos tres años entre el encuentro de Jesús con Juan el Bautista y su crucifixión en Jerusalén.

Ella recuperó el rotulador y anotó unas cifras en el papel.

—Siendo así, tendríamos 26 − 3 = 23. Debemos buscar a Jesús en Galilea en el año 23.

—¡Vamos allá! —dijo Pellegrino.

El sacerdote se puso a programar la máquina, pero Natasha lo detuvo.

—¡Espere, padre Ernetti! No quisiera que nuestra búsqueda de Jesús empezara con un fracaso. Le propongo darnos un poco de margen y comenzar por el año 21, dos años antes.

—Pero ¡es demasiado pronto!

—¿Y qué importancia tiene? Así desbrozamos. Si no encontramos nada en esa fecha, avanzaremos en el tiempo paso a paso.

Natasha no le decía estrictamente la verdad, también trabajaba para sí misma. Si Jesús, pensaba, estuvo en Qumrán, si siguió las enseñanzas de los esenios, lo hizo antes de emprender su ministerio en Galilea. De ahí el interés en remontarse un poco más. Ya había comenzado a traicionar al padre Ernetti. «Y aquí no acaba la cosa», se dijo, un tanto avergonzada, pensando en el agente de la CIA.

—Muy bien —accedió Pellegrino—, hagamos lo que propone. ¿Qué día?

—El que quiera. Pongamos el 15 de mayo. ¡La primavera en Galilea debe de parecerse mucho al Paraíso!

—¿Adónde vamos?

—Probemos con la pequeña ciudad de Cafarnaúm, a orillas del lago Tiberíades. Allí es donde vivía Pedro.

—¿San Pedro?

—Sí, era el punto de reunión del grupo de los apóstoles.

—Entendido.

Natasha consultó sus planos arqueológicos.

—Le doy las coordenadas: 32° 52' 52" Norte, 35° 34' 30" Este.

Pellegrino programó el salto temporal e instaló la cámara Bell & Howell delante de la pantalla del cronovisor.

—A partir de ahora —dijo—, todo lo que veamos será filmado para el papa.

Preparó varios rollos de película virgen y le encargó a Natasha la tarea de cambiarlos a medida que fueran llegando al final.

—¡Motor!

El lago Tiberíades era una extensión tan vasta que también lo llamaban «mar de Galilea». Pescadores que tiraban de las redes, niños en las orillas, mujeres que seleccionaban el pescado, todo transmitía tranquilidad. Al lado se veían las casas de Cafarnaúm. Natasha señaló una.

—Intente acercarse, padre.

Pellegrino hizo «planear» el cronovisor en la dirección que le indicaba.

—Creo que es la casa de Pedro —dijo Natasha.

—Pero... ¿cómo lo sabe?

—Hace unos años colaboré con unos padres franciscanos excavando el terreno. Esa casa empezó a ser venerada muy pronto por los primeros cristianos. Encontramos inscripciones y pinturas. En algunas aparecía el nombre de Pedro, en otras el de Jesucristo. Dedujimos que, si el apóstol existió, sin duda vivió en aquella casa.

—¡Por supuesto que existió! —dijo Pellegrino frunciendo el ceño.

—Entonces, vamos a conocerlo. ¿Podría reducir ligeramente el encuadre?

Con la palanca de mando, Pellegrino aumentó la imagen. La casa de Pedro estaba hecha de grandes bloques de basalto colocados unos sobre otros. Parecía una pequeña granja construida alrededor de un patio interior. Pellegrino detuvo el zoom en el umbral. Natasha se volvió hacia él sonriendo.

—¡Bienvenida a casa de Simón bar Jona, Simón hijo de Jonás, apodado Pedro por Jesús porque tenía la cabeza dura!

El padre Ernetti estaba fascinado. Como con los cambistas del Templo, el Evangelio que había acunado su infancia cobraba vida ante él.

—Es un poco más grande que las otras casas —observó.

—Sí, Pedro debía de ser un buen pescador.

A través de la puerta principal, se accedía a un pequeño patio donde estaba instalado el horno de leña que se utilizaba para cocinar. Precisamente en ese momento había algo cociéndose.

—Seguro que Pedro y su familia viven en la gran habitación de la izquierda —dijo Natasha—. La otra, la de la derecha, está reservada al hermano de Pedro o a los invitados. Quizá es ahí donde vive Jesús cuando está de paso en Cafarnaúm.

Pellegrino observó con atención la pequeña pantalla.

—De momento no veo a nadie.

—Esperemos, padre Ernetti. La arqueología exige una gran paciencia.

Esperaron más de diez minutos. Ella aprovechó para cambiar el rollo de la Bell & Howell.

—Ahora… —Pellegrino señaló la pantalla.

Natasha se acercó. Dos personajes entraron por la izquierda del campo de visión. Iban cargados con sacos de pescado. Pellegrino estaba nervioso.

—¿Cree que es Pedro?

—Quizá.

Los dos hombres se detuvieron en el umbral. Ambos llevaban barba y vestían sencillas túnicas atadas en la cintura. Una mujer salió de la casa y besó al que parecía mayor.

—Porfiria —dijo Pellegrino—, su esposa.

—No sabía su nombre —contestó Natasha—. El hombre al que ha besado sin duda es Pedro.

El padre Ernetti abrió los ojos como platos, igual que un niño delante de un escaparate en Navidad.

Porfiria cogió los dos sacos de pescado y desapareció de nuevo en el interior de la casa.

Pellegrino salió de su estado de estupor y señaló al otro hombre.

—Y su compañero, ¿cree que podría ser…?

—¿Jesús? No, no lo creo. También va vestido como un pescador. Creo que debe de ser Andrés, el hermano de Simón Pedro.

Una niña salió corriendo de la vivienda y abrazó a Pedro. A su alrededor, un perro ladraba alegremente.

—Una escena de la vida corriente en Galilea —comentó Natasha.

—Pero ¿dónde están los apóstoles?

—Si hemos llegado a la fecha correcta, no deben de andar lejos.

De momento, el pueblo estaba vacío. Natasha levantó la cabeza y se quedó unos segundos pensativa.

—Tengo una idea, padre Ernetti. Le propongo pasar a la otra orilla del lago, en… —Consultó su libro de arqueología—. En 32° 50' 21" Norte, 35° 30' 27" Este.

—¿El Tiberíades?

—No, justo al lado, Magdala.

—¿Por qué Magdala?

—¿Se acuerda de María Magdalena?

—Sí.

—¡Su verdadero nombre era María de Magdala!

68

Magdala, situada en la orilla occidental del lago Tiberíades, era un pueblo un poco más «burgués» que Cafarnaúm. Junto a las viviendas toscas de los pescadores, había casas de artesanos o comerciantes, de paredes lisas y diferentes colores. La sinagoga, construida a orillas del lago, no era ni mucho menos lujosa, pero los dorados le daban una apariencia más cuidada que la de Cafarnaúm. Alrededor había numerosas tiendas donde se detenían algunos transeúntes.

—Aquí es donde vivía María Magdalena —apuntó Natasha—. Mejor dicho, Miriam de Magdala. Quizá Jesús la conoció en esta sinagoga. ¡Quién sabe!

—El Evangelio dice que Jesús la curó de «siete demonios» —precisó Pellegrino.

—¿Qué piensa de eso el exorcista? —preguntó ella sonriendo.

—Que probablemente fuera una enfermedad nerviosa. ¿Qué han descubierto los arqueólogos sobre María Magdalena?

—A decir verdad, padre, no tenemos ningún rastro de su existencia. Según los textos, era una mujer rica, puesto que financiaba los desplazamientos de los apóstoles.

Pellegrino la miró divertido.

—¡Natasha, pero si resulta que conoce los Evangelios mucho mejor que yo!

—Es que los leí a fondo para escribir la tesis.

En la pantalla, algunas amas de casa miraban los tenderetes cubiertos. Otras preparaban una comida en el patio de su casa.

—¿Cómo vamos a reconocer a María Magdalena entre todas esas personas? —dijo Pellegrino—. No tenemos ningún retrato suyo.

—Yo esperaba encontrarla en la sinagoga con el grupo de los apóstoles —respondió Natasha—. Doce hombres acompañados de una mujer, en la época, no era algo corriente. Pero ahí no hay nadie.

—A mí no me extraña, hemos llegado demasiado pronto —repitió el padre Ernetti—. En el año 21, Jesús aún no ha empezado a predicar. Está... no sé dónde.

—¿En Nazaret? —sugirió Natasha.

—Sí, quizá con su familia en Nazaret.

—Entonces ¿a qué esperamos?

—Vamos allá —dijo Pellegrino—. ¿Tiene las coordenadas? Ella consultó su guía.

—Aquí están: 32° 42' 07" Norte, 35° 18' 12" Este.

En la época, Nazaret era un pueblo pequeño. Lo componían una cincuentena de casas, todas muy modestas y construidas siguiendo el mismo modelo de viviendas de cuatro habitaciones. Al final del pueblo, vieron un tenderete cubierto.

—¿Cree que...?

—Tal vez —dijo ella—. ¡Mire!

Sobre un banco de trabajo instalado junto a la puerta de la casa, un hombre con un delantal de piel estaba practicando unos agujeros en una tabla con una especie de arco invertido. El hilo del arco se hallaba enrollado alrededor de una broca de metal fijada a un soporte. Mediante un movimiento regular de vaivén, se conseguía que la broca girara, como en una taladradora moderna.

—Es el taller del carpintero —dijo Natasha—. En la época

de Jesús, los carpinteros también hacían las estructuras de madera de las casas y tallaban piedras.

Pellegrino acercó la cara a la pantalla.

—Ese hombre, en su opinión, ¿podría ser… José?

—Es muy posible. Teniendo en cuenta el tamaño del pueblo, no creo que haya dos carpinteros.

El hombre, en torno a la sesentena, iba vestido con una túnica larga de cuello de pico, ceñida en la cintura, y tocado con una kipá, como la mayoría de los judíos de aquella época. Su rostro, adornado por una barba poblada y casi totalmente blanca, estaba surcado de arrugas y atezado tras largas jornadas de trabajo bajo el sol. Actuaba con los gestos rápidos y seguros de los profesionales. Natasha se inclinó hacia Pellegrino y le susurró al oído:

—Padre Ernetti, mire…

Una mujer acababa de salir de la casa con un barreño lleno de hilos de lana peinada que acababa de lavar. Lo dejó en el suelo.

—¿Es Ella? —dijo Pellegrino.

—Probablemente.

La voz del padre Ernetti se había vuelto sorda y sus ojos se inundaron de lágrimas. La mujer, provista de unas pinzas de madera, sacó del barreño una parte de la lana virgen y la sumergió en una cuba que contenía un tinte oscuro. Al lado había otras cubas con tintes que parecían de diferentes colores.

Pellegrino se santiguó y se levantó de la silla para arrodillarse. Con los ojos cerrados, recitó en voz baja un Salve Regina en latín.

—*Salve, Regina, mater misericordiae vita, dulcedo et spes nostra, salve ad te clamamus, exules filii Evae. Ad te suspiramus, gementes et flentes in hac lacrimarum valle.**

---

* «Dios te salve, Reina y Madre de misericordia, vida, dulzura y esperanza nuestras, Dios te salve. A ti clamamos, los desterrados hijos de Eva; a ti suspiramos, gimiendo y llorando en este valle de lágrimas».

Natasha guardó un silencio pudoroso hasta que Pellegrino volvió a sentarse a su lado.

—Me lo esperaba, pero me cuesta creer que…

—Comprendo su emoción, padre.

Mentalmente Natasha calculaba que rondaría los cuarenta y cinco años. Si, en el año 23, su hijo tenía treinta, ella podía haberlo tenido con quince o dieciséis. Sus largos cabellos castaños, ocultos bajo un velo, se habían vuelto grises. Tenía una mirada sorprendentemente viva. El rostro, marcado por algunas arrugas, era fino y de tez blanca. Todo en ella transmitía dulzura.

—Es guapa.

—Sí, es guapa —repitió Natasha.

Pellegrino apenas podía hablar.

—¿Y… Jesús?

—De momento yo no veo a nadie más. ¡Ah, José se marcha!

El hombre mayor, en efecto, se había colgado al hombro una bolsa con algunas herramientas.

—¿Adónde va?

—Ha cogido las herramientas, así que irá a trabajar a casa de un cliente.

—No se dirige hacia el pueblo —señaló Pellegrino.

—Entonces, supongo que va a Séforis —dijo Natasha—, la capital de Galilea, a cinco kilómetros de Nazaret. En la época, muchos galileos trabajaban allí. ¿Vamos?

—¿Cree que encontraremos a Jesús allí?

—Solo hay una forma de saberlo.

La joven consultó su manual de arqueología.

—Ponga 32° 45' 11" N, 35° 16' 46" E, y llegará al centro de la ciudad. Para programar el tiempo, mantenga la misma fecha, pero avance dos horas. Eso es más o menos lo que tardará José en ir a pie.

Pellegrino manipuló la máquina con tal precipitación que… ¡provocó un cortocircuito! Natasha se echó a reír. Se habían quedado a oscuras. El guardia suizo llamó a la puerta.

—¿Algún problema, padre?

—¿Puede pulsar el botón del automático, amigo? —dijo Pellegrino—. En el pasillo, justo encima de usted.

Volvió la luz. Hubo que poner la máquina en marcha de nuevo.

Pellegrino parecía sentirse humillado.

—¿Qué le hace tanta gracia? —dijo.

—¡Su nerviosismo!

—Me gustaría verla a usted, si se encontrase ante... qué se yo... Abraham o Moisés.

—¡Uy, qué quiere que le diga! ¡A mí, aparte de Clark Gable, no me impresiona ningún hombre!

69

—He venido lo más rápido que he podido.

Carvalho pensó que el dinero que aún le debía por su colaboración había influido no poco en la velocidad de Manfred Ehrlich. Pero daba igual, el caso es que estaba allí, en Roma, recién llegado de la frontera suiza.

—Me alegro mucho de volver a verle, Manfred. Tengo muchas preguntas que hacerle.

—Bueno, padre, yo también quería decirle...

—¿Su cheque? Lo tengo preparado, por supuesto. No lo he firmado aún, pero está preparado.

A Manfred Ehrlich se le ensombreció el semblante.

—¿Problemas, dom Alberto?

—Ninguno, salvo los que ya sabe. Me he enterado de que ha adquirido una buena reputación en el CERN en materia de física cuántica.

Ehrlich, que no sabía adónde quería ir a parar Carvalho, optó por adoptar una actitud modesta.

—Estoy muy lejos del nivel del profesor Miller, dom Alberto, pero me defiendo. ¿Me ha hecho venir para que le dé una clase particular? —preguntó riendo.

—Casi —respondió Carvalho en el mismo tono—. Mientras construíamos la máquina, Desmond Miller me habló de los misterios de esa curiosa física. Aparentemente el mundo del átomo no es el mismo que el nuestro, ¿no es así?

—En efecto, parece obedecer a leyes diferentes. Es un medio en el que las partículas están en todas partes y en ninguna, en el que las cosas solo existen si las observamos. Y ni siquiera eso es seguro. Algunos físicos un poco extremistas piensan que, en el universo del átomo, las realidades se dividen hasta el infinito.

—Ahí es a donde quería llegar, Manfred. Miller me habló de las teorías físicas de un tal Hugh Everett. ¿Lo conoce?

—¡Por supuesto, es el físico de moda en este momento! Forma parte de los extremistas de los que le hablaba. Lo conocí el año pasado en Estados Unidos. Un bebedor empedernido y un fumador empedernido… no solo de tabaco.

—¿Es un científico serio?

—Lo que dice sin duda puede sorprender, pero tiene argumentos.

—Manfred, usted me conoce y sabe que no soy amigo de los discursos interminables: en dos palabras, ¿cuál es su teoría?

—Padre, en dos palabras es difícil. Él cree que la realidad, lo que nosotros llamamos «la realidad», no es una, sino múltiple.

—No haga filosofía, Manfred. ¡Hechos!

—¿Hechos? Pues bien, una noche de 1954, Everett se emborrachó con dos compañeros de clase en la Universidad de Princeton. Fue en aquella ocasión cuando se le ocurrió la idea de los universos múltiples…

Estuvieron horas hablando. Carvalho, desanimado al principio por la enorme abstracción de las teorías cuánticas que Manfred Ehrlich intentaba hacer comprensibles, se dijo que, una vez más, su intuición no le había engañado. Y que, sin ser consciente de ello, el papa estaba preparando, con su cómplice Ernetti, un desastre de primera magnitud para el conjunto del mundo cristiano.

70

Al igual que el templo de Jerusalén, la ciudad nueva de Séforis había sido construida por Herodes según el modelo romano. Estaba muy cerca de Nazaret, pero era en verdad otro mundo, muy alejado del aspecto austero de los pueblos de Judea.

—Incluso tienen un *cardo* —observó Natasha.

—¿A qué llama usted *cardo*? —preguntó Pellegrino.

—En una localidad romana, el *cardo maximus* es la calle principal, el gran eje norte-sur de una ciudad.

El *cardo* de Séforis se había trazado con anchos adoquines por los que circulaban algunos carros tirados por caballos y otros, más grandes, tirados por bueyes. A los lados, partían de él vías más pequeñas, llenas de tiendas. Se veía deambular por allí a hombres y mujeres vestidos según el estilo romano, con túnicas blancas o de diferentes colores. El padre Ernetti reparó con placer en que Natasha estaba maravillada.

—Parece Pompeya —dijo la joven—. ¡Una Pompeya completamente nueva!

La comparación era atinada. Pellegrino había visitado hacía unos años la ciudad sepultada. Albergaba los mismos edificios colectivos de varias plantas, las *insulae,* y lujosas villas de estilo romano con patios decorados con mosaicos. Cuatro acueductos alimentaban depósitos y balsas, así como lo que sin duda era, visto desde arriba, un establecimiento de baños públicos.

—¿Cómo vamos a encontrar a José en medio de esa multitud? —se quejó Pellegrino.

—Es un carpintero, no hay más que encontrar alguna obra en construcción. Ahí veo una.

—¿Dónde?

—En la parte alta de la ciudad —dijo Natasha—, a la izquierda de la pantalla.

En efecto, se veía un anfiteatro en construcción. Pellegrino, que ya dominaba el arte de la navegación mediante la palanca del cronovisor, giró hacia allí como lo haría un helicóptero.

—¿Puede bajar hacia el *proscenium*, padre?

El padre Ernetti amplió el gran escenario, de madera. Una decena de obreros trabajaban en los acabados del suelo.

—Acérquese más, creo que veo a José.

Pellegrino avanzó con el cronovisor. El carpintero estaba allí, con sus obreros.

—Quizá uno de ellos sea Jesús —sugirió Natasha.

—Son por lo menos diez. No tenemos ninguna manera de reconocerlo, igual que nos pasaba con María Magdalena.

—¿Puede reducir más el encuadre, padre?

—Estoy al máximo.

José era claramente el patrón. Supervisaba el trabajo de sus obreros, dando consejos o rectificando algún detalle. Se acercó a un joven que estaba cepillando una tabla apoyada sobre unos caballetes y le puso afectuosamente la mano en el hombro.

—Podría ser él —dijo Natasha—. Los demás son demasiado mayores.

José se apartó del joven para examinar el trabajo de otro carpintero.

—Mírele la cara…

—¿Qué le encuentra de particular?

—La mirada. Es la misma que la de María.

Como la mayoría de los habitantes de Judea, el joven era moreno y tenía el pelo rizado, pero lo llevaba corto. De estatura baja y bastante fornido, iba vestido con una simple túnica bajo la cual se adivinaba un chal de oración, un *talit* con *tzitzit*, flecos trenzados, como los que llevan los judíos religiosos. En la cabeza llevaba una kipá. Su rostro estaba en parte cubierto por una barba tupida, morena y rizada. Su tez era mate, y sus ojos, castaños, pero su mirada reflejaba la misma dulzura que la de su madre.

Pellegrino frunció el ceño.

—¿Cree que es él, Jesús? Pero… ¡no se parece a Jesús!

—Ah, ¿usted sabía cómo era físicamente Jesús?

—No, pero…

—Jesús no era como lo presentan las imágenes de los libros de catecismo, padre. No tenía ni el pelo ondulado ni los ojos azules. Jesús era un judío que tenía aspecto de judío.

Pellegrino, falto de argumentos, exclamó:

—Pero… ¡¿está gordo?!

—Gordo no, fuerte. Debía serlo para ir a Jerusalén a pie o para echar a los mercaderes del Templo. ¡Jesús peleó contra sus adversarios, padre Ernetti, no era un figurín!

El padre Ernetti se mostraba reticente. Le resultaba imposible admitir que el hombre que veía en la pantalla, tan diferente del Jesús de la tradición, era el verdadero Jesús de Nazaret.

—No nos precipitemos —dijo—, no tenemos ninguna certeza.

—Vamos a comprobarlo —propuso Natasha—. Creo que usted tenía razón, hemos retrocedido demasiado. En el año 21, Jesús aún no se ha convertido en Jesús. Trabaja como carpintero con su padre, pero ya es rabino, se ve por cómo va vestido.

Pellegrino ya estaba programando la máquina.

—¿Avanzo dos años?

—Sí, volvamos a Cafarnaúm.

Regresaron a la casa de Pedro, pero esta vez en el año 23. Delante de la puerta, una decena de hombres y mujeres rodeaban a un hombre que les hablaba, intentando convencerlos. Era el mismo hombre que estaba en Séforis.

—¿Lo ve? —dijo Natasha.

Pellegrino estaba inmóvil mirando la pantalla. En esta ocasión, como le había sucedido al ver a María, tenía lágrimas en los ojos.

—Dios mío…

—¿Podría leerle los labios?

Pellegrino repitió de forma mecánica las palabras que adivinaba. Natasha las tradujo literalmente.

—«Debo… anunciar la nueva… del… a las ciudades también».

El padre Ernetti pasó las páginas de su biblia a toda prisa.

—«Es preciso que anuncie también el Reino de Dios a otras ciudades, porque para eso he sido enviado». Está en Lucas, capítulo cuatro, versículo cuarenta y tres.

—¿Lo ve? —insistió Natasha—. Sí que es él.

Pedro salió entonces de la casa y habló con Jesús. Ambos desaparecieron en el interior.

—¿Qué hacen? —preguntó Natasha.

Pellegrino consultó de nuevo la biblia.

—Creo que Jesús está curando a la suegra de Pedro. —Continuó leyendo el Evangelio—: «Llegado el atardecer, puesto ya el sol, le llevaron a todos los enfermos o endemoniados, y toda la ciudad se reunió a la puerta».

—Ahora entiendo por qué el nombre de Cafarnaúm evoca el desorden —dijo Natasha—. ¡Cuando Jesús está ahí, la gente se amontona en la puerta de casa de Pedro!

De pronto se dio cuenta de que a Pellegrino le costaba respirar.

—¿Qué le pasa, padre Ernetti?

—Necesito… que me dé el aire.

Se había quedado muy pálido. Ella lo sujetó, temiendo que perdiera el conocimiento, y acercó una silla.

—Siéntese. ¿Quiere un poco de agua?

—¿Puede apagar la máquina, Natasha? Solo hay que apretar ese botón grande. —Ella hizo lo que le pedía—. Es demasiado para un solo día —dijo Pellegrino desabrochándose el cuello de la sotana.

—Comprendo. ¿Quiere que vayamos al palacio del papa para que lo vea un médico?

—No, solo necesito salir a la calle.

—Vamos a la plaza de San Pedro. Apóyese en mí.

71

Caminaron un rato en silencio. Eran cerca de las cinco de la tarde. Un ligero fresco hacía que aquellos días de finales de agosto resultaran más o menos soportables. Pellegrino parecía absorto en sus pensamientos. Natasha encendió un cigarrillo.

—Tenía usted razón, Natasha —dijo Pellegrino—. No es nada fácil enfrentarte a tus creencias.

—A la fe no le gusta verse a plena luz —contestó la joven—. Prefiere el claroscuro de los lugares de culto.

—Todavía me cuesta creerlo. Esta tarde, en una pequeña sala a trescientos metros de aquí, en una vulgar pantalla de televisión en blanco y negro, los he visto a los tres. Los he visto como la veo a usted. José, María y Jesús Nuestro Señor.

—Era maravilloso, ¿no?

—Sí, era maravilloso. Pero son tan...

—¿Tan humanos? —lo ayudó Natasha.

—Sí —reconoció él—, es más o menos eso.

—No tienen alas en la espalda, desde luego. Aunque nada les obliga a difundir esas imágenes.

—Lo decidirá el papa. Pero yo creo que es preciso mostrarlas a todos los cristianos. —Se volvió hacia la basílica, iluminada por la luz dorada del atardecer—. Esta plaza es magnífica, ¿no le parece?

A Natasha le sorprendió aquella pregunta.

—Es muy bonita, sí.

—¿Sabía que fue Bernini quien la proyectó?

Ella le mostró riendo su guía turística.

—Pues claro, lo sé gracias a ella. Aunque esté impresa en hebreo, mi guía me lo ha contado todo sobre el Vaticano.

—Para Bernini —prosiguió Pellegrino—, esas columnatas simbolizaban los brazos extendidos de la Iglesia estrechando al mundo. —Cerró los ojos y pronunció muy despacio las palabras, como si quisiera convencerse de lo que decía—. Eso es lo que cuenta, Natasha, los brazos extendidos. La Iglesia va a verse sometida a una dura prueba y la superará manteniendo los brazos abiertos.

Natasha pensó que quizá había llegado el momento de decirle algunas cosas al padre Ernetti.

—Padre, quisiera pedirle un gran favor...

—Pídame lo que quiera, Natasha. De no haber sido por usted, me habría perdido y aún estaría buscando a Jesús.

Natasha respiró hondo.

—Durante años, como arqueóloga, me he hecho la misma pregunta: ¿cómo llegó Jesús a convertirse en Jesús? ¿Fue una revelación del cielo o su enseñanza se inscribía en una corriente de la historia judía?

—¿Lo sabremos algún día, Natasha? ¿Qué le preocupa?

—He trabajado en los manuscritos del mar Muerto y he excavado durante varios meses en el yacimiento de Qumrán. ¿Ha oído hablar de la comunidad de los esenios?

—Sí, como todo el mundo. ¿Qué le ronda la cabeza?

—Ahora que conocemos el aspecto físico de Jesús, quisiera saber si vivió entre los esenios, si recibió su influencia e incluso... si era uno de ellos.

—¿Quién dice eso?

La mirada del padre Ernetti era tan franca que a Natasha le costaba mentirle.

—Pues... unos arqueólogos —respondió con un susurro.

Él había comprendido.

—Quiere que programe la máquina para ver el sitio de Qumrán entre los años 21 y 23, ¿es eso?

—Sí. En el año 21, Jesús trabaja todavía con su padre. En el año 23, comenzó su ministerio en Galilea. Si vivió con los esenios, fue en el año 22.

—Podemos comprobar ese punto, pero eso no forma parte de mi misión. Habría que pedirle autorización al papa.

—No aceptará bajo ningún concepto —repuso Natasha—. Dirá que queremos restarle originalidad a Jesús convirtiéndolo en un esenio o en uno de sus discípulos.

—¿Es eso lo que quiere hacer, Natasha?

—No, yo solo busco la verdad. Y esa maravillosa máquina nos dirá más con unas imágenes que veinte años de excavaciones en el desierto. ¡Padre, hágalo por mí, he dedicado toda mi vida a esa investigación!

Él la miró con su expresión traviesa.

—Iremos a Qumrán, Natasha, pero será nuestro pequeño secreto. ¿No me traicionará jamás?

Una amplia sonrisa iluminó el semblante de la joven.

—¡Jamás!

72

—¿Esta vez no filmamos nada? —dijo Natasha.

—¡Ni hablar! Estamos en la más absoluta ilegalidad.

—¡Entonces, adiós a mis pruebas!

—Lo que vamos a ver debe quedarse dentro de su cabeza. No es poco.

Pellegrino puso en marcha la máquina.

—¿El 7 de mayo del año 22 le va bien?

—¿Por qué no? —Natasha consultó su manual—. Encontrará Qumrán en 31° 44' 27" Norte, 35° 27' 31" Este —indicó.

Las imágenes de Qumrán se formaron en la pantalla. El paisaje era el que ella se sabía de memoria. Pero los edificios no estaban en ruinas. Eran pocos, tenían los tejados construidos con vigas, yeso y paja. Las paredes estaban hechas con las piedras locales, selladas con una gruesa capa de yeso.

—Mire, padre Ernetti, ahí dentro se redactaron los manuscritos del mar Muerto.

Le señaló el *scriptorium*. No se veía el interior, pero un hombre salió del edificio con un rollo bajo el brazo y lo examinó con atención a la luz del sol.

—Uno de los manuscritos del mar Muerto... completamente nuevo —dijo Natasha—. ¡Sé de algunos que pagarían millones por verlo!

A unos metros de allí, una atalaya de gruesos muros permitiría dar la voz de alerta en caso de que se produjera una incursión de una tribu del desierto. Había también un taller de alfarería, con la cuba donde se preparaba la arcilla, una rueda de piedra y dos hornos de cocción. Allí se hacían las vasijas de barro tan características en cuyo interior se habían conservado los manuscritos hallados en 1947. Cisternas y balsas desperdigadas por los alrededores recogían el agua de lluvia para los baños rituales. En cuanto a los esenios...

—Es curioso —dijo Pellegrino—, se cruzan unos con otros, pero no se hablan. Como si hubieran hecho voto de silencio.

—Era su manera de ser, padre.

—¡Muy austera!

Todos, con expresión retraída, llevaban una larga túnica blanca y un velo también blanco alrededor de la cabeza. Iban de un lado a otro, y parecían concentrados exclusivamente en su misión. Algunos se agrupaban para rezar o escuchar una prédica. Otros realizaban sus abluciones rituales. No había entre ellos ni niños ni mujeres.

—Creo que comían y dormían en tiendas o en las cuevas vecinas —dijo Natasha.

—¿No hay mujeres?

—La mayoría eran célibes. Aunque algunos habían llevado a sus esposas, lo sabemos gracias a las osamentas halladas en el cementerio.

—Al parecer, ellas no se mezclaban con los hombres.

—No, se quedaban en las tiendas.

—Natasha, es un comportamiento muy distinto del que tenía el grupo de seguidores de Jesús.

Justo lo que ella estaba diciéndose a sí misma. A Jesús lo seguían sus apóstoles, pero también mujeres como María de Magdala, Juana, viuda de Cusa, Susana, ¡quizá incluso prostitutas! Entre los esenios se observaba claramente una segregación. Las mujeres, sin duda consideradas impuras, permanecían relegadas al final del pueblo.

—¿Y qué hacían en esos edificios, aparte de escribir sus manuscritos? —preguntó Pellegrino.

—Se preparaban para el fin del mundo. Pensaban que podía producirse en cualquier momento. Desde hacía un siglo y medio, se purificaban para estar en condiciones de afrontar el Juicio Final. Creían que el resto de la humanidad iba a desaparecer, como en los tiempos del Diluvio. Solo ellos, en su condición de elegidos, estaban destinados a sobrevivir y repoblar la Tierra.

—¿Unos célibes para repoblar el planeta? —dijo Pellegrino, divertido.

A Natasha no le gustaba su vena bromista.

—No se burle de mí, padre Ernetti.

—Natasha, mire las cosas de frente: ¡los esenios son una secta!

Ella no contestó, pero la impresión que tenía era muy curiosa. Por un lado, era justo así como los imaginaba cuando descifraba sus textos. Por otro, esas imágenes los mostraban tal como eran: siniestros. Sí, eran una secta como las que aún seguían existiendo en Texas o en América del Sur.

—No creo que encuentre a Cristo en un lugar como ese —insistió Pellegrino.

Ella pensó en lo que le había anunciado Thomas en Qumrán: «Nat, no encontrarás nada porque estás equivocada».

Al volverse hacia ella, Pellegrino vio que se le demudaba el semblante observando las imágenes. Se arrepintió de sus palabras e intentó ayudarla.

—Quizá hemos llegado demasiado tarde. ¿Quiere que retroceda seis meses?

—De acuerdo —contestó ella sin muchas esperanzas.

Seis meses antes, el espectáculo era el mismo. Miraron con atención la pantalla largos minutos. Los miembros de la comunidad no eran muchos, habría sido fácil reconocer a Jesús. No estaba allí.

—Puede que haya retrocedido demasiado. En diciembre del año 21 quizá Jesús todavía estaba en Galilea. ¿Avanzo tres meses?

—Sí, por favor —dijo Natasha al borde de las lágrimas—. Y después lo dejamos.

Él puso rumbo al mes de marzo del año 22.

De pronto, Natasha exclamó:

—¡Mire! El hombre que está en la colina...

A un centenar de metros del pueblo comunitario, había un hombre sentado. Pellegrino manipuló el cronovisor para acercarse a él. El hombre iba vestido, como los demás, con una túnica blanca. Estaba rezando con la mirada perdida.

—Es el mismo hombre que hemos visto en Séforis —dijo Natasha.

—Es verdad —reconoció Pellegrino.

—¡No estaba equivocada!

La joven dio rienda suelta a su alegría. Pellegrino se habría alegrado por ella... si la presencia de Jesús en un lugar como aquel no resultara tan inquietante para él.

—Qué pena no poder hacer una foto —dijo Natasha—. Tendría una prueba.

—No es posible, Natasha.

—Por lo menos sé que tenía razón. Jesús perteneció a la comunidad.

Pellegrino había dejado de escucharla y ella se dio cuenta.

—¿Qué mira?

—A Jesús. Está rezando..., pero no lo hace con los demás.

—Acaba de llegar —dijo Natasha—. Aún no ha tejido vínculos con la comunidad.

—O ya no los tiene —sugirió Pellegrino.

—¿Qué quiere decir?

—Vamos a verlo. Avanzo tres semanas, paso a principios de abril.

La pantalla mostró de nuevo el sitio de Qumrán. Jesús ya no estaba allí.

—Creo que se ha marchado, Natasha.

—Espere un momento, volverá.

Esperaron. Jesús no volvió.

—Vivió con los esenios —dijo Pellegrino—, pero no mucho tiempo. Se acercó a ellos igual que actualmente un joven se acerca a un partido extremista y regresó a Galilea cuando comprendió que no era allí, en Qumrán, donde encontraría su camino. Jesús amaba la vida, Natasha. En esa comunidad solo encontró a muertos vivientes.

Natasha estaba como paralizada. La demostración del padre Ernetti era irrefutable. Se basaba en la fuerza de las imágenes, no en hipótesis discutibles hasta el infinito. Se levantó, tiró su manual al suelo y dio unos golpes en la puerta. El guardia suizo abrió y dirigió una mirada interrogativa al padre Ernetti, aunque la dejó pasar. Pellegrino, pensativo, apagó el cronovisor. Su intención no había sido hacerle daño, pero se trataba de Jesucristo. No podía mentirle para complacerla. Salió él también. Natasha estaba sentada en un banco de la plaza de San Pedro, con la mirada perdida, y se volvió cuando él se acercó.

—Perdóneme, Natasha. Soy perfectamente consciente de que la he apenado. ¡Perdóneme!

Pellegrino se dio cuenta de que había llorado.

—No tiene que disculparse, padre, lo que ha dicho es la verdad. Pero para mí… ¡ha sido una decepción tan grande!

Él la notaba muy afectada.

—He sido cruel, no me lo perdono.

Los ojos de la joven estaban todavía húmedos.

—Padre Ernetti, me he pasado años dándole vueltas a esta cuestión, la he estudiado desde todos los puntos de vista. He debatido sobre ella, me he ganado enemigos defendiéndola, incluso he puesto en peligro mi carrera…, y han bastado unos minutos con su máquina para que todo se viniera abajo. Una parte de mi vida ha quedado reducida a cenizas.

—Es usted quien ha insistido, Natasha.

—Lo sé.

Un rato antes era él quien había necesitado ayuda, entonces era ella. Pellegrino se sentó en el banco y la rodeó por los hombros como lo haría un hermano mayor.

—Pero no estaba del todo equivocada. Jesús estuvo en Qumrán... aunque no se quedó mucho tiempo.

—Jesús no era un esenio, padre Ernetti. ¡En ese punto me he equivocado de medio a medio!

—¿Sabremos alguna vez quién era Jesús? Incluso para un sacerdote como yo, sigue siendo un enigma.

Ella lo miró con una sonrisa agridulce.

—Por lo menos he hecho feliz a alguien.

Él le enjugó los ojos con un pañuelo.

—Natasha, ¡la vida es tan bella cuando conserva una parte de misterio!

73

—¿Otra vez está aquí? —exclamó el papa, exasperado.

—Dice que son ustedes viejos amigos, Su Santidad. Insiste en verle. Está esperando en la antesala. ¿Quiere que le diga que se marche?

—No, ya que tiene tanto interés en verme...

Y así fue como el nuevo papa se presentó ante su «viejo amigo» dom Alberto Pindare de Carvalho. Cuando entró en la sala de audiencias, tendió la mano al obispo de Río, que besó con humildad fingida el anillo del pescador.

—Santo Padre, quería felicitarle por su elección... y también por su habilidad. En estos momentos, mi pobre casa familiar de Macapá no es más que un gran montón de cenizas. ¡Sus amigos de la CIA han sido muy eficaces!

Pablo VI desplegó su sonrisa de primero de la clase, que, lo sabía, horrorizaba a Carvalho.

—Excelencia, ¿de verdad creía que iba a poder destruir el Vaticano con esa vieja historia de la donación de Constantino? Hace siglos que se criminaliza ese documento sin que eso haya cambiado lo más mínimo la vida de la Iglesia. Todo lo que podría haber hecho mostrando unas pobres imágenes mudas tampoco habría cambiado nada.

Carvalho no insistió.

—Olvidemos esas disputas, Santísimo Padre. Ahora es usted el papa. He perdido y me rindo ante usted. Si he solicitado verle es, en primer lugar, para recuperar los vínculos de amistad con un viejo amigo.

Pablo VI asintió. Por supuesto, no se dejaba engañar.

—¿Y en segundo lugar?

—En segundo lugar, porque soy un hombre curioso.

—Continúe.

—Puesto que hablamos con franqueza, ahora usted sabe por qué me interesaba el cronovisor. Supongo que, si le pregunto yo qué piensa hacer con él, me responderá contándome algún cuento.

—Su perspicacia despierta mi admiración, dom Alberto.

—Estamos hechos de la misma madera, Santo Padre, ¡qué le vamos a hacer! Dicho esto...

—¿Sí?

—Debo informarle de que tengo una ligera idea de cuáles son sus propósitos.

—Ah, ¿sí?

—Quisiera decirle algo, Santo Padre, y esta vez de cristiano a cristiano. Acabo de mantener una larga conversación con un físico del CERN, un especialista en física cuántica.

—¿Ahora le interesa la física?

—A mí me interesa todo, Su Santidad.

—¿Y bien?

No veía adónde quería ir a parar Carvalho.

—Cuando ese físico me ha hablado de esa extraña física —continuó Carvalho—, ha utilizado la imagen de la pesca con caña. El físico que observa el mundo de las partículas se encuentra en la misma situación que un pescador que lanza el sedal en un lago... —Carvalho insertaba silencios en el relato, como si quisiera crear un suspense artificial—. Imagine que en ese lago vive un solo pez. Un pez grande, hermoso, pero un pez solitario. En la realidad habitual, en el mundo macroscópico, el pez está en uno u otro lugar del lago, tiene una existencia absolutamente real. En el mundo de las micropartículas, es distinto. El pez está diseminado por el lago, su existencia no es sino una nube de probabilidades. Está en todas partes y en ninguna a la vez. Para la mecánica cuántica, su existencia se confunde con una ecuación que los físicos llaman «función de onda».

—Sí, lo sé, la ecuación de Schrödinger.

—Veo que no le descubro nada nuevo, Santo Padre.

—Aunque no soy físico, he leído algunos libros de física. Volvamos al pescador.

—Sí, enseguida. Todo cambia cuando el pescador atrapa al pez...

Su manera de contar la fábula, a Pablo VI le parecía de lo más exasperante.

—En ese momento —continuó Carvalho—, el pez virtual se vuelve real. Se materializa en el extremo de la caña. Los físicos dicen que el pescador «ha reducido la función de onda».

—¿Y qué? —replicó el papa—. Al final, solo hay un pez, el que el pescador se va a comer frito.

—No necesariamente, Santo Padre. Algunos físicos, como el norteamericano Hugh Everett, sugieren que, en el lago, el pez existe en una infinidad de realidades paralelas. Cuando el pescador lanza el anzuelo, «agarra» una de esas realidades.

—¿Adónde quiere ir a parar, Carvalho?

Dom Alberto lo miró directamente a los ojos. Su expresión se había vuelto grave, casi dura.

—Lleve cuidado con lo que pesca en la Historia, Santo Padre. ¡Su pesca milagrosa podría acabar siendo diabólica!

74

Como era domingo, el padre Ernetti le había propuesto a Natasha llevarla a la playa de Ostia, a unos treinta kilómetros de Roma. Tras aparcar su Topolino, la llevó a descubrir al «mejor heladero de todo el Lacio». Era un heladero ambulante que se autoproclamaba como tal en letras rojas en su caravana. Pellegrino lo conocía desde hacía lustros. Les preparó unos bonitos helados de tres bolas, y ellos se sentaron en la terraza de un bar para degustarlos. El cielo estaba de un azul típicamente italiano, y en la playa no cabía ni un alfiler. Natasha cerró los ojos y expuso el rostro al sol.

—Me he pasado un año en el desierto —dijo— y es la primera vez en mucho tiempo que disfruto del sol.

—El de aquí es una caricia —respondió Pellegrino.

Natasha retomó la conversación del día anterior.

—Padre Ernetti, ¿cómo quiere continuar nuestras exploraciones?

—Quiero llevarle al papa el Jesús que pide, el que conmoverá a las masas y les devolverá la fe. Así que he pensado en los milagros.

—¿Por qué no? ¿Qué milagro tiene en mente?

—He traído nuestra herramienta de trabajo. —Sacó una biblia y un bloc de notas de su bolsa—. Habría que empezar haciendo una lista…

—¡Yo voy a bañarme!

Natasha le tendió su cucurucho de helado, se levantó y se quitó la falda y la blusa. Llevaba biquini. Se alejó corriendo hacia el mar Tirreno, en cuyas aguas se zambulló con placer. Pellegrino se quedó un momento pensativo con la biblia y los dos cucuruchos de helado en las manos. Treinta minutos después, la joven regresó.

—¿Y mi helado?

—En el vaso —indicó él—. Se ha convertido en caldo.

—En Israel llamamos a esto un *sahlab*. Es el *milkshake* libanés. —Se bebió el helado deshecho a sorbitos—. Bueno, ¿cómo van esos milagros?

—Hay muchos —dijo Pellegrino—, he hecho una lista. La mujer hemorrágica de Betsaida, el ciego de Jericó, el paralítico de Bethesda, la resurrección de Lázaro, las bodas de Caná... ¿Qué le parecen las bodas de Caná?

—¿La transformación del agua en vino? No se lo aconsejo —dijo Natasha.

—¿Por qué? Fue un milagro doméstico, pero milagro al fin y al cabo.

—Se sentiría decepcionado. Las excavaciones arqueológicas han permitido saber cómo conservaban el vino los antiguos, en la época de Jesús.

—¡Ah!

—Utilizaban una técnica copiada de los romanos. Provocaban la evaporación del vino para transformarlo en una especie de sirope que podía guardarse mucho tiempo. Bastaba añadir agua para...

—Entendido —dijo—. O sea que, en Caná, ¿Jesús se limitó a ser una especie de sumiller?

—No, pero... no es el milagro más convincente, la verdad. Lo digo pensando en su interés, padre.

Continuaron la conversación caminando por la orilla. Pellegrino se había arremangado las perneras de los pantalones y Natasha se había puesto la blusa sobre el biquini.

—¿Y la resurrección de Lázaro? —propuso esta última.

—Imposible. El milagro tuvo lugar en el interior del panteón, y el cronovisor no puede traspasar las paredes. No, he pensado en otro milagro que tiene lugar al aire libre, el de la curación del paralítico.

—¿La piscina de Bethesda?

—Sí, ¿lo conoce?

—En Jerusalén, vivo en un apartamento que está en el barrio de la iglesia de Santa Ana. Ahí es donde los arqueólogos encontraron los vestigios de la piscina de Bethesda. He visitado el lugar, ¡es justo lo que necesitamos!

Él se echó a reír.

—¡Muy típico de usted! ¡Le hablo de un milagro de Jesús y me contesta que vive justo al lado!

75

Tardaron más de una hora, a causa del tráfico, en llegar al laboratorio. Pellegrino puso la máquina en marcha.

—El lugar del milagro lo sabemos: fue donde está la actual iglesia de Santa Ana, en 31° 46' 53" Norte, 35° 14' 11" Este —apuntó Natasha.

—¿Y la fecha? —preguntó Pellegrino

—Eso es más difícil. Le leo el texto de Juan que introduce los versículos sobre el milagro de Bethesda: «Después de esto se celebraba una fiesta de los judíos, y subió Jesús a Jerusalén». Juan también dijo: «Es un día de *sabbat*».

—Luego el milagro tuvo lugar un sábado tras una fiesta judía, pero no sabemos cuál ni en qué año.

—Continúo —dijo Natasha—. «Hay en Jerusalén, cerca de la puerta de las Ovejas, una piscina llamada en hebreo Bethesda, que tiene cinco pórticos. Bajo estos pórticos yacía una multitud de enfermos, ciegos, cojos y paralíticos que esperaban el movimiento del agua, pues un ángel descendía de vez en cuando a la piscina y agitaba el agua, y el primero que bajaba después de la agitación del agua quedaba sano de cualquier enfermedad que padeciese».

—¿Qué significa eso?

—Que las aguas de la piscina tenían fama de ser milagrosas porque se ponían a borbotear regularmente. Creo que se trataba de un fenómeno geológico, algo parecido a los géiseres. Israel está situado en una zona sísmica, padre. Lo que...

Se interrumpió. Tenía una idea.

Se acercó al teléfono y descolgó. La conversación que siguió duró media hora larga. Como se desarrollaba en hebreo, Pellegrino no entendía nada. Pero, por la entonación de Natasha, tenía la sensación de que había encontrado una buena pista.

—Tengo la información que necesitábamos —dijo mientras colgaba—. He llamado a un amigo geólogo de la Universidad Bar Ilán que ha establecido los periodos en los que se manifestaba el géiser. Esos fenómenos son como relojes.

—¿Ha reconstruido lo que sucedía hace dos mil años? —preguntó, asombrado, Pellegrino.

—En la universidad tenemos un ordenador. Abulta lo mismo que cinco armarios enormes juntos, pero presta muchos servicios. Tengo las fechas de las erupciones. Solo me falta asociarlas a un sábado cercano a una fiesta judía. Deme diez minutos.

Al cabo de un cuarto de hora, Natasha tenía la respuesta. O más bien once respuestas posibles.

—¿Hay que probarlas todas?

—Me temo que sí, padre.

En su primer viaje a Bethesda vieron la piscina. De hecho había dos, rodeadas de pórticos. Al borde de la más grande, una aglomeración de peregrinos esperaba el borboteo del agua.

—Es algo parecido a lo de Lourdes —dijo Pellegrino.

—Sí, cuando las aguas se agitan, los peregrinos se sumergen en ellas con la esperanza de que esas aguas milagrosas los sanen de sus enfermedades. Y llevan lustros haciéndolo.

Por desgracia, en esta primera visita a Bethesda no vieron a Jesús. Tampoco en la segunda, ni en la tercera. Pero su cuarta inmersión en el tiempo fue la buena. A unos treinta metros de la piscina, había un paralítico. Cuando las aguas empezaron a borbotear, nadie acudió en su ayuda para que pudiera sumergirse en las aguas mágicas. Un hombre se acercó a él. Natasha le apretó un brazo al padre Ernetti.

—¡Mire, padre! ¡Es Jesús!

Lo seguían algunos apóstoles, entre ellos Pedro.

—«Levántate, toma la camilla y anda» —citó Pellegrino—. No necesito leerle los labios.

El paralítico quedó curado al instante. Cogió su camilla y echó a andar.

—Aquí tiene su milagro —dijo Natasha.

La multitud, que había presenciado el milagro, empezó a buscar inmediatamente a Jesús, que se había ido tan deprisa como había llegado.

—Lo persiguen —dijo Natasha—. ¡Una auténtica jauría!

—Creo que ha ido hacia la entrada de la piscina —añadió Pellegrino—. Voy a seguirlo con una toma aérea.

Con el mando, tomó altura para localizar a Jesús.

—Ya lo tengo. ¡Lo he encuadrado!

—Amplíe la imagen —le indicó Natasha.

Jesús se había refugiado en una callejuela de Jerusalén. Un joven y una mujer lo seguían. Pellegrino los encuadró a los tres lo bastante cerca para que sus rostros resultaran reconocibles. Habían dejado atrás a la multitud. Jesús, jadeando, se había sentado en el suelo, con la espalda apoyada en la pared. La mujer fue a enjugarle la frente.

—¿Quién es? —preguntó Natasha.

—Creo que es María de Magdala. Y el otro, el chico joven, es el apóstol Juan.

—Continúe —dijo Natasha—. Intente conseguir un primer plano. Me gustaría saber lo que dicen.

Jesús les dirigió la palabra. Se le saltaban las lágrimas de los ojos. Se quejaba de que lo tomaran por un mago, por un fenómeno de feria. Incluso los apóstoles lo consideraban un jefe guerrero, el futuro rey de Israel. Ya empezaban a repartirse los puestos del reino. La fe los había llevado hasta él, pero volvían a ser simples humanos, egoístas y ávidos. María de Magdala besó a Jesús en la mejilla. Lo acarició y lo estrechó entre sus brazos. Le dijo que creía en él, que lo que anunciaba iba a revolucionar el mundo. Juan pensaba lo mismo, pero quería saber: «Maestro, ¿eres el enviado de Dios?». Jesús miró a su discípulo a los ojos: «Si te lo digo, Juan, perderás la fe. Dios debe permanecer oculto para que tu fe subsista».

Natasha y Pellegrino estaban emocionados.

—Ahora sí, ya podemos mostrarle las imágenes al papa.

76

—Técnicamente, sus películas no son extraordinarias, padre —dijo el responsable del laboratorio fotográfico del Vaticano—. La definición de la imagen deja mucho que desear.

—Es normal —contestó el padre Ernetti—. ¡Hemos filmado una pantalla de televisión!

—Ahora lo entiendo. ¿Y qué interés tiene filmar la tele?

—Si se lo dijera, no me creería —dijo Pellegrino riendo.

—Todos los rollos están en la bolsa. ¿Sabe dónde están las salas de montaje?

—Sí, en la primera planta.

Pellegrino, acompañado de Natasha, se dirigió a la sala que había reservado. Los esperaba un montador profesional.

—Buenos días, padre Ernetti —saludó el joven—. ¿Son sus películas?

Hizo ademán de coger la bolsa, pero Pellegrino lo detuvo. De ninguna manera iba a dejar que un tercero viese lo que habían filmado.

—Se lo agradezco, mi joven amigo, pero nos las arreglaremos solos. Natasha conoce los principios básicos del montaje, ¿verdad, Natasha?

Ella asintió mientras observaba la mesa de montaje, una auténtica mesa profesional.

—Es una Interciné «pro», ¡el Rolls de las tablas de montaje! No he trabajado nunca con ninguna, pero me las apañaré.

No obstante, hubo que parlamentar, pues el reglamento imponía un montador profesional para el material del Vaticano. Llamaron al director del servicio. El padre Ernetti, exasperado, recurrió a la fórmula mágica.

—¡Trabajamos directamente para el Santo Padre! Puede llamar a su secretario. Su extensión es 45-21.

La respuesta llegó enseguida.

—Déjelos —dijo el director—, es una orden del papa.

—De acuerdo —accedió el montador—. ¿Quiere algunos consejos técnicos, señorita? —le preguntó a Natasha.

—Encantada —contestó la joven.

En realidad, lo único que sabía de montaje era lo que había aprendido empíricamente en una mesa rudimentaria del museo Rockefeller. El joven le explicó las nociones básicas de la Interciné. Como no había que sincronizar sonido, al final resultó bastante sencillo. Una vez que se hubieron quedado solos, se pusieron manos a la obra. Tras una primera selección, cortaron las secuencias que querían conservar en el montaje final, con las que hicieron rollos pequeños. Luego, provista de una empalmadora de cinta adhesiva, Natasha hizo un montaje de alrededor de setenta minutos. Guardaron el rollo en una caja metálica y se fueron a ver al papa.

A Natasha le temblaban un poco las manos mientras cargaba la película en el proyector de dieciséis milímetros que un asistente había instalado en el despacho de Pablo VI. Este, a todas luces tenso y ansioso, guardaba silencio. En cuanto a Pellegrino, se miraba fijamente las puntas de los zapatos.

—¿Está listo?

—Cuando quiera, Santo Padre —respondió Natasha.

—Adelante.

La joven puso en marcha el proyector. Las primeras imágenes aparecieron en la pantalla.

—Las imágenes que ve, Santísimo Padre, son las del pequeño pueblo de Cafarnaúm.

—¿Donde vivía Simón Pedro?

—Exacto. Nos acercamos...

Natasha reparó en que el papa apretaba un rosario que tenía en la mano, enrollado alrededor de los dedos. Lo manipulaba con nerviosismo. Pese a su reserva natural, se le notaba inquieto. «Dada su posición, no es para menos», se dijo la joven.

—Y este es Pedro. Su predecesor, si lo prefiere —añadió Pellegrino intentando poner un poco de sentido del humor.

Ninguna sonrisa.

—Se parece bastante a como lo imaginaba —comentó el papa.

—El que está a su lado es su hermano Andrés.

—Bien. ¿Y Jesús?

Montini, fiel a sí mismo, quería ir directo al grano.

—Como no hemos encontrado ningún rastro de él ni en Cafarnaúm ni en Magdala, hemos ido a buscar en Nazaret.

—Ah, Nazaret...

El papa se inclinó hacia delante. Apretó tanto el rosario que se hizo daño. La película mostró algunos planos generales del pueblo.

—Esa es la casa del carpintero, Santo Padre. El hombre al que ve trabajando es José.

—Oh, Señor... —dijo el papa santiguándose y juntando las manos para rezar.

Entonces apareció María.

—¿Y esa mujer? ¿Es...?

—María, Santo Padre.

Esta vez, Pablo VI se arrodilló y rezó en silencio, con las manos juntas contra la frente. El padre Ernetti se unió a él. Natasha, por respeto, hizo una pausa en la proyección.

Al cabo de unos instantes, ambos se levantaron. El papa propuso volver a poner el proyector en marcha. La pantalla mostró entonces unas imágenes de Séforis y luego las del *proscenium* en el que trabajaban José y sus obreros.

Pellegrino respiró hondo.

—¡Santísimo Padre —dijo—, este es Nuestro Señor Jesús!

Se produjo un silencio que pareció interminable. Pellegrino se inclinó hacia Montini y le habló en voz baja.

—A mí, como seguramente también a usted, me ha sorprendido su aspecto.

—Padre Ernetti, ¿está del todo seguro de que se trata del Señor?

—Segurísimo. Para comprobarlo, hemos dado un salto de dos años y hemos vuelto a Cafarnaúm.

Jesús apareció frente a la multitud reunida delante de la casa de Pedro. Pellegrino citó las palabras que había leído en los labios de Jesús y que coincidían con las del Evangelio de Lucas.

—No cabe duda de que es él —insistió.

El papa permaneció imperturbable.

—Un Jesús poco conforme a la tradición —acabó por decir—, pero Jesús es Jesús. ¿Y los milagros? —añadió.

—Hemos filmado uno, el de la curación del paralítico en Bethesda.

Vieron la escena en la que la multitud corría detrás de Jesús para pedir más curaciones.

—¿Qué dice? —preguntó el papa al ver a Jesús hablando con el apóstol Juan y María de Magdala.

—Está un poco dolido. Se queja de que lo consideran un simple mago.

—¿Confirma que es el Mesías?

—Juan se lo pregunta, pero él no quiere responder —dijo Pellegrino—. Como en los Evangelios.

—Está bien. ¡Detenga la proyección!

Se hizo el silencio. El papa se levantó y meditó en silencio caminando por la habitación, con las manos cruzadas tras la espalda.

—Esas imágenes me han parecido muy conmovedoras. —Pellegrino se relajó un poco—. Aportan humanidad a esos personajes maravillosos con los que hemos crecido y gracias a los cuales hemos encontrado la fe. Lamentablemente...

—¿Sí, Santo Padre?

—¡No es en absoluto lo que buscamos!

El padre Ernetti se quedó boquiabierto.

—Pero... ¿por qué?

—Lo que he visto es demasiado convencional. Debemos conmover a la gran masa de católicos, padre Ernetti, desde el más modesto campesino de Calabria hasta el multimillonario de Milán. No conseguiré eso con el Jesús que me ha mostrado.

—¿Qué le reprocha, Santo Padre?

—¡Es demasiado humano! En cuanto a José y a María, en su película son unas buenas personas de Galilea, nada más. Sé muy bien que se trata de las figuras auténticas, pero no son adecuadas para nuestro proyecto, no puedo decirle otra cosa.

Pellegrino y Natasha estaban estupefactos por ese lenguaje, que no esperaban del papa. Montini se dio cuenta y se mostró menos intransigente.

—No me malinterprete, padre Ernetti. Esas escenas me han parecido tan impresionantes como a usted. Pero son demasiado... corrientes para nuestro proyecto. Es el problema de esta máquina. Al mostrar la Historia cruda, le quita la magia.

—Aun así, tenemos el milagro del paralítico, ¿no?

—No confíe en eso. Para usted es un milagro. Pero habrá psicólogos que digan que no hubo ningún milagro, que Jesús consiguió que el paralítico se pusiera en pie devolviéndole la confianza en sí mismo. Ya me parece oírlos. ¿A usted —dijo dirigiéndose a Natasha— qué le parece?

—Santo Padre, yo soy judía. Estoy demasiado confundida para responderle.

—Comprendo —dijo el papa—. Padre Ernetti, necesitamos imágenes más potentes. Mire al padre Pío. Sus estigmas lograron que miles de personas se desplazaran porque eran mágicos. Él tenía las manos intactas, y al cabo de un momento tenía los estigmas. ¡El milagro se ve al primer golpe de vista!

—Pero el padre Pío padecía neurosis —objetó Pellegrino—. ¡Nuestras películas muestran a Jesús en persona!

—Por desgracia, cuando lo digamos, nadie nos creerá. Lo deploro, pero es así. Es preciso mostrar un acontecimiento verdaderamente extraordinario en la vida de Jesús.

—¿Otro milagro? —aventuró Pellegrino.

—Nos toparíamos con las mismas objeciones. Los que creen en ellos contra los que prefieren una explicación natural. Ahora solo veo una cosa que habría que filmar: la crucifixión de Jesús, seguida de su resurrección. Temía que, debido a su realismo, el cronovisor hiciera que esa escena resultase demasiado cruel. Pero hay que conseguirla. Está claro, ¿padre Ernetti?

—Sí, Santo Padre.

Pellegrino estaba atónito.

—Este hombre no es un papa —dijo Natasha cuando salían—. Parece el jefe de redacción de un periódico de la noche.

Pese a lo afectado que estaba, Pellegrino lo defendió. Después de todo, era el papa.

—Su fe no está en entredicho, Natasha. Su objetivo es llegar al mayor número posible de gente. Es preciso que los católicos, cuando vean estas imágenes, se arrodillen y se pongan a rezar pidiendo el regreso del Mesías.

—Por supuesto —dijo Natasha—, con lo que hemos visto, estamos lejos de eso.

—Por eso debemos volver a ponernos a ello. ¡Y esta vez iremos hasta la cruz!

77

Hacía rato que el papa no paraba de dar vueltas por su inmenso despacho. Carvalho había dado en el clavo en la última conversación que habían mantenido. ¿Por qué la advertencia del Obispo Rojo había sembrado la duda en su espíritu? Se preguntaba si estarían manipulando con imprudencia lo que quizá fuera un enorme barril de pólvora.

El padre Ernetti le obedecía escrupulosamente, pero justo ahí estaba el problema. Si sucedía algo desafortunado, podría decir que había seguido al pie de la letra las órdenes del papa. ¿Y esa joven israelí? La había elegido por sus aptitudes, sin hacerse la menor pregunta sobre ella. Pero no era cristiana. ¿Podría ser manipulada por los servicios de información israelíes, de cuya habilidad no le cabía ninguna duda?

¡Ah, cómo estaba complicándose ese asunto!

Por primera vez, el papa dudó de la verdad de los Evangelios. La realidad histórica no era la que se enseñaba en el catecismo. Esperaba diferencias, desde luego, no era un ingenuo. Pero aquello... Ese Jesús de cara redonda, barba negra y marcado aspecto semita, tan alejado del rostro nórdico de tez clara y cabellos largos que habitaba en la mente de los cristianos de Occidente... era demasiado.

Se sentó detrás de su mesa.

Pese a todas las precauciones tomadas, esa imagen acabaría por salir de los archivos secretos y daría la vuelta al mundo.

Y había algo aún más grave. Esa escena, después de la curación del paralítico, en la que Jesús se quejaba de la actitud de los apóstoles, en la que se negaba, pese a la insistencia de Juan, a decir que era el Mesías.

Montini consultó su reloj.

A esas horas, se dijo, el padre Ernetti y la chica estarían explorando los días decisivos de la Pasión. ¿Y si no encontraban la confirmación de los Evangelios? ¿Y si todo aquello acababa resultando ser una enorme decepción?

Montini no era un hombre dado a esperar pasivamente lo irreparable. Debía encontrar una protección por si se producía... un imprevisto. Y debía actuar ya, antes de que el padre Ernetti volviera para mostrarle más películas. No podía llevar el peso de ese asunto solo sobre sus hombros. Pulsó un botón y convocó a su secretario de Estado.

—Dígame, Santo Padre —dijo el cardenal secretario de Estado.

—Voy a confiarle una misión de la mayor importancia, excelencia. Llame de mi parte al presidente de la República.

—¿Al presidente en persona?

—En persona. Y pídale de mi parte que tenga la amabilidad de estar presente en mi despacho este viernes a las diez en punto.

—Pero... eso es pasado mañana.

—Justifique la rapidez de esta reunión diciendo que se trata de un asunto de la mayor importancia, del que no puedo hablarle con antelación. Debe venir acompañado del ministro de Defensa y del ministro del Interior.

El cardenal secretario de Estado estaba atónito por aquellas peticiones, en verdad inusuales.

—Eso no es todo —añadió el papa—. Convoque a la misma sesión al responsable de la Academia Pontificia de las Ciencias y a dos de sus colegas, si es posible, buenos conocedores de la historia romana.

—Me pongo a ello de inmediato, Su Santidad.

«Las verdades difíciles deben ser compartibles —se dijo Montini, contento de haber tomado la delantera—. ¡Después de todo, la sociedad civil también tiene algo que decir!».

78

—Si queremos presenciar la Pasión de Cristo —dijo Pellegrino—, debemos empezar por la entrada de Jesús en Jerusalén.

Habían regresado un poco deprimidos al laboratorio. Una vez allí, el padre Ernetti había conectado de nuevo el cronovisor.

—Entonces ¿ponemos rumbo al año 26? —preguntó Natasha.

—Sí. Falta averiguar el día. Tenemos un indicio —dijo Pellegrino esgrimiendo su biblia—. El Evangelio de Juan dice que, seis días antes de Pascua, Jesús fue a Betania. Al día siguiente entró en Jerusalén. Por lo tanto, dicha entrada tuvo lugar cinco días antes de la Pascua judía. Empecemos por ahí.

—De acuerdo. —Natasha asintió—. Calculemos hacia atrás desde el comienzo de la Pascua. En el calendario judío, el primer día de los ácimos caía el 15 de Nisán, lo que nos da... el 10 de Nisán.

—¿Y a qué fecha civil corresponde eso?

Ella consultó en su libro un «conversor» de fechas.

—Al 28 de marzo.

El padre Ernetti programó, pues, el 28 de marzo del año 26 en la explanada del Templo. Pasados unos minutos, la pantalla mostró a una nutrida multitud.

—En principio —dijo Natasha—, Jesús va montado en un burro que camina en medio de esa multitud. ¿Qué dice el texto?

Pellegrino leyó el Evangelio en voz alta.

—«Esto sucedió para que se cumpliera lo dicho por el profeta: "Decid a la hija de Sión: He aquí que tu rey viene a ti, manso y montado sobre un asno, sobre un pollino hijo de burra"».

—Exacto —dijo Natasha.

A Jesús le habían crecido el pelo y la barba. Y, en efecto, iba montado en un burrito y saludaba a la multitud, que lo aclamaba como a un rey.

—¿Qué dicen? —preguntó Natasha.

Pellegrino le repitió las palabras en arameo que leía en los labios de los hombres y las mujeres que saludaban a Jesús.

—Aclaman al nuevo Mesías —tradujo ella—. «¡Bendito sea el que viene en nombre del Señor! ¡Bendito sea el rey de Israel!». Creen que Jesús, nuevo rey de Israel, va a liberarlos de la ocupación romana.

—Se equivocan —contestó Pellegrino—. Jesús era pacifista, no venía para hacer la guerra.

—Sí, pero eso es lo que cree el pueblo.

Algunos valientes intentaron cruzar el cordón de seguridad que formaban los guardias del Templo, pero les obligaron a retroceder.

—¿Quiénes son esos hombres? —preguntó inquieto Pellegrino.

—Zelotes. Resistentes que llaman a empuñar las armas contra los romanos y que se han incorporado a la manifestación.

Los zelotes parecían gritar un eslogan. Una vez más, el padre Ernetti repitió lo que leía en sus labios.

—Son imprecaciones contra el sumo sacerdote —dijo Natasha—. Lo acusan de ser cómplice de los ocupantes.

La llegada de una centuria romana provocó un tumulto.

—Pero... ¿qué ocurre?

—Llegan unos soldados romanos de refuerzo para ayudar a los guardias del Templo.

Los soldados se congregaron al pie de la escalinata.

—Forman una barrera entre el Templo y la muchedumbre —describió Pellegrino—. ¿Dónde está Jesús?

—He dejado de verlo —respondió Natasha mirando la pantalla con atención—. Seguramente sus partidarios lo han puesto a salvo. Creo que esto va a ponerse feo...

Tenía razón. Un zelote provisto de una honda lanzó con violencia una piedra puntiaguda que alcanzó a un legionario en la cara. El hombre se desplomó gritando. En unos segundos, la manifestación pacífica degeneró en disturbio. Obedeciendo al gesto de un centurión, los soldados formaron un grupo compacto, protegidos por sus escudos.

—Parece que van a cargar —dijo Natasha.

En efecto, una orden del centurión les indicó que blandieran las jabalinas y apuntaran con ellas a la multitud. Cundió el pánico.

—¡Dios mío! —susurró Pellegrino.

Al retroceder, algunos manifestantes —sobre todo mujeres y niños— cayeron. Fueron pisoteados por los que huían. Otros romanos que habían ido a caballo desde la fortaleza Antonia arrollaron a la muchedumbre y empezaron a atacar con sus gladios a los amotinados que seguían allí.

—Es una masacre —dijo Natasha espantada.

Al padre Ernetti se le veía desconcertado.

—No lo entiendo. Eso... eso no está en los Evangelios.

—Los Evangelios no son libros de historia, padre Ernetti.

—¿Y en las crónicas de ese historiador...? ¿Cómo se llama?

—¿Flavio Josefo? No, que yo sepa, no habla de un motín en esa época. Y eso que entra en detalles.

Poco a poco, la explanada del Templo se vació. El suelo, cubierto de sangre, estaba sembrado de cadáveres.

—Espero que Jesús no haya resultado herido —dijo Natasha.

—Imposible —replicó Pellegrino—, porque lo que sigue...

Natasha parecía preocupada.

—¿Qué dicen exactamente los textos tras la entrada de Jesús en Jerusalén, padre Ernetti?

—Pues... está el episodio de la última vez que comió con los apóstoles. Lo que nosotros, los cristianos, llamamos la Última Cena.

—Sí, pero se desarrolla en una habitación cerrada, no podremos ver nada. ¿Y después de esa cena?

—Jesús va a recogerse al Huerto de los Olivos.

—Ahí podremos verlo de nuevo. Programe la víspera de Pascua, el 14 de Nisán. Le doy las coordenadas del Huerto de los Olivos: 1° 46' 46" N, 35° 14' 25" E.

Unos minutos más tarde, Pellegrino y Natasha estaban ante el jardín de Getsemaní, sobre una colina de Jerusalén. Lo llamaban el «Huerto de los Olivos» por los olivos centenarios que crecían allí. El jardín estaba desierto.

—No hay nadie —constató Natasha—. ¿Qué dice el Evangelio?

Pellegrino cogió la biblia y leyó en voz alta: «Jesús salió para dirigirse, según su costumbre, al monte de los Olivos, y sus discípulos lo siguieron. Después se apartó aproximadamente a un tiro de piedra de distancia. Habiéndose arrodillado, rezó, y su sudor se convirtió como en gotas de sangre que caían al suelo».

—¿Ha programado bien la fecha? —preguntó Natasha.

—Sí, estoy seguro. Pero, en los textos, Jesús viene aquí después de cenar. Creo que todavía es un poco pronto. Sigamos esperando.

Se armaron de paciencia. Una hora, dos. Como el cronovisor captaba la radiación remanente de los neutrinos y no la de los fotones, la ausencia de luz no molestaba. Se hicieron las once de la noche en Jerusalén. Y seguía sin pasar nada. Pellegrino, inmóvil, mantenía los ojos clavados en la pantalla.

—¿Quiere que nos turnemos, padre?

—No. ¡Esperaré toda la noche si es necesario!

Ella, con expresión fatalista, se levantó y fue a preparar un café cargado. Abrió también un paquete de galletas. Le ofreció una a Pellegrino.

—Coma algo, por lo menos.

Él hizo caso omiso y continuó mirando la pequeña pantalla. Natasha se entristeció por él.

—Hay que resignarse —dijo la joven—. No vendrá nadie.

—¡CÁLLESE!

Había gritado. Aquel brusco acceso de ira era tan inusual que Natasha retrocedió de manera instintiva. Él guardó un silencio terco, sin mirarla. Pasaron las horas. A Pellegrino le pesaban los párpados, pero se hallaba en tal estado de tensión que no podía dormir. Natasha le apoyó una mano en el hombro, con suavidad. En la pantalla, en Jerusalén, había amanecido.

—No ha venido —balbuceó Pellegrino.

—En cualquier caso, no esta noche.

Él le cogió la mano, avergonzado.

—Perdóneme, Natasha. Estoy tan…

—Lo sé, tiene los nervios de punta. Hay que descansar un poco.

—No, no podré conciliar el sueño. Creo que… Es preciso… —Balbuceaba, como alguien que ha bebido más de la cuenta—. Natasha, quiero quedarme tranquilo. Esta historia empieza a obsesionarme.

—¿Qué quiere hacer? —le preguntó ella.

—Tenemos que ir a ver…

—¿Ir a ver adónde?

—Al Gólgota.

79

Habían quedado en el templo de Vesta, en el corazón del Foro Romano. Dom Alberto Carvalho detestaba esperar, pero su interlocutor se estaba retrasando, como todos los políticos. ¿Por quiénes se tomaban? El obispo de Río aguardaba admirando las estatuas de las vestales. Curiosamente, mientras que el tiempo no había perdonado al resto del Foro, las representaciones en piedra de las vestales se hallaban bastante intactas. Aquellas jóvenes, arrebatadas de pequeñas a sus familias, tenían la misión de conservar el fuego de la diosa Vesta. Debían mantenerse vírgenes durante un mínimo de treinta años. La que hacía trampas era entregada a los dioses infernales y enterrada viva. «¡Los antiguos romanos no se andaban con medias tintas!», se dijo Carvalho. No se podía decir lo mismo de sus sucesores de la Democracia Cristiana, esos reyes del acuerdo... y, en ocasiones, de la concesión.

En ese punto, el hombre al que esperaba no iba a la zaga. Ministro del Interior en la actualidad, ocupaba un lugar destacado en el archivo de infamias que Carvalho tenía sobre las personalidades importantes. Comisiones en dinero negro obtenidas por negocios inmobiliarios cuando estaba al frente del ministerio encargado de la vivienda, la reforma de su villa de Lombardía pagada con fondos secretos de su ministerio, quizá —se rumoreaba— relaciones ocultas con la Mafia... Carvalho podía elegir lo que más le gustara para tenerlo en un puño.

Finalmente llegó, escondido tras unas grandes gafas negras, como una estrella de Cinecittà. Pero aquel hombrecillo barrigón no tenía nada de seductor, aparte del prestigio del puesto que ocupaba.

—¡Perdón, excelencia, perdón! —dijo mientras se acercaba a toda prisa—. ¡Una reunión interminable en el ministerio!

—Pues no perdamos más tiempo, señor ministro. Hablaremos paseando por este bonito jardín.

El ministro lo siguió, enjugándose la frente.

—Dígame, dom Alberto, ¿qué puedo hacer por usted?

—¿Tiene información sobre lo que traman en este momento en los archivos secretos del Vaticano?

—Muy fragmentaria. El papa se ocupa personalmente de ese asunto. Se habla de una máquina instalada en el búnker y manejada por un sacerdote italiano y una chica israelí. Es muy misterioso, en efecto, pero no se ha filtrado nada... de momento.

—¿Por qué dice «de momento»?

—Porque el papa nos ha convocado este viernes a las diez de la mañana en su despacho. ¿Lo sabía?

—Sí, me lo han dicho. Precisamente esa es la razón por la que le he pedido que venga. ¿Quién estará presente?

—El presidente de la República, el ministro de Defensa, el presidente de la Academia Pontificia de las Ciencias y yo.

Carvalho se detuvo. Le costaba creerlo.

—¿Tantos? ¿Y qué va a decirles?

—El Santo Padre solo nos ha hecho saber que nos revelará algo muy importante sobre unas investigaciones científicas en curso. Apuesto a que se trata de esa máquina.

—Yo también lo creo. ¿No les ha dicho nada más?

—Únicamente que esa reunión debe ser confidencial.

—Muy bien. Entonces preste atención...

—¿Sí, dom Alberto?

—En cuanto esa reunión haya terminado, antes incluso de volver al ministerio, llámeme a este número. —Dobló una hoja de papel en la que había escrito un número de teléfono y la metió en un bolsillo de la americana del ministro—. Esperaré su llamada el tiempo que haga falta. Pero, sobre todo, cuéntemelo todo.

El ministro parecía inquieto.

—¿Tan importante es, dom Alberto?

—¡Mucho más de lo que usted cree, señor ministro!

80

El lugar llamado Gólgota, donde se llevaban a cabo las ejecuciones de los condenados, estaba situado en lo alto de una pequeña colina fuera de la ciudad. Cuando el cristianismo se convirtió en la religión oficial de los romanos, la emperatriz Helena, la madre del emperador Constantino, fue a Jerusalén a hacer de arqueóloga. Mandó despejar el peñasco que actualmente está incluido en la basílica del Santo Sepulcro.

—Estas son las coordenadas —le dijo Natasha a Pellegrino—: 31° 46' 42,4" N, 35° 13' 47,1" E.

En la pantalla apareció un paisaje desolado. La lluvia acentuaba el aspecto siniestro del lugar. Los numerosos hoyos practicados en el suelo, sin duda para plantar las cruces, estaban encharcados.

—No hay nadie —constató Natasha.

Ese día, en efecto, no se veía a ningún condenado en la colina.

—Quizá lleguen ahora —dijo Pellegrino.

—Esperemos. Está amaneciendo.

Esperaron, sin apartar los ojos ni un instante de aquel paisaje de fin del mundo.

—¿Irán a crucificarlo de madrugada?

—No lo creo —respondió Natasha.

—¿Por qué dice eso?

Ella no contestó y rebuscó entre los libros que había llevado dentro de una gran cartera. En la pantalla, la lluvia arreciaba con violencia. El suelo estaba completamente enfangado. Natasha sacó un libro y lo puso en la mesa.

—¿Qué libro es? —le preguntó Pellegrino.

—*Antigüedades judías*, de Flavio Josefo. Voy a ver si encuentro algo.

Flavio era una personalidad judía que se pasó a los romanos tras la represión de la revuelta de 66-70. Escribió un libro muy detallado sobre los acontecimientos de esos años. El ejemplar que ella consultaba era una edición en hebreo que incluía un índice, lo que facilitaba la tarea. Encontró lo que buscaba.

—No tiene sentido esperar. Es de madrugada, la festividad de Pésaj ha empezado. Flavio Josefo precisa que la ley judía de la época prohibía las ejecuciones durante los ocho días de celebración de la Pascua. No vendrá nadie ahora.

—Pero ¿cómo es posible? —preguntó Pellegrino, estupefacto.

Natasha frunció el ceño mirando la pantalla.

—¡Hay alguien! Ahí, a la derecha...

Pese al cansancio que se abatía sobre él, el padre Ernetti cogió inmediatamente el mando y llevó a cabo una panorámica en el lugar que ella señalaba. Había un hombre que removía la tierra.

—Es un esclavo —dijo Natasha—, se ocupa de la fosa común. Hoy no ha habido ejecuciones, y tampoco las habrá mañana.

Pellegrino seguía desconcertado. La cabeza le daba vueltas. Le costaba ordenar sus ideas.

—Natasha, ¿qué significa todo esto? —balbució.

—No lo sé, padre. Desde el motín en la explanada del Templo, la Historia no es la misma.

Pellegrino golpeó el cronovisor con la palma de la mano. Lo dominaba una ira tan intensa como su desasosiego.

—¡Esta máquina nos juega malas pasadas!

—Cálmese. Al menos sabemos una cosa, y es que a Jesús no lo crucificaron ese día. Lo que no significa que no lo crucificaran.

—¿Dónde puede estar? ¿Detenido por los romanos?

—Es posible. O puede que haya regresado a Galilea para esconderse entre sus partidarios.

—¿Quiere que vuelva a Cafarnaúm?

—Sí, inténtelo. Y avance seis días para que tenga tiempo de hacer el camino a pie. ¿Le doy de nuevo las coordenadas?

—No hace falta, todas las coordenadas geográficas de los lugares que hemos visitado están grabadas en la memoria de la máquina. Solo hay que recuperarlas.

De regreso en Cafarnaúm, seis días después del amotinamiento, vieron el pueblo vacío, como si los habitantes se hubieran atrincherado en sus casas.

—Creo que la gente se esconde —comentó Natasha—. La rebelión de Jerusalén ha desencadenado una oleada de represión que se ha extendido a toda la zona.

—Voy a ver la casa de Pedro —dijo Pellegrino.

Esperaron delante de la casa del apóstol, pero no vieron ni a Jesús ni a ninguno de sus discípulos.

—¿Pruebo con Magdala? —preguntó el padre Ernetti.

—No vale la pena, estará igual. Mejor vaya a Nazaret.

La casa de José se hallaba condenada con tablones.

—Han cerrado la casa. Seguramente para evitar los saqueos.

Pellegrino estaba a punto de estallar.

—Dios mío, pero ¿dónde se han metido?

Imploraba como un hombre que busca a su familia después de un cataclismo.

—Todo el mundo ha huido —dijo Natasha.

De repente se le ocurrió una idea.

—¡Padre Ernetti, siga en Nazaret, pero dé un salto de dos años!

—¿Por qué?

—Si Jesús se ha escondido, esperará en algún sitio a que pase la tormenta. Dos años me parece un plazo razonable.

Llegaron ante la misma casa en el año 28. Esta vez se veía a un grupo de personas en la puerta. Pellegrino y Natasha reconocieron a María, la madre de Jesús. Frente a ella había un hombre de pie con un bebé en brazos. Era Jesús. Una chica morena se acercó a él y cogió con delicadeza al bebé. Luego Jesús se puso a pulir una tabla sobre un banco de trabajo. Natasha se volvió hacia Pellegrino.

—¿Ha comprendido?

Él negó con la cabeza, pero una parte de su mente había comprendido muy bien.

—Jesús se ha casado —explicó Natasha—. Esa mujer es su esposa, y ese niño pequeño es su hijo.

El padre Ernetti seguía mostrándose incrédulo.

—Pero... ¿qué dice? ¡Jesús murió crucificado!

—No ha muerto. Tras el motín de Jerusalén, los romanos persiguieron a los rebeldes. Jesús huyó no sé adónde. En la clandestinidad, conoció a una mujer y se casaron. Dos años más tarde, cuando las cosas se calmaron, regresaron a Nazaret. José ha muerto, Jesús ha reanudado el trabajo de su padre.

—¿Quiere decir que el Señor... renunció a su misión?

—Quiero decir que tomó conciencia del poder romano. No quiso, persistiendo en su actitud, dar a los romanos un pretexto para otra masacre. No sé si lo hizo de buen grado, pero sí, todo indica que renunció.

Pellegrino, con las manos trémulas, apagó el cronovisor. Ante la mirada inquieta de Natasha, se dirigió a la puerta y llamó para que el guardia le abriera. Tenía náuseas y fue corriendo al lavabo para vomitar. El guardia suizo, preocupado, interrogó a Natasha con la mirada.

—Se ha mareado —dijo ella—. ¿Puede llamar a la enfermería?

El guardia se apresuró a ir hasta un teléfono y pidió que acudiera un médico. Entretanto Pellegrino salió del lavabo y se marchó del edificio de los archivos.

81

Anduvo sin saber adónde iba, en estado de choque. Durante unos minutos, se perdió en las callejuelas situadas al norte de la plaza de San Pedro y entró en una farmacia para pedir un calmante. Al verlo tan pálido, el farmacéutico se ofreció a llamar a una ambulancia. Él se negó, salió a toda prisa y paró un taxi para que lo llevara a la estación. Compró un billete para el siguiente tren en dirección a Venecia. Justo en ese momento entraba en la estación. Echó a correr para no perderlo.

Natasha, por su parte, estuvo un momento buscándolo en vano en la plaza de San Pedro. Después fue a una oficina de correos, desde donde llamó a Zvi. Marcó el número que le había dado en caso de emergencia. Zvi salía de una reunión. La joven reconoció su voz.

—¿Sí? Dígame, Natasha.

Ella le contó la sesión de la mañana. Un largo silencio siguió a su informe.

—¿Está segura de lo que ha visto? —preguntó Zvi.

—Segurísima.

—Es desconcertante. ¿Se lo han dicho al papa?

—Todavía no. Espero el regreso del padre Ernetti.

—Dele tiempo para que digiera la noticia.

—Y con Fincher, ¿qué hacemos?

—¿El agente de la CIA? Dígale lo que sabe, es lo que hemos acordado. La situación con Egipto está cada vez más tensa, necesitamos la información que pueda darnos.

—Entendido.

Natasha colgó y llamó a Fincher. Quedó con él bajo el pórtico de la basílica de San Pedro, al lado de la estatua de Carlomagno, media hora más tarde. Mientras lo esperaba, telefoneó al monasterio veneciano de Pellegrino y dejó un mensaje para que la llamara al laboratorio.

Fincher no tardó. Hablaron en voz baja, protegidos por la algarabía que llenaba el nártex de la basílica. Cuando Natasha le comunicó lo que habían visto, él dejó escapar una exclamación.

—Me imaginaba cualquier cosa menos eso. ¿Dónde está el padre Ernetti?

—Se ha ido. Necesitaba estar solo.

—Lo comprendo. ¿Sabe dónde tengo alguna posibilidad de encontrarlo?

—Quizá en su monasterio, en Venecia.

—Voy a llamar. De momento ni una palabra a nadie. Desaparezca, piérdase por Roma. ¡Que no pueda encontrarla ni el papa!

—¡Entendido!

Pellegrino entró en la iglesia de San Giorgio Maggiore. Se arrodilló ante la majestuosa cruz del altar y se puso a rezar. Al cabo de un momento, se interrumpió y miró la cruz. ¿Tenía sentido lo que estaba haciendo? No lo sabía. No obstante, empezó a rezar de nuevo a Jesucristo, como si fuera un acto reflejo. Lo necesitaba muchísimo. Un monje se acercó y le dijo que lo llamaban de Roma. Tres personas, una de ellas el secretario de Estado del papa, querían verlo urgentemente. Pellegrino contestó que llamaría él más tarde, que necesitaba rezar más.

—Pero... ¡es el papa! —exclamó sorprendido el monje.

Pellegrino ya se había sumido de nuevo en la oración. El monje, sin atreverse a insistir, se retiró. Ya de noche, Pellegrino tomó el *vaporetto* para cruzar el Gran Canal. Deambuló por el dédalo de calles que conducían hacia el centro de la parte antigua. Casi mareado (no había comido nada en todo el día), le compró un sándwich a un vendedor ambulante. En cuanto dio el primer bocado, sintió que renacía. No podía olvidar las imágenes que había visto unas horas antes: el Huerto de los Olivos vacío, el Gólgota vacío y esa lluvia incesante, esa lluvia de pesadilla. Cruzó la plaza de San Marcos. La pequeña orquesta del café Florian interpretaba, como de costumbre, valses de Strauss. En el muelle, las góndolas, mecidas por el viento, chirriaban. ¿Y si esa prueba tenía un sentido? Pero ¿cuál podía ser? De repente, como si surgiera de la oscuridad, un hombre se plantó delante de él. Lo reconoció de inmediato.

—¡Agente Fincher! ¿Qué hace usted aquí?

—Necesita que le ayuden, padre Ernetti, he venido para eso.

—No puedo hablar con usted. Esta noche, no. ¡Déjeme solo, por favor!

—Hay momentos en los que la soledad es el peor veneno. Venga conmigo, padre.

La humanidad que percibía en el rostro de Fincher acabó por convencer a Pellegrino.

—Necesita beber algo caliente.

Se acomodaron en los asientos tapizados en piel del Florian.

—Padre Ernetti, seré franco con usted. Soy protestante, he criado a mis hijos en el respeto a las Escrituras. Hace mucho que comprendí lo que intenta hacer en colaboración con Montini y estoy tan interesado en ello como usted. Cuénteme lo que ha visto.

Fincher no podía decirle que ya estaba al corriente sin traicionar a Natasha. Pero no tuvo que insistir. Pellegrino necesitaba tanto hablar que le contó lo que lo reconcomía por dentro.

Durante unos segundos, Fincher permaneció inmóvil, con los ojos cerrados.

—No puedo creer que los Evangelios mintieran. Todos los evangelistas hacen más o menos el mismo relato de la crucifixión de Jesús. ¡No se inventa una historia como esa!

—¡Incluso Flavio Josefo, agente Fincher! Lo he comprobado en la biblioteca del monasterio. En sus crónicas, habla de la muerte de Jesús en la cruz. ¡Es imposible que toda esa gente soñara!

—Ha sucedido algo que no entiendo —reconoció Fincher—. Habrá que hablar de esto con el papa. ¿Cuándo lo verá?

—He pedido audiencia. Nos recibirá a Natasha y a mí el viernes por la mañana.

—Hasta entonces, descanse y lleve cuidado con Carvalho. Tiene hombres por todas partes, incluso en el entorno más cercano del Santo Padre.

—¿Qué puede hacer?

—Informar a los rusos.

—Pero... él es cristiano. ¿Qué necesidad podría tener...?

Fincher le puso una mano sobre el hombro.

—Usted es un buen hombre, padre Ernetti. No conoce como yo la negrura del alma humana.

82

En la sala de audiencias del papa, Pellegrino y Natasha se sorprendieron al descubrir que Pablo VI había invitado a aquella reunión a seis personas. Pellegrino reconoció al presidente de la República, al ministro de Defensa y al ministro del Interior. A su izquierda estaban sentados el responsable de la Academia Pontificia de las Ciencias y otros dos miembros de esta. Alarmado, hizo un aparte con el papa.

—Santo Padre, ¿ha levantado el secreto?

—Hemos llegado al final de nuestro viaje, padre Ernetti. Lo que ha visto afecta a todos los ciudadanos, sean cristianos o no. No puedo y no quiero guardarme esto para mí solo, me lo reprocharían. Debemos compartir esas verdades con los responsables de la sociedad civil.

—Lo que hemos visto, Santo Padre, es... difícil —repuso Pellegrino.

El joven sacerdote vio que pasaba una sombra de angustia por el rostro del papa.

—Razón de más, amigo mío, para no guardárnoslo para nosotros.

Pellegrino se dijo que Montini, como de costumbre, lo había previsto todo para protegerse. ¡Incluso las malas noticias!

El papa presentó a todo el mundo e hizo una breve introducción.

—Padre Ernetti, señorita Yadin-Drori, esta misma mañana

he informado a todos los presentes de sus investigaciones en el marco del proyecto Sant' Agostino. Cuéntennos lo que han encontrado.

—Santo Padre —logró articular Pellegrino—, todo lo que le diré quedará confirmado por las películas que hemos filmado. ¿Desea verlas?

—Las veremos, por supuesto. Pero esas películas son mudas, no tienen mucha nitidez y cuesta interpretarlas. Prefiero que nos haga antes un resumen.

El relato de Pellegrino duró veinte minutos. A medida que hablaba, el silencio se hacía más denso. Cuando narró el episodio del amotinamiento en el atrio del Templo, que no se mencionaba en ninguna parte en los Evangelios, la desazón se hizo palpable. Con mayor razón cuando anunció la ausencia de Jesús en el jardín de Getsemaní y en el Gólgota. Si el momento no hubiera sido tan dramático, habría encontrado cómicas las caras, que se alargaban a ojos vistas. Y, cuando describió la escena familiar que él y Natasha habían presenciado dos años después en Nazaret, la angustia general se incrementó todavía más.

—Pero eso es imposible, padre Ernetti —dijo el papa—. ¿Acaso desvaría?

Pellegrino estaba paralizado.

—No me invento nada, Santo Padre. La señorita Yadin-Drori le confirmará lo que acabo de decirle —se defendió.

—Todo lo que el padre Ernetti le ha contado está en esta película. —Mostró el rollo.

—No necesito una película para repetirles que eso es imposible —replicó el papa en un tono tajante—. La razón me basta. Párense un momento a pensar. Si yo estoy aquí, es que Jesús murió en la cruz. Si renunció a su misión, no pudo ser crucificado y no resucitó. Luego el cristianismo no existe. Y yo tampoco existo. Pero yo existo y llevo este traje de papa. O sea que

Jesús cumplió su misión y murió en la cruz. ¿Qué otra cosa puedo decirles?

Tras este silogismo de un rigor implacable, se levantó como si quisiera quitarse de encima la ansiedad y avanzó unos pasos por la habitación. Todos lo miraban en silencio. Él dio la espalda a los presentes, bajó la cabeza y se apoyó la frente en el dedo índice doblado de la mano derecha. No se sabía si meditaba o rezaba. Se produjo un momento de indecisión. El presidente de la República susurró al oído del ministro de Defensa, el cual se dirigió a Pellegrino.

—Padre Ernetti, como responsable de nuestra defensa, seré pragmático. Le pido que sopese bien la responsabilidad que tiene en sus manos. No sé lo que ha creído ver, pero, si eso se divulgara, todo Occidente podría tambalearse.

El presidente de la República continuó:

—En Italia, nuestra democracia cristiana se fundamenta en el respeto a la tradición y en la fuerza de la fe. Cuestiónelos, y los comunistas, que no esperan más que un signo de debilidad por nuestra parte, dirán que somos unos impostores. ¡En las condiciones actuales, sería la cerilla que haría explotar el mundo!

—Hay otra hipótesis, Santísimo Padre. —Era Silvio Capezzi, el presidente de la Academia Pontificia de las Ciencias, quien había tomado la palabra—. Examinaremos las películas, evidentemente. Pero no veo por qué el padre Ernetti y la señorita Yadin-Drori iban mentirnos. Así pues, han visto lo que han visto.

—¿Cuál es su hipótesis, profesor Capezzi? —preguntó el papa acercándose a él.

—Tomaré las anomalías una a una.

—¿Las «anomalías»? —saltó el ministro de Defensa.

—No nos dejemos llevar por las emociones —replicó Capezzi.

—Precise sus ideas, *dottore* —intervino el papa en tono conciliador.

—En primer lugar, sobre la ausencia de crucifixión el día

mencionado, recuerdo que los Evangelios no son libros de historia, no hay que tomarlos al pie de la letra. Es posible que Jesús fuera encerrado en una mazmorra en la que permaneció varios días, mientras los ánimos se calmaban. Después quizá lo crucificaran con discreción, pasada la Pascua. Y los Evangelios habrían adaptado esa realidad a su conveniencia.

—Los Evangelios no son una novela, *dottore* —dijo el papa.

—Desde luego, pero los antiguos no tenían las mismas exigencias de rigor que los historiadores de hoy en día.

—La hipótesis del profesor Capezzi me parece verosímil —adujo el presidente de la República—. Todos los políticos les dirán que es claramente una torpeza convertir a alguien en un mártir durante un periodo de agitación social.

—¿Y el hombre de Nazaret? —preguntó Natasha.

—Ahora llego a eso —respondió Capezzi—. ¿Es el «buen» Jesús? Los Evangelios dicen que Jesús de Nazaret tenía hermanos y hermanas. La Iglesia nunca ha aceptado la idea de que María pudiera dar a luz tras haber alumbrado a Jesús, pero todos los exégetas saben que está retrocediendo ante la evidencia. ¿No es cierto, Santo Padre?

—Es correcto, profesor Capezzi —admitió el papa.

Capezzi enarboló una biblia.

—El Evangelio de Marcos incluso menciona sus nombres. Es en el capítulo 6, versículo 3: «¿No es acaso el artesano hijo de María, y el hermano de Santiago, y de José, y de Judas, y de Simón?». Cuatro hermanos. Quizá lo han confundido con uno de ellos.

Pablo VI se aferró a esa explicación como si fuera una tabla de salvación.

—¿Qué opina, padre Ernetti?

—Debo reconocer que es posible —respondió este, sin fuerzas para contradecirlos.

—¡Y más teniendo en cuenta que todos esos galileos llevaban barba y se parecían! —recalcó el presidente.

357

Todo el mundo se mostró de acuerdo.

—Sea como sea, Jesús llegó hasta el final —dijo el papa—. Quizá lo crucificaron más tarde, como dice el *dottore* Capezzi, pero cumplió la misión que Dios le había encomendado.

El presidente habló directamente a Pellegrino:

—Padre Ernetti, debe volver a explorar el tiempo y corregir su error. Puesto que «perdió» a Jesús en el momento del motín, retome la historia justo antes y sígale el rastro.

—El presidente tiene razón —insistió el papa—. Es evidente que se le ha escapado algo. ¡Encuentre a Jesús!

—Pero hágalo enseguida —insistió el ministro de Defensa—. Tenemos la certeza de que nos observan agentes soviéticos. No podremos guardar el secreto mucho tiempo. Respecto a eso...

—¿Sí, señor ministro? —dijo el papa.

—Sin ánimo de ser descortés, me pregunto por el papel de la señorita Yadin-Drori. Es israelí y...

—¡Si me quitan a Natasha —protestó Pellegrino con vehemencia—, vuelvo esta noche a Venecia a dar clases de música!

El papa se apresuró a intervenir:

—¿Habla usted arameo, señor ministro? ¿Conoce los yacimientos arqueológicos de Judea?

—No, pero...

—No es el momento de cambiar. La señorita Yadin-Drori continuará siendo su asistente, padre Ernetti.

—Se lo agradezco, Santo Padre. Pero me doy cuenta también del enorme peso que recae sobre mis hombros. No quisiera llevarlo solo. ¿Sería posible que un miembro del Gobierno italiano estuviese presente como testigo durante nuestra búsqueda? El ministro de Defensa, por ejemplo, o el del Interior. O el propio presidente de la República.

Pablo VI consultó al presidente con la mirada. Este movió las manos en un gesto negativo.

—¡De ninguna manera! —dijo—. Cuanto menos sepamos, mejor. Si, por desgracia, su cronovisor no encontrara al Jesús que conocemos y la noticia se divulgara, no quiero que la democracia cristiana sufra las consecuencias.

Pablo VI acusó el golpe.

—¿Y dejaría que la Iglesia se las arreglara completamente sola con la verdad?

Se produjo un silencio. Todo el mundo miró de forma insistente al papa, quien comprendió lo que les rondaba la cabeza.

—Sin duda se preguntan por qué no asisto yo mismo.

—En absoluto, Santo Padre —contestó con hipocresía el presidente de la República—. Yo pensaba... en el profesor Capezzi, por ejemplo.

—¿Yo? ¿Y por qué yo? —se rebeló el *dottore*.

—El profesor Capezzi pertenece a una institución del Vaticano —dijo el papa—. Considero que la Santa Sede está perfectamente representada por el padre Ernetti. Añadir otro miembro del Vaticano es innecesario y no haría sino incrementar los riesgos de indiscreción.

El profesor negó con la cabeza, un poco ofendido.

—¡Yo no iré, Santo Padre, pero sé guardar silencio cuando es preciso!

El presidente de la República y el ministro de Defensa no pudieron reprimir una sonrisa de complicidad.

—En cuanto a mí —añadió el papa—, mi papel será hacer de árbitro si se producen otros incidentes. Debo seguir siendo el guardián de la fe cristiana, pase lo que pase. Pero no me cabe ninguna duda, señores: Jesús de Nazaret murió y regresó de entre los muertos, y yo estoy sentado en el trono de Pedro. ¡Esas son las únicas verdades que cuentan!

83

—¡Menudo circo! ¡Es increíble!

Natasha se dejó caer en una silla. Estaban encerrados en el laboratorio de los archivos secretos.

—Los hombres son hombres, Natasha, en Italia y en todas partes. ¿En su país es mejor?

—¡Peor aún!

—Jesús aceptaba a los hombres tal como son y se lo perdonaba todo.

—Resultado: ¡acabó en la cruz!

Durante unos segundos más, continuaron sumidos en sus pensamientos. Fue Pellegrino quien rompió el silencio.

—¿Nos ponemos?

—¿Qué otra cosa podemos hacer? —replicó la joven con voz cansada.

El padre Ernetti volvió a programar la fecha del 28 de marzo del año 26, hacia las diez de la mañana. La pantalla mostró de nuevo la alegre entrada de Jesús en Jerusalén a lomos del borrico. Pellegrino se había asegurado de programar la máquina un poco antes del amotinamiento. La muchedumbre era cada vez más numerosa; los guardias del Templo tenían dificultades para contener a los que intentaban forzar su frágil barrera. Los zelotes pronto empezaron a insultar a los romanos. No tardaría en producirse el amotinamiento. Natasha observaba atentamente la pantalla, mientras que Pellegrino cerró los ojos.

—Padre Ernetti...

El sacerdote notó la mano de Natasha en su hombro.

—¿Qué?

—Mire... Es increíble. —Él se levantó y contempló la pantalla—. Esta vez... no hay revuelta —añadió Natasha.

En la pantalla, la multitud se agitaba alrededor de Jesús, pero se mantenía bajo control.

—¿Cómo es posible? Es la misma escena.

Natasha negó con la cabeza.

—No, es diferente. Los partidarios de Jesús han conseguido cerrar el paso a los zelotes, han impedido la revuelta. Es la misma escena, pero no se desarrolla de la misma forma.

Una inmensa esperanza iluminó el rostro de Pellegrino.

—Natasha, ¿cree que esta vez, si vamos al Huerto de los Olivos...?

—Quizá, pruébelo.

Ella se sentía tan nerviosa e impaciente como él. El padre Ernetti programó un nuevo salto en el tiempo y llegó a la noche del 14 de Nisán, la víspera de Pascua, en el jardín de Getsemaní. En esta ocasión, Jesús se hallaba presente.

Estaba rezando, solo, de rodillas, con el rostro entre las manos. Pese a la intensidad dramática de la escena, Pellegrino estaba maravillado.

—El Señor está ahí, en el jardín, como en el Evangelio.

Natasha atrajo su atención señalando la pantalla.

—Mire, padre, llega un grupo de hombres.

—¡Vienen a detener a Jesús!

Temblando, cogió la biblia y leyó en voz alta el Evangelio de Lucas:

—«El llamado Judas, uno de los Doce, los precedía, y acercándose a Jesús, le besó. Jesús le dijo: "Judas, ¿con un beso entregas al Hijo del Hombre?"». Es justo lo que estamos viendo. ¡Mire, Pedro desenfunda la espada!

El apóstol hirió a un guardia, pero Jesús le ordenó que retrocediera. Pellegrino leyó la continuación, que coincidía plenamente con las imágenes: «Dijo Jesús a los príncipes de los sacerdotes, capitanes del Templo y ancianos que habían venido contra Él: "¿Soy acaso un ladrón para que hayáis venido con espadas y garrotes?"».

Pero los capitanes no le escuchaban. Prendieron a Jesús y se lo llevaron.

—Lo conducen ante el sumo sacerdote —dijo Pellegrino—. Después será presentado ante Herodes Antipas y sometido a juicio ante Pilato, como dice el Evangelio.

—Sí —reconoció Natasha—. La Historia parece haber seguido otro curso.

—¡En esta ocasión, el bueno!

—Y...

Se miraron. Habían pensado lo mismo al mismo tiempo.

—¡El Gólgota!

Pellegrino programó febrilmente un nuevo salto de unas horas en el tiempo. Lo que vio le produjo una profunda conmoción. En la colina, pese a la bruma y la lluvia fina que caía, se distinguían tres cruces y un torturado en cada una de ellas. El de en medio era sin lugar a dudas Jesús. Los otros dos debían de ser los dos ladrones condenados a morir con él. Sobre la cabeza de Jesús, los verdugos habían clavado el *titulus* que identificaba el crimen del condenado. Se reducía a las cuatro letras que se habían hecho famosas: INRI, *Iesus Nazarenus Rex Iudaeorum*.

—Mire —dijo Pellegrino—, no le han clavado las manos. Es la verdadera crucifixión, no la de los pintores.

Recordó su primer encuentro con Leonardo. El anciano tenía razón. Los brazos de Jesús estaban fuertemente sujetos con unas cuerdas atadas al *patibulum*, mientras que dos grandes clavos le atravesaban los pies, a la altura de los talones.

—No hay nadie alrededor, salvo los guardias.

No había ninguna mujer porque los crucificados estaban desnudos. Si María de Magdala, María, madre de Jesús, y María, esposa de Cleofás (la hermana de María) hubieran ido, las habrían alejado del lugar del suplicio. En cuanto a los discípulos, la mayoría habían huido por temor a ser arrestados y condenados a su vez. Ni siquiera había curiosos, seguramente a causa de la lluvia.

—Murió solo —dijo, conmovido, Pellegrino, y se puso a rezar con la voz quebrada por los sollozos.

A Natasha se le contagió la emoción. Estaba impresionada por el espectáculo atroz que veía y feliz por el padre Ernetti, que había recuperado las imágenes de su fe.

De pronto llegó un soldado romano seguido de dos hombres, al parecer personalidades judías. El romano se dirigió a los dos guardias.

—¿Qué ocurre, Natasha? —preguntó Pellegrino.

—No lo sé, padre. Es un mensajero. ¿Puede leer en sus labios lo que dice?

Él leyó unas palabras en arameo y se las repitió a Natasha. Esta parecía atónita.

—¿Qué pasa, Natasha?

—Un indulto. ¡Han indultado a Jesús!

—¿Qué? Pero...

—Los otros dos son miembros del Sanedrín, partidarios de Jesús.

—¿José de Arimatea y Nicodemo?

—Tal vez. Creo que han conseguido un indulto de Pilato pagándole.

Uno de los guardianes arrancó con unas grandes tenazas los clavos que fijaban los pies del torturado al madero. El desdichado gritó de dolor. Luego los guardianes apoyaron una escalera en la cruz. Uno subió hasta la altura del *patibulum* y, con el gladio, cortó las ataduras que sujetaban los brazos de Jesús. Los dos miembros del Sanedrín agarraron entonces su cuerpo por el tronco y lo bajaron con cuidado. Unos esclavos que habían llevado unas parihuelas instalaron en ellas al herido.

—¿Cree que Jesús está vivo?

—Mire, padre Ernetti...

Mientras un esclavo curaba los pies de Jesús, otro le limpiaba la cara. Le hicieron aspirar sales y vinagre para que recobrara la conciencia. Él pestañeó y abrió los ojos. Sí, estaba vivo. Pellegrino y Natasha estaban boquiabiertos. Una vez más, la Historia se las gastaba. Natasha tuvo entonces una intuición.

—Vaya a Nazaret.

—¿Qué?

—¡Salte dos años y vaya a Nazaret!

Con expresión despavorida y gestos automáticos, Pellegrino reprogramó la máquina y ambos se inclinaron para ver cómo aparecía la imagen. La pantalla mostraba de nuevo la casa de José el carpintero.

—¡Ahí están! —exclamó Natasha.

En el umbral se veía a María, Jesús, su esposa y el niño.

—¡Esto es una maldición! —dijo Pellegrino, y rompió a llorar como un niño, con la cara entre las manos.

Natasha le apretó un brazo.

—Mire...

Él abrió los ojos. Jesús se apoyaba en una muleta para desplazarse.

—¿Cojea?

—Las heridas de la cruz —respondió Natasha.

84

El padre Ernetti estaba desesperado. Tan solo una persona en el mundo podía prestarle ayuda. No se trataba de Natasha. A pesar de su amabilidad, estaba demasiado alejada de él. Tampoco de Montini, el hombre que lo había desencadenado todo pero se negaba a aceptar las consecuencias de su iniciativa. Y tampoco del agente Fincher, pese a su deseo sincero de ayudarlo.

Pellegrino se subió a un tren en la estación Termini que lo llevó a Bari en poco más de tres horas. Se había tomado un somnífero para obligarse a dormir, pero apenas pudo cerrar los ojos. ¡Desfilaban tantas imágenes por su cabeza! Ya no podía pedir ayuda a Jesucristo, ni siquiera a Dios. Pensó, pues, en el rostro bondadoso de su madre, y esa imagen borró el resto. Así consiguió dormitar casi una hora. Nada más llegar a Bari, cogió un taxi que lo dejó en la basílica de San Nicolás. Era un bonito edificio blanco, recientemente restaurado, sobrio y propicio al recogimiento. Pellegrino se presentó en la entrada del monasterio y dijo que quería hablar con el padre Leonardo. No lo había visto desde hacía varios años. Su amigo debía de estar cerca de los ochenta años. Leonardo fue a la recepción en silla de ruedas. En su rostro envejecido, los ojos habían conservado su picardía y su inteligencia viva.

—¡Pellegrino! ¿Qué le pasa? Parece trastornado.

Se había dado cuenta. Las ojeras hablaban por él.

—Venga, hijo, venga —dijo, y dejó escapar un suspiro—. ¿Es friolero?

—No, padre.

—Entonces venga a la terraza. Hace sol y se ve el mar.

Se sentaron a ambos lados de una mesita de hierro.

—¿Quiere beber algo, Pellegrino?

—No, padre Leonardo, solo quiero confesarme.

Leonardo se sorprendió.

—No he traído la estola, hijo, pero prescindiremos de ella. —Hizo la señal de la cruz y lo invitó a arrodillarse—. Le escucho. Hábleme de esa máquina que nunca me gustó.

Pellegrino apartó la mesita, se arrodilló y se santiguó.

—En el nombre del Padre, del Hijo y del Espíritu Santo. Amén. Bendígame, padre, porque he pecado.

Se lo contó todo. La primera inmersión en Judea; el descubrimiento del Templo en la década de los cincuenta; la segunda inmersión, al día siguiente, en busca de Jesús; José y María en Nazaret, luego el Jesús que habían descubierto en Séforis, tan poco acorde con el que él tenía en mente; después su entrada en Jerusalén; la revuelta que había seguido y lo había cambiado todo, hasta el punto de llevar al Señor a renunciar a su misión; la reacción negativa del papa, que los había incitado, a Natasha y a él, a realizar otra inmersión en el tiempo; los episodios que siguieron, más o menos acordes con el texto de los Evangelios... salvo ese epílogo inimaginable: ¡Jesús indultado por Pilato! Durante el relato, Leonardo había juntado las manos al tiempo que cerraba los ojos, como si estuviera abrumado por lo que escuchaba. Al final balbució:

—Dios mío..., perdónanos. —Pellegrino, con el semblante demudado, esperó que dijera algo más—. ¿Qué ha hecho? —susurró Leonardo.

—¡Yo no he hecho nada, padre! Nos hemos limitado a programar las fechas y mirar la pantalla.

El padre Leonardo lo cogió de la mano. La tenía helada.

—Ha cambiado la Historia, Pellegrino. ¡Ha cambiado la Historia, porque el cronovisor altera la realidad!

Pellegrino no estaba realmente sorprendido por aquella explicación, que presentía. Pero esperaba otra.

—¿Cómo es posible, padre Leonardo? ¡Ilumíneme, por favor!

—Es uno de los efectos previstos por la mecánica cuántica. Físicos contemporáneos como Hugh Everett y algunos más consideran que todas las realidades del universo existen superpuestas. Lo llaman la «teoría de los mundos múltiples». Cada observación capta una realidad diferente.

—Lo estudié en la universidad, padre. Pero yo creía que ese efecto estaba reservado al mundo subatómico.

—Sí, eso es lo que creía yo también. Pero el cronovisor capta partículas que apenas conocemos.

—¿Los neutrinos?

—Majorana mostró que eran multiformes. Es posible que algunos tengan un pie en cada mundo, el mundo cuántico de las micropartículas y el mundo macroscópico, el de la vida cotidiana.

Pellegrino intuyó que Leonardo, en una frase, había formulado la explicación correcta. Y era más catastrófica que todo lo que habría podido imaginar.

—Entonces ¿he hecho pedazos la Historia?

En su candidez, no había encontrado más que esa expresión pobre, «hecho pedazos». Como si hubiera roto un florero. ¡Con la diferencia de que ese florero era una parte entera de la historia del mundo!

—Usted, Majorana, Montini, el papa Pío XII y yo, que lo embarqué en esta aventura. Todos somos responsables. Hemos desencadenado unas fuerzas que no conocíamos.

Pellegrino se levantó y empezó a caminar de un lado a otro. Buscaba una forma, cualquiera, de contradecir a su antiguo maestro.

—Padre Leonardo, hay algo que no encaja en su razonamiento. Cada vez que me he sumergido en el pasado, lo que he visto coincidía con lo que dicen los libros de historia. El discurso de Mussolini en 1941, el de Pío XII en 1940, la toma de Jerusalén por los cruzados en 1099. ¡No me diga que la máquina hace una excepción con la historia de Jesús!

El padre Leonardo pareció desconcertado por ese argumento. Pero enseguida encontró el modo de replicar a la objeción.

—Le responderé que las ocasiones en las que se ha sumergido en un momento del pasado, fuera de los tiempos evangélicos, lo ha hecho una sola vez. Por lo demás, en su primera inmersión en Galilea y en Nazaret, todo coincidía.

—Sí —dijo Pellegrino—. Jesús era Jesús, María era María, y José y Simón Pedro también. ¿Entonces...?

—Es un fenómeno que constato igual que usted, pero que no acabo de comprender. Quizá se trate de una forma de «desgaste» de los neutrinos. Los flujos relacionados con una línea histórica determinada podrían, cuando se recurre demasiadas veces a ellos, perder parte de su intensidad en favor de otros flujos paralelos y ligeramente distintos. En tal caso, asistiríamos a una conmutación de las líneas de tiempo, como un cambio de agujas para los raíles de un ferrocarril. Es la única explicación que puedo ofrecerle. Creo que, en los últimos meses de vida, Majorana presintió un efecto de este tipo y se asustó.

Pellegrino juntó las dos manos delante de la cara.

—Entonces, padre, ¿hasta nuestra primera inmersión en Judea, vivíamos en un mundo en el que Jesús había muerto en la cruz?

—Sí, vivíamos en una línea de tiempo moldeada por las verdades de los Evangelios. Pero anteayer, al volver varias veces a la misma época, provocaron la sustitución de una realidad por otra. En esta ocasión, Jesús renunció a su misión y se casó. La nueva línea de tiempo sustituyó a la anterior.

—¿Y esta mañana hemos vuelto a cambiar la Historia?

—Al sumergirse de nuevo en el tiempo, han hecho que surja un tercer destino de Jesús. Esta vez ha sido indultado por Pilato. Es probable que existan infinitas versiones en la madeja de las realidades alternativas. Una versión en la que Jesús murió durante las tentaciones en el desierto, otra en la que Juan el Bautista se convirtió en Cristo, mientras que Jesús fue uno de sus apóstoles, otra en la que Jesús se convirtió en un zelote que luchó contra los romanos, otra en la que colaboró con Pilato para reprimir la rebelión, otra en la que Judas no lo traicionó y padeció también el suplicio de la cruz. En cada inmersión en el pasado, el cronovisor «atrapa» una realidad diferente.

—¿Y esa realidad se convierte inmediatamente en la realidad verdadera?

—Se convierte en nuestra realidad, aquella en la que vivimos en este momento. ¡No hay una «realidad verdadera», Pellegrino, solo hay una infinidad de mundos alternativos! Es algo que da vértigo, lo sé. La mayoría de los físicos no creen las teorías de Everett. Sin embargo, lo que estamos viviendo demuestra que tiene razón.

El padre Ernetti se volvió hacia el mar. Leonardo respetó su necesidad de silencio. Era consciente del suplicio que estaba viviendo el joven sacerdote. Como Jesucristo en la Via Dolorosa. Llevaba él solo sobre los hombros la desgracia del mundo. Pellegrino miró de nuevo a su antiguo maestro.

—Entonces, padre Leonardo, ¿por… por mi causa, en este momento vivimos en uno de esos mundos paralelos en el que Jesús fue indultado por los romanos y terminó su vida como carpintero en Nazaret?

—Sí, siempre y cuando no vuelva a intervenir. Pero si se sumerge de nuevo en el pasado, cambiará otra vez la realidad.

Pellegrino se cubrió la cara con las manos.

—Dios mío, Dios mío, Dios mío… ¡Me estoy volviendo loco!

—Siempre he pensado que ese cronovisor era como la caja de Pandora. ¡La hemos abierto y los demonios han salido!

85

Esta vez la reunión con el papa se desarrolló en comité restringido. Aparte de Natasha, solo estaban presentes el presidente de la República italiana, el profesor Capezzi y... el agente Joe Fincher. El papa reparó en la sorpresa de Pellegrino.

—Creo que ustedes dos se conocen... —Pellegrino no dijo nada y el papa se dirigió a los demás—. Si le he pedido al agente Joseph Fincher, de la Agencia Central de Inteligencia estadounidense, que esté presente hoy es porque, como saben, la situación internacional es muy tensa. No se puede descartar la inminencia de un conflicto atómico con el bloque del Este. El Estado italiano se halla vinculado a la OTAN por un pacto de defensa, y el Vaticano, pese a su neutralidad, no puede permanecer indiferente. Dadas las circunstancias, la exploración de los tiempos evangélicos mediante el cronovisor del padre Ernetti tiene una importancia estratégica. —El papa desvió la mirada hacia Pellegrino y Natasha—. ¿Puede resumirnos su última visita a Jerusalén, padre Ernetti?

Con un suspiro, Pellegrino le tendió un rollo de película.

—Esta vez, Santo Padre, de verdad preferiría que la película hablara por mí.

El papa, que presentía más malas noticias, fue tajante.

—Padre Ernetti, tiene usted lengua, así que utilícela y díganos lo que ha visto. Examinaremos la película después.

—Como quiera.

Durante diez minutos, Pellegrino resumió su nueva inmersión en Judea. Cuando hubo terminado, Pablo VI apoyó los codos en su mesa y se cogió la cabeza con las manos.

—No, no, no...

—Padre Ernetti —dijo el presidente, cuya actitud de desconfianza era evidente—, si Jesús fue indultado, ¿cómo explica que ese hecho no haya afectado a la historia posterior?

Pellegrino hizo un gesto de impotencia.

—No lo explico, señor presidente. Para mí también es un misterio. Lo que hemos visto no ha cambiado en nada el desarrollo de la Historia, en efecto. Ni la renuncia de Jesús ni el indulto de Pilato.

—No lo lamentemos —dijo el papa.

—Yo soy menos optimista que usted, Santo Padre.

Era Silvio Capezzi, el presidente de la Academia Pontificia, quien había tomado la palabra.

—¿Sí, *dottore*?

—Sería sorprendente que la Historia se transformara de forma instantánea, como...

Capezzi chasqueó los dedos.

—¿Qué quiere decir? —preguntó el papa.

—Podría haber un peso inercial de la Historia. Partimos de un fenómeno inicial vinculado a un suceso ínfimo dentro del marco de la historia del mundo: la supervivencia de un solo hombre hace dos mil años.

—Ese «hombre» era el hijo de Dios —corrigió Pablo VI con expresión severa.

—Por supuesto, Santo Padre. Pero si ese hombre sobrevivió, los cambios causados por su supervivencia solo podrán producirse de forma progresiva. Afectarán primero a su círculo de allegados, luego se ampliarán un poco en la época romana y se propagarán a través de los siglos como una onda, una especie de tsunami lento pero imparable. La ola quizá tarde algún tiempo en alcanzarnos, pero romperá sobre nosotros un día cercano. Dentro de un mes, o de un año.

—No se muestra usted muy tranquilizador, profesor —dijo el papa.

—¡Yo lo seré todavía menos, Santo Padre! —intervino el presidente de la República—. Cuando los rusos sepan la verdad, se producirá un maremoto en el acto. Y antes o después la sabrán.

—¡Ya la saben! —exclamó el agente Fincher al tiempo que se levantaba.

—¿Alguien ha hablado demasiado, agente Fincher? —preguntó el papa.

—Los rusos se han enterado de la existencia de la máquina a través de los polacos —respondió Fincher—. No me pregunte cómo, no lo sé. En cuanto a los desarrollos recientes, creo, en efecto, que uno de sus ministros, señor presidente, se ha ido de la lengua.

El presidente se sintió ofendido.

—¡Señor Fincher —replicó—, le recuerdo que dos miembros de la Academia Pontificia asistieron también a la reunión anterior!

—¡Señor presidente, no puedo aceptar esas insinuaciones! —protestó el profesor Capezzi.

—¡Silencio, señores! —dijo el papa—. ¡No estamos en una película de Don Camilo!

El comentario del papa tuvo la virtud de hacer sonreír y calmar a todo el mundo. Natasha estaba pasmada ante la asombrosa capacidad de los políticos para «encajar» las peores noticias.

—¿Cómo ve usted la situación, agente Fincher? —preguntó el papa.

—Si no lanzamos una contraofensiva de inmediato, los soviéticos harán público todo el asunto. Desvelarán la implicación al más alto nivel del Vaticano. Y sobre todo, padre Ernetti, contarán lo que ha descubierto usted sobre el destino real de

Jesús. Si, después de estas revelaciones, Occidente no se hunde, ¡es que es indestructible!

El presidente de la República habló directamente al papa en un tono de reproche.

—¿Qué ha hecho, Santo Padre? ¡Queriendo salvar la fe, la ha condenado! Esta empresa era muy imprudente. Nunca debería haber...

—Por favor, señor presidente, ahora nuestros destinos están unidos —se defendió el papa—. Señor Fincher —añadió dirigiéndose al agente de la CIA—, antes ha hablado de una «contraofensiva». ¿Qué tenía en mente?

Fincher miró a Natasha.

—La señorita Yadin-Drori tiene una propuesta que va a explicarles ahora. Su turno, Natasha.

La joven tomó la palabra.

—El 16 de julio de 1941 en el palacio Mariinski, en Kiev.

—¿Cómo?

—Les propongo apuntar el cronovisor hacia ese lugar, en esa fecha. Tendremos algo con lo que negociar con los soviéticos.

86

«No te fíes de tus colaboradores. Solo tienen una idea en la cabeza: ocupar tu puesto». Ese fue el sabio consejo que dio un día Nikita Jrushchov a... su colaborador, Leonid Illich Brézhnev. Este último se encontraba solo en el despacho del palacio del Senado reservado al primer secretario del Comité Central del Partido Comunista de la Unión Soviética. Y, como no había nadie más, se atufó a sí mismo con un habano que le había regalado Fidel Castro en persona, un gran Cohiba de intenso sabor, cuyas hojas habían fermentado varios meses en barricas.

Aquel hombre de cejas pobladas y ademán tranquilo tenía carácter de arribista. Su suerte en la vida había sido precisamente Jrushchov. Gracias a él, no había cesado de ascender en la jerarquía comunista hasta el día que, como en una partida de dominó, los miembros del Politburó «dimitieron» de manera conveniente al propio Jrushchov y lo sustituyeron por Leonid Brézhnev, que formó una «troika» con Anastás Mikoyán y Alekséi Kosiguin. El nuevo equipo era consciente del retraso de la URSS en numerosos terrenos. Los éxitos espaciales no durarían eternamente; el joven presidente Kennedy había lanzado la carrera para llegar a la Luna y, sin duda, la URSS no poseía la fuerza económica necesaria para ganarla. Brézhnev era, por temperamento, un gestor. Deseaba avanzar, pero despacio.

—Tengo una noticia increíble —le anunció el coronel Cherbishov, el nuevo responsable del KGB.

—¿Buena o mala?

—Interesante, camarada secretario general. Parece ser que un sacerdote italiano ha inventado un aparato para ver el pasado, una especie de cámara de televisión.

Leonid Brézhnev frunció el ceño, y sus cejas eran tan espesas que se le juntaron en una gruesa raya sobre la frente. En aquella era espacial en la que las maravillas de la tecnología estaban a la orden del día, se dijo, todo era posible, incluso ese viejo sueño de viajar a través del tiempo.

—Lo sorprendente es que han puesto el foco de su máquina en la época de Jesús de Nazaret.

—No es de extrañar. ¿Y qué han descubierto?

—Que después de su entrada en Jerusalén, la víspera de Pascua, Jesús regresó a Nazaret y acabó sus días como un honrado carpintero.

Esta vez Brézhnev apagó el Cohiba en un cenicero y se levantó.

—Grigori, cuando yo era pequeño, en Kamianské, tenía una abuela muy devota. Si le hubiera contado lo que acabas de decirme, me habría frotado la lengua con jabón negro llamándome de todo. ¿Estás seguro de lo que dices? ¿Quién te lo ha contado?

—Una fuente absolutamente segura: el padre Carvalho, el obispo de Río. Tiene información del ministro del Interior italiano, que participó en una reunión con el papa. Podríamos canjear esa información por un retroceso de la influencia americana en Oriente Medio. No se negarán.

—Voy a hablar con los otros dos.

—Muy bien, camarada secretario. Le tendré al corriente si hay alguna novedad.

Brézhnev informó a los otros dos miembros de la troika. Al principio se mostraron incrédulos. Pero cuando Cherbishov les confirmó la información, se rindieron también a la evidencia.

Aquel asunto, pensaban, sería un arma importante en la guerra ideológica…, y menos cara que la carrera espacial. Llamaron a la puerta. Era de nuevo Cherbishov. Había subido las escaleras corriendo, algo que ya no era propio de su edad. Llevaba un télex en la mano.

—¡Camarada secretario general, los americanos saben que lo sabemos!

—Hable más claro, coronel —ordenó Brézhnev.

—Saben que nos disponemos a utilizar lo que han descubierto los italianos con su máquina.

—¿Y qué? ¿Qué cambia eso?

—Proponen un trato.

—¿Ya?

Brézhnev encontró la noticia bastante positiva, pero, curiosamente, Cherbishov parecía receloso.

—¿Qué le preocupa, coronel?

—Dicen que tienen una moneda de cambio.

Brézhnev arrugó el entrecejo. Era de natural desconfiado.

—¡Cuidado con los faroles, coronel!

—No creo que se trate de un farol. Hablan de una revelación obtenida con su máquina que podría equilibrar la que nosotros tenemos sobre Jesús.

Brézhnev se encogió de hombros.

—¿Qué han encontrado? ¿Que Karl Marx estaba a sueldo de Bismarck? ¿Que vivía en pareja con Engels? ¡A todo el mundo le traen sin cuidado esas cosas!

—Camarada secretario general, conozco al agente de la CIA que nos propone el trato. Es una persona seria. Están seguros de sí mismos, tienen realmente algo que cambiar.

—Entonces ¡que pongan las cartas sobre la mesa! —replicó Brézhnev, perdiendo la paciencia.

—Eso es justo lo que quieren hacer, camarada. Proponen venir a Moscú para hablar del asunto con usted.

Brézhnev descolgó el teléfono para avisar a los otros dos.

—¡Que vengan! ¿Estará John McCone?

John McCone, el director de la CIA, era un tipo peligroso. Durante la crisis de los misiles, había sido el primero en darse cuenta de que la URSS estaba llevando esas armas a Cuba.

—No —dijo Cherbishov—. Para mantener el secreto, le envía a uno de sus agentes, ese del que le he hablado. Y a otra persona.

—¿Quién?

—Una mujer. No de la CIA, sino del Mossad.

87

Natasha llamó a Zvi Eizer desde la embajada de Israel en Roma.

—De acuerdo, acompaña al agente Fincher a Moscú —le dijo Zvi—. Te envío en el primer avión de El Al un expediente muy completo. Tú pide al servicio fotográfico del Vaticano que te haga unas fotos ampliadas de la película.

—Ya lo he hecho.

—Añádelas a los testimonios.

—Entendido.

—Natasha...

—¿Sí?

—No tengo por costumbre hacer cumplidos, pero en este asunto reconozco que has estado a la altura.

—No hay nada ganado, Zvi. Los rusos pueden rechazar el trato.

—Quieren negociar. Los conozco, es un indicio positivo. ¡Buena suerte!

Tres agentes del KGB, acompañados de un pequeño destacamento del Ejército rojo, esperaban al avión de la TWA que llevaba a Fincher y a Natasha al aeropuerto de Sheremétievo. Cuando bajaron de la cabina, se libraron de las formalidades aduaneras y la policía secreta se hizo cargo de ellos. El coche en el que subieron salió en tromba, seguido de otros dos.

—No se preocupe, Natasha, saben conducir —dijo Fincher sonriendo.

—No temo por mí, ¡sino por la pobre gente a la que podría llevarse por delante este loco peligroso!

Circulaban por una ancha avenida bordeada de grandes edificios.

—Los edificios son enormes, pero los pisos son minúsculos —la informó Fincher—. En Moscú suelen vivir dos familias en un piso.

—¿Ha venido aquí con frecuencia?

—Una vez oficialmente y otras dos en el marco de una operación, con nombre falso. Así que conozco un poco el país. Incluso mantengo una relación amistosa con el coronel Cherbishov, al que va a conocer. Ah, mire... —El coche estaba atravesando un barrio que no tenía nada de excepcional—. Aquí, a catorce kilómetros de Moscú, fue donde los soviéticos detuvieron el avance alemán, en octubre de 1941. Suele atribuirse esta hazaña al general Zhúkov, el que tomó Berlín.

—¿Y no fue él?

—No, el verdadero héroe fue el oficial que estaba al mando del decimosexto ejército, Konstantín Rokossovski. Zhúkov formaba parte del círculo más cercano de Stalin y se llevó todos los honores.

—¡Vaya! ¡Pues aquí nuestro cronovisor causaría estragos!

El coche aminoró la marcha al llegar a la plaza Roja. Natasha se quedó maravillada.

—¡Cuánto esplendor!

Detrás de las paredes del Kremlin, vieron las cúpulas en forma de cebolla de la catedral de San Basilio. La plaza, toda pavimentada, era realmente inmensa. No tenía nada rojo; la palabra rusa *krasny* significa tanto «rojo» como «magnífico». A la derecha, Natasha vio el mausoleo de Lenin, protegido por dos soldados armados que una vez cada hora, a lo largo de todo el día, llevaban a cabo una coreografía perfectamente reglada. Una larga cola de visitantes esperaba ante la entrada. A la izquierda de la plaza se podía ver el GUM, los grandes almacenes estatales.

—No se encuentra mucho que comprar ahí —le dijo Fincher—, aparte de lámparas de pie marca Octubre Rojo o cortadoras de pelo Cuarenta Aniversario de la Revolución de Octubre. ¡Todo hecho en la misma fábrica!

—¿No hay ropa?

—Muy poca. ¿Ha visto alguna vez unos vaqueros soviéticos?

—No.

—Mejor para usted. Los habitantes de Moscú tienen la costumbre de llevar encima una bolsa de la compra que llaman *avozka*, que significa «por si acaso».

—¿Por si acaso qué? —preguntó Natasha.

—Por si acaso llega una partida de mercancías al GUM. ¡No es nada frecuente!

Tras una breve parada en el puesto de vigilancia, el coche y su cortejo entraron en el recinto del Kremlin. Después de la revolución, Lenin y luego Stalin se habían mudado al antiguo palacio del Senado, al que llamaban «edificio número uno». Era una construcción de forma triangular, dominada en el centro por una cúpula de considerable tamaño que cubría la sala del Senado. Esta sala era conocida como el «Panteón ruso», en alusión al Panteón de Roma. El convoy se detuvo en el patio. Los condujeron al interior del palacio. Subieron unos peldaños y descubrieron un salón inmenso decorado con lujosos tapices. Acompañados por su pequeña escolta, atravesaron varias antesalas. Oficiales de uniforme miraban con curiosidad a Natasha al verla pasar. Fincher le susurró al oído.

—Los oigo silbar para sus adentros. ¡Cuidado con los soviéticos, Natasha, son grandes conquistadores!

—Y si supieran que trabajo para el Mossad, se fijarían aún más en mí —contestó Natasha—. ¿Ha visto el reloj?

Natasha señalaba un gran reloj de pared de bronce. Tenía la particularidad de que indicaba los meses, las fases de la luna y la posición de los signos del zodiaco en la esfera, en la cual aparecían las veinticuatro horas del día. Una curiosidad databa del zar Pedro el Grande. Llegaron a una gran escalera, les hicieron subir a la primera planta y, una vez allí, atravesaron dos grandes salones más.

—He calculado más o menos trescientos metros desde la entrada —dijo Natasha.

Entraron por fin en una habitación en la que su guía se volvió hacia ellos.

—Ya llegamos —dijo en un inglés perfecto—. Pero primero una pequeña formalidad.

Antes de dejarlos entrar en la sala del consejo, les hicieron pasar a una antesala donde unos agentes los esperaban para registrarlos. Una oficial se ocupó de Natasha en un cuarto contiguo. Diez minutos después, la joven reapareció.

—Ha sido un registro... completo —le dijo a Fincher.

—En mi caso también. No olvide que vamos a penetrar en el corazón del dispositivo de defensa de la URSS. Quieren estar seguros de que no llevamos encima cámaras fotográficas en miniatura o cualquier otro material de espionaje.

En la gran sala había un mapa del mundo frente a una mesa redonda de quince metros de diámetro como mínimo.

—Aquí es donde se reúne el Consejo de Seguridad y Defensa de la Unión Soviética —anunció su acompañante.

Fincher se inclinó de nuevo hacia Natasha.

—En caso de Tercera Guerra Mundial —le dijo al oído—, será en esta sala donde un oficial con gafas redondas y cabeza rapada tome la decisión de pulverizar Nueva York o Chicago.

—... mientras aguarda a que caiga sobre él otra bomba atómica un cuarto de hora más tarde —completó Natasha.

—Sí, el equilibrio del terror es un juego extraño —concedió Fincher.

Los invitaron a sentarse en sendos sillones de piel de los muchos dispuestos en torno a la mesa, en espera de la llegada del primer secretario, que no tardó en aparecer.

88

El padre Ernetti echó un vistazo a su reloj.

—En Roma son las trece horas y cincuenta y cuatro minutos. Teniendo en cuenta la diferencia horaria con Moscú, la reunión va a empezar. Estaba prevista para las tres de la tarde, hora local.

—Aguardemos —dijo el papa—. ¿Qué otra cosa podemos hacer?

—¿Sabe, Santísimo Padre? El agente Fincher...

—Estamos solos, Pellegrino. Llámeme Giovanni.

Aquella petición, viniendo de un personaje tan frío y distante como el papa Pablo VI, le pareció sorprendente. ¿Necesitaba «Giovanni» un poco de familiaridad para sentirse menos solo en un momento tan grave?

—Quería decirle, Giovanni, que el agente Fincher es un hombre tenaz, tuve ocasión de comprobarlo en Brasil. Y Natasha tiene una propuesta seria que hacerles.

—Esperemos que así sea. Desde hace una semana, no paro de pensar en las posibles consecuencias en caso de que fracasen.

—Yo seré el primero al que condenarán —dijo Pellegrino.

—No, dirán que ha actuado siguiendo mis instrucciones, lo cual es verdad. ¿No oyó al presidente? «Queriendo salvar la fe, la ha condenado».

—Si nos remontamos de una causa a otra, entonces el primer culpable es Su Santidad Pío XII. Y, antes de él, Ettore Majorana.

—Si nos paramos a pensarlo, hice bien en convocarlos a todos, al presidente y a los demás, para que le escucharan. Ahora nuestros destinos están unidos.

Pellegrino no pudo evitar esbozar una sonrisa.

—¡Como siempre, Giovanni, piensa usted en todo!

—A duras penas me atrevo a imaginar lo que sucedería si las negociaciones fracasan. Ya oigo lo que dirán los soviéticos a través de todas las ondas del planeta: «El Occidente cristiano se basaba en una impostura. Durante dos mil años, ha ejercido su dominio haciendo creer mentiras. ¡Es el fin de la Italia cristiana, la Francia cristiana, el Reino Unido y los Estados Unidos de América cristianos!». ¡Reclamarán sus imágenes del cronovisor y la escena de Jesús en familia en Nazaret aparecerá en bucle en todas las cadenas de televisión!

El tono apocalíptico de Montini consiguió que Pellegrino se estremeciera. ¿Tendría razón el papa? ¿De verdad Occidente, tal como se había desarrollado a lo largo de los siglos, se precipitaba hacia su perdición?

—Cuando el mundo se tambalea —prosiguió el papa—, necesita chivos expiatorios. ¡Después de los judíos, quizá esos precursores de la mentira sean los cristianos! Los perseguirán, los acosarán, los ejecutarán. Y Satán triunfará.

Pellegrino buscó palabras tranquilizadoras. Pero ¿cómo tranquilizar al papa?

—El cristianismo no descansa solo sobre la historia de un hombre, Santo Padre… bueno, Giovanni. Es también una moral, la del amor universal.

—¡Eso no son más que palabras, Pellegrino! Esa moral, como usted dice, conquistó el mundo porque se encarnaba en una figura divina, la de un hombre resucitado, la de Jesucristo. ¿Recuerda lo que decía el apóstol Pablo? «Si Jesucristo no ha resucitado, nuestra fe es vana». ¿Qué diría Pablo si le dijeran que Jesús fue indultado por Poncio Pilato y que terminó su vida como un honrado carpintero en Nazaret, con su esposa y sus hijos?

—Los rusos también han sido víctimas de mentiras —objetó Pellegrino—. Actualmente lo reconocen denunciando los crímenes de Stalin.

—Padre Ernetti, ¿de verdad cree que me tranquiliza poniéndome ese ejemplo? —explotó el papa—. ¡No hemos caído tan bajo!

Pellegrino lamentó sus palabras y enseguida dio marcha atrás.

—Entonces, Santo Padre, lo único que podemos hacer es rezar. —Miró otra vez el reloj antes de añadir—: ¡Porque la reunión acaba de empezar!

89

La figura combada de Leonid Brézhnev hizo su aparición. Iba acompañado de Alekséi Kosiguin, el presidente del Consejo de Ministros, del coronel Cherbishov y de un traductor. Mientras que Brézhnev era de facciones toscas y transmitía rudeza, Kosiguin tenía la fisonomía de un intelectual directamente salido de una novela de Dostoyevski. Lúcido y de natural pesimista, el primer secretario del Partido Comunista era un hombre realista, no un ideólogo. La conversación comenzó de inmediato a través del traductor, que pasaba del ruso al inglés y a la inversa.

—Señor Fincher —dijo Leonid Brézhnev—, saltémonos las presentaciones. Sé quién es usted y quién es la encantadora joven que lo acompaña. El coronel Cherbishov, al que tengo entendido que usted conoce, me ha dicho que tiene una propuesta que hacerme.

—Sí, señor primer secretario. Guarda relación con el descubrimiento que hemos hecho recientemente, mediante una máquina nueva que han construido nuestros aliados italianos y que se llama «cronovisor».

—La ciencia es la magia de los tiempos modernos —dijo Brézhnev—. Nos ha abierto el camino de las estrellas y ahora nos abre las puertas del pasado.

—Se trata de un invento extraordinario, en efecto. Sin embargo, el sacerdote que la ha manejado ha hecho, como usted sabe, un descubrimiento que no se esperaba.

Brézhnev sonrió.

—A veces la Historia está llena de sorpresas, señor Fincher. Podemos deformarla al contarla, pero, por lo que tengo entendido, ¿su máquina tiene el inconveniente de que la muestra tal como es?

—Por desgracia así es, señor secretario. Los cristianos del mundo entero se quedarán muy sorprendidos cuando se enteren de que el destino de Jesús de Nazaret no fue el que ellos creían.

—La ideología ha sustituido a la realidad, también nos ocurre. Pero cuando lo real recupera sus derechos, hay que reconocer que es desagradable —repuso Brézhnev en un falso tono de compasión.

Fincher consideró que los preliminares ya habían durado bastante. Así pues, adoptó un aire solemne para dirigirse a la vez a Brézhnev y a Kosiguin.

—Señor primer secretario, señor presidente del Consejo, si revelan al mundo lo que hemos descubierto, será un trauma de primera magnitud para Occidente.

—Señor Fincher —contestó Kosiguin—, nuestros países están en «guerra fría». Hace dos años, incluso nos vimos al borde de una guerra atómica. ¿Por qué íbamos a privarnos de utilizar una pieza mayor en la partida de ajedrez que jugamos desde el final de la Segunda Guerra Mundial? ¿Lo harían ustedes?

—No apelo a sus buenos sentimientos, señor presidente del Consejo —replicó Fincher—. Tenemos algo que ofrecer a cambio. —Se volvió hacia Natasha—. La señorita Yadin-Drori, que me acompaña, ha colaborado como ayudante del padre Ernetti, el inventor del cronovisor, en sus exploraciones al pasado...

Cherbishov lo interrumpió para preguntar a Natasha:

—¿Es usted israelí, señorita?

—Sí, coronel.

—¿Arqueóloga?

—Sí,

—¿Trabaja también para el Mossad?

Ella titubeó. Cherbishov desplegó una sonrisa.

—No es un motivo de vergüenza. Yo dirijo el KGB, el agente Fincher pertenece a la CIA y usted trabaja para el Mossad. Por así decirlo, ¡estamos en familia!

Hubo risas generalizadas.

—¿Qué tiene que decirnos, señorita? —intervino de nuevo Brézhnev.

—El agente Fincher y yo tenemos el encargo de transmitirles una propuesta —respondió Natasha—. Su silencio sobre Jesús a cambio de nuestro silencio sobre la reunión secreta del 16 de julio de 1941 en el palacio Mariinski de Kiev.

Cherbishov cambió bruscamente la sonrisa por su mirada de los días malos.

—¿Qué saben de esa conferencia?

—Lo que suponía el Mossad, pero que ahora hemos confirmado gracias al cronovisor. —Natasha se sacó un rollo de película del bolso—. Señor primer secretario, he traído una breve película que se lo mostrará. ¿Sería posible proyectarla en esta sala?

—Sí, por supuesto. —Cherbishov hizo una seña a un asistente.

—La película es muda —precisó Natasha—, no es necesario instalar altavoces.

—Entendido.

Siguió un silencio denso, mientras llevaban a la sala un proyector de dieciséis milímetros. Un mando eléctrico envió la orden para que se desenrollara una pantalla frente a ellos. Atenuaron un poco las luces.

Natasha tomó de nuevo la palabra.

—La película que van a ver fue filmada hace seis días con la cámara enfocando nuestro cronovisor. Por favor... —Hizo una seña al asistente, que accionó el proyector. En la pantalla apareció un palacio de estilo barroco, visto desde el cielo. A su derecha, ancho y majestuoso, fluía el río Dniéper—. Es el 16 de julio de 1941, en el hermoso palacio Mariinski de Kiev...

90

Leonid Brézhnev frunció el ceño y le preguntó a Cherbishov a media voz:

—¿Esa fecha le dice algo, coronel?

Cherbishov, que había pasado sus años de guerra en el Estado Mayor de Stalin, hizo una mueca.

—Me temo que sí, señor primer secretario.

—Lamentablemente nuestro cronovisor no puede atravesar las paredes —comentó Natasha—. Pero, por suerte, el 16 de julio de ese año era un día soleado en Kiev. Los participantes en aquella reunión prefirieron hablar en el balcón en lugar de hacerlo dentro de una sala llena de humo. Los reconocerán.

La película mostró un balcón en el que habían instalado una larga mesa gris de hierro forjado. Sentados en los sillones, se reconocía fácilmente a Iósif Stalin en compañía de cuatro miembros de su círculo cercano: el ministro de Defensa Timoshenko, el general Zhúkov, jefe del Estado Mayor, el mariscal Voroshílov y el consejero Zhdánov.

Fincher tomó la palabra.

—En esta fecha, como saben, hacía menos de un mes que la Alemania nazi había invadido la URSS. Los ejércitos soviéticos eran derrotados en todas partes. Solo un arma podía detener a los alemanes, pensó Stalin, y era el arma biológica. Así pues, ordenó fabricar urgentemente obuses portadores de carbunco.

—En la pantalla vieron una foto tomada desde arriba de edificios destruidos—. Pero el 12 de julio —prosiguió Fincher— una explosión en la fábrica de armamento de Tomsk, en la Siberia occidental, liberó en la atmósfera unas cantidades enormes de esporas que contenían el bacilo del carbunco. Cuatro mil personas murieron en unos días a causa de una insuficiencia respiratoria grave.

—Eso son leyendas —objetó Cherbishov sin mucho entusiasmo.

—No, coronel —replicó Fincher—. Y lo que dicen los participantes en esa conferencia lo demuestra. Para saberlo, los servicios de la CIA han recurrido a un especialista en lectura de labios. Sabemos exactamente lo que ordenó Stalin el 16 de julio de 1941.

—Ah, ¿sí? ¿Y de qué se trata? —preguntó Leonid Brézhnev.

—Un silenciamiento absoluto de ese accidente, bajo pena de muerte. Propuso achacar la epidemia al consumo de carne contaminada. Y eso no es todo...

—¿Qué más hay? —preguntó nervioso Kosiguin, que daba golpecitos con los dedos en la mesa.

Natasha tomó el relevo.

—Señor presidente del Consejo, por aquel entonces nadie se atrevió a hablar del accidente. Sin embargo, las esporas pueden sobrevivir décadas en el suelo. Resisten la sequía, el calor, los rayos ultravioleta y la mayoría de las sustancias desinfectantes. Los ingleses llevaron a cabo en 1942 un experimento de contaminación de una isla escocesa con el bacilo del carbunco. Cuarenta años después, ¡no puede vivir nadie en esa isla!

—Si no le importa, concrete su amenaza, señorita —pidió Kosiguin.

—En la actualidad, señor presidente, han declarado el perímetro de Tomsk «zona militar» y han prohibido el acceso. Pero, durante años, hombres y mujeres vivieron en esa ciudad y murieron decenas de miles. Todo porque ese 16 de julio Stalin prohibió hablar del accidente.

Siguió un guirigay. Leonid Brézhnev se volvió hacia Cherbishov, que bajó la cabeza.

—¿Usted lo sabía, coronel?

Cherbishov, muy incómodo, le respondió colocándose una mano delante de la boca:

—Había oído hablar vagamente de ello, pero no era más que un rumor.

Natasha mostró una carpeta.

—El diálogo que se mantiene en la reunión que ven en la película aparece escrito íntegramente dentro de esta carpeta, de la que les hacemos entrega. Por supuesto, les dejamos también el rollo de película, podrán hacer las comprobaciones oportunas.

—Las haremos —dijo Cherbishov en tono gruñón.

—El Mossad llevaba tiempo reuniendo indicios que iban en ese sentido —insistió Natasha—. El cronovisor nos ha proporcionado la prueba que nos faltaba. Incitará a hablar a todos los que estaban enterados. Nuestros servicios han reunido —continuó, presentando el expediente que había preparado Zvi— seiscientos cincuenta y tres testimonios de oficiales y suboficiales rusos que tuvieron conocimiento del accidente de Tomskgorod.

Leonid Brézhnev parecía a punto de estallar.

—¡Paren ese proyector! —ordenó.

El ruido machacón del proyector cesó. Encendieron las luces. El silencio que siguió fue más denso aún. Lo rompió Brézhnev.

—Supongamos que tienen razón. Saben perfectamente que hace años que denunciamos los errores de Stalin.

—En este caso no se trata de un «error», señor primer secretario, sino de un crimen. Lo cometieron Stalin y todos los que taparon el accidente después de él. Son decenas de miles de muertos, sobre los que sus ciudadanos les pedirán cuentas. Este escándalo salpicará a todo el bando comunista y dejará en él una mancha indeleble. Le costará a su país miles de millones de dólares en indemnizaciones.

Cherbishov se volvió hacia el agente de la CIA.

—Si he entendido bien, señor Fincher, nos propone un trueque: nuestros secretos a cambio de los suyos. En cierto modo, un trueque de Historias.

—Exacto.

Brézhnev se levantó y pidió a Kosiguin que lo acompañara. Los dos se alejaron unos metros y empezaron a hablar en voz baja. A Brézhnev le costaba contener la ira. Natasha y Fincher se miraron nerviosos.

—Quizá me he pasado un poco de la raya —lamentó Natasha—, parece que están furiosos.

—Ha estado perfecta —dijo Fincher—. Están furiosos consigo mismos, han comprendido que se encuentran en un buen aprieto.

Brézhnev y Kosiguin volvieron a sentarse frente a ellos. Brézhnev se dirigió a Fincher.

—Dígale al director de la CIA que acepto. ¡Nunca es bueno rebuscar en las cloacas de la Historia!

—Es una excelente decisión, señor primer secretario —contestó Fincher—. Nuestros servicios prepararán un documento para formalizar el acuerdo por escrito.

Alekséi Kosiguin se dirigió entonces a Natasha.

—Señorita Yadin-Drori, usted es israelí. Judía también, supongo, ¿no?

—Exacto, señor primer ministro, judía de origen ucraniano.

—¿Es usted practicante?

—Mi padre y mi madre murieron en Auschwitz. Si Dios existe, igual que millones de nosotros, me pregunto cómo pudo permitir eso. Pero respondo a su pregunta: sí, creo en un dios creador... cuyos designios, a veces, son difíciles de comprender.

—Ahí es a donde quería yo ir. Puesto que es judía, no cree que Jesús sea el Mesías.

—No creo que Jesús sea un dios hecho carne, no creo en los hombres-dioses. Pero Jesús era un gran hombre, un gran profeta de Israel.

—¿Qué le importa, entonces, confirmar o no la verdad de los Evangelios?

—En cuanto a esa cuestión, como con todas las demás, señor presidente del Consejo, creo en las virtudes de la coexistencia pacífica.

—Entendido —intervino Brézhnev—. Dígale al papa que se ha transmitido su mensaje.

Kosiguin se levantó y tendió la mano a Natasha.

—¡Buen viaje de vuelta, señorita enviada israelí del Santo Oficio católico!

91

Era un verdadero oasis en el centro de Roma. Se decía que la flora generosa de los jardines del Vaticano crecía sobre una tierra importada de Palestina, más concretamente del Gólgota. El padre Ernetti se había sentado en un banco, no lejos del palacio de Sixto V, donde vivía el papa. Estaban a principios de primavera. Mientras un personal apresurado, la mayor parte del cual vestía los uniformes austeros de los sacerdotes, surcaba las alamedas, la naturaleza volvía a cobrar vida. Se oían, confundidos en un conjunto cristalino, los ruidos de numerosas fuentes que propagaban su frescor sobre una cantidad increíble de plantas. Flores exóticas, cactáceas, palmeras, arbustos meridionales. Llegaban de todo el mundo, desde la época del Renacimiento.

Pellegrino se levantó. Desde una alameda, vio que se acercaban dos figuras familiares. Natasha y Joe Fincher salían de su reunión con el papa. La chica corrió hacia él para darle un beso. El sacerdote estrechó calurosamente la mano de Fincher.

—Enhorabuena a los dos —dijo—. La embajada americana nos informó con todo detalle justo después de su reunión. Era una auténtica partida de póquer con los rusos y la ganaron.

—Se ha evitado lo peor —contestó Fincher—. Al menos de manera inmediata.

Natasha tenía cara de preocupación.

—El papa está inquieto, padre. Lo he notado casi al borde

del pánico, cuando normalmente tiene un control absoluto de sí mismo.

—Cuando hemos llegado, estaba aún con el profesor Capezzi —agregó Fincher—. Se interrogaban sobre el ritmo de las transformaciones futuras después de su...

—¿Después de la catástrofe que he provocado?

Fincher intentó rectificar.

—Después de las alteraciones en la Historia debidas a sus visitas a la época de Jesús.

—Da igual —replicó Pellegrino, fatalista—, sé que se me hará responsable de todo. Carvalho contribuirá a que sea así. ¿Sabe si está al corriente?

—No está informado de los últimos acontecimientos, pero pronto lo estará, no le quepa duda. Él y sus hombres están al acecho de todo lo que podría debilitar a la Santa Sede. Incluso ha hablado con unos periodistas —dijo Fincher.

Le enseñó un periódico de la tarde.

—El artículo es breve y está en la cuarta página, pero no es más que el principio.

El titular era: «Un sacerdote italiano ha construido una máquina para ver el pasado». El artículo se limitaba a informar de rumores, pero mencionaba el nombre del padre Ernetti.

—¡Lo que faltaba! —exclamó Pellegrino—. Hablaré de esto con el papa, voy a verlo dentro de media hora.

—Entonces les dejo —contestó Fincher—. Así tendrán tiempo de despedirse.

Había dicho esto mientras besaba a Natasha. Una gran decepción ensombreció de pronto el rostro de Pellegrino.

—¿Se marcha? —le preguntó a la joven.

—Tengo que volver a Israel. El padre De Meaux, mi jefe en el museo Rockefeller, me reclama. Me ha encontrado un puesto de conservadora adjunta.

—¿Cree que el papa ha tenido algo que ver en eso?

—Es probable. Empieza a ver espías por todas partes. Nunca lo había visto en ese estado. Se siente perdido, culpable de todo lo que sucede. También teme ser barrido, junto con toda la cristiandad, por el tsunami que ha anunciado Capezzi.

A Pellegrino le costaba respirar, como si un peso terrible le aplastara el pecho. La partida de Natasha añadía a sus preocupaciones algo semejante a…, sí, a la tristeza. Intentó ocultar su emoción.

—Bueno, es hora de que vaya a verlo. —Dio un beso a la joven—. La echaré de menos, Natasha —le susurró con la voz quebrada.

Ella lo retuvo por un brazo y lo abrazó.

—Padre, en todo este asunto, usted es el único que se ha comportado como un ser humano. Debido a las circunstancias, en Israel no solemos caer en la sensiblería. Pero lo que he visto en Italia sobrepasa el entendimiento. Todo el mundo se sacude las pulgas de encima y las echa sobre los demás. Y estoy segura de que ahora todos van a abalanzarse sobre usted. Es el culpable ideal, padre Ernetti, no lo acepte. ¡Prométame que se defenderá!

Pellegrino le dedicó una sonrisa emocionada.

—¡Qué quiere que haga, Natasha! Siempre he creído en la bondad de los demás. Soy un verdadero cristiano.

Ella le cogió la cara con las dos manos y lo besó con ternura en la frente.

—Son unos cobardes, padre. Y usted es un corazón puro.

Pellegrino la estrechó un instante contra sí.

—La añoraré, Natasha. La añoraré de verdad.

—Yo a usted también, padre Ernetti.

—Buena suerte en su nuevo trabajo. ¡Escríbame!

—Usted también —dijo ella, apartándose lentamente de él—. ¡Y manténgase firme!

92

—Hay que volver, padre Ernetti.

—¿Se refiere a... volver a Judea? ¿Después de lo que ha pasado? ¡Sería una locura, Giovanni!

Sabía que estaba hablando con el papa, pero no era momento de cuidar las formas.

—He hablado con el profesor Capezzi. Él cree que está subiendo una oleada de cambios desde las profundidades de los tiempos. Desde que sabemos que indultaron a Jesús, la transformación de la realidad está en marcha. Aún no ha llegado hasta nosotros, pero tarde o temprano nos alcanzará a todos. Y sentenciará el fin del cristianismo.

—Soy consciente de eso. Pero si volvemos a sumergirnos en el pasado, corremos el riesgo de cambiar otra vez la realidad. ¡Y la próxima quizá sea todavía peor!

—No lo creo —repuso el papa—. Piénselo. Cada salto en el tiempo nos ha acercado más a la historia «buena», la que cuentan los Evangelios. La primera vez, Jesús renunció a su misión y prefirió la seguridad de Nazaret. La segunda, fue crucificado, pero escapó de la muerte. Quizá la tercera asistamos a la Pasión tal como se narra en los Evangelios.

Era pensamiento mágico, nada más. Si no se hubiera tratado del papa, Pellegrino le habría aconsejado a Montini que tomara un poco de perspectiva. Pero ¿cómo podía negarse? ¿Y si tenía razón? ¿Y si una tercera inmersión en los tiempos evangélicos restablecía por fin la situación?

—De acuerdo, haré otra visita a Judea.

Montini se tranquilizó.

—Me he enterado de que Natasha vuelve a Israel.

—Eso me ha dicho —contestó Pellegrino.

—Entonces le asistiré yo —dijo el papa.

—¿Usted? Pero...

—No conozco la Judea antigua ni sé arameo, espero que las imágenes basten. De todos modos, si no le acompañara, no podría quedarme esperando tranquilamente en mi despacho.

—Usted es el papa, así que es usted quien decide —dijo Pellegrino.

—No filmaremos ninguna película. Lo que veamos será suficiente.

Al guardia suizo que abrió la puerta de los archivos secretos le extrañó ver al padre Ernetti en compañía de otro hombre al que no conocía. Cuando le cerró el paso para pedirle que se identificara, reconoció al papa, curiosamente vestido como un simple sacerdote. Se inclinó, le besó el anillo y abrió la puerta del laboratorio. Mientras Pellegrino ponía el cronovisor en marcha, el papa comenzó a rezar en silencio. Después miró al padre Ernetti y le propuso que programara la fecha y la hora de la entrada de Jesús en Jerusalén.

Una vez más, poco antes de la Pascua del año 26, vieron a Jesús a lomos del borrico, saludado por el pueblo llano de Jerusalén. Unos, como dice Mateo en su Evangelio, extendían sus mantos en el camino, otros cortaban ramas y lo cubrían con ellas. Los que seguían al cortejo gritaban: «¡Hosanna al hijo de David! ¡Bendito sea el que viene en nombre del Señor! ¡Hosanna en las alturas!». El papa estaba maravillado. No sabía por qué, pero estaba recobrando la esperanza. Pellegrino se sentía menos optimista, ¡el cronovisor le había jugado tantas malas pasadas!

—Padre Ernetti, avance unas horas en el tiempo. Vaya a

ver qué pasa en el patio del Templo donde se instalan los cambistas.

Pellegrino programó un salto en el tiempo de cuatro horas. Bajo las columnatas, vieron las mesas de los cambistas de moneda, como en la primera inmersión. En esta ocasión, parecía haber revuelo. Un hombre enfurecido volcaba los puestos vituperando a los mercaderes. Pellegrino se santiguó. El papa, con lágrimas en los ojos, comentó la escena citando el Evangelio de Juan:

—«Y, haciendo un látigo de cuerdas, los expulsó a todos del Templo, con las ovejas y los bueyes; desparramó el dinero de los cambistas y volcó las mesas; y a los que vendían palomas les dijo: "Quitad de aquí todo esto y no hagáis de la casa de Mi Padre una casa de comercio"».

Prosiguieron su exploración, hora tras hora. Tampoco en esta ocasión hubo amotinamiento en el atrio del Templo. Una vez más, vieron a Jesús recogerse, solo, en el jardín de Getsemaní. Una vez más, durante la noche los guardianes del Templo, siguiendo las indicaciones de Judas, fueron a prenderlo. Y de nuevo, como en una película que veían por enésima vez, Pedro sacó su espada e hirió a uno de los guardianes. Una vez más, Jesús le pidió que enfundara el arma. Pellegrino se volvió en ese momento hacia el papa, que parecía tranquilizado por lo que veía. Se alegró por él.

—Lamentablemente —le dijo— no podremos ver la comparecencia de Jesús ante el sumo sacerdote y luego ante Herodes Antipas y Poncio Pilato. Todas esas escenas se desarrollan en interiores. El cronovisor no puede atravesar las paredes.

—Entonces salte al día siguiente en la Via Dolorosa.

Se refería al itinerario que la tradición había conservado por ser el de la subida al calvario de Jesús llevando la cruz. Partía del Pretorio, es decir, la fortaleza Antonia, para acabar en el Gólgota. Pero Pellegrino, con toda la modestia de que era capaz, corrigió esa idea falsa.

—No veremos nada en la Via Dolorosa, Giovanni. Hablamos de eso Natasha y yo, y no es el lugar correcto. Cuando Pilato iba a Jerusalén, no se instalaba en la fortaleza Antonia, que era fría e incómoda, sino en el palacio de Herodes Antipas. De modo que es allí donde Pilato juzgó a Jesús. El camino del Gólgota debía de empezar en la salida del palacio, al oeste de la actual Ciudad de David.

El papa no quería detenerse a valorar detalles arqueológicos. Estaba impaciente por ver que el relato de los Evangelios se confirmaba.

—Adelante, Ernetti. ¡Deprisa!

En el camino pedregoso que bordeaba las murallas de la ciudad, un pequeño grupo de soldados escoltaba a un condenado. Era, sin duda alguna, Jesús, tocado con una corona de espinas, con el cuerpo marcado por los latigazos, portando el *patibulum* de su cruz hasta la cima del Gólgota.

—¿No lleva la cruz entera? —preguntó, sorprendido, el papa.

—Es normal. La cruz pesaba demasiado para que la cargara un solo hombre. Jesús llevaba el madero transversal, que ya era de por sí muy pesado.

—Bueno, bueno —dijo Pablo VI, irritado—. Avance una hora más en el tiempo.

Pellegrino programó una hora más. Vieron entonces a Jesús atado con gruesas cuerdas a la cruz, plantada en el suelo. Los verdugos le atravesaban los pies con dos grandes clavos. El papa citó de nuevo el Evangelio:

—«Sobre su cabeza pusieron su causa escrita: "Este es Jesús, el rey de los judíos". Entonces fueron crucificados con Él dos bandidos, uno a su derecha y otro a su izquierda».

Después se arrodilló. Pellegrino hizo lo mismo. Y los dos se pusieron a rezar.

El papa prosiguió:

—«Hacia la hora de nona exclamó Jesús con voz fuerte,

diciendo: *"Eli, Eli lema sabachtaní!"*. Que quiere decir: "Dios mío, Dios mío, ¿por qué me has abandonado?"*. Algunos de los que allí estaban, oyéndolo, decían: "A Elías llama este"».

El padre Ernetti citó la continuación, que también se sabía de memoria:

—«Luego, corriendo, uno de ellos tomó una esponja, la empapó en vinagre, la fijó en una caña y se la dio a beber. Otros decían: "Deja, veamos si viene Elías a salvarlo". Jesús, dando un fuerte grito, expiró».

Todo había terminado. Jesús había expirado, ningún mensajero había ido a llevar un indulto de Pilato. En esta ocasión, Jesucristo había muerto en la cruz. Los dos hombres se levantaron lentamente, con lágrimas en los ojos, y se miraron.

—Tenía razón en querer perseverar, Giovanni —dijo Pellegrino—. Esta vez la escena coincide, hemos rectificado el curso de la Historia.

Montini, agradecido, lo estrechó entre sus brazos. Fue entonces cuando...

93

—¿Para qué traen esa carreta? —dijo el papa.

Había surgido de la profundidad de la noche, conducida por un esclavo. Se detuvo justo delante de la cruz. Los dos guardianes, armados con grandes tenazas, desclavaron los pies del ajusticiado. Como la vez anterior, lo desataron y lo bajaron de la cruz. Luego, agarrándolo por la cabeza y por los pies, lo arrojaron sin miramientos a la carreta. El esclavo agitó las riendas y el vehículo se puso de nuevo en marcha.

—Pero... ¿adónde lo llevan? —preguntó Pellegrino.

Montini también estaba perplejo. En los textos, José de Arimatea y Nicodemo, dos miembros influyentes del Sanedrín, obtenían de Pilato autorización para ocuparse de los restos mortales de Jesús. Lo bajaban ellos mismos de la cruz, lo cubrían con un sudario y lo transportaban al sepulcro personal de José de Arimatea. Luego empujaban una gran piedra hasta colocarla delante de la entrada de la tumba. El domingo por la mañana, cuando María de Magdala iba a recogerse ante el sepulcro, descubría que la piedra había sido apartada y que el cuerpo de Jesús había desaparecido. Avisaba a Pedro y a Juan, quienes iban a informar a los discípulos que se hallaban en el Cenáculo. Poco después, Jesús resucitado se le apareció a María y luego a los otros apóstoles. La buena nueva se difundía entonces por todo Jerusalén: «¡Está vivo!».

Pero lo que estaban viendo en la pantalla era muy diferente.

Ni José de Arimatea ni Nicodemo habían aparecido. Solo

ese esclavo, con esa carreta. Accionando el mando del cronovisor, Pellegrino siguió su trayecto. La carreta se detuvo junto a la fosa común. Otro esclavo la esperaba. Bajaron el cuerpo de Jesús y lo depositaron en un hoyo recién excavado. Después, con unas palas, llenaron el hoyo de tierra. Pellegrino Ernetti y Giovanni Montini tuvieron la impresión de que el suelo se abría bajo sus pies. Durante varios minutos, el papa se quedó paralizado, con la cabeza entre las manos. Pellegrino había apagado la máquina. No se atrevía a molestar al papa, absorto en sus pensamientos. Preparó a toda prisa un poco de café, pero Montini ni siquiera miró la taza que le tendía.

—Esta vez ha muerto, padre Ernetti. Ha muerto, pero no ha resucitado. Lo han enterrado como a un hombre cualquiera.

El joven sacerdote buscó unas palabras de esperanza sin creer realmente en ello.

—No forzosamente. Su cuerpo no ha sido depositado en el sepulcro de José de Arimatea, como dice el Evangelio, pero quizá se haya producido la resurrección.

—No, padre Ernetti. En esta nueva realidad, su cuerpo se pudre bajo tierra.

—De todas formas, podría programar la máquina dos o tres días más tarde para asegurarnos.

El papa le cerró el paso.

—¡No! No vuelva a tocar esa máquina, se lo prohíbo. ¡Cambiará usted la Historia otra vez!

A Pellegrino no acababa de gustarle aquel «usted». *Homo humanum est.*

—Pero… Santo Padre, sin la resurrección de Jesús, no hay cristianismo.

—Que sea lo que Dios quiera, padre Ernetti, que sea lo que Dios quiera. Ahora es él quien tiene nuestros destinos en sus manos.

Se separaron. Pellegrino tomó el tren para Venecia y pasó una semana meditando a orillas del Gran Canal, en el monasterio de San Giorgio Maggiore. Lamentaba no haber explorado los días que siguieron a la ejecución de Jesús, pero sin duda el papa tenía razón en ser prudente. Visitar el pasado era un riesgo que no podían seguir corriendo. En esta ocasión, Jesús crucificado estaba muerto y enterrado, como un hombre corriente. ¿Qué harían los apóstoles? Pedro, Juan, Andrés, Santiago… ¿Y la más fiel de todos, María de Magdala? ¿Abandonaría su nueva fe para volver a sus ocupaciones cotidianas? ¿El cristianismo había nacido muerto? Pellegrino temía que fuera así. En ese caso, ¿la gran oleada de transformaciones de la Historia que había predicho Capezzi los alcanzaría? ¿Cómo afectaría al mundo? ¿A qué velocidad? Ninguna de esas preguntas tenía respuesta. Mientras rezaba en la basílica, fue a buscarlo un monje. El papa reclamaba su presencia en Roma. Pellegrino suspiró y se levantó para emprender una vez más el camino del Vaticano. Al primer golpe de vista, constató que Montini volvía a ser Pablo VI, autoritario y distante.

—Padre Ernetti, esta es la decisión que he tomado. En primer lugar, ni una palabra sobre esa última inmersión en el pasado. Considérela uno de los grandes secretos de la Iglesia.

—Muy bien, haré lo que me dice.

—Y además, desmonte esa máquina. Se guardará en cajas y se almacenará en el rincón más recóndito de los archivos secretos. Todos los papeles de Majorana y las instrucciones de montaje hay que meterlos en una caja aparte. Le pido obediencia absoluta.

—La tendrá.

—Padre Ernetti… —añadió el papa. Pellegrino percibió una vacilación en su voz—. También tengo que pedirle un enorme sacrificio.

—¿Un sacrificio?

Montini se disponía a continuar, pero cambió de opinión.

—No, olvide lo que he dicho. Hablaremos de eso más adelante, cuando haya desmontado la máquina.

«¿Un "sacrificio"?», se preguntó Pellegrino al salir del despacho del papa. ¿Qué más iban a imponerle? ¿Podía seguir siendo, una vez más y hasta el fin de sus días, el Pellegrino que decía que sí a todo?

94

El puente de los Suspiros es el más famoso de la Serenísima. Lo llaman así a causa de los sufrimientos de los prisioneros que lo cruzaban al dirigirse hacia sus verdugos.

Fincher, que apreciaba la belleza, había citado a Pellegrino en el puente situado justo enfrente, el de la Canónica.

—Padre Ernetti, ¿sabe que lord Byron escribió unos hermosos versos sobre este puente?

—No, no lo sabía.

—Pues escuche esto...

Fincher abrió una pequeña guía de Venecia.

Estaba en Venecia, en el puente de los Suspiros,
un palacio y una prisión a cada lado,
vi cómo de las aguas su estructura surgía,
como por obra de la varita de un mago.

—Una bella metáfora, dada la situación en que nos encontramos.

—¿El papa tira la toalla? —preguntó Fincher abruptamente.

—No quiere volver a oír hablar del cronovisor. Me ha pedido que lo desmonte.

La expresión del agente de la CIA se tornó grave.

—Padre, ¿ha vuelto a visitar el pasado con esa máquina, sabiendo lo que ponía en peligro?

—No, el papa aludía a los experimentos anteriores —se escabulló Pellegrino con torpeza.

—Es usted un pésimo mentiroso, padre Ernetti. ¿Qué vio esta vez?

—No puedo decírselo, agente Fincher, el Santo Padre me lo ha prohibido.

Fincher dio un fuerte golpe contra la barandilla del puente.

—¡Dios del Cielo! Como cristiano, necesito saber.

—No... no vimos nada bueno —susurró Pellegrino.

—Me ha bastado verle la cara al llegar para imaginármelo. Entonces ¿se han acabado las inmersiones en el tiempo?

—Sí, creo que es mejor.

—Le compadezco, padre Ernetti. Le compadezco sinceramente. —Guardaron silencio mientras una góndola se deslizaba con gracia por debajo de ellos—. Y entretanto —dijo Fincher, pensativo— el mundo continúa girando... sin sospechar que han deformado sus engranajes.

—Sí, gira, pero ¿hasta cuándo?

Fincher prefirió cambiar de tema.

—¿Natasha se ha ido?

—La semana pasada. Ahora trabaja en el museo de Jerusalén. Me ha enviado unas líneas.

—Es una chica encantadora. Fue muy eficiente en Moscú. ¿La echa de menos?

Pellegrino vaciló.

—Sí, la echo de menos. Durante unas semanas fue mi mejor amiga, la persona con la que podía contar. De no ser por ella, esta aventura me habría destrozado.

—Un sacerdote es también un hombre, ¿no?

—Yo hice una elección, agente Fincher, la de consagrarme a Dios y a...

—¿A Jesucristo?

—Sí, a Jesucristo.

—Es cosa suya. Yo, personalmente, no tendría su fortaleza.

—Y usted, ¿qué va a hacer? ¿Empezar otra investigación?

—Voy a volver a Estados Unidos. El éxito en la negociación con los rusos me ha valido un ascenso. Me reclaman en Langley, en Virginia, nuestra nueva sede.

—Es una buena noticia, ¿no?

—Tendré más responsabilidades y un sueldo mejor, pero me encontraba a gusto en Roma. Mi mujer me ha montado una escena; ella tiene un buen trabajo aquí. Pero, de todas formas, nos vamos.

—Entonces, buena suerte, señor Fincher. Y gracias por todo. No olvido que me salvó la vida. Y aprecio mucho su humanidad, además de su eficiencia.

—Yo también siento una gran estima por usted, padre Ernetti. Por cierto, debería llamarle Pinocho. Cuando me miente, siempre veo cómo le crece la nariz.

Cuando el padre Ernetti regresó al monasterio de San Giorgio Maggiore, el portero le tendió un papel.

—Padre, debe llamar urgentemente a este número de Milán. No he apuntado el nombre de la persona.

—¿De Milán? ¿Quién será?

—Puede llamar desde mi despacho. Le dejo solo un momento.

Pellegrino llamó. Era el número de Adriana Leonardo.

—¿Padre Ernetti?

—¿Qué pasa, Adriana?

—Mi hermano acaba de morir.

Fue como un mazazo. Uno más.

—Estaba deprimido desde hacía unas semanas. Los padres de la basílica de San Nicolás me han dicho que pronunciaba su nombre con frecuencia. Murió anoche mientras dormía. Lo enterramos el miércoles en el Cementerio Monumental de Milán, en el panteón familiar.

—Allí estaré, Adriana. Siento una pena inmensa.

—Él solo tenía amigos.

La ceremonia fue sencilla y emotiva. El Vaticano había enviado a un representante de la Academia Pontificia. Tras la bendición, Adriana pidió al padre Ernetti que pronunciara unas palabras.

—Al perder a un amigo —dijo Pellegrino— es cuando uno descubre el lugar que ocupaba en la vida de los demás. Aunque el padre Leonardo había optado por retirarse lejos del mundo, su presencia era para mí una fuente de consuelo y de esperanza. Te echaremos de menos, Agostino.

Después los asistentes se dispersaron. Mientras iba en autobús a la estación, a Pellegrino lo invadió una terrible sensación de soledad. Natasha y Fincher se habían ido, Leonardo había muerto, todos los que habían intentado ayudarle durante los últimos meses habían desaparecido. Estaba solo ante el papa.

95

—Me llamo Fabio Lombardo, pero llámeme Fabio.

El joven sacerdote al que el guardia suizo había abierto la puerta del laboratorio de los archivos secretos había ido para ayudar al padre Ernetti a desmontar la máquina. No había recibido más que información fragmentaria, solo sabía que había que darse prisa.

—Muy bien. Pase, Fabio.

El joven se quedó desconcertado al ver la máquina.

—¡Es... grande!

—Hemos tardado años en montarla pieza a pieza.

—Pero... ¿para qué...?

—¿Para qué sirve? Si el papa no le ha dicho nada, yo tampoco lo haré.

—Estoy a sus órdenes, padre.

—Para ir deprisa, nos limitaremos a dividir la máquina en cinco partes y las guardaremos en cajas de madera. He numerado las partes del 1 al 5. Primero vamos a medirlas y le pasa los datos a la carpintería del Vaticano. Mientras construyen las cajas, desmontaremos la máquina. Con un poco de suerte, tardaremos menos de una semana.

—Los servicios del papa me han hablado también de carpetas e instrucciones de montaje.

Pellegrino tomó conciencia de que el joven sacerdote no era solo un par de brazos. Pese a su apariencia inocente, Fabio era también un espía de Pablo VI.

—Los guardaré aparte, en una maleta, y se la llevaré yo mismo al Santo Padre. ¡Y ahora, a trabajar!

Cinco días después, el padre Ernetti acudió al Vaticano tras ser convocado por el papa.

—Santo Padre, le entrego esta maleta, que contiene las carpetas de Majorana y las instrucciones de montaje. Puede comprobarlo.

—Confío en usted, padre Ernetti. Por razones de seguridad, ordenaré que la maleta y la máquina se guarden en distintos lugares. ¿Han terminado de desmontar?

—No del todo, falta desconectar el sistema de programación. Es un trabajo delicado, que me exigirá cómo mínimo cuarenta y ocho horas. Fabio no puede ayudarme.

—Comprendo. Pídale que embale el resto en las cajas y ponga mi sello personal en las aberturas. Usted haga lo mismo con la última caja.

—Sí... ¿Giovanni?

—Si no le importa, padre Ernetti, volvamos a un tratamiento más oficial.

—Sí, Santo Padre.

El papa abrió un cajón y sacó una revista popular. La abrió por la página que había marcado.

—Lea este artículo.

Más que un artículo, era un suelto. El titular decía: «¿Un sacerdote italiano ha construido una máquina para viajar a través del tiempo?». Pellegrino lo leyó por encima.

—No es el primero de este tipo. El agente Fincher me enseñó uno parecido.

—¿Sabe quién comunica esa información a la prensa?

—Me lo dijo Fincher. Carvalho, por supuesto.

—Sí, continúa su trabajo de zapa.

Pellegrino hojeó la revista.

—Santo Padre, esto no llegará muy lejos. Es una revista

especializada en lo esotérico y lo paranormal. Hablan de platillos volantes, casas embrujadas y comunicación con los muertos. Nadie se tomará esta información en serio.

—Se equivoca, padre Ernetti, esto no es más que el principio. Carvalho va a seguir alimentando a la prensa con rumores. Y será cada vez más preciso. No sé hasta qué punto está al tanto de lo que vimos en Judea, pero le recuerdo que tiene relaciones con el KGB. ¡Un día lo revelará todo, se lo aseguro! No hay nadie más curioso que los periodistas, querrán saber lo que tiene de verdad este asunto.

—Pero ¿cómo podemos parar esto?

—Solo sé una manera de zanjar los rumores, y es encender un contrafuego. Ese es el sacrificio que quería pedirle, padre Ernetti.

—¿Por qué habla de sacrificio?

—Vamos a comunicar rumores a la prensa nosotros también. Le haremos pasar por un inventor ligeramente mitómano, que ha exagerado los poderes de su máquina. No un charlatán, no se preocupe, sino un investigador llevado por el entusiasmo y la imaginación. Usted aceptará entrevistas en las que esquivará las preguntas con el pretexto del secreto. Conozco a los periodistas, es la mejor forma de despertar su desconfianza.

Pellegrino estaba estupefacto.

—¡Santo Padre, me está pidiendo que me descalifique públicamente! ¡Incluso que me ponga a mí mismo en ridículo!

—Le he hablado de un sacrificio, padre Ernetti. Debe olvidar un poco su ego para salvar a la humanidad de una catástrofe. Voy a enseñarle otra cosa.

El papa abrió de nuevo el cajón y sacó la revista de ciencia ficción que Pellegrino había comprado en una librería de viejo.

—He leído *El pasado muerto*, el relato de Isaac Asimov en el que Majorana se inspiró para idear el cronovisor. Es una historia bastante pesimista, que pone el acento en la mala utilización que podría hacerse de una máquina así: convertirnos a todos en mirones, facilitar que una dictadura vigile a los ciudadanos, destruir todas las barreras que todavía protegen nuestra vida privada.

—Le recuerdo que la máquina no ve a través de las paredes, Santo Padre.

—Algún día lo hará. Y para acabar de arreglarlo, ahora sabemos que el cronovisor puede alterar la realidad. ¡Es una máquina diabólica, padre Ernetti!

—Hay una solución más sencilla: destruirla.

—No, de ninguna manera —contestó el papa—. Bien utilizada, podría prestar valiosos servicios. Pero hay que esperar a que los hombres estén preparados para utilizarla con inteligencia. No seré yo el papa que destruya el cronovisor, como mi predecesor Urbano VIII condenó a Galileo.

Pellegrino estaba desolado.

—Yo... Santo Padre, usted ha visto hasta qué punto sé obedecer. No soy un rebelde. Pero lo que me pide ahora...

—No le dé tanta importancia, padre Ernetti. Bastarán unos meses para que todo el mundo olvide esta desafortunada historia. ¡Una vez más, habremos vencido a Carvalho!

—Es posible. Pero no puedo decirle que sí... Ahora no puedo.

—Tómese unos días para pensarlo. Y venga a verme de nuevo cuando la máquina esté completamente desmontada.

96

—¡Que olvide mi ego! ¿Y él? ¿Olvida él el suyo?

Natasha, a quien Pellegrino había telefoneado a Jerusalén, le devolvió la llamada desde su despacho para evitar que se gastara una fortuna en la oficina de correos. El sacerdote había guardado silencio acerca de su tercera inmersión en Judea, pero le había contado su conversación con el papa. La joven estaba fuera de sí.

—En lo único que piensa es en eludir su responsabilidad en lo que ha sucedido.

—Natasha, él no podía sospechar que el cronovisor...

—Nadie podía sospecharlo. ¡Nadie! Pero es a usted a quien se le pide que haga un sacrificio.

—Los peligros que teme son reales, Natasha.

—¡Entonces, que destruya esa endemoniada máquina!

—Se niega a hacerlo. No quiere exponerse a pasar en el futuro por un papa oscurantista.

—Pero usted, en cambio, debe aceptar ponerse en ridículo públicamente. ¡Niéguese, padre!

—Es el papa, Natasha. La cohesión y la supervivencia de la cristiandad descansan sobre él.

—Yo pienso en usted, padre Ernetti. Van a destruirlo y después a olvidarlo. Y su vida vale tanto como la de los demás.

—Cuando era pequeño, me entretenía echando pulsos con mi vecino. ¿Y sabe quién ganaba?

—¿Quién?

—No el más fuerte, sino el más listo.

Hacia última hora de la tarde, Fabio había llenado cuatro cajas.

—Son las seis, Fabio —dijo Pellegrino—. Vamos a dejarlo por hoy, váyase a casa.

—Gracias, padre Ernetti. ¿Usted no se va?

Fabio estaba indeciso. Su misión consistía también en vigilar al padre Ernetti. Pero como ya estaban acabando...

—Me quedaré solo cinco minutos para desconectar los últimos circuitos. Mañana podremos embalar la última parte en la quinta caja.

—De acuerdo. Hasta mañana, padre.

¡Ocho horas! Pellegrino se pasó ocho horas trabajando en los sistemas de programación del cronovisor. Los circuitos centrales todavía estaban operativos, pese a que el cuerpo desmembrado se hallaba repartido en cuatro grandes cajas. Con delicadeza, extrajo dos tarjetas electrónicas del «cerebro» de la máquina y las reprogramó para hacerlas complementarias. En torno a las dos de la madrugada, hizo una prueba. El resultado fue positivo. Se necesitaban las dos tarjetas para que la maquina fuese operativa. Se guardó una en el bolsillo con la sensación de ser un saboteador o un ladrón, pero le daba igual. Lo animaba un sentimiento que no había experimentado hasta entonces. No era un deseo de venganza, Pellegrino era un alma que desconocía el odio; era más bien una rabia interior contra todos los que habían creído que podían manipularlo, un grito de su libertad.

Al amanecer había terminado. No fue a acostarse, pues sabía que no conciliaría el sueño. Anduvo largo rato por las calles de Roma, todavía dormidas. Hacia las siete de la mañana, entró en la primera cafetería que vio abierta y pidió un café doble. La tensión que lo había mantenido activo empezaba a decaer. Se adormiló en el asiento. Al poco, el barullo de las conversaciones de los trabajadores de la mañana, mezcladas con el ruido de las máquinas de café, lo despertó. Miró el reloj. Eran las nueve y media. A las diez tenía una cita con el papa. ¡Pues bueno, iría a verlo sin afeitar!

—Aunque me horroriza, acepto la nueva misión que me ha encomendado, Santo Padre —dijo Pellegrino con semblante grave.

El papa se levantó para abrazarlo. Pero el padre Ernetti se apartó. Giovanni Montini había salido de su vida.

97

Durante los meses que siguieron, como había predicho el papa, los rumores en torno al cronovisor fueron en aumento, sin duda alimentados por Carvalho. Un importante diario de la noche publicó un artículo de media página con numerosos interrogantes, sobre todo acerca de posibles visitas del padre Ernetti a los tiempos evangélicos. Pellegrino intentaba resignarse como podía. Repartía su tiempo entre algunos exorcismos y el trabajo de musicólogo. Daba clases en el conservatorio Benedetto Marcello de Venecia, organizaba conciertos de música antigua, participaba en coloquios especializados. Pese a aquella actividad bastante gratificante, el cronovisor le perseguía. Muchas veces, en las conferencias que daba en Roma o en Venecia, había entre los asistentes algún curioso que le preguntaba si aquella historia de la máquina para ver el pasado era cierta, si había traído fotos de sus viajes a la Roma antigua o a la época de las cruzadas. Y sobre todo, si, como se decía, había presenciado la crucifixión. Él se escabullía diciendo que solo respondería a preguntas sobre música.

Un día lo que tenía que pasar pasó. El servicio de relaciones exteriores del Vaticano le telefoneó al monasterio.

—Padre Ernetti, tenemos una solicitud de un gran semanario de Milán, *La Domenica del Corriere*, para hacerle una entrevista. ¿Sería posible verle pasado mañana en la oficina de prensa del Vaticano para prepararla? Es una orden del papa. Pregunte por el padre Matteo Danieli.

Pellegrino, muy abatido, colgó. Durante unos meses había confiado en que no llegara ese momento tan temido. Pero el absceso se había hinchado y habría que reventarlo. Dos días más tarde, fue a Roma. Matteo Danieli era uno de esos «comunicadores», como se empezaba a llamarlos, que encajaba plenamente con la imagen de la profesión. Todo en él sonaba a falso: la sonrisa, el modulado de la voz, la mirada, la manera de comportarse.

—Gracias por haberse desplazado, padre Ernetti.

—Usted dirá.

—La entrevista tendrá lugar en el estudio del conservatorio Santa Cecilia, aquí, en Roma. Se grabará para la radio. El periodista prevé escribir también una doble página para su semanario. Será la primera y única entrevista de fondo sobre su invento.

—¿Qué quiere que diga? —preguntó Pellegrino, resignado.

Danieli abrió un abultado expediente del que sacó una ficha con instrucciones escritas a máquina.

—Hemos trabajado mucho preparando esta entrevista, padre. Estas son nuestras propuestas. Por supuesto, son peticiones del papa.

Una semana después, a última hora de la tarde, Pellegrino se presentó en el conservatorio Santa Cecilia. Se sentó delante de un micrófono y se preparó para responder a las preguntas del periodista.

—Padre Ernetti, según algunos rumores, ha conseguido, junto con un grupo de doce físicos prestigiosos, construir una máquina capaz de captar imágenes del pasado. ¿Es cierto?

—Así es.

—¿Quiénes son esos físicos?

—Lo siento, pero no le daré ningún nombre.

—¿Por qué?

—Es una cuestión de seguridad. Para ellos y para nuestro país.

—Comprendo, padre. ¿Qué tipo de imágenes ha obtenido?

—De personajes desaparecidos hace años, como, por ejemplo, el papa Pío XII o Benito Mussolini. Pero también imágenes de un pasado más lejano.

—¿Mucho más lejano?

—Miles de años.

—¿Y esos experimentos se han filmado?

—Sí, naturalmente.

—¿Podemos ver esas películas?

—Imposible.

—¿Por qué?

—No puedo decírselo.

—¿Debemos, entonces, creer en su palabra?

—No le pido que me crea.

El periodista suspiró y consultó sus fichas.

—Padre Ernetti, ¿en qué bases teóricas se fundamenta su descubrimiento?

—Seré discreto sobre los principios. Solo le diré que pertenecen a la física más avanzada.

—¿Podría ampliar un poco la respuesta?

—No me está permitido decir nada más.

—¿Sería posible, al menos, que nos facilitara una foto de la máquina?

—¡De ninguna manera!

—Pero ¿cuál es la razón de tanto secretismo?

—Un día lo comprenderá.

El periodista comenzó a pensar que el padre Ernetti no era más que un mitómano de marca mayor. Impaciente por acabar, abrió una carpeta de cartón y sacó una foto.

—Solo nos ha hecho llegar una foto de sus viajes al pasado, padre Ernetti, esta foto de Jesucristo.

Mostró una fotografía en la que se veía un primer plano de Jesús crucificado. Llevaba la corona de espinas y tenía los ojos levantados hacia el cielo.

—¿Es una foto?

—Sí.

—¿De lo que aparecía en el cronovisor?

—Sí.

—Entonces ¿usted presenció la crucifixión? ¿La verdadera?

—Exacto.

—¿Puede decirme algo más de eso?

—No, de momento no.

El periodista desistió.

—Gracias, padre.

La entrevista había terminado. El periodista, mientras estrechaba la mano a Pellegrino, intercambió un guiño de complicidad con el técnico de sonido.

Pellegrino estaba en Venecia cuando se publicó el artículo en *La Domenica del Corriere*. Comprendía dos páginas enteras del periódico. La primera era un relato de la entrevista, precedido de un comentario ostensiblemente irónico. La otra página la ocupaba la foto de Jesucristo crucificado que Pellegrino había hecho llegar al periodista. Furioso, arrugó el periódico y lo tiró a una papelera. Atravesó la plaza de San Marcos con la sensación de que los transeúntes lo miraban riéndose de él. Cuando fue a dar sus clases al conservatorio Benedetto Marcello, unos días más tarde, el director estaba pendiente de su llegada desde su despacho, que daba al patio. El hombre dio unos golpes con los nudillos en el cristal y le hizo una seña para que fuese a verlo. Tenía un periódico en las manos y lo agitaba. Parecía fuera de sí.

—¿Qué necesidad tenía de ponerse en ridículo? Esto no es propio de usted, padre Ernetti. ¡Nuestro conservatorio es un centro serio!

Le tendió *La Stampa*. En el suplemento científico, *Tutto-*

Scienze, vio que su supuesta foto de Jesucristo aparecía junto a otra imagen prácticamente igual.

—¿Por qué manipuló esa imagen? —preguntó furioso el director—. ¿Qué necesidad tenía de esta publicidad?

Pellegrino leyó el artículo por encima. Una semana después de la publicación de su entrevista, otro periodista había descubierto que la foto publicada por *La Domenica del Corriere* era la reproducción de una estampa que se vendía a la salida de las iglesias en la región de Perugia. La estampa era a su vez una copia de la escultura de un artista español. Era evidente que se trataba de una burda falsificación. Pellegrino lo sabía, por supuesto. La foto se había enviado a los periodistas para que descubrieran la manipulación. Y estos no habían tardado. Las lágrimas se agolparon en sus ojos.

—No sé qué decirle. Vivo desde hace unas semanas una especie de… pesadilla despierto.

—Sea como sea, no es bueno para la reputación de nuestro centro. ¿Ha pensado en acudir a un psiquiatra?

—Lo pensaré.

El padre Ernetti gozaba de un gran aprecio entre sus alumnos. Por eso el director del conservatorio, que no deseaba agobiarlo, lo mantuvo en su puesto. A ello contribuyó que en el Vaticano no le exigieron nada más. Los rumores sobre el cronovisor cesaron inmediatamente tras la publicación del artículo de *La Stampa*. La operación, llevada con mano maestra, había sido un rotundo éxito. Incluso Carvalho llamó al responsable de la oficina de prensa del Vaticano, Matteo Danieli, para felicitarlo por su profesionalidad.

—Ha conseguido desacreditar la máquina del padre Ernetti con un virtuosismo que me ha dejado atónito. ¡Me inclino ante un gran profesional!

Carvalho era un alma pérfida que tenía al menos un mérito: respetaba a sus enemigos cuando le parecían tan pérfidos como él.

98

«Lo maravilloso de Venecia, pensó el padre Ernetti, es que nunca es idéntica a sí misma». Cada día que pasaba la hacía distinta, como si el tiempo fuera su mejor aliado. San Agustín se equivocaba al deducir de un silogismo falaz que el tiempo no existe. Existe, y menos mal. Cuando Pellegrino era pequeño, su madre utilizaba una manguera para limpiar la tierra del suelo de la pequeña terraza. Él disfrutaba viendo como se alejaba, empujada por el potente chorro de la manguera, cuyo extremo su madre apretaba con dos dedos para que saliera con más fuerza. El tiempo era parecido, lo borraba todo, incluso las peores heridas. Otras personas que hubieran tenido experiencias comparables habrían padecido las dolorosas consecuencias durante mucho tiempo, quizá hasta su muerte. Pero las cavilaciones obsesivas eran un veneno que el padre Pellegrino Ernetti no conocía. ¿Cuál era el origen de ese milagro? Solo tenía una explicación: su madre, el amor que le había dado.

Los años fueron sumándose y le devolvieron el respeto por sí mismo que creía haber perdido. Se entregó sin reservas, con aquella pasión contagiosa, a la enseñanza de la música. Incluso escribió un voluminoso tratado, muy erudito, que recogía todos los conocimientos del momento sobre las músicas prepolifónicas de la Antigüedad.

A veces, cuando soñaba despierto, veía la máquina de Majorana. Por el momento, era una máquina prohibida. Pero hay pocos ejemplos de una buena idea que permanezca mucho tiempo guardada en un cajón. Así pues, en su vertiente de musicólogo, se había puesto a soñar: quizá, cuando saliera de su prisión, podría captar los sonidos. Sería posible asistir a conciertos celebrados en la corte de Tutmosis III o en la de Ramsés II, escuchar a los primeros aedos cantando los versos de Homero, oír los coros antiguos de las tragedias de Esquilo o de Sófocles. Pero ¿viviría él lo suficiente para ser testigo de ello?

Nunca había intentado retomar el contacto con el papa Pablo VI. A lo largo de los primeros años, el Santo Padre pidió en varias ocasiones a su secretario de Estado que invitara al padre Ernetti al Vaticano. Este, con diferentes excusas, declinó las invitaciones. No le movía el resentimiento, sino un reflejo vital que le impedía mirar atrás. Con todo, la vida lo había tranquilizado al menos sobre un punto: él, que creía haberse «cargado» la Historia, como un niño rompe un objeto de porcelana, descubrió con alivio que su falta —pues, aunque fuera injusto, se sentía culpable de todo— no había tenido consecuencias destacables. Al principio, protegiéndose la cabeza con los brazos, había esperado que el tsunami histórico predicho por el profesor Capezzi arrollara al mundo. Pero nada, no ocurrió nada. Y, curiosamente, aprovechó al máximo ese regalo del cielo sin tratar de comprenderlo.

Dos años después de su elección como papa, Pablo VI puso fin al Concilio Vaticano II, que permitió a la Iglesia reconciliarse —un poco— con su época. Publicó varias encíclicas importantes y fue, en un balance general, un papa moderado que dio prioridad al respeto a la tradición en contra de una modernización desordenada. En la vejez, sufrió un infarto en su residencia de verano de Castel Gandolfo. «De inmediato, de inmediato», dijo cuando le propusieron recibir la unción de enfermos.

Había conseguido cumplir con sus funciones durante toda la semana, pero no pudo decir la misa del domingo. Tras recibir a sus allegados, así como a algunos dignatarios, pidió que llamaran al padre Pellegrino Ernetti.

—¿Ha llegado? —preguntó varias veces.

—Estoy aquí, Santo Padre.

—¡Ah, gracias, gracias! Cómo debe de odiarme, padre Ernetti. Pero ha venido a ver a su papa cuando se prepara para subir al cielo. Ha sufrido mucho, ¿verdad, hijo?

—He vivido momentos difíciles, Santo Padre. Pero soy cristiano, sé perdonar.

—¡Entonces, perdóneme, hijo mío! Muy pronto, cuando esté con Nuestro Señor, sabré si esa máquina provocó los daños que temíamos o si se trataba solo de un mal sueño. Yo soy el único responsable, pero no siempre he tenido el valor necesario para afrontar mis responsabilidades.

—Está perdonado, Santo Padre.

—«Santo Padre» no, Pellegrino. Para usted soy Giovanni. Giova…

Fueron sus últimas palabras. El médico se acercó y declaró con solemnidad:

—*Il papa è morto!*

El nuevo papa, que adoptó el nombre de Juan Pablo I, murió treinta y tres días después de su elección. Su brevísimo pontificado no le permitió tomar una decisión sobre la suerte que pensaba reservar al cronovisor. El cardenal de Cracovia le sucedió con el nombre de Juan Pablo II. Y decidió fríamente dejar arrumbada la máquina en los archivos secretos del Vaticano.

Dom Alberto Carvalho, por su parte, no era dado a hacerse ilusiones engañosas. En aquel asunto había fracasado de manera rotunda. Su «amigo» Karol Wojtyla, informado de sus maniobras, se negaba a recibirlo. Lo único que le quedaba era reanudar la actividad política de la que lo había desviado (un poco más de lo debido) la máquina del Vaticano. Albergaba una última esperanza, la misma —aunque a la inversa— que el padre Ernetti. Esperaba ver el mundo arrollado por los cambios provocados por el uso del cronovisor. El ministro del Interior, presente en la reunión con el papa, se lo había contado todo. Así pues, Carvalho había concebido nuevos designios: barajando una vez más las cartas de la Historia, los cambios venideros quizá le ofrecieran palancas inéditas que podría utilizar. Permaneció al acecho del menor detalle que atestiguara que la realidad histórica o política estaba experimentando una modificación, como en un *morphing* cinematográfico.

No pasó nada.

Transcurrieron los meses, luego los años. El cristianismo no experimentaba cambios, seguía igual que siempre. Decididamente, se decía Carvalho, aquel asunto presentaba el aspecto irreal y frustrante de un sueño que uno tiene despierto. Como buen adepto de la *realpolitik*, decidió entonces esperar a que la Historia —la verdadera, no improbables historias paralelas— le ofreciera una nueva ocasión de impulsar la revolución teológica y social que anhelaba.

99

Era un día de «crecida» en Venecia. Con frecuencia, a principios de otoño, los picos de las mareas provocan una inundación que divierte a los turistas y que los habitantes de la Serenísima soportan con la sonrisa de resignación de los que están acostumbrados al fenómeno. El *acqua alta* dura apenas unas horas y cesa al comienzo de la tarde. Como el Carnaval, es un momento de locura controlada en el que la vida cotidiana se transforma. Unas pasarelas de madera permiten atravesar la plaza de San Marcos sin mojarse; la mayoría de los comercios permanecen abiertos, y vendedores ambulantes ofrecen botas de goma por un precio módico.

¡Era tan diferente, se dijo Natasha, del verano abrasador y seco que habían tenido ese año en Jerusalén! El ferry que llegaba del aeropuerto la había dejado con su maleta en las inmediaciones de la plaza de San Marcos. Pese a la inundación, había encontrado enseguida la callejuela donde estaba el hotel en el que había reservado habitación. Ya frisaba en los cuarenta, pero había conservado su bonita figura deportiva. Su dinamismo le había permitido pasar en unos años del puesto de conservadora adjunta al de conservadora sin más, encargada del departamento dedicado a la historia del judaísmo europeo. El motivo de que estuviera en Venecia era precisamente una exposición sobre las comunidades judías de Europa en el Museo de Israel. Pero ese día iba a hacer una visita.

Tras dejar el equipaje, fue hasta la parada del *vaporetto*, delante del hotel Danieli. Hacía años que no había visto al padre Ernetti. Le había enviado largas cartas, a las que él respondía con otras demasiado breves. Se había vuelto reticente a hablar de sí mismo. Ella no había insistido porque comprendía que estaba obligado por el secreto. Con todo, se suponía que el papa había mandado desmontar el cronovisor tras ridiculizar a su inventor. ¡Pobre Pellegrino! No pensar en aquella horrible historia, que la había mortificado, era una de las razones por las que Natasha se había consagrado sin reservas a su nuevo trabajo. Pero había llegado el momento de volver a unir algunos pedazos de su vida.

El *vaporetto* la condujo al otro lado del Gran Canal. Bajó en la pequeña isla de San Giorgio Maggiore, que no se había visto afectada por el *acqua alta*. En el monasterio, se presentó y dijo que quería hablar con el padre Ernetti.

—Está en el refectorio —la informaron—. Le gusta utilizar las grandes mesas fuera de las horas de las comidas para extender sus partituras.

Pese a la oscuridad de aquel atardecer, lo reconoció de inmediato. En sus cabellos se veían mechones grises, pero había conservado el aire y la sonrisa de niño.

—¿Padre Ernetti?

Él levantó la cabeza. Una inmensa alegría le iluminó el rostro. Se abrazaron largamente, sin decir nada, contentos de volver a verse.

—¿Cuánto tiempo hace...? —preguntó Pellegrino.

—No lo sé. En cualquier caso, demasiado.

—Deje que la mire.

Ella dio un paso atrás.

—¡Sigue igual de guapa, Natasha!

—Gracias, padre. Usted tampoco ha cambiado apenas.

—Un poco de ejercicio todas las mañanas y una alimentación sana, ese es el secreto. No me dirá que ha venido a Venecia solo para verme...

—No podía desaprovechar esta ocasión. Pero oficialmente estoy aquí por asuntos de trabajo. Soy conservadora en el Museo Arqueológico de Israel, en Jerusalén.

—¿Más aventuras en los terrenos de las excavaciones?

—Qué va, hace mucho que no hago nada sobre el terreno. Me paso el día metida en un despacho. ¿Sabe, padre, que a veces echo de menos el Vaticano?

Él rompió a reír.

—¡Esta sí que es buena! Venga, vamos a sentarnos. —La llevó junto a la chimenea—. Es asombroso que haya venido justo hoy. Estoy escribiéndole una larga carta y casi la he terminado.

—¡Cartas no me ha enviado muchas, padre Ernetti!

—No me lo tenga en cuenta, Natasha, el papa me había prohibido hablar de la máquina. Y yo me sentía muy avergonzado.

—No me hizo caso, aceptó hacer todo lo que le pidieron.

—Bueno, no todo. Precisamente eso es lo que le cuento en la carta. Espere un momento, voy a buscarla.

Ella esperó observando una escena que parecía de la Edad Media. En la gran mesa del refectorio, dos monjes jóvenes preparaban una mermelada de ciruelas en un gran caldero de cobre. Acababan de añadir el azúcar, la vainilla y el zumo de limón a la fruta deshuesada y empezaron a remover la mezcla con unos cucharones de madera. Sus movimientos estaban sincronizados de manera admirable, como en una danza.

Pellegrino regresó con la respiración acelerada y le tendió una carta de varias páginas.

—Ya la leerá cuando esté tranquila. Hay cosas que uno puede decir, y otras que es más fácil escribir. —Se metió la mano en un bolsillo de la sotana y sacó una cajita de nácar—. Y quería enviarle este objeto a Jerusalén, pero, ya que ha venido...

—¿Qué es? ¿Un regalo?

—Más bien una carga que le pido que comparta conmigo. Luego se lo explico. Pero antes hábleme de usted.

427

Durante un rato, delante del fuego, Natasha le contó cómo le había ido la vida. Se había casado con Dov Sitbon. Como no habían tenido hijos, su trabajo en el museo ocupaba la mayor parte de su tiempo. El padre Ernetti habló de su pasión por las músicas antiguas. Incluso le tarareó una melodía de la antigua Babilonia. Sin embargo, al final Natasha formuló la pregunta que estaba deseando hacerle:

—No sé si podrá responderme, padre, pero tengo curiosidad...

—Veamos...

—Cuando me marché de Roma, estaba segura de que el papa le pediría que hiciera otra inmersión en los tiempos de Jesús. ¿Me equivocaba?

—No, así fue. Y, en aquella ocasión, él estuvo a mi lado.

—¿Qué vieron?

Pellegrino esbozó una sonrisa, pero al final se decidió:

—Es un secreto de Estado. Pero a usted, Natasha, puedo contárselo. —Se acercó a ella y le susurró la continuación al oído—: La realidad había vuelto a cambiar. El Señor murió en la cruz, pero nadie fue a buscarlo. Murió como todo el mundo.

—¿Y no resucitó?

—Aparentemente, no. Lo enterraron en una fosa común.

—¿Cómo reaccionó el papa?

—Estaba destrozado. Y, tres días después, me pidió que desmontara la máquina. Estaba muy preocupado por los cambios que la máquina iba a provocar en la Historia.

—Pero han pasado años y el cristianismo sigue ahí —constató Natasha.

Pellegrino se dio un golpe con el puño en la palma de la mano.

—¡Como una roca, Natasha, ha resistido como una roca!

Hablaba del cristianismo como se habla de un equipo de fútbol. No obstante, Natasha seguía pensativa.

—Sigue siendo todo muy enigmático.

—Es verdad. El profesor Capezzi ha llegado a la conclusión

de que las diferentes historias que exploramos eran virtuales, no cambiaban la realidad. Si tiene razón, nos hemos preocupado por nada.

A Natasha no acababa de convencerla esa explicación, le parecía demasiado fácil.

—Pero ¿y si el profesor Capezzi se equivoca? —dijo—. ¿Y si la máquina ha cambiado de verdad la Historia?

—¡No llame al mal tiempo!

—Padre Ernetti —insistió ella—, si Jesús murió como todos los hombres… y el cristianismo continúa en pie, ¿cómo nació?

Pellegrino se había hecho esa pregunta miles de veces.

—No intentemos comprender más de la cuenta, Natasha, ¡son los pequeños secretos de Dios!

Los monjes que preparaban la mermelada se llevaron el caldero. Llegaron otros y comenzaron a extender largas esteras sobre las mesas del refectorio. Natasha se levantó. Pellegrino la acompañó a la salida del monasterio. Cuando estuvieron en el muelle del Gran Canal, él le dio la cajita de nácar.

—No olvide mi regalo.

Ella abrió con delicadeza la caja. Lo que vio en el interior la dejó perpleja.

—Padre, es una responsabilidad demasiado grande. No estoy segura de que…

Él habló en un tono grave, casi acuciante.

—Natasha, esa máquina va a revolucionar todo lo que sabemos del pasado. Si aprendemos a utilizarla, podría iluminar a la humanidad, aunque también desencadenar guerras. Un día u otro, estoy seguro, la sacarán de su prisión y me buscarán para pedirme de nuevo cosas imposibles.

—¡Esta vez tendrá que defenderse!

—Solo no podré, ya lo sabe. No soy más que un sacerdote a las órdenes del papa. Usted tiene más libertad, Natasha.

Gracias a esta cajita, la decisión dependerá de dos. ¡Y todo será distinto!

Natasha había comprendido. Se guardó el objeto en el bolso.

—Gracias por su confianza, padre. Seguramente tiene razón, ¡tendremos que ser como mínimo dos para resistir a las tentaciones del Diablo!

Rieron con una risa cordial y cómplice. Enfrente, el gran *campanile* de Venecia aparecía bañado por la luz anaranjada de la noche. El tintineo de una campanita anunció que el *vaporetto* acababa de llegar. Natasha le dijo adiós con la mano. Él le envió un beso.

Pellegrino se quedó unos segundos mirando cómo se alejaba el barco. Luego se metió la mano en un bolsillo y leyó de nuevo el telegrama que había recibido esa misma mañana. Era del Vaticano: «Padre Ernetti, le necesitamos. Ha sucedido algo terrible. *Che Dio ci aiuti*, Que Dios nos ayude». Y lo firmaba Su Santidad el papa Juan Pablo II.